曾慶紅
暗殺習近平

I0661175

江澤民集團第二號人物曾慶紅
被秘密拘捕內幕

新紀元周刊編輯部

序

曾慶紅被抓

　　提到曾慶紅，官方簡歷說他在 2002 年至 2007 年擔任中共中央黨校校長，2003 年至 2008 年擔任國家副主席，中共 17 大後，退了休的曾慶紅很少出現在官方報導中，以至於八年多來普通百姓或年輕讀者對他沒什麼印象。

　　不過關心中共政局的人知道，曾慶紅是江澤民的貼身「軍師」，江澤民任期內的很多事都是曾慶紅出謀劃策、具體實施的，有的還傳言，習近平就是曾慶紅幫忙扶持推薦上來的，一些被滲透收買的海外媒體甚至稱他是「三代帝師」：無論江澤民、胡錦濤、習近平，「沒了曾，都玩不轉」。

　　不過這話只說對了三分之一：沒有曾慶紅，只有江澤民玩不轉，和胡錦濤、習近平搭不上關係。

曾慶紅與江澤民共生共滅

　　外媒評價說，江澤民與曾慶紅的「主從」關係，和以前的毛

澤東與王洪文、鄧小平與胡耀邦之間的關係大不一樣，後幾個都是從的一方依賴主的一方，而江澤民和曾慶紅從一開始就是互相依賴的關係。1984 年曾慶紅要比江澤民早半年來到上海，當時上海的三個主要負責人：胡立教、陳國棟和汪道涵，都是曾慶紅父親曾山的老部下。雖然江澤民與他們也有關係，但是曾慶紅與他們的關係更密切。

等到了 1989 年江澤民踏著「六四」學生的鮮血爬上最高位置後，江、曾關係就更緊密了。據《江澤民其人》一書披露，江澤民原本不知道自己將會被提拔為中共總書記，等他提心吊膽地趕到北京獲知這一消息後，打的第一個電話就是給在上海的曾慶紅，讓曾馬上到北京來，第三個電話才是通知他老婆王冶坪準備來京。

從江澤民上台第一天起，曾慶紅就在幕後操作了。概括來講，曾慶紅協助江澤民做了五件事，從而在殘酷爭鬥的中共官場，讓無才無德又無能的江澤民坐穩了寶座。

第一，利用離間計，解除了瞧不起江澤民的楊尚昆、楊白冰兄弟倆擁有的兵權，使江度過了執政以來的滅頂之災；第二，藉口反腐，打倒了陳希同，極大地削弱了李鵬權勢，從而穩固江的地位；第三，許願收買了薄一波後，讓薄出面劃定了政治局常委不可改變的「70 歲為退休年齡線」，逼退了喬石這個人稱「江落石出」的強大競爭對手；第四是藉首鋼事件極大削弱了鄧小平家族的勢力；第五是讓王滬寧搞出個「三代表」，給江建立所謂「領袖」地位。

2014 年 7 月 22 日，中共黨媒報導說，北京市三里屯上演了一齣美女遛螃蟹的稀奇事，引來眾人圍觀。在此之前幾天，北京

玉淵潭公園立起了一個充氣蛤蟆，哪知兩天後蛤蟆就癟了，此時就傳來江澤民住院以及曾慶紅被關押天津的消息。

早在 2007 年前就有民間高人透露說，江澤民是蛤蟆投胎，而曾慶紅的真身是個橫行霸道、寄居在蛤蟆頭下的螃蟹精。認識曾慶紅的人都說，他是個性格非常張揚霸道之人，江、曾關係真是那種互相依存寄居的關係。對於這些無從考證的事，我們大可一笑置之，不過中國人自古講究天人合一，人間天象相呼應，這裡面也許真有點玄機。

玩弄權術 極具政治野心

在中共官場，曾慶紅是個極具爭議的人物。有的說他「兼備獅子的勇猛與狐狸的狡詐，為達到目的，不擇手段」；有的說他「處事手法靈活，身段柔軟，善於籠絡人心，膽大心細，政治嗅覺敏銳，出手又快又狠」；有的說他「心狠手辣、整肅政敵無所不用其極」；有的還根據他的鷹勾鼻面相說他性格陰險，很難共事等等。

不過有一點是相同的，曾慶紅的政治抱負或曰政治野心，是非常強烈的，在當代中共官場可謂首屈一指。

如果說曾慶紅是江澤民必不可少的心腹，對於胡錦濤而言，曾慶紅就是一隻虎視眈眈的餓狼。江澤民幾次暗殺胡錦濤，都由曾慶紅策劃，曾也一直在想辦法要取代胡，2007 年中共 17 大時，鐵定下台的曾慶紅還提出要繼續保留他的國家副主席職位，以便把虛職變成實權，不過胡錦濤在這一點上一點也沒有退讓，最後曾慶紅不得不退得精光。雙方妥協的結果，是習近平的出線。

　　儘管江派媒體竭力散布習近平是曾慶紅提拔扶持上來的，但很多事實卻並不支持這一論點。18 大後，習近平、王岐山高調反腐，一年半內僅省副部級貪官就有 30 多人落馬，周永康在中共建軍節前被查，「刑不上常委」的禁區已消失。

　　2014 年 7 月上旬，《新紀元》從北京獲悉，習近平已將曾慶紅拿下，目前曾慶紅被關押在天津，正接受祕密調查。據說 2013年 12 月底，周永康被抓後，供出的第一個同謀共犯就是曾慶紅。

　　2012 年 2 月 6 日，重慶原公安局長王立軍出逃美國駐成都領事館後，向國際社會曝光了薄熙來與周永康密謀發動政變，計畫在 2014 年底左右推翻習近平的陰謀。這個政變計畫從 2008 年薄熙來被貶到重慶後不久就開始醞釀和實施，參與者涉及數百人。中共 18 大後落馬的眾多官員，如薄谷開來、薄熙來、王立軍、蔣潔敏、李東生、蘇榮、徐才厚等人，其主要罪行不是貪腐，而是參與了政變。

　　不過政變也只是兩個主要原因之一，更關鍵的是國際社會在查處反人類罪犯，這些雙手沾滿鮮血的「血債幫」惡人，必將遭到報應和懲罰。詳情請參閱《新紀元》出版的《中南海政治海嘯全程大揭祕》，《薄熙來王立軍案被掩藏的內幕》、《周永康垮台驚天內幕》等系列叢書。

因暗殺政變 曾慶紅被抓

　　北京消息人士透露說，周永康被抓後一上來就供出了 2011年初夏江澤民生病、差點死去時（香港亞洲電視台在新聞裡還搶先播報了江的死訊），時任政治局常委、手握和平時期主要兵權

的周永康，得知江病重，急忙找來早已退休但一直在幕後參與策劃政變的曾慶紅，兩人進行了一次祕密會談，安排了一旦江死去，如何立即把薄熙來調回北京、如何在這個變數下進一步修改原有的政變計畫。

也就是說，除了對外公布的貪腐外，曾慶紅被抓的主要原因是針對習近平進行了一系列的暗殺和政變行動。

據說周永康如此積極地供出曾慶紅，目的就是為了自保。在中共治下，歷來都是「竊鉤者誅，竊國者侯」。小偷小摸有警察來抓，但對於那些坐在高堂上的貪官們，特別是擠進了政治局，無論他們如何鯨吞國家財產（比如據外媒報導，周永康貪腐了900億人民幣，曾慶紅家族也貪腐了數百億），一旦成為政治局常委，就好像進了「刑不上大夫」的保險箱，犯下的案子越大，涉及的人位置越高，也就越安全。所謂「投鼠忌器」。

不過，隨著政協副主席蘇榮、前軍委副主席徐才厚、政治局常委周永康的快速落馬，人們看到，就如《新紀元》此前分析的那樣，不但周永康被抓，曾慶紅也被抓了，而他們背後最大的老虎：江澤民，也會很快被逮捕、被審判。

在講述曾慶紅為何要暗殺習近平，江澤民、曾慶紅、周永康、薄熙來這個龐大的政變集團如何謀劃實施暗殺之前，讓我們先按照時間順序，講述曾慶紅其人其事，回顧他直接參與和間接操控的各種暗殺行動，溫故而知新，在推演曾慶紅將要遭受懲罰的同時，預測未來中國即將發生的巨變。

目錄

曾慶紅暗殺習近平——權謀野心家落馬內幕

第一章

特務餘蔭 封民口進京

曾慶紅在特務頭子父親曾山的「餘蔭」下，一步步踏上仕途之路。
而從小便擅於察言觀色的他，在中共殘酷爭鬥的險惡官場文化裡，
更是爛熟地坑弄權勢與權謀，不擇手段、心狠手辣以獲得上位。
（AFP）

第一節

一個城府很深 表裡不一的人

因戀權而修改生日

2008 年 7 月 16 日，是北京奧運組委會在北京鳥巢舉行奧運開幕式首場內部帶妝彩排的日子，這天也正好是官方認定的曾慶紅虛歲的 70 大壽。當時主管奧運的大多數是江澤民、曾慶紅的親信，如奧運主管、北京市長劉淇，主管文藝的曾慶紅的弟弟曾慶淮等等，他們藉這個機會給曾慶紅祝壽。

不過，曾慶紅並不是 1939 年 7 月 16 日出生的。2007 年在中共 17 大召開前，各派人馬激烈廝殺，於是有人透露說，為了能保住政治局常委，曾慶紅有意假造了自己的年齡。爆料人據說來自中央檔案館或國家檔案局。

曾慶紅小名叫曾丁丁，祖籍江西吉安縣永和鎮曾家村，其父曾山親口向曾氏宗祠的堂兄弟們講到，曾慶紅 1937 年 8 月 29 日

生於安徽省涇縣丁家村，所以小名叫「丁兒」。現在曾家村的鄉親們仍然稱曾慶紅為曾丁丁。然而在中共喉舌曾慶紅的官方簡歷上稱，曾 1939 年 7 月生，與曾慶紅的親生父親曾山的口述比，整整相差兩年。

按 1937 年計算，曾慶紅 17 大前已過 70 大限。而 15 大時，江澤民、曾慶紅就是以 70 歲上限逼退了同情「六四」與趙紫陽的喬石。曾慶紅早就為自己算計好了，除了把自己頭髮染得黑黑的，再就是年齡造假，70 變 68。

在北京奧運彩排祝壽後，曾慶紅安排他控制的海外媒體發表了一篇「心路歷程」，聲稱他的退休後行為準則是：「二回、二不、三隨」，即「回歸大自然」，「回歸民眾」，「不參與政務活動」和「不擾民」。「三隨」是要「隨遇而安」、「隨風而動」和「隨緣而居」。

據說從青年時代起，曾慶紅就從他當特務頭子的父親曾山那裡學習研究明清宮廷權鬥的厚黑術，還喜歡民歌和民族樂器。1998 年美國總統克林頓訪華時，得知克林頓喜歡薩克斯風，擔任中共中央書記處書記、中央辦公廳主任的曾慶紅，特意讓人搞了一台薩克斯風和二胡的對話，用這兩種樂器演奏《二泉映月》。

曾的文章用大量篇幅描述了中共政壇潛規則：政治老人「不在其位，但謀其政」，用以襯托曾慶紅的退休生活多麼「高潔」，文章甚至把曾慶紅與江澤民切割開來，好像曾慶紅對 83 歲的江澤民依然和胡錦濤並排站在天安門城樓上也感到不滿似的。

不過了解事實真相的人都知道，這就是曾慶紅狡猾的體現：他說出來的和他做出來的恰恰相反。比如在 2014 年 6 月，前中共政協副主席蘇榮落馬後人們看到，曾慶紅退休後一直在干預政

事，讓蘇榮在其江西老家至少違規安排了 40 多個親戚朋友到高位上；2014 年 3 月廣東東莞掃黃後人們才發現，退休後曾慶紅絕大多數時間都住在東莞，除了北京有重要會議要開，一年之中至少有十個月都是「靜居性都綠蔭深處某別墅」，享受著當年張德江培植的親信高官的「侍奉」。

曾慶紅就是這樣一個城府很深、表裡不一的人。

江西農村長大的寄養兒

曾慶紅的父親曾山與母親鄧六金的結合，是中共的典型婚姻方式：「黨組織決定的拉郎配」。結婚時曾山 39 歲，鄧六金 27 歲。曾山曾任中共內務部部長，鄧六金曾任華東局幼兒院長，當今許多擔任部長、將軍的太子黨，童年時都是由她一手帶大的，比如粟裕之子粟戎生，譚震林之子譚冬生，劉瑞龍女兒劉延東等，陳毅的兒子陳昊蘇還吃過鄧六金的奶，所以曾慶紅憑此關係在太子黨中很有人脈。

據說曾慶紅出生在 1937 年的黃曆 7 月 15，是月半鬼節的時候。由於在打仗，出生後不久曾丁丁就被送回老家江西吉安錦源，由奶奶養大，直到 10 歲才進了上海，和父母生活在一起。當時曾山擔任上海市副市長。

在農村，小丁丁吃了很多苦。沒有爸爸媽媽的照顧和疼愛，小丁丁從小就有些心理陰影，他日後那種擅長察言觀色、見什麼人說什麼話的本事，就是從小耳濡目染的。

曾慶紅是鄧六金的第一個孩子。她之所以叫六金，是因為排行老六，又是個千金。不過被所謂共產主義思想「武裝」起來的

鄧六金，在心思與行為上卻沒有中國傳統女子的細膩。據《三代帝師曾慶紅》一書介紹，曾家的老二曾慶淮小名叫阿留，之所以叫阿留，是因為留和瘤同音。當時忙於「革命」的鄧六金不知道自己懷孕了，她看見肚子一天天大起來了，懷疑是瘤子，去醫院檢查才知是懷孕了。

1941 年曾慶淮出生後，鄧六金在華中局黨校學習。她原本把孩子送給了別人，但因孩子體弱，人家又給退回來了。鄧六金不會照顧孩子，孩子病了也不管。當時的黨校校長陳毅看不慣了，把她找來訓話：「學習，學習！孩子都不要了，學出來，妳想當皇帝啊！快把孩子病治好，否則，我不准妳在黨校學習了。」

而長大後的曾慶淮後來擔任中共文化部官員，雖然不是部長，卻是大陸文藝界最有實權的人物，他制定的所謂「潛規則」，使整個文藝界的風氣更加淫亂。他本人亦官亦商，坐收名利。

曾家老三叫曾慶洋，1945 年 1 月出生，擔任過軍事科學院軍制研究部部長。老四叫曾慶源，1950 年出生，後任空軍後勤部副部長。

曾慶紅老家觀念很強，公開利用各種方式給家鄉人「謀福利」。比如他看到上海昂立公司的人，就讓他們到吉安進行沼氣工程，還把吉安的火腿推廣到全中國。看到國家科技部、農業科技中心的人，他就讓家鄉人培植蘭花，從而靠養花致富。他還把日本政府給予的 100 萬無償援助用在家鄉修建水渠。

這種「造福家鄉」的做法自然讓吉安人對他讚譽有加，不過卻違背了公平原則。如今在吉安老家，迷信風水的曾慶紅讓人修建了兩米高的衣冠塚，為了保住曾家的好風水，村裡修路都得繞出去很遠，曾家的特權可想而知。

第二節
曾山與日本簽訂賣國協議

　　在談曾慶紅的品行之前，不得不談到他父親曾山的為人。曾山 1899 年出生在江西吉安，雇農出身，1926 年加入中國共產黨，次年 12 月參加了葉劍英和聶榮臻為首的廣州暴動，後來長期在中共江西根據地工作，曾任中共江西省蘇維埃政府主席和江西省委書記。

　　1931 年中共召開第一次蘇維埃代表大會時，曾山當選為「中央工農民主政府」中央執行委員，官位與當時的毛澤東不分高低。曾山的妹妹曾海生也參加了中共，後來官至少將，所以曾家號稱出了三個少將。

　　紅軍遭圍剿逃亡後，曾山奉命進山打游擊，兵敗後隻身逃往上海，淪為搬運夫。後因中共派逃亡紅軍隊伍中的陳雲到上海恢復地下黨祕密工作，曾山才得以重新接上「組織關係」。

　　隨後陳雲參加中共共產國際代表團從上海去莫斯科，曾山亦

被派往蘇聯學習。抗日戰爭爆發後，曾山長期在華東地區工作，先後擔任過中共東南局副書記兼組織部長、華中局組織部長和副書記等職。

曾山當新四軍組織部長時，曾經作為中共的全權代表，多次與日本人簽定祕密條約。

1945 年曾山當選為中共中央委員。中共建政後，曾山先是出任中共華東軍政委員會副主任兼財經委員會主任，後又兼任中共上海市副市長，不久又被政務院（國務院前身）財經委員會主任陳雲調去當副手。

此後，曾山相繼出任過交通工作部部長、紡織工業部部長、商業部部長、內務部部長等職。姚依林、陳國棟等後來居上的中共財經要臣，當時都曾被曾山鼎力提攜。

眾多太子黨的「鄧媽媽」

鄧六金生於 1911 年，福建省上杭縣舊縣鄉新坊村人。因為生下來十幾天即被生母送人，小小年紀時又被繼母賣做童養媳，所以至死不知親生父母是誰。1932 年她加入中共，是中共長征逃竄時僅有的 27 名女士兵中的一員。

1938 年末，時任中共江西省蘇維埃政府主席的曾山跑到延安去要幹部，正在延安中共中央黨校學習的鄧六金被李富春（當時的中共中央組織部長）叫去，意味深長地告訴她：東南局缺少婦女幹部。

幾天後，鄧六金及其他幹部隨曾山出發，在西安通過國統區時收到中共中央組織部的電報：批准曾山、鄧六金結婚。一年後，

曾慶紅於蘇北出世。曾慶紅出生不久，就被送回曾山的江西農村老家，由奶奶撫養。

1949 年，中共華東局為其南下幹部的孩子及共軍遺孤辦保育院，鄧六金擔任院長。年已 10 歲的曾慶紅自此也被從江西鄉下接到這所保育院。後來曾山進駐上海，曾慶紅在當地讀了兩年多小學，1952 年又隨父進京，在北京高幹子弟學校讀完中學，1959 年考入北京工業學院自動控制系，大學二年級時加入中共。

父特務身分令其無血淚史

文革開始後，毛澤東對成千上萬名中共老幹部下了毒手，但所謂「走資本主義道路的當權派」這頂帽子卻始終沒有給曾山戴上。

1967 年，「造反派」開了曾山的批鬥會，紅衛兵要揪出曾山、批鬥他，說曾山是投靠日本人的漢奸。當時曾山在公安部工作，曾山承認曾經與日本人簽定過祕密賣國條約，不過每一步都完全按中央的指示行事，沒有自作主張。

紅衛兵不服，硬要批鬥曾山、衝擊公安部。公安部辦公室主任經過開會研究，經過書面請示中共中央辦公廳主任汪東興和公安部長謝富治，批准之後就抽出四位公安，拿著有汪和謝兩人簽名的批條，到祕密檔案館查找。

經過幾天的查找，終於找到曾山所說的中央指示的電報：中央指使曾山與日本人多次簽定的祕密條約的來往電報，還有多次條約的具體條文，持續時間很長，上面有毛澤東、周恩來、劉少奇、任弼時、康生等人的簽字。由於這些電報不能被帶出，這幾

位為了證明曾山說得是事實，就簡略地抄寫了一些電文中的祕密條款，以此向上級報告。

這幾位調查員把調查結果告知上級，於是很多人知道了中共當年如何與日本人勾結、以毛澤東為首的中共如何向日本人出賣中國人民的利益，以換取日本人支持中共。

眼看中共賣國證據被傳播擴散開來，當時的中共特務頭子康生把這件有案可查的事實「誣蔑」成反革命事件，汪東興和謝富治「處理」了四位參與調查這件事的公安警察。此事的主持者、公安部辦公室主任被判了八年徒刑，直到毛澤東死後才被釋放。

這位主任出獄時，當年查檔案的四個人來感謝他「頂罪」之功，他說他當時想到自己坐牢，有人替他說話，他還能出來，如果是大家坐牢，就不一定能活著出來了。

調查曾山的歷史問題引出的中共賣國證據，由於事關中共的最高機密，周恩來於 1967 年 9 月 27 日做了「關於曾山同志的四點指示」稱：一，有錯誤可以批判，性質應由中央來定；二，他的活動聽命於中央，你們不能干涉；三，外來單位學生不能干預內務部事務，立即撤出；四，開批判會，搞噴氣式，大彎腰是錯誤的，是違反中央規定的，今後不准再搞體罰和變相體罰。

在林彪當了「接班人」的中共九大上，曾山由毛澤東欽定仍然繼任中央委員。在那個瘋狂的年代，毛澤東恨不能把劉少奇、彭真、賀龍等一大批中共元老置於死地而後快，卻單單對曾山如此保護，可見曾山在毛澤東眼中地位之特殊。

1972 年，毛澤東準備讓曾山接任謝富志當公安部部長。4 月 6 日，在一個中共老黨員的追悼會上，曾山拍著胸脯向周恩來保證自己的健康沒問題，但這話說了沒幾天，4 月 16 日，曾山突然

因心臟病突發而死去。時年 73 歲。

也就是曾山死的這一年，中日關係「正常化」，中共放棄日本人 6000 億美元的戰爭賠款，這在當時是天文數字，而那時中國正需要資金建設國家。外界分析，就是因為有許多把柄在日本人手裡，中共因而不敢要賠款，並非中共宣傳中所說的「大方」。其實早在 1961 年 1 月 24 日，毛澤東會見日本社會黨議員黑田壽男等人的談話，也間接印證了國民黨抗戰最艱苦的時候，中共與日本皇軍狼狽為奸的事實。

毛說：「如果沒有日本的侵略，我們現在還在山裡，就不能到北京看京劇了。正是因為日本皇軍占領了大半個中國，讓我們建立了許多抗日根據地，為以後的解放戰爭創造了勝利的條件。日本壟斷資本和軍閥給我們做了件『好事』，如果需要感謝的話，我倒想感謝日本皇軍侵略中國。」

曾山在文革期間日子好過，曾慶紅自然也就沒有吃太多的苦頭，因此曾並不像其他絕大多數中共太子黨成員在文革中歷經磨難，甚至下獄坐牢。

父餘蔭 石油幫、上海幫領路

曾慶紅 1958 年進入北京工業大學自動控制系就讀，1963 年畢業。2005 年他負責策劃了北京理工大學與香港理工大學的合作。在北工大，曾慶紅結識了比自己小兩歲、低兩個年級的王鳳清。當時王鳳清已經有男友，但最後與曾結成了夫妻。王鳳清後來擔任中共國家認證認可監督管理委員會負責人，掌控了質檢總局的實權，官拜副部級。

　　剛一畢業，曾慶紅就去了軍隊，在中共解放軍743部隊當技術員，兩年後調到七機部二院當技術員，主要是研究導彈火箭。在40歲之前，曾慶紅主要從事技術工作，並沒有參政。

　　直接帶領曾慶紅步入仕途的是余秋里。余秋里和曾山是江西吉安同鄉，而且曾山還是余的「革命引路人」。基於這種「同志加兄弟」的親密關係，1979年擔任國家計委第一副主任兼祕書長的余秋里要曾慶紅去當祕書，1980年中共成立國家能源委員會，余秋里出任主任一職，曾慶紅隨之前往，被委任為辦公廳副處長，實為余秋里祕書。

　　1982年國家能源委員會撤銷，鄧小平為了肅清軍隊左派勢力，安排余秋里接替中共解放軍總政治部主任職務，替換了韋國清。於是余秋里的權力就更大了。

　　除了余秋里幫曾慶紅外，陳丕顯也是曾慶紅早年仕途的引路人。中共12大時，陳丕顯是書記處書記，兼解放軍總政治部主任。陳丕顯是閩西上杭人，鄧六金的老鄉，他的結婚批准人就是曾山。

　　1982年，認為和平年代軍人沒有前途的曾慶紅脫掉軍裝，到石油部外事局聯絡部當了個副處級幹部。1983年，余秋里利用由自己過去當過石油部長的關係，將曾慶紅介紹進新成立的肥缺單位中國海洋石油總公司，任聯絡部副經理。當時的石油部長唐克，曾是曾山在軍隊中的部下。

　　對曾慶紅在政壇崛起有至關重要作用的另一中共黨內元老是陳國棟。陳在1985年6月由中共上海市委書記改任中共上海市顧問委員會主任，但仍被認為是上海黨政的「龍頭老大」。1950年前後，陳國棟曾在中共華東地區從事財經工作，曾山任華東財委主任時，陳國棟是他手下數名副主任中最得力的一個。

華東局撤銷後，曾山推薦陳國棟進京，擔任國務院財政部副部長。為此，若干年後，陳國棟將曾慶紅安排為上海市委組織部副部長。很快，曾慶紅又升為組織部長。

陸續接替上海黨政領導職務的藺杏文、江澤民、吳邦國等無不對陳國棟言聽計從。而陳國棟向繼任人藺杏文交權之前辦的最後一件大事，就是把老上級曾山的長子曾慶紅調進上海市委，官居上海市委常委兼市委祕書長，並安排進上報中共中央的省部級幹部第三梯隊培養人選。

那時中共八大元老陳雲提出幹部「革命化，年輕化，知識化，專業化」的所謂四化標準，於是，40歲的胡錦濤在宋平的推薦下，41歲的王兆國在陳丕顯的推薦下，43歲的曾慶紅在余秋里的推薦下，成為重點培育對象。數年後，這三個人都先後進入了書記處。

第三節

「六四」前的中國具體形勢

1986 年，曾慶紅就任中共上海市委副書記，主管意識形態，同時兼任市委對外宣傳小組組長，凡是文化、藝術、教育、體育、衛生、政治宣傳、理論教育、新聞出版等方面的事全都歸他管，重要文件、宣傳文獻的起草、潤色也都先由他來敲定，成為中共上海市委的第一刀筆吏。

在加強對知識分子的思想控制，尤其是在對黨內知識分子的思想控制方面，曾慶紅始終都保持了高度的「原則性」。比較突出的一個例子是，一度與曾慶紅同被安排為上海市委「第三梯隊」人選的原上海市委宣傳部長潘維明，本來與曾慶紅私交較好，但當潘維明因為「自由化」言行受到來自上面的譴責，被貶為上海新聞出版局局長後，曾慶紅則處處箝制潘。

「六四事件」前，潘維明曾經以上書方式表示對大學生的同情與支持，事後，上海方面利用潘的弱點，派人將潘騙至西安，

並給他安排與青年女子相處，於是潘維明便因「嫖妓」罪名下獄。

在江澤民接任上海市委書記後，曾慶紅與之保持了「政治上的高度配合」，其中最典型的一個例子，就是1989年與江澤民一同處理上海《世界經濟導報》事件。

談到曾慶紅、江澤民在「六四」前關閉《導報》，這裡先簡單介紹下當時中國面臨的整體局面。

1989年初，鄧小平主持的經濟改革出現不安的躁動。雖然國民經濟不斷增長，市場供應花色漸多，但中央政府在各省的稅收卻減少了三分之一，通貨膨脹率已逼近20％。物價飛漲，越來越多的國有企業出現虧損和倒閉，成千上萬的工人失業。

當時民眾最痛恨的就是「官倒」。中國從1985年開始對農產品收購價格、主要工業產品出廠價格和緊缺商品實行「雙軌制」，計畫體制內的就可以拿到低價位，體制外的就是高價。「官倒」就是用批文按照計畫內的價格購買緊俏產品，如鋼材，轉手再以計畫外的價格賣出，其中的差價可能有數倍之高。

1988年，中共控制的價格雙軌制差價就在3569億元以上，約占當年國民收入的30％。中共太子黨們利用權力倒賣批文而一夜暴富。

1989年4月15日，被視為黨內開明改革派的胡耀邦在一次政治局會議上突發心臟病，一周後去世。他的去世讓民眾對民主改革的前途充滿了悲哀、失望與憤怒。當天晚上，北京大學內學生們開始紮花圈，校園的牆上或樹上貼上了大字報。

4月17日，幾千名學生離開校園走向天安門廣場，將花圈放在人民英雄紀念碑腳下。學生打出了「悼念胡耀邦」，以及「鏟除腐敗」、「依法治國」、「打倒官僚主義」等標語。同時全國

各地學生紛紛響應，舉行大規模集會、遊行、請願等。幾天後，學生運動擴大，呼籲中共領導人和學生對話，促進政治改革，使國家走向民主和法治的道路。

4 月 25 日晚上，官方喉舌中央電視台在全國電視新聞節目上多次播放《人民日報》社論《必須旗幟鮮明地反對動亂》，譴責學生的做法「擾亂了秩序」，把學生的行動定性為「非法」，呼籲制止動亂。4 月 26 日，這篇社論在《人民日報》發表。社論稱：「這是一場有計畫的陰謀」，「其目的是搞散人心，搞亂全國」，「其實質是要從根本上否定中國共產黨的領導，否定社會主義制度」等等。

「4·26」社論激起了學生強烈的不滿。隨著「五四」這一傳統學生運動紀念日的到來，學生運動再次擴大。5 月 13 日，學生在天安門開始進行絕食，要求政府與學生平等對話，希望政府拿出實質方案解決問題。與此同時，成千上萬的北京市民、機關幹部、新聞記者們紛紛湧上街頭支持學生。

查封《導報》令江出頭

與《人民日報》「4·26」社論並行的，促使整個事件發生惡性變化的另一個導火索，是上海市委書記江澤民對《世界經濟導報》的整肅。它促使中共黨內大佬中的幾個人決心用武力屠城，換取所謂「穩定」。

1989 年的學潮一開始僅僅有學生的參與，而從學生運動到全民運動的轉折點則是江澤民在上海整肅《世界經濟導報》事件。《世界經濟導報》的創辦人及主編欽本立是一位 70 多歲很受編

輯尊重的老知識分子。這個刊物倡導民主思想，在 30 多萬高層次讀者中信譽很高，在全國影響力很大。

胡耀邦去世後的第四天（4 月 19 日），《導報》的編輯們舉辦了一個研討會。欽本立認為研討會的內容應該帶有實質性的東西而不是一般的哀悼之詞。這得到與會者的認同。會上葉建英的養女、作家戴晴談到中國共產黨七十年來的歷史和幾位總書記的命運。她說黨的總書記都沒有好下場，因為都是「非程序化權力更迭」。

4 月 24 日的第 439 期《世界經濟導報》準備刊載該報與北京《新觀察》雜誌合辦的「悼念胡耀邦座談會紀要」，此消息由《世界經濟導報》駐京辦事處首先向境外記者透露，有一份港報於 17 日把消息登了出來，恰好被當時的上海市委宣傳部長陳至立看到。

當時，曾慶紅就把陳至立的「發現」轉告江澤民，在江的指使下，曾慶紅和陳至立出面約《導報》總編輯欽本立，要求調閱《導報》座談會的文章清樣，隨後即命令欽本立將 1 萬 5000 字的座談會紀要刪節刊出。

被刪節的內容包括：牽涉到重新評價胡耀邦的功過，為反自由化中受到不公正待遇的案子翻案，支持北京和平的愛國民主運動等內容，等於是抽去了整個座談會的全部精髓，所以為欽本立所拒絕。欽本立強調政府同意報紙總編責任制，並說：「出了事情我負責，反正江澤民同志沒看過清樣。如果發表出去有什麼後果，不必市委、市委宣傳部負責。」

曾慶紅大怒道：「現在不是哪個人負責的問題，而是整個社會效果的問題。」欽本立堅持由他負責，不同意刪改。曾慶紅眼

看說服不了欽本立，即告知江澤民此事。

江澤民沒想到欽本立是個有風骨、不妥協的媒體人，連曾慶紅都敗下陣來，於是將此事告訴了《導報》的名譽理事長汪道涵。有汪道涵在旁邊，江澤民聲色俱厲地要欽本立改清樣。汪道涵也搬出黨性原則來壓欽本立。當江澤民和汪道涵硬壓軟勸要欽本立同意刪節時，卻發現十幾萬份報紙都已印好了，並且四百份已批發給個體報攤。此外，還有相同數量報紙直接送往北京了，最後才追回兩萬份，但影響已經造出去了。

4 月 22 日上午，胡耀邦的追悼會在人民大會堂召開。江澤民一面在上海反對悼念胡耀邦，一邊送去花圈以示「悼念」。4 月 26 日《人民日報》發表社論《必須旗幟鮮明地反對動亂》後，江澤民馬上宣布停止欽本立的職務，並決定對《導報》進行整頓。

4 月 27 日，江澤民派劉吉、陳至立負責的「上海市委整頓領導小組」進駐《導報》。整起人來不比江手軟的陳至立對江澤民言聽計從。她遣散《導報》員工，還特別下禁令不許《導報》的編輯再做記者。

後來陳至立在欽本立癌症晚期起不來床時，竟笑瞇瞇地去了病房。別人還以為她前來探望，誰知陳至立突然大聲宣讀了對欽本立的黨紀處分，企圖刺激欽本立，讓他的病情加速惡化。

第二章

用陰謀推倒多名政敵

曾慶紅陰謀設計楊氏兄弟下台，讓江坐穩了總書記的位子後，江曾二人野心急劇膨脹，更熱中於耍詭計、以散布假情報和整黑材料的方式在中共高層恐嚇、拉攏和打擊異己。曾在中共高層有「黑面殺手」的稱號。（AFP）

第一節

施離間計
陷害推倒楊家兄弟

　　江澤民本來就是個沒有政治眼光、也不懂經濟、沒有管理才能的人，和他共事的人私下都說，江除了會溜鬚拍馬外，幹正事的能力還不如一個科長。1989 年上台後，江拋棄了胡耀邦和趙紫陽的改革措施，而依舊沿襲封殺《世界經濟導報》的極左思路，大肆進行「反對資產階級自由化」，從理論上批判改革開放，「反和平演變」。

　　因此 88 歲的鄧小平在 1992 年 1 月南巡期間，對江澤民發出最後通牒：「誰反對 13 大路線誰就下台。」不過直到 3 月初，江澤民也一直不讓百姓知道，鄧小平南巡講話的主要內容是「誰不改革誰下台」。

　　1992 年 3 月 20 日在中共人大會上，鄧小平拿出最後一張牌：讓軍隊表態。時任中共中央書記處書記、中央軍委祕書長兼總政治部主任楊白冰率先喊出：「為改革開放保駕護航」，並以《解

放軍報》社論的方式發表。楊白冰是時任軍委第一副主席楊尚昆的親弟弟。

據《江澤民其人》一書介紹，面對軍方力挺鄧小平，眼見形勢急轉直下，江澤民驚恐萬分，感到軍隊的鋒芒直逼自己。江開始玩弄兩面派手法，一方面向鄧小平認錯，流著眼淚公開表示支援改革，但行動上陽奉陰違，只是空喊口號。這時鄧小平已經在心中覺得要像廢除胡耀邦、趙紫陽那兩位總書記一樣，等 10 月召開中共 14 大時，把這個江總書記也換掉。

曾慶紅眼看江澤民的政治處境搖搖欲墜，看在眼裡，急在心裡，他一直把利用江澤民看成是他日後達到最高權力的捷徑，因為江澤民很平庸無能，更容易被操縱和控制，用不了幾年，曾慶紅就可以達到控制前台的江澤民以便自己幕後「攝政」的目的。如果江澤民現在就下台了，曾慶紅自己的政治生涯也就結束了。

於是曾慶紅給魂飛魄散的江澤民分析說，鄧小平很可能會用喬石代替江出任總書記，楊氏兄弟、喬石、萬里、田紀雲、李瑞環等人都是江的政敵，但最大的威脅來自楊氏兄弟，而楊氏兄弟手握軍權，又最受鄧小平信任，因而動楊氏兄弟的難度最大，也最危險，但反過來看，一旦楊氏兄弟被清除，就除去了最危險的對手，就可以死裡逃生，掌穩權力。

曾慶紅明白，雖然楊氏兄弟權勢沖天，但他們都是軍人，不懂政治權謀，他們的權力主要來自鄧小平的完全信任，因此最重要的一點是離間鄧和楊氏兄弟之間的關係。曾慶紅知道鄧小平有兩大怕：一是怕他開創的改革路線被後來掌權者給拋棄，二是怕死後「六四」被平反，他會被掘墳鞭屍，他的子女後代會遭殃。這第二怕是最關鍵的，鄧小平用軍隊鎮壓學生，其中一個最關鍵

原因是有學生提出鄧小平的兒子鄧樸方是頭號官倒，是最應該嚴厲處罰的太子黨。

曾慶紅也打聽到，楊尚昆開始是反對動用軍隊武力鎮壓學生的，而且他和趙紫陽的私交一直都非常密切。於是，詭計多端的曾慶紅制定了一個離間計：故意在「六四」問題以及軍權的掌控上去點鄧小平的痛處。

二野（中共解放軍第二野戰軍）出身的鄧小平當軍委主席時，排擠原三野和四野的人，如李先念、張愛萍、張震、洪學智等人，於是曾慶紅就去暗地裡鼓動這批人來反對鄧小平提拔的楊尚昆。曾慶紅安排的「倒楊」行動，不僅在軍隊中進行，更是全方面地展開。

1992 年 8 月，鄧小平為布局中共 14 大，不斷與陳雲較勁，結果中風病危，住進了醫院。楊白冰自楊尚昆處得到風聲，便在 8 月下旬召聚了高級將領 46 人在北京召開「碰頭會」。會上將官們一致取笑江澤民一摸槍就哆嗦，認為對軍事一竅不通的江，根本無法勝任軍委主席的職務。

江澤民得知這一消息後，驚慌失措，對楊氏兄弟恨得更是咬牙切齒，決心要置他倆於死地。不過曾慶紅得知此事後非常高興，認為這是天賜良機，正好可以大做文章，借鄧刀殺楊氏兄弟。

曾利用人脈散布楊氏兄弟奪權

於是曾慶紅利用他的太子黨人脈，不斷向外面散布謠言，同時讓江澤民向病中的鄧小平大表忠心，並多次告「御狀」，說楊氏兄弟已經有跡象奪鄧的權，江「心中非常憂慮」等等。幾次吹

風之後，鄧小平開始懷疑，再讓人去打聽，果然外面有這種說法。於是楊氏兄弟失去了鄧的信任。

面對即將來臨的 14 大軍方人員的變動，掌握軍隊人事大權的楊白冰列出了提拔 100 名中高級將領的名單。曾慶紅幫江澤民分析說，這些人都是楊家選中的人，並不一定合鄧家的口味。於是曾慶紅利用這百人名單大搞離間。

當時的鄧小平早已是深居簡出，獲得資訊的主要管道就是鄧家子女，特別是鄧樸方這個他最鍾愛的大兒子。於是曾慶紅找到同是太子黨的劉京和俞正聲，因他倆和鄧樸方關係密切。

劉京是文革中造反派頭頭，是「老子英雄兒好漢，老子反動兒混蛋」的「血統論」原作者之一，也是曾慶紅（北京工業學院，即後來的北京理工大學）的校友，當時任昆明市市長。

了解劉京歷史的人都知道他為人凶狠。1966 年劉京是北工大三系的學生，仗著高幹子弟的背景，他很早就是學生黨員。劉京和他同樣有高幹背景的同系同學譚力夫一樣，在政治上早已野心勃勃。1966 年 6 月劉少奇和鄧小平派遣以杜萬榮為首的工作組進駐工大，他們意識到這是他們在政治上飛黃騰達的機會。劉京立刻組成了一幫高幹子女把舊黨委打成「黑幫」，並指責他們「歧視和迫害幹部子弟」。不久在工作組的培養下，劉京成了工大「文化革命委員會」的主任，譚力夫則當上了紅衛兵總隊長，一時間成了工大校園裡炙手可熱的人物。據不完全統計，當時工大被劉京打成「黑幫」、「右派」的師生有三百人之多。

劉京在幫曾慶紅打倒楊氏兄弟後，開始得到江澤民的提拔。特別是 1999 年 7 月 20 日江澤民發動對法輪功的鎮壓後，其他官員都持反對或消極態度，於是曾慶紅又找來這個多次幫他搞陰謀

詭計害人的「鐵哥們」幫忙。

2000 年 6 月，劉京被任命為中央處理法輪功問題領導小組辦公室副主任、黨組副書記等職。2001 年 1 月又開始兼任公安部副部長、黨委副書記。自 2001 年 9 月，他又晉升為中央處理法功功問題領導小組辦公室、國務院防範和處理 X 教問題辦公室主任；2001 年 1 月被授予副總警監警銜。簡單點說，劉京就是 2013 年底被調查並被免職的前公安部副部長、「中央 610 辦公室」主任李東生的「前輩」。

擅長造謠的曾慶紅利用其人脈，在京城散布了「鄧小平將不久於人世」、「楊尚昆想取代鄧小平當軍委主席」，「楊家將在搞一場不流血的政變」等等謠言，這些流言蜚語通過各種管道傳到鄧小平耳朵裡後，一向自認為見識高人一籌的鄧小平，沒想到最後掉進了曾慶紅安置的陷阱中。原本親密無間的鄧、楊兩家絕交了。

鄧小平原定在 14 大上把江澤民貶下來，讓喬石擔任中共總書記，但經過這一變故後，加上擅長表演的江澤民一連串的效忠假象，以及陳雲和薄一波的反對，鄧只好放棄換江之意，廢除了楊氏兄弟的軍權，舉薦劉華清、張震等中共老軍頭輔佐江繼續執掌軍隊。

江澤民想得到中共八大元老之一薄一波的力保，這並不難。曾慶紅和薄家三兄弟的關係一直很好，他知道薄一波最大的願望就是讓他的兒子薄熙來能夠至少像他那樣當個副總理。於是在曾慶紅的擔保下，江澤民答應日後多多提攜薄熙來。

不過江澤民後來還是食言了。薄熙來 1989 年被提到大連當副市長，10 年後的 1999 年 8 月，薄熙來還依舊只是個大連市長，

而那時劉少奇之子劉源、習仲勛之子習近平等人已經坐在省長、省委副書記的位置上了。

薄熙來在市長這個小官位置上「蹉跎」了 10 年後突然轉運，也和 1999 年 7 月 20 日江澤民鎮壓法輪功直接相關。當時江澤民不顧眾人反對，獨斷專行地要鎮壓法輪功，結果遭到眾人的消極抵制。眼看鎮壓無法進行，於是在 1999 年 8 月 10 日，江澤民來到大連，並「點撥」薄熙來說，他只有對法輪功強硬，才有升官發財的機會。於是大連一下成了迫害法輪功的「急先鋒」。

當時全國各地的法輪功學員到北京上訪，被遣送回各省。但有些學員為了不讓當地單位領導和派出所的人員受牽連，因此不報姓名，後因法輪功上訪人數眾多，北京附近的派出所、看守所、勞教所和監獄都關滿了人，薄熙來以此藉口提出，把人關到遼寧來。之後在薄追隨江澤民迫害法輪功的情況下，於是出現了遼寧馬三家勞教所用酷刑瘋狂折磨法輪功而成為全國「先進典型」的事。

幾個月後，薄熙來就被提拔成了遼寧省代省長。爾後遼寧省祕密關押了大量法輪功學員，薄熙來之妻薄谷開來和中共解放軍總後勤部副部長谷俊山、前中央軍委副主席徐才厚以及前中共政治局常委周永康等人，利用法輪功的「活體人體器官庫」進行器官移植買賣，並在大連建立了兩個大規模的屍體加工廠，靠販賣人體器官和屍體而賺得缽滿缸滿。

正因為跟隨江澤民走上了鎮壓的罪惡之路，薄熙來最後把自己葬送到了秦城監獄。詳情請看《新紀元》出版的《薄谷開來案中奇案》。

三億鑽石金馬保官位

回頭再說 1992 年江澤民是怎樣擺脫滅頂之災的。據港媒報導，1992 年初鄧小平南巡，公開指責江澤民阻撓改革並生撤換之意，江澤民聞訊後萬分驚恐，私下與心腹賈慶林商量，賈則以「親見陳雲」為江指點門路。

江澤民查閱大量中共黨史資料，得知陳雲原名廖陳雲，出生於 1906 年，屬馬而非蛇，1992 年正是陳雲 86 歲大壽，藉著這點，江立刻籌備花天價迅速打造鑲滿鑽石金馬，欲親自到上海為陳雲祝壽。

於是，賈慶林讓前遠華集團創辦人兼董事長賴昌星在香港出面訂購了一匹價值三億人民幣、鑲滿鑽石的金馬，並委託其妻林幼芳在馬來西亞娘家的富豪家族幫忙先付款，隨後由賴昌星在走私經營中抵消。這筆交易的結果是從此以後賈慶林暗中保護賴昌星在福建大規模走私，而賴的「進口貨源」相當大的部分亦來自林幼芳在馬來西亞的家族公司。

據說老奸巨猾的陳雲在收到江澤民奉送的鑽石金馬時竟說：「現在工藝品真好，仿真效果好！」這句假裝糊塗的話，其實是中共高官厚黑學的經典，他故意說是仿真品，一旦查處時他好有台階下。有些港媒也嘲笑江澤民買的是贗品，不過知曉大陸官場事的民眾都認為，這樣攸關江澤民生死的大事，他豈敢用仿冒品來糊弄事？陳雲家難道還缺一個假冒偽劣工藝品？

接下來陳雲公開反對鄧小平撤換江澤民，理由是「不能一而再、再而三的換人」。於是「花三億買個總書記」的傳說在北京官場不脛而走。從那以後，中共官場買官賣官成風，比如原鐵道

部長、江澤民的親信劉志軍，準備拿出 20 億買個副總理職位，甚至在軍隊裡要想當個排長，都得給上級送上幾萬、幾十萬的「孝敬費」，否則無法得到提拔。

江澤民和曾慶紅陰謀得逞，令楊氏兄弟倒台、喪失了兵權，江坐穩了總書記的位子。這使得江曾二人膽子和野心急劇膨脹，更熱中於耍詭計，以散布假情報和整黑材料的方式在中共高層恐嚇、拉攏和打擊異己，後來曾慶紅在中共高層得到一個「黑面殺手」的稱號，使得眾多人對曾又怕又恨。

第二節

染指各部委 曾成大總管

　　此時的曾慶紅，最接近中共權力中心，加之有上海市委副書記、中央辦公廳主任的官階，控制過「宮廷禁衛軍」——中央警衛團，具有資歷優勢、上層關係優勢和「政治血統」優勢。雖然他在中共 15 大前連中央候補委員都不是，但他的三大優勢注定他在後鄧小平時代比一般的中央委員有更多的表現機會。

　　曾慶紅自 1993 年初被安排為中辦主任後，立刻掌管中央政策研究室、中央台灣工作辦公室、中央對外宣傳辦公室、中央黨史研究室、中央文獻研究室、中央檔案館、中央編譯局等中共中央直屬機構，在對內宣傳系統、組織系統的審幹工作上也插進一手。除了國務院系統和軍委系統，其他各方面曾慶紅幾乎樣樣染指，成了名副其實的江澤民大內總管。

　　曾慶紅利用掌管的中央政策研究室，藉政策調研為名，行祕密調查之實，在國家安全部門的配合下，迅速而直接地掌握了大

量地方諸侯及國務院實權部門的貪污腐化、索賄受賄等經濟犯罪事實。對於先由中紀委掌握的案情，曾慶紅更是藉口「統一研究布署反腐敗工作」，要求中紀委隨時彙報工作進展。

在此之前，曾慶紅通過自己手下的祕密管道，在國家安全部門的配合下，先後掌握了 16 件北京市的腐敗大案，件件都是涉案金額超過千萬元人民幣的所謂「大案」、「要案」。

至此，曾慶紅已經是權傾朝野，一人之下，萬人之上。北京市的 16 件大案，因原中共北京市委常委、北京市副市長兼北京市計委黨組書記、主任王寶森的自殺，很多案子斷了線索，但除了已經入獄的周北方（曾任首鋼總公司助理總經理，兼任中國首鋼國際貿易工程公司副董事長、總經理）、陳小同（陳希同之子，原北京新世紀飯店有限公司副總經理）、歐陽德等人的案子，據說曾慶紅手中仍有二十餘個，其中任何一件都可以拿出來當做打擊政治離心力量、威脅地方諸侯或國務院部委大員的致命武器，足以為江澤民的核心地位撐腰。

這 16 個大案涉及的人因被抓住把柄，成了曾慶紅隨時可以利用、支配和調遣的聽命者。

廢除陳希同 搶灘紫禁城

比如曾慶紅幫江澤民立下的第二大戰功：把根深蒂固的「北京幫」陳希同推下歷史舞台，讓「上海幫」搶灘進入中共大戲舞台的最中央。

北京市是中共權力鬥爭的必爭之地。如果不能把北京衛戍區、北京市委市政府和中央警衛團的權力牢牢抓在手裡，中共的

最高領導人就毫無安全感可言。文革前毛澤東已經被捧上了神壇，但北京市委書記彭真就是敢讓《人民日報》、《北京日報》和《光明日報》拒不轉載姚文元的《評新編歷史劇海瑞罷官》，令毛不得不在上海出單行本，並稱北京是「針插不進，水潑不進」的獨立王國。毛在發動文革之前兩個月，就先行解除了北京市委書記彭真和中宣部長陸定的職位，否則，即使是「一句頂一萬句」的毛，也難以掌控局面。

一直在研究內鬥歷史的曾慶紅深刻了解這一點，於是他讓江澤民盡快掌控北京，並設計讓北京市委書記陳希同下台。

中共歷來標榜要把德才兼備的人提拔到重要職位上來，但實際運作中都是任人唯親、任人唯錢。陳希同和鄧小平私人關係很好，而且陳希同在北京當市長和市委書記期間，北京舉辦了亞運會，打通了二環路和三環路，北京市的面貌改觀很多。相比之下，江澤民在上海執政期間，不僅毫無業績，僅兩年上海就發生「菜籃子危機」，以至於鄧小平不得不把朱鎔基調往上海補漏。

在「六四」問題上，陳希同一直公開支持鄧小平武力鎮壓，因此認為自己維護江山有功，至少在政治局委員的位置上應該再上層樓，誰料想卻被江澤民撿了個現成便宜，心理自然十分不平衡。

於是，居功自傲的陳希同，遇上妒嫉心強的江澤民。

1995年初，陳希同聯合七個省委寫聯名信，向鄧小平舉報江澤民，信的內容至今無人知曉。鄧看後沒有發表意見，卻把信交給了薄一波處理。「六四」之前，中共八大元老在商量趙紫陽的接班人問題時，鄧是想讓李瑞環或者喬石繼位，而薄一波當時則極力推薦江澤民。鄧小平後來發現選擇江澤民是一大錯誤，但由於年事已高，沒有精力再換一茬總書記，否則在1992年南巡後

就會行動，於是他把舉報信交給薄一波，也是想讓薄看一看他推薦的江澤民的真正面目。

北京官場的人都知道，薄一波是整人能手，慣於投機鑽營，過河拆橋，落井下石。比如 1979 年為薄一波平反出獄的是胡耀邦，當時很多人反對給薄平反，因為他是毛澤東親自點名要批判的人。但胡耀邦還是力排眾議，讓薄平反。當年中共十一屆四中全會上，把薄一波增選為中央委員，後還讓其任國務院副總理、國務委員、中顧委副主任的還是胡耀邦，但 1987 年 1 月 15 日薄一波主持政治局擴大會議，力主讓胡耀邦下台。

據《江澤民其人》一書報導，薄一波看到陳希同這封檢舉信，不但不想繼續往下追究江澤民的問題，相反還暗自高興抓住了江的把柄，因為這就等於抓住了江的權力，可以好好利用和要挾江，為兒子薄熙來和親信等加官晉爵。

於是薄一波把江澤民叫來，一言不發親自把信遞過去。江看過舉報信內容後，臉色慘白、一身冷汗，當場哀求薄一波在鄧小平面前為他美言，保住自己總書記的職位。薄一波表示盡力而為，並授意江要想以後不節外生枝，就必須讓陳希同倒台，做法上可以先從陳希同的周圍下手。江澤民點頭如搗蒜，連連稱是。薄熙來日後飛黃騰達，全靠其父薄一波與江澤民的這層特別關係。

離奇的王寶森「自殺」現場

1995 年初的舉報事件發生後，曾慶紅就給江澤民出主意，在中共元老凋零之後，他們的子女會拉幫結派，或許對江的權力也是威脅。但這並不足為慮，因為這些太子黨們忙著鑽政策的空子

發大財，只要祭起「反腐敗」的大旗，太子黨為了躲過公、檢、法和中紀委的調查，就不得不向江澤民表示效忠。

江澤民本來準備讓江綿恆、江綿康兩兒子以及江自己八竿子內打得著的親戚們在 14 大之後都進入中央部委或成為地方大員以維繫自己的權力基礎。現在考慮到要用「反腐敗」的名義清理政敵，只好讓他們先等一等。待到政敵清理完畢，「反腐」告一段落的時候，空出的一些位子正好讓自己的親戚拾遺補缺。

曾慶紅建議先從北京的副市長下手。經過一番精密的盤算，江澤民把槍口對準了王寶森。

1995 年，首鋼前董事長周冠五因經濟問題下台，其子周北方也被捕入獄。北京市祕書集團受賄案被曝光，副市長王寶森在同年 4 月死在了北京近郊懷柔縣一個叫崎峰茶的山上，官方的口徑是王吞槍自殺。而實際上從現場的腳印、創口、火藥、彈殼等線索可以看出：王是他殺而非自殺。一個明顯的證據是：現場只找到了子彈頭，而子彈殼是警察們用探雷器找到的，該子彈殼已經被踩入土裡。王死的地方人跡罕至，事發後又保護了現場，彈殼被「踩入土裡」只能說明王死的時候身邊有人。據中共國安內部消息透露，這個人就是江澤民派的國安特工。

王寶森的死使陳希同慌了手腳。按照中共官場的規矩，什麼能夠報導什麼不能報導，完全取決於最高領導人的喜好。而王寶森的死既然通過官媒中央電視台大播特播，這預示著權力鬥爭的風暴拉開了序幕。而周北方被判刑，讓鄧小平也不得不為自己考慮後事，如果與江交惡，鄧家的後代也可能會成為被江整肅的對象。陳希同見自己的舉報信送上去幾個月，江澤民竟然還在台上，說明鄧小平無意換馬。至此，陳終於知道自己是在劫難逃了。

江澤民費了九牛二虎之力，最後拿出的證據也不過是陳希同「自 1991 年 7 月至 1994 年 11 月，在對外交往中接受貴重禮物 22 件，共計價值人民幣 55.5 萬餘元」（新華社北京 1998 年 7 月 31 日電）。有民眾表示，陳希同貪污的情況對於政治局委員這個級別的中共官員來說，實在算不了什麼，甚至可以說「相當清廉」了。陳希同為此鋃鐺入獄，因貪污罪被判 13 年，因玩忽職守罪被判 4 年，兩罪並罰共計有期徒刑 16 年。

2003 年底，陳希同因為患膀胱癌而保外就醫。出獄後，陳寫了五萬字的申訴書，指控江澤民對他的政治迫害，稱自己是權力鬥爭的犧牲品，並舉報江澤民父子的經濟犯罪問題。陳說他曾與江澤民合夥做生意，江澤民兒子江綿恆非法轉移國有資產涉金額 1500 萬元人民幣。

害死前特務頭子姬鵬飛

剛進北京時，曾慶紅讓江澤民注意和各方面搞好關係。當時那些心高氣驕，逢人眼睛只往天上瞅的太子黨們，幾乎不把江澤民放眼裡，儘管江澤民在上台初期曾對軍中太子黨實權人物極盡收買拉攏。其中葉選寧還顯克制些，對江只是不理不睬，不給笑臉。而當時掌管著總參二部（即總參情報部）的姬勝德在言談舉止中，就表露出對老江的輕薄之意，他是姬鵬飛的兒子，曾被內定為接任總參謀長人選。

在軍頭楊尚昆、楊白冰兄弟被江澤民設計下台的三年後，1995 年一次姬勝德出人意料的當眾羞辱江澤民說：「江主席，聽說你從來沒有開過槍，是不是真啊？」，江澤民「哈哈……」訕

笑，滿以為打個哈哈就沒事了，沒想到姬勝德不依不饒又追一句：「您可是軍委主席！」此言一出，江澤民的臉頓時白一陣、青一陣，被噎得半天沒說出話來。

姬勝德掌管的總參二部，是中共重要的軍事情報機構，當時姬勝德只對時任軍委副主席的劉華清負責，而劉華清同樣不買江的帳，也當面羞辱過江，這使江澤民感到自己的政治安全受到了巨大威脅，他對心腹由喜貴曾說過「要狠整劉華清」。於是後來在曾慶紅的操作下，劉華清的女兒、女婿被抓捕下獄。曾慶紅在得意之餘，對身邊人說：「你（指劉華清）不尊重江主席，咱拿你沒辦法，但把你女兒、女婿抓起來還是綽綽有餘的。」

1999 年在曾慶紅的策劃下，江澤民利用時任副總參謀長熊光楷與姬勝德之間的矛盾，以姬勝德捲入了「賴昌星案」為由將其治罪。當年 6 月，由軍紀委書記周子玉、副總參謀長熊光楷代表軍事檢察院對姬勝德宣布：逮捕。姬勝德聽後當即癱倒。

經審判後，姬勝德被認定犯有四宗罪：受賄二千餘萬元；挪用、侵吞軍事用途的資金九百萬；隱瞞配偶加入外國國籍；以及涉嫌洩露軍方機密。

江澤民要將姬槍決。當中共大佬姬鵬飛得知獨子要被處決後，先後四次寫信給江澤民、張萬年、遲浩田，請求寬恕，免其一死，但都如泥牛入海般沒了消息。當得不到明確回復後，姬鵬飛於 2000 年 2 月 8 日在書房寫下遺囑，用紅酒吞服了三十多粒安眠藥自殺身亡。

姬鵬飛的自殺博得中共其他大佬不少同情，時為儲君的胡錦濤也曾三次要求保釋姬勝德，最終姬勝德被判死緩，後改判無期，現在保外就醫回到家中。

第三節

鄧去世 曾江開始「報仇」

　　雖然在陳雲、薄一波的阻撓下，鄧小平沒有廢掉江澤民，但鄧小平內心深感江澤民靠不住，只能作為過渡人物。於是在中共14大上，鄧小平出人意外地給江澤民安排了接班人——49歲的胡錦濤。

　　為自己的接班人安排接班人，在中共歷史上是前所未有的。這等於讓江澤民斷了後，江無法讓自己中意的曾慶紅接班，這讓曾慶紅非常痛恨鄧家人。

　　相比而言，曾慶紅對鄧小平的恨，比江澤民恨鄧小平更深。沒有政治才幹的江澤民，自知沒有鄧小平的提拔，就沒有今天的他，沒有鄧那一刻的決定，江走不出上海灘。而一向自我感覺良好、自我期待很高的曾慶紅則不同，作為所謂「紅二代」，他同薄熙來等太子黨一樣，認為這個江山是他們老子打下來的，理所當然是他們紅二代的，江澤民只是來「打工」的，如今不讓他這

個正宗「紅色血統」的人來接班，卻找來平民出身的胡錦濤，這令曾慶紅受不了。

不過，妒嫉心和報復心都極強的江澤民，由於這兩顆心，也讓忘恩負義的江澤民對鄧小平生出莫名的仇恨。於是，曾慶紅與江澤民一拍即合，1997 年 2 月鄧小平一死，江曾二人馬上就開始整治鄧家，連燒鍋爐的、警衛員一干人馬都沒有放過。

鄧在世時，江每次見鄧的妻子卓琳，沒說話笑臉就先遞過去了，每次進鄧府，江都是點頭哈腰的，特別是剛到北京時，江對鄧家傭人、小孩都稱「您」，給鄧小平又是點煙倒茶又是拿拖鞋的，畢恭畢敬；鄧死後，江就狠狠地整了一下鄧的後人。江澤民自己有個「中國第一貪」的兒子江綿恆，但此時江卻以貪腐為由威脅要拿鄧的兒子開刀，並剝奪了鄧家人對鄧小平言論的解釋權。

也許有人還記得 2012 年年底發生的鄧榕在官方媒體出鏡後被立即刪除的詭異事件，幕後原因就是 1997 年鄧小平死後江澤民與鄧家有約，鄧家子女中鄧質方和鄧榕不得繼續在重要場合進行公開活動，限制鄧質方的理由是他的經商副手周北方因罪大惡極被判處死緩，而鄧質方卻能逍遙法外，令鄧質方淡出公眾視野是令輿論消音的唯一辦法。

限制鄧榕的原因是她在江澤民任上以鄧小平代言人自居，令江澤民恨之入骨，如果她抗拒接受江澤民所開出的交換條件的話，她的在掌管全軍武器進出口貿易期間屢犯大忌的丈夫賀平就會被要求「說清楚」。

1989 年北京大學生的遊行隊伍中喊出了「毛主席的兒子上前線，鄧小平的兒子倒彩電」的口號，結果是被激怒了的鄧小平派出坦克部隊血洗了長安街，而他那「倒彩電」的大兒子鄧樸方日後則

因為中央委員屢選不中，一怒之下乾脆直接當了中共二級領導人。

2013 年 3 月中共兩會上，鄧樸方的中共政協副主席官位被迫讓給了陳元，鄧楠雖然是中共政協常委，但她的正部級實權位置、中共科協黨組書記兼書記處第一書記的職務，也被迫讓給了習近平的昔日同窗陳希。如今鄧樸方已經「光榮退休」，其終身榮華富貴是國庫依「法」確保的。

鄧小平的另一個兒子鄧質方 1980 年代去美國留學，獲得物理學博士學位後回國，對從事自己所學專業或者擔任科技部門官僚的安排都不感興趣，於是他直接進入了當時中國最大的官商公司中信集團。

1989 年大學生們只把攻擊矛頭集中在鄧樸方身上，是因為當時的鄧質方在中信的頭銜還僅僅是個副總工程師，但從 1992 年鄧小平南巡開始，鄧質方一夜之間就變成了所有經商太子黨中最高調，最不在乎外界負面輿論的一個。

一時間，北京有他的公司、海南有他的地產、上海有他的房產、香港有他的控股……，那個年代的港人可能至今都還記得當時香港各大報刊上都是鄧質方和與他「一筆難寫兩個方」的商業搭檔周北方一左一右的合照，照片上還有他們的大金主李嘉誠在慶祝「合作」的盛大酒會上的絢麗光景。

曾慶紅、江澤民把周北方抓起來後，就利用這個來要挾鄧家人，以至於鄧的妻子卓琳不得不撕破老臉，要在江澤民面前上吊自殺，這樣曾慶紅才出面當好人，與鄧家談妥條件，放過鄧質方。從此鄧家人低調退出政治舞台。

據說中紀委和檢察院有幾個人，因為害怕從周北方嘴裡聽到太多牽涉到鄧質方的經濟犯罪行為，擔心有一天會因為「知道的

太多」招禍上身而「臨陣逃脫」，留下來的辦案人員隨時提醒周北方「只說自己的事情，不要牽扯別人」。

黑材料逼退葉選寧

為了讓其他太子黨聽命於江澤民，曾慶紅不但設計抓了姬勝德、害死了姬鵬飛、打壓了鄧家人，還把整肅的目標放在了葉劍英家族身上，因為曾慶紅知道，葉家的幾個兒子在軍隊、地方上都是能夠呼風喚雨的人物，特別是葉選寧，若能讓葉家二公子俯首稱臣，曾慶紅、江澤民在軍中的地位就會大大提升。

葉劍英的長子葉選平，曾任中共全國政協副主席；二兒子葉選寧，曾任解放軍總政聯絡部長；小兒子葉選廉，中共政協委員、凱利集團董事長兼總裁、保利負責人之一，他與「京城名媛」趙欣瑜的緋聞，一直是人們津津樂道的事。

在整個葉氏家族成員中，長期刻意保持低調的，當屬葉選寧。他在中共解放軍總部系統中，與賀龍、劉伯承等人的後代同為「帥門將子」，但卻因為具體擔任的職務是極少對外公開曝光的解放軍總政治部聯絡部長職務，主管軍隊特務情況，而且又對外使用化名「岳楓」，所以關於他的背景資料及個人資歷，外界知之甚少。

眾多中共高幹子女，特別是鄧、陳、葉、王等幾大元老家族的後代們，相互之間矛盾重重，比如鄧、陳兩家後代從不相互走動；鄧、楊兩家後代雖然曾經親如一家，但因為 1992 年的「倒楊」事件便開始交惡。而能夠在他們之間起到矛盾調合作用和內部凝聚作用者，便是葉選寧。

「我們這一代人的精神領袖」的說法，據說首次出自陳雲的

女兒陳偉力之口；而鄧小平的長子鄧樸方更是表示：「我與選寧比，一個在天上，一個在地下。」可見，「眾多太子黨只服葉選寧」的說法，毫不誇張。

首鋼董事長周冠五之子、首鋼國貿公司副董事長周北方出事、被判死緩後，經商的太子黨們即議論：周北方敗就敗在抱住一條鄧家二公子的粗腿便自認為萬無一失，如果他當年是投靠在葉選寧門下，即使出了事情，葉選寧也會保他不進監獄。不過也有人議論說：周北方那種太過招搖的行事作風，就是想投靠葉選寧，也不會被收編。

從這些故事中就可以看出，為何曾慶紅要先拿葉選寧開刀。

文革後，葉選寧進入中共國務院，在副總理兼國家經委主任康世恩處當祕書。1980 年代初，鄧小平、葉劍英、王震三人在一起商量請榮毅仁出面，籌辦國家信託事業。由榮氏牽頭的中國國際信託投資公司（簡稱：中信）成立之初，中國大陸的軍火出口完全由這家公司經理，但不久便帶動成立了軍方的兩家最大的公司，保利科技有限公司和凱利實業有限公司，前者由在中共解放軍總參謀部裝備部任職的王震、鄧小平子女掌控（王震後代全部掌控中信公司後，保利公司則全部交給鄧家）；凱利公司則由剛剛從國務院離開改穿軍裝、直接被任命為解放軍總政治部對外聯絡部副部長的葉選寧牽頭，任公司董事長兼總經理。

1984 年，葉選寧正式穿上軍裝，1988 年在中共恢復軍銜制首次授銜時，即獲授少將軍銜。葉選寧四年軍齡即官拜少將，在中共軍史上極為罕見，由於工傷，葉選寧的一個胳膊沒了，官媒也就把他稱為「獨臂將軍」。

由於總政對外聯絡部其實就是軍隊的特務機關，葉選寧的權

限非常大，想做什麼誰也管不了。1993 年八屆中共政協會上，葉選寧當選為政協委員，這樣更有利於他身著便裝在海外進行民間活動。

最開始，曾慶紅讓江澤民用送官的方式拉攏葉選寧，用金錢地位來收服他，據說江欲送給葉選寧的頭銜是總政治部副主任，並晉級中將，但葉選寧堅辭不受，因為在心底，葉選寧非常看不慣江澤民的小人作風，認為鄧小平把位置傳給江澤民，真是老糊塗、瞎了眼。軍中高層都知道，江與葉素來不睦，葉選寧在軍中任職期間，曾有意避開與時任軍委主席的江一同出現在一個活動中。而葉選寧和習近平的關係則一直很近。

當時按照中共新規定的軍隊編制，軍委各總部的下屬機構，諸如總參作戰部、總政聯絡部等，均與集團軍平級，其正職主官的軍銜為少將，最高服役年限為 60 歲。也就是說，到 1997 年時葉選寧剛好 59 歲臨屆退役年限。而總政治部副主任則屬副大軍區級，中將軍銜，退役年齡延長到 63 歲。

葉選寧本想更上一層樓，升到聯絡部部長的位職，一來可繼續掌握特務機構，代表葉家利益對中共政局施加影響力；二來為混個中將，也好光輝光輝；三是升職後退役年限自然就延長了。但他的如意算盤卻被江澤民硬生生的給破壞了。

鄧小平剛去世，葉選寧那多年從事特務工作的敏銳嗅覺就聞到危險的味道，還沒等曾慶紅、江澤民動手除他，他自己先利用工作上的便利輾轉躲到海外。葉選寧匿身海外的消息傳出後，在北京高層的小圈子裡引起不小震動。

葉選寧為何怕曾慶紅要躲到海外呢？因為曾慶紅當時是中共最大的特務頭子，其角色如同周恩來，統管著中共黨、政、軍三

大權力系統下的一切特務機構和組織。曾慶紅利用他掌握的龐大的特務系統，收集了不少葉家的黑材料，在江澤民與葉選寧激戰時，江拋出了這些黑料，葉家因而不得不就範，最後葉選寧交出權力，於 1997 年 59 歲時退役，到養老院中共國政協兼個閑職，而後一度消失在公眾視線之外，直到王立軍事件爆發，習近平上台前後葉選寧又高調重出江湖，與江派再續「前緣」。

2014 年 1 月 27 日，老軍頭王震的長子、前中國海洋直升機專業公司董事長王兵去世，在 1 月 29 日的遺體告別儀式上，實權派的太子黨一個都沒來，來弔唁的紅二代成員包括葉劍英的女兒葉向真、賀龍的女兒賀曉明、胡喬木的女兒胡木英等，王兵的兩個弟弟王軍、王之在靈堂接待來客。

由於王兵並無中共體制內正式級別可言，中共官方沒有正式報導也未派人出席這並不意外。但習仲勛家族、賀彪家族均無人到場，另外王兵的兒女親家葉選寧當天也沒有露面更為蹊蹺。諸多跡象顯示，太子黨內部發生了大分裂。

王震家族投靠江派後，王軍與曾慶紅、薄熙來、周永康等人走得很近，而江派發動的政變奪權計畫針對的目標又是習仲勛兒子習近平。在胡溫抓捕薄熙來前，葉選寧已最先致信中南海要追究薄三的責任，而後高調站到習近平一邊，加之葉家與江澤民派系的宿怨，當王震家族投向江派與薄、周親近後，葉選寧選擇了疏遠王震家族。這是後話。

設計逼退政敵喬石

鄧小平死後，曾慶紅對江澤民分析說，他當時最大的政敵就

是喬石了。

喬石 1924 年 12 月生於上海，16 歲時加入中國共產黨，發起過上海學生運動。中共建政後喬石從基層做起，1982 年成為中共中央對外聯絡部部長和中共中央書記處候補書記。後來歷任中辦主任、中組部部長、國務院副總理、中紀委書記、中共中央黨校校長等。1993 年至 1998 年任第八屆全國人大常委會委員長、政治局常委。

中共黨內像喬石這樣從學運到工業系統，從對外聯絡到主管組織、情報、紀律，最後進入最高決策層的人，別說長期身處下位的江澤民，即使李鵬、甚至連楊尚昆、薄一波等都無法相比。

顯然，論資歷、才幹，江澤民無法把自己和喬石並列，喬石還是兩派元老鄧小平和陳雲都非常看好的人選。而且喬石背後是彭真、萬里的政法系統、人大委員會的支持。據說喬石在中共「14大」上以 316 票高票當選政治局委員，只差一票便獲得全票──因為妒嫉心極強的江澤民沒有投他。

北京圈子裡有「江落石出」的說法，表明人們希望江澤民下台、讓喬石上來的願望。鄧去世後一個月，《德國商報》採訪了喬石，曾慶紅馬上找人翻譯成中文後送給江澤民。曾慶紅神祕地說：「喬石同志除了繼續談法制和人大外，還對這個德國記者強調了一件事。」他故意停了一下，看到江有些發急時才繼續，「他說，主要還是要『反左』。」江澤民驚愕地重複了一句：「反左？」他不由得想起鄧小平南巡時自己差點下台的險情。

1995 年 3 月 9 日，喬石在接受中共官媒採訪時表示，市場經濟是法制經濟，經濟立法是各項立法的重點，應在一年內完成。人大副委員長田紀雲也呼應說，人大代表應有選擇候選人的權

力，政府新政策應向人民公開說明。喬石還在八屆人大三次會議上呼籲：一切國家公務員都是人民的公僕，絕不是騎在人民頭上的老爺。要從制度上著手，切實加強廉政建設，最根本要靠法制。喬石的句句講話都讓江耿耿於懷。

如何除去這個強有力的政敵呢？曾慶紅給江澤民出主意，讓江去找 89 歲的薄一波，請他勸退喬石。當時喬石 73 歲，江澤民 71 歲。

於是江澤民再一次與薄一波做了交易。薄答應向喬石施壓，江則抱歉說自己對薄熙來「關照」得還遠遠不夠。於是，薄一波哆嗦著行走不便的雙腿去告訴喬石，15 大將重新規定留任年限，以 70 歲為界線，要喬石退出。

曾慶紅原以為喬石會拒絕這個提議，哪知喬石爽快地答應了，不但退出政治局常委，而且全部退出，不再擔任任何職務，這大大出乎江澤民、曾慶紅的意料，因為這事要擱在他們身上，拚命也不能答應。

不過喬石臨退前，提出讓尉健行當中紀委書記，讓田紀雲保持人大副委員長職務，同時喬石公開透露鄧小平讓胡錦濤接替江澤民的政治遺言，喬石意有所指，如果江澤民要廢黜胡錦濤，就等於是背叛鄧小平的旨意。當時李瑞環、萬里等人，也在不同場合不約而同地重複喬石這番話，這令江澤民非常氣惱。

「三個代表」出籠笑話

在趕走喬石之後，江澤民終於如願安排了中共 15 大人馬，江總算掌控了中共黨政軍最高權力，成了名副其實的江上皇。

這時曾慶紅給江澤民出主意說，要想名垂千古，他必須在理論上有所建樹，這樣才能和馬恩列斯、毛澤東、鄧小平那樣，成為真正的第三代核心。於是，曾慶紅再次讓王滬寧充當了江澤民的政治化妝師。

當年調王滬寧進入中央政策研究室，也是曾慶紅的力薦。而吳邦國也曾有過請王滬寧任江澤民政治顧問的想法。吳邦國進入北京後，念念不忘要調王滬寧入京輔佐江澤民，多次在江澤民面前提起。

江澤民第一次見到王滬寧時，就把王的一段文章完整地背了下來，令王很吃驚。江澤民為了賣弄學識，他經常背別人的文章，否則就肚裡無貨，講不出話來。

後來王滬寧調入中南海後，江澤民與他見面時曾開玩笑地說：「如果你再不進京，這一幫人可要跟我鬧翻了。」可見曾慶紅和吳邦國對江的無能著急到了何種地步。王滬寧進京不久，就為江澤民起草了14屆五中全會上的講話《論十二大關係》。

2000年3月初，中共官媒發表了一篇評論員文章，推出三句話，即「三個代表」，首次作為江澤民的「思想」理論在全國範圍內推出。但不久這場轟轟烈烈的宣傳就被證明是一齣鬧劇。

「三個代表」到底是怎麼出來的，剛開始一般人誰也說不清。後來「三個代表」最紅的時候，王滬寧忍不住吐露真言，說自己是原作者，引發輿論譁然。

王滬寧把「三個代表」的理論定下之後，2000年2月25日下午，在廣州珠島賓館與廣東官員的座談中，江澤民第一次完整地背誦下來。江還把這作為自己的「創造性論述」塞進了中共黨章和憲法。

不過這 51 個字就能稱為劃時代的理論，讓天下人都笑了。有人說王滬寧是故意戲弄江澤民的，隨後他還為胡錦濤提出了科學發展觀。不過是否曾慶紅故意要藉此讓江澤民出醜，那就不得而知了。

2014 年 8 月周永康被公開調查後，王滬寧被中紀委書記王岐山找去談話，承認自己犯下四大錯誤，並否定了「三個代表」。

據《爭鳴》8 月號刊文報導，7 月上旬，在中共中央政治局組織生活會上，現任中共中央政策研究室主任、中央全面深化改革領導小組祕書長兼辦公室主任的王滬寧承認四點錯誤：

第一，對家屬、親屬及身邊工作人員放縱；第二，被親屬、同事利用進行斂財；第三，向江澤民和胡錦濤原屬下高官洩密中共政治局內部機密；第四，個人生活作風一而再、再而三失足。文章稱，王滬寧在會上第三次提出引咎辭職，重返學校執教。但未獲批准。

文章還說，王滬寧承認當年違心與曾慶紅推出「三個代表」江理論。他表示，在研究、討論期間也提出過保留意見，但最後還是贊同了，並且參與大樹特樹江澤民思想，甚至將其與馬主義、鄧理論相提並論。

曾慶紅暗殺習近平——權謀野心家落馬內幕

第三章

藉北約炸彈設局搞鎮壓

1999 年，江澤民在曾慶紅的獻策設局下，蓄意激怒美國，造成中
共駐南斯拉夫使館被北約轟炸事件，再藉此煽動仇恨，轉移國內
及國際焦點，以換取全面鎮壓法輪功。圖為 1999 年參與到美國大
使館示威抗議的中國大學生和民眾。（AFP）

第一節

1999 年南斯拉夫中使館 被炸真相

　　曾慶紅不但從一開始就為江澤民獻陰謀、策劃鎮壓上億法輪功群眾：進行株連、開殺戒，蹂躪法律，同時也藉國際形勢來轉移人們注意力，以便為鎮壓準備時間。

　　北京時間 1999 年 5 月 8 日，中共駐南斯拉夫使館被北約轟炸，官方稱有 3 人死亡。事後美國稱是「誤炸」。2013 年《大紀元》獲悉，中共駐南斯拉夫使館被炸背後藏驚天黑幕。

　　當時江澤民為了分散國內、國際對總理朱鎔基和平解決法輪功學員「4‧25」上訪問題的注意力，以及扭轉中共黨內高層對其一意鎮壓法輪功很不認同的尷尬局面，並為度過「六四」十周年危機，在這個敏感時刻，仍故意堅持在中共駐南斯拉夫大使館繼續幫塞爾維亞、黑山共和國建設米波雷達天線技術項目，而有意觸怒美國，並刻意隱瞞美國多次通過國家間內部溝通途徑發出的「若再不停止，要轟炸」的預先警告，直接造成了這起震驚中

外的「五‧八」國際事件。隨後，江澤民利用「五‧八」事件挾持了整個中共政治局，為其在當年七月份公開鎮壓法輪功鋪路。

1999 年 4 月 11 日，中共御用文痞何祚麻在天津教育學院的《青少年博覽》雜誌上發表文章攻擊法輪功，稱法輪功會像白蓮教一樣亡黨亡國。為澄清真相，一些法輪功學員前往教育學院反映實情。4 月 23 日，天津公安動用 300 多名防暴警察毆打法輪功學員，並抓捕了 45 人。學員要求放人，天津公安稱是執行上級命令，讓學員到北京上訪解決問題。

從 4 月 24 日晚開始，法輪功學員懷著對當時中央政府的信任和期待，紛紛自發前往位於中南海西側府右街的國務院信訪辦。4 月 25 日早上，上萬名法輪功學員從四面八方湧向市中心。起初警察在通往天安門的各個路口攔截，後來警方帶路，把人流導向中南海，最後形成了所謂「圍攻中南海」，其實都是警察安排的「包圍」。最後在時任總理朱鎔基出面的調解下，法輪功學員平和散去。

國際社會評價說，事件雙方所表現出的和平理性是中國歷史上從來沒有的，當時國際社會對朱鎔基也大加讚揚。但是這些都成了後來 7 月份，江澤民直接鎮壓法輪功的導火索。

中共在科索沃戰爭中扮演角色的真相

1999 年 3 月 24 日，美國、北約開始與南聯盟開戰，而中共與南斯拉夫關係一直不錯。當時國際媒體報導稱，中共駐南斯拉夫使館充當南聯盟軍隊的信號中轉站。

中共當時在使館內幫助塞爾維亞、黑山共和國建設米波雷達

天線技術。依靠中共提供的這種老技術，南聯盟曾經成功擊落一架美國 F-117 隱形飛機，最後南聯盟還將此飛機的殘骸交給中共，使得美國軍事機密外洩，令美國大為惱火。

其實這些都幾乎是公開的祕密。2010 年「中國雷達之父」王越做客央視的春節特別節目，向公眾披露中共雷達技術的研發情況時候就說，當年科索沃戰爭時期，南斯拉夫人是用老式米波雷達發現美制隱身 F-117 轟炸機，並用普通 SA3 導彈擊落的。他只不過沒有明說，這些技術都是由中共所提供。

曾慶紅設局 故意讓使館被炸來鬧事

美國和北約對中共這種暗中幫助南聯盟的行為非常惱火，並不斷警告中共高層為此可能造成的後果，要其放棄對南聯盟的支持。最後，在當地時間 5 月 7 日晚間即將轟炸使館之前，還事先給了江澤民最後通牒。

但是當時的江澤民，正苦於找不到一個扭轉其政治頹勢、鎮壓法輪功的機會。當時由曾慶紅提議，羅幹參與，江澤民最終祕密設下一個「局」：雖然事先得知中共駐南斯拉夫使館會被轟炸，但不做任何的通報和故意不採取停止措施，要故意將事件鬧大、鬧得越大越好。

江澤民、曾慶紅設計這一舉動在當時的目的就是轉移視線，即把國內和國外的視線從法輪功問題上轉移到中共駐南斯拉夫使館被炸問題上，將中國民眾的激情先消耗掉一部分，爭取時間，為後續的鎮壓和成功度過「六四」十周年忌日做準備。

消息稱，使館被炸中身亡的是「新華社」記者邵雲環、《光

明日報》記者許杏虎和其妻子朱穎。真正身亡的還有 10 多名工程師,當時都是幫助做米波雷達。中共官方的報導刻意隱瞞了這些,目的為掩蓋江澤民刻意升級與美國的衝突、製造這場爆炸的真相。而確切死亡人數目前仍無法獲證實。

中共外交官:江故意讓中國記者被炸死來煽動仇恨

曾是中共駐歐洲的一名中共高級外交官知道此事件真相,他透露說:「我最不能忍受的是江澤民為將事件鬧大,故意讓三名中國記者白白送死,在江澤民有意刺激美國的情況下,在美國發出最後通牒警告後,明知道美國要轟炸使館,故意不安排三位中國記者撤離,有意造成中國記者被美國炸死的慘狀來煽動仇恨,將事件鬧大來達到轉移國際對法輪功萬人上訪中南海事件的視線。」

這位中共高級外交官在中共駐南斯拉夫使館被炸事件發生後,十分「心寒」,主動離職,轉而經商,脫離了中共。十年前,他在美國華府街頭看到法輪功學員在發關於法輪功學員 1999 年「4‧25」中南海上訪真相材料時,非常感慨地對法輪功學員說:「我知道你們說的都是真的,我知道的內幕更多。」

這位中共前外交高級官員當時對法輪功學員透露,中共江澤民蓄意讓三名中國記者被炸死,將美國轟炸南斯拉夫事件鬧大,目的為轉移國際對法輪功學員到中南海萬人上訪事件的關注。

當然,知道此事件真相的並非只有這名中共外交官,還有其他多方消息來源和消息管道將此事件的真相披露出來。

曾慶紅早就準備好了計畫 只等美國行動

中共駐南斯拉夫使館被北約轟炸，這件事情發生在當地時間 1999 年 5 月 7 日晚間 11 點多，北京時間是 5 月 8 日的上午 5 時。事發當天北京時間下午 3 點，曾慶紅、羅幹已經安排特工人員開始行動，北京大學還出動校車輸送學生。

當時是曾慶紅在背後操控，各大高校都接到通知，讓學生們上街。當時曾慶紅聯合時任中辦主任、江澤民的心腹王剛、以及時任政法委書記羅幹等早早就準備好了文件，5 月 8 日一發生此事，文件就馬上下發到各個高校、公安部門。所以才迅速出現了清晨一出事，北京一些學校校車下午就開始接送學生上街的事情。下午 4 時 30 分，北京大學、清華大學、北京師範大學、北京航空航太大學、中央民族大學、首都師範大學、北京理工大學等幾十所學校的學生都在美國駐華使館前集結。

按照中共慣例，北京時間 5 月 8 日凌晨事發，中央政治局常委會在上午進行討論，定下 5 條決定（《江澤民文選第二卷》2006 年），然後需要就「五·八」事件起草文件，應對計畫，下發各個高校，高校向公安部門申請遊行許可（「六四」後遊行就必須要事先申請），公安部門批准，再到各個高校組織開會，落實遊行和抗議事宜。但是這些在半天多一些的時間內就被全部完成。

當時，第一批到美國大使館示威的人被打了，有人說是被使館門口等簽證的人給打了，但其實是被使館門口的警察打的，打人的是新派去的便衣警察，本來負責四、五、六月份敏感期使館區的治安，當時還沒接到可以遊行的通知，一見有人來遊行，先

打一頓再說。

北京某大學組織學生抗議示威，有個年級共一百多人，上面要求有一半的人參加遊行，結果報名的只有兩個，最後系裡以「表現記入檔案」相要挾才湊夠了人數。遊行的人知道背後有中共撐腰，有點過激行為、做點出格的事，不但不會惹麻煩，還會得到某種鼓勵。

歷經了「六四」風波的江澤民，當然也明白遊行不能失控的道理。所以在北京，配備有盾牌、棍棒的警察與武警嚴守大使館，但對抗議活動並不阻攔，主要是監控學生。

中國各地公安部門都在一天內迅速批准了各地的遊行申請，這也是自「六四」以來的首次，也是「效率極高」的一次。

當時江澤民定下的策略就是「外硬裡軟」，表面看上去對美國非常強硬，但是實際卻很軟弱，出於對胡錦濤當時不支持打壓法輪功的不滿，江澤民設計讓副主席胡錦濤出面「背黑鍋」。

1999 年 5 月 9 日 18 時，胡錦濤發表電視講話僅是輕描淡寫的「強烈譴責以美國為首的北約的野蠻行徑」，同時反而對遊行抗議表示擔憂「廣大人民群眾一定會從國家的根本利益出發，自覺維護大局，使這些活動依法有序地進行。要防止出現過激行為，警惕有人藉機擾亂正常的社會秩序，堅決確保社會穩定。」

胡錦濤出面說了這些話，遭到民間很大的詬病，矛頭都被指向胡錦濤。

1999 年 6 月 16 日，美國總統特使皮克林在北京向中共報告使館事件調查結果，稱這次事件是「悲劇性誤炸」。

1999 年 6 月 10 日，江澤民在中共政治局會議上，以在要「大力增強凝聚力、戰鬥力」對抗美國的前提下，挾持了中共政治局，

對法輪功採取行動，「中央已同意李嵐清同志負責，將成立一個專門處理『法輪功問題領導小組』。李嵐清同志任組長，丁關根、羅幹同志任副組長，有關部門負責同志為成員，統一研究解決法輪功問題的具體步驟、方法和措施。中央和國家機關各部委、各省、自治區、直轄市要密切配合。」這就是「610」辦公室的由來。

同時在會議上，江澤民對法輪功造了相當多的謠，來證明當時這個決定並沒錯。江的言外之意就是，誰反對鎮壓法輪功，反對「大力增強凝聚力」，誰就是在「五・八」事件上裡通外國，誰就是在賣國。

此前曾慶紅還下令他控制的國安局，謊報美國政府出了多少錢來支持法輪功，「法輪功裡通外國」等謊言，在江澤民又跳、又叫的脅迫下，政治局其他人同意懲治法輪功。

於是，1999 年 7 月 20 日，江澤民對法輪功的鎮壓全面展開。

第二節

法輪功
北京「4．25」上訪事件

　　1999 年 4 月 25 日，中國北京國務院信訪局門前來了上萬名
法輪功學員上訪，史稱「4．25」北京萬人大上訪，由於國務院
信訪局就在中南海附近，上萬的法輪功學員秩序井然的上訪一般
人便稱之為中南海事件。也有人簡稱為「4．25 事件」。

上京僅要求合法煉功，上訪學員只占萬分之一

　　在 1999 年 4 月 25 日之前的一段時間內，法輪功學員在中國
公園煉功屢受中共地方公安的騷擾，並且多次受到官方控制的電
視、報刊的不實報導。天津公安打人、抓人，與當地政府部門又
講不通的情況下，法輪功學員懷著對中央政府的信任，到北京中
南海毗鄰的信訪辦公室集體上訪，要求天津公安釋放當時因在天
津上訪而被抓的四十餘名法輪功學員，要求允許出版法輪功書籍

以及給廣大法輪功群眾一個合法寬鬆的煉功環境。

中國憲法規定民眾有上訪的自由。中共官方保守估計當年參加上訪的法輪功學員人數超過一萬名。因為修煉者眾，這個人數只占當時全國法輪功學員人數的萬分之一。

有人說「4‧25」法輪功上訪的學員太多了，中共官方報導是上萬人，實際人數可能更多。多與少是相比較而言的。當時全國的法輪功學員上億，北京的法輪功學員就有幾十萬，人人都想為法輪功講句公道話，相比之下去的人並不多。

遵照中國憲法賦予公民的上訪權，人們在受到不公正待遇時應該有說話的權利，否則就是在默許錯誤的蔓延、阻止正義的伸張。上訪不光是維護法輪功學員自身的權利，也是維護憲法的尊嚴、呵護公民權利。

「圍聚中南海」情勢實為公安誘導調度所致

1999 年 4 月 11 日，學術痞子何祚麻在天津發表文章誣衊法輪功「亡黨亡國」，天津法輪功學員去刊文的《青少年博覽》雜誌編輯部反映情況後，4 月 23、24 日被警察暴力毆打，45 人被抓。天津公安還故意放話說：「這是中央的決定，要想放人，得到北京去反映情況，只有上面點頭才能解決這問題。」於是為了營救被抓的天津功友，發生了 4 月 25 日的法輪功學員集體上訪。

4 月 25 日當天，法輪功學員首先到達的地點是信訪辦，當時他們本來都自發地去信訪局上訪，但是在中共警察的有意引領下，要求法輪功學員從中南海西門沿兩邊匯集。法輪功學員當時並未察覺事有蹊蹺，始終努力配合警察的調度指揮。而最終圍聚

中南海的情勢實為中共公安部門誘導調度所致。

中共媒體聲稱法輪功「包圍」中南海，其實完全是一種構陷。

而且在「4‧25」當日，當發現法輪功學員和平理性，挑不起事端後，天津抓捕法輪功學員事件的始作俑者、參與構陷法輪功陰謀的何祚庥和司馬南，公開現身在北京中南海的門口長達二十多分鐘，目的很明顯，因為他們是天津事件的始作俑者，那麼如果法輪功學員稍微有一點衝動的話，就會為當時抓捕法輪功製造一種藉口，但當時法輪功學員以和平、理性、善良的方式化解了中共的陰謀。

當時的中共國務院總理朱鎔基當天和上訪的民眾臨時推選出的代表會談，並做出了妥善處理，法輪功學員當晚和平散去。「4‧25」上訪的和平解決，受到國際社會的稱讚。

中共一直在找鎮壓的藉口

法輪功自 1992 年公開傳出後，以其顯著的祛病健身與道德提升效果受到民眾的普遍歡迎，修煉者人數每天都在大量增加。而一直想「管天、管地、管人思想」的中共，為了控制群眾，早在 1996 年就指使其喉舌開始了一系列不實的批判與詆毀，試圖阻礙法輪功的發展。因為中共執政合法性的缺失，使它對一切群體活動都抱著本能的恐懼。

1996 年 6 月在知識分子中發行最廣的《光明日報》，以反《偽科學》為題誣衊法輪功，當時法輪功在知識分子中大受歡迎；1996 年 7 月，中共新聞出版署不顧法輪功書籍名列全國暢銷書排行榜前列的事實，以「掃黃打非」的名義全面禁止法輪功書籍的

出版發行。很多民眾不解的問：法輪功教導人「真善忍」做好人，這怎麼可能是黃色色情書籍呢？

1997 年初，羅幹指使公安部派出特工學煉法輪功，企圖為定性法輪功為「邪教」收集證據，可是任何證據都沒得到；1998 年 5 月羅幹的連襟何祚庥在北京電視台誣衊法輪功有害於人，但電視台在了解真相後，從新製作了節目予以更正；1999 年初公安部派出大量便衣警察，對法輪功煉功點進行監控和暴力騷擾，企圖挑起事端以嫁禍法輪功，然而這些企圖都被法輪功學員以善行化解了，中共一直找不到鎮壓的藉口。

「4 · 25」拉開人類正邪較量的大幕

中共打壓法輪功是其邪惡本性所致，沒有中南海「4 · 25」和平請願，照樣打壓，只是過程和方式有所不同而已。中共一直蓄意製造事端以構陷法輪功。

了解「4 · 25」事件始末的民眾表示，此事件拉開了歷史上古今中外正邪較量的一幕，讓人們見證法輪功修煉真、善、忍的風範，開創了正法修煉的正行、正念力量的舞台，也讓社會看到如何識別正與邪，善與惡，好與壞。

第三節

我們所親歷的「4 · 25」

「4 · 25」上訪的法輪功學員隊伍整齊排列，地面乾乾淨淨，見證的路人耳目一新稱道：「從未見過這麼高素質的人。」（AFP）

　　1999 年 4 月 25 日，一夜間上萬名法輪功學員靜靜地出現在北京中南海附近，這被史學家稱為「4 · 25 中南海事件」，至今中共依然掩蓋真相。以下是部分當事人以不同角度再現當時的盛況。

冒死傳遞天津抓人打人的資訊

　　旅居韓國的法輪功學員李慧當時在天津市工作。4 月 19 日在煉功點聽功友說，天津教育學院出版的《青少年科技博覽》雜誌上，刊登了一篇中共政法委書記羅幹的親戚、被科學院同事稱為「政治專家」的何祚庥寫的一篇文章，稱學煉法輪功會「亡黨亡國」。

　　李慧回憶道：面對這不實報導，當天上午我就去了天津教育

學院，我只想跟編輯反映我自己修煉法輪功的真實情況。路上遇到一位母親帶著孩子，孩子得了白血病，醫生說他活不了了，但煉法輪功後奇蹟般地好了，而且成績也名列前茅。這位母親以前病得連路都走不動，現在一身輕。她說法輪功給了她們第二次生命，怎麼能顛倒黑白說法輪功不好呢？

於是大家都想去報社反映情況。編輯們聽了都很感動，表示第二天會更正報導。可是第二天他們突然說，上面有指示，不能更正。23 日下午報社來了幾車警察，傍晚時就開始暴力驅散。他們真是大打出手，有的學員頭被打破了，牙被打掉了，非常慘。那些武警一看就是經過特別訓練的，專門打人的要害部位。很多人被打傷，還有 45 名學員被抓。我們到市政府要求放人，結果警察說，這事歸中央管，要上訪，得到北京的國家信訪局。於是就有了後來的「4‧25」中南海萬人大上訪。

李慧說，有件事我看這些年都沒有報導。事件一開始，天津法輪功學員中的教功輔導員就被抓了。有的正在上班就被抓走了，有的在家被抓走的，結果我們和北京完全失去聯繫了。當時他們嚴密封鎖消息，開往北京的車輛都要嚴格檢查，那時網路不像現在這麼發達，當時中共的宣傳是，天津市沒抓人也沒打人，是法輪功學員鬧事，包圍中南海。

於是我決定把天津的真實消息傳出去。28 日那天我起得很早搭計程車到了火車站，沒想到火車站廣播上在喊我的名字，說廣播室有人找我，讓我趕快去，廣播一遍一遍地喊，我意識到可能是特務盯上我了，我逕直上了火車。

火車到了北京站，那麼多節車廂但只許從一個車門下，很多警察盯著每個下車的人。我當時想，一定要把消息傳出去，我

一定要安全下車。說來也很神奇，我就在警察眼皮底下走過來了，還順利來到北京站一個輔導員家裡。

可是他也被監控了，而且他沒有電腦無法上網。情急之下，我決定和另一個法輪功學員汪春曉一起南下廣州，最後從廣州輔導站把大津抓人打人的消息傳到了海外，也傳到了全國各地。

事後我回到北京才知道，北京的法輪功學員教功輔導員也被監控封鎖了，他們根本不知道天津究竟發生了什麼，更不可能號召各地學員到北京上訪。據說朱鎔基總理要找法輪功代表談話時，都找不到負責人，最後是從他們家裡把負責人找去的，「4．25」上訪完全是學員自願的行為，沒有組織。

「7．20」時李慧再次去北京上訪，被判一年勞教，由於不放棄修煉，她又被延期關押了一年，而一同跟她到廣州傳遞資訊的汪春曉，30 多歲就被迫害致死，他可是同事、家人公認的大好人。

理性平和，中共當晚鎮壓預謀落空

現居美國的法輪功學員吳伽理（Gary Wu）、周琳娜（Lina Zhou）夫婦當年親身參加了「4．25」上訪。

周琳娜回憶，天津警察毆打並抓捕了上訪的法輪功學員之後說，這件事公安部已經插手，天津沒權做主解決，要學員到北京中央上訪。「那時法輪功學員對中共當局還存有幻想，希望他們能公正處理，於是從 4 月 24 日夜裡開始，許多法輪功學員就前往國務院信訪局上訪。」周琳娜說：「當時北京的法輪功學員有幾十萬，聽到消息的學員自發去上訪，很快就去了許多人。」

　　她在早晨五點多鐘到達北京信訪辦所在地府右街，那裡已聚集了許多法輪功學員，警察也很多，警察還說：「早就知道你們會來。」警察把學員引領到中南海正門兩側的府右街和文津街，沿著圍牆站立，形成事後中共藉口鎮壓的所謂「圍攻中南海」之勢。

　　她說，當時法輪功學員雖然人數眾多，但秩序井然。有幾位學員代表進到中南海的中共政府信訪辦對話，外邊的學員都安靜地等著消息。大家都是站在人行道上，連只有幾十公分寬的供盲人行走的道路都讓了出來。多數學員站著，有少數人坐在地上，或煉功或看書，連互相交談的人都很少，場面非常安靜祥和。隔一段時間就會有學員出來，拿著塑膠袋收集垃圾，連警察丟在地上的煙頭都收拾乾淨。從早晨到中午，交通一直很通暢。下午，警察把路封了，交通才受到影響。

　　她還記得，當天下午何祚庥出現在府右街的西華門，站在門口等了大約半個小時才進去。「當時周圍都是法輪功學員，如果像中共誣陷的是來『圍攻』的，何祚庥這個挑起事端的元凶還能毫髮無損的離開嗎？」

　　她說，整個白天，警察雖然多，三步一崗五步一哨的，但看上去還比較輕鬆，還和學員談話。但到了傍晚，換了一批人，可能都是武警，情緒明顯不同了，他們都顯得很緊張，態度也不好。

　　大約晚上九點，學員代表出來了，告訴大家事情基本解決，天津學員已經放出來了。站了一整天的學員收拾乾淨地面開始撤退。

　　周琳娜家住得比較遠，她叫了一輛計程車，大約在十點十分到家。打開房門，室內電話鈴聲大作，她拿起電話，一位朋友焦

急地告訴她：「中共準備武力鎮壓，如果到半夜十二點法輪功學員還沒離開，就會發生第二次『六四』事件了。」周琳娜相信，中共當晚已經準備好武力鎮壓，是法輪功學員的理性平和，粉碎了中共企圖動用武力製造流血事件的預謀。

北京一個學法小組的故事

2003 年 4 月 25 日明慧網上有這樣一篇回憶文章，講述了他們學法小組的故事。當時在中國大陸，法輪功學員喜歡集體學法，大家傍晚沒事時聚集在一起，共同學習法輪功書籍，並溝通信息。

「我們學法小組一共八個人：曹阿姨夫婦、陳阿姨夫婦、曲大夫、小胡、小瑞和我。4 月 24 日是周六，晚上我們在曹阿姨家聽到天津學員被抓的事，當時大家一致決定明天一早去信訪辦上訪。第二天早上五點多，我趕到曹阿姨家，一看只到了六個人，原來曲大夫被丈夫鎖在家裡出不來，小胡也因故不能去了。於是我們六人在早上七點之前趕到了府右街。當時我們站在中南海西門五百多米遠的地方。在這裡我看到了我們煉功點上的很多同修。這時我發現身邊有許多坐在地上的同修，頭伏在膝蓋上在睡覺，便小聲嘀咕道：『怎麼剛來就睡覺呀！』身邊的曹阿姨小聲對我說：『我剛聽說這是從河北趕來的功友，他們昨天夜裡兩點多就到這裡了，所以現在很疲倦。』我恍然大悟。」

後來人越聚越多，整個人行道都站滿了上訪的學員。中午突然從前面傳來聲音：「大家往下傳，現在總理已經接見學員，有沒有學法律的，趕快去西門。」就這樣，學員們一個接一個的傳遞著信息。

「下午發生的事讓我記憶猶新。為了保持隊伍的整齊，比較年輕的學員都站在了最前排，讓外地和年紀大的學員輪流坐在後面休息。」

傍晚，年輕的學員拉起手，組成了一道人牆，值勤的警察卻輕鬆地抽著煙，有的還跟學員聊天。「這時，陳阿姨的女兒找到了我們。一見到爸媽她就哭了起來，說：『你們快回去吧，聽說晚上就要清場，像六四那樣。』」

陳阿姨安慰她說：「沒事，你先回去吧，等問題有了結果，我們馬上就回家。」晚上九點多，前面傳來了好消息：「往下傳，問題已圓滿解決，請大家馬上離開。」大家整理好東西，然後倆倆相繼離開。

一個局外人的見證

2002 年 4 月 25 日的明慧網上還登了一篇一個不修煉人所見的「4．25」，《心靈的震撼是任何謊言欺騙不了的——巧遇「4．25」見證者》，文章作者在賓西法尼亞的中國城介紹法輪功真相時，遇到一位親眼見證「4．25」的賓大退休老師。

老人回憶說：「那時我在北大醫院做治療，透過窗戶，一排一排的人整整齊齊的，前面一排站著，後面的坐著。問周圍的人都不知道怎麼回事。我走下樓到了街上一個小冷飲店，問店主今天生意如何？他說：『今天生意可好了，那些人真文明，連冰棍棒都從地上撿起來，地上保持得乾乾淨淨的，從未見過這麼高素質的人。』我一看，人群中老年婦女居多，都很有涵養，這真不是一般的人，社會上從沒見過紀律這麼好的一群人。素質真高，

素質真高。」

「我的心叫我來的」

一位外地的法輪功學員在回憶「4・25」經歷時，寫下來讓他感動的幾個場景：

在一個胡同路口，一個中年婦女帶著年幼的孩子蹲在馬路旁，便衣警察過去問她：「誰叫妳來的？」她回答：「我的心叫我來的。」聽了她發自內心深處而又智慧的回答，我當即熱淚盈眶，我想她簡短的回答道出了所有的法輪功學員的心聲。

下午，京郊各縣的官員奉命趕到現場，一個自稱是延慶縣縣長的人詢問一個女農民：「你們放著地不種來這裡幹什麼？」女農民答：「我們修煉了法輪功，身體好了，莊稼長得也好，我們要把這些告訴中央領導。」準確又樸實的語言再一次深深感動了我。

當晚九點鐘左右得知上訪問題得到了圓滿的解決，大家將垃圾清理乾淨後就平和迅速的離開了。但是外地的學員多是由當地政府組織車輛接走的，所有參與進京上訪的學員被記錄在案，成為秋後算帳的依據。

「法輪功改變中國的民族性」

「4・25」當天，一位荷蘭記者在現場採訪了法輪功學員，這位西人記者描述法輪功學員：「這是一支品德高尚的隊伍，他們把《轉法輪》稱為藍色經書，他們有神的紀律，走後地上沒有

留下任何髒東西。當時維持秩序的警察對周圍的人說，你們看看，這就是德！」

一位美國華人學者評價參與「4‧25」的法輪功學員：「他們這麼的單純！而且呢，變得真是對這個國家充滿了希望！……中國這個民族是不當順民就當暴民的民族。在中國歷史上沒有和平解決問題的。而這一天證明了，中國人是願意走非暴力的道路的。事實上法輪功已改變了中國的民族性……」

大道無形，無需組織

張女士1994年開始修煉法輪功，她曾在馬來西亞法輪功集會上發言談到，「4‧25」給她印象最深的是：「那種大法的威力啊，大法對人內心的改變。我們後來撤離的時候，就一句話，那麼多人，一瞬間就散開了，真的不誇張，就一瞬間，街道也乾乾淨淨，就好像什麼都沒發生過一樣，當時周圍的警察都佩服得五體投地，就是紀律嚴明的軍隊都很難做到這樣。其實法輪功根本不需要組織，就是那種大道無形，從無中來，又回到無中去的感覺。大家都想為法輪功說句公道話，要求釋放我們的同修，就來上訪了。過後說問題解決了，那我們就都回去了，其實就這麼簡單。」

放棄善惡原則，社會失去希望

有一回在倫敦的法輪功集會上，來自北京的周鳳玲女士在介紹完現場情景後說：「晚上九點多，有消息說問題都解決了，於

是大家很快散去。回到家，我丈夫生氣地告訴我：『妳知道你們這麼做多危險嗎？當警察的老李專門到我們家說不要讓妳去。武警早就準備好了，你們晚上 12 點再不撤離，他們就要抓人了，北海公園已備好了車，醫院也騰出了地方。』」

周鳳玲說，「哪怕後來的『7‧20』，我們也要去上訪。我們不懂政治，也不參與政治，但我們懂得善惡是非。忍不是苟且，忍中還要有善、有真。善良也不是懦弱，寬容也不是對行惡的縱容。一個社會道德崩潰的開始，正是從每個社會成員放棄善惡原則開始的。如果人人都認同強權就是真理，或者把現實利益當作行為準則，那這個社會就失去了希望，最終受害的是每一個人。」

第四節

一位大陸人的思維轉變

法輪功受迫害真相與酷刑演示展。
（明慧網）

　　李娟幾年前隨丈夫一起來到國外留學。同大多數普通中國人一樣，她對法輪功的認識最初全都來自大陸官方媒體，哪怕在國外有機會聽到不同聲音了，她也不想聽。「各說各有理，我怎麼知道哪個是真相呢？」但自從看了《九評共產黨》後，她的態度有些改變，特別最近一年多，她對法輪功有了全新的看法。用她的話說：「我現在是法輪功支持者了，我佩服他們，支持他們，但要我修煉，我還做不到，我吃不了那個苦。」

　　於是《新紀元》周刊請她談談自己這些年來的心路歷程，也許這正是千百萬中國人探尋真相的縮影。沒想到她的話匣子一打開，上來的卻是一段貌似不相干，卻很有深度的反思。下面內容是根據彼此談話補充整理的。

「很多年前在報紙上讀過這麼一條新聞：一個三歲幼童，整日被吸毒變態的母親折磨，饑一頓飽一頓的，屎尿也沒人管，渾身上下臭氣熏天，母親還不時用煙頭燒他的皮膚，拳打腳踢更是家常便飯了，孩子的肋骨被打斷了三根。當兒童保護組織把這混帳母親關進監獄的那一天，孩子卻放聲大哭，死活要跟母親在一起，其他人怎麼勸說也無濟於事，在他眼裡，母親再壞也是他最親近最依戀的人。

我當時就想，那些孩子太可憐了。在他們那種環境下，惡母就是一切，淫父也代表一切，因為所有食物，所有跟外界的接觸交流、孩子的所有思維活動，都是通過他們來實現的，孩子的頭腦就是一張白紙，寫什麼是什麼。從這個故事裡我明白了整體大環境的重要性。

過去常聽人說中共統治下，中國是個思想大牢籠，我不信，現在我明白了。我們從小就接受思想改造，在那種封閉變異的環境下，長大後的思維，不知不覺就是按照共產黨的要求在做了，你覺得是自己在思考，其實你的思考模式都是別人強加給你的，你怎麼想也跳不出它給你設定的框框。特別是後來我讀了《解體黨文化》後，我更明白了，為什麼同樣一件事人們有完全不同的解釋呢，就是看問題的基點不同、衡量好壞的標準不同造成的。」

「六四」再現中共殺人本性

「比如說『六四』，當初很多支持學生的人，後來也跟著說是學生的錯，學生被人利用了，所以就該鎮壓，不鎮壓這事怎麼收場呢？我以前也一直覺得應該鎮壓，只是鎮壓方式應該緩和

點，別那麼殘酷。讀了《解體黨文化》裡面的分析我才明白，鄧小平之所以拒絕趙紫陽的建議，非要用武力鎮壓，這正好體現了共產黨的殺人本性。換個政黨是完全可以有不同結局的，但對於共產黨而言，它必然要鎮壓的。」

「有人說，政府開槍是被學生逼出來的。這就好比一個流氓在法庭上為自己辯護說，誰讓那個姑娘長得那麼好看，穿戴那麼漂亮，剛好趕上我情慾發作，所以我強姦了她，這是她的過失，誰讓她那天從我身邊走過呢？這就是強盜邏輯。任何政府在任何時候都不應該向手無寸鐵的百姓開槍。不管學生做得是否有錯，政府都不該開槍，就好比一個孩子，不管他怎麼鬧騰，家長也不能打死孩子，中共鎮壓學生是絕對沒有道理的。」

我真搞不懂我以前怎麼那麼糊塗，竟然覺得共產黨講的都是對的，就跟腦子受控制一樣。現在我明白了，要把問題想透，關鍵是要看清共產黨是流氓壞蛋，反黨才是愛國，共產黨比納粹還壞，誰不反共，誰就不愛國，誰就不愛人民。」

中國人的斯德哥爾摩綜合症

「說到『六四』的影響，我很贊成一個學者提出的說法，『六四』以後中國人都得了『斯德哥爾摩綜合症』，對害人的共產黨不但不怨恨，反而擁護、依賴它，好像離開共產黨，中國人就沒法活了似的。」

李娟說的斯德哥爾摩綜合症是一種精神心理疾病，來源於一個真實案例。1973 年 8 月 23 日，兩名有前科的罪犯在意圖搶劫瑞典斯德哥爾摩內最大的一家銀行失敗後，挾持了四位銀行職

員，在警方與歹徒僵持了六天 130 個小時之後，因歹徒放棄而結束。然而事發幾個月後，這四名職員卻一直要求法庭寬恕綁匪，其中一個女性還想嫁給綁匪。

研究發現，當人質感到綁匪有能力威脅到自己的生命，而自己無法逃脫時，一旦綁匪略施小惠，人質就可能被打動。為了擺脫恐懼，人質會主動站在綁匪的角度思考問題，從而迎合順從綁匪的要求，完全改變了自己原來的立場。

不要站在中共的流氓立場上

「『六四』後不管當官的怎麼貪污腐敗，老百姓都不敢吭聲了，上面說啥就是啥了，完全屈服於中共的淫威。十年之後，法輪功學員突然集體到中南海上訪，這在當時太罕見了。法輪功教人做好人，講真話，對人友善，講忍讓，這些都是我們中國人最優秀的道德品質，而共產黨非要說他們是非法的，不准他們煉功，不准他們的書籍出版，這明明是共產黨先做錯了事，人家上訪糾正錯誤，這有什麼不對的呢？

以前我看到法輪功在國外講受迫害的真相，也覺得他們在給中國人丟臉，現在我明白了，讓中國人丟臉的是共產黨的暴行，假如共產黨不迫害法輪功，法輪功也不會到國外來喊冤，你在街上也看不到講真相的人了，所以關鍵還是共產黨不要搞迫害，這才是事情最根本的起因。

總而言之，我這幾年最大的收穫就是，不要站在共產黨的立場上想問題，那只能是助紂為虐，幫著壞人幹壞事。是非善惡要用道德標準來衡量，這樣才能辨別真正的好和壞。」

曾慶紅暗殺習近平——權謀野心家落馬內幕

第四章

誣陷、株連與血債並行

1999年江澤民一意孤行鎮壓法輪功，但一開始江受到各界的消極
對待，眼見鎮壓進展遲緩，江澤民集團開始一連串以電視、報紙
等宣傳工具誣衊法輪功，並實施株連政策，欠下滔天血債。（大
紀元合成圖）

第一節
曾慶紅放毒 脅迫朱鎔基變調

　　1999 年 7 月 20 日，自從江澤民下達鎮壓法輪功的命令後，作為真正掌握最高行政權力的國務院總理朱鎔基竟然從電視上消失，一連半個多月沒有露面。因為在 1999 年 4 月 25 日法輪功萬人上訪中南海、朱鎔基接見法輪功群眾後，他曾代表政府公開宣布，保護人民群眾煉功的自由。三個月後，江澤民卻一意孤行地發動了對法輪功的鎮壓，這令當時的很多中共官員非常難堪。

　　1999 年 8 月中旬的一天，中央電視台播出了一則江澤民座談國企脫困的新聞。本來國企三年脫困，是朱鎔基就任總理時的豪言壯語，如今這個領域也交給了江澤民，看來朱鎔基當時心灰意冷，一切都大撒手了。

　　在 8 月份的「人大」會議上，李鵬說：「對法輪功人員不要追究參與沒參與，關鍵是看其思想認識是不是轉變了。這一點，一定要向同志們講明白。不要把人民內部矛盾轉化成敵我矛盾，

要把握分寸。」這也是李鵬在刻意和江澤民殘酷鎮壓政策保持距離。

中共政治局委員們也對鎮壓不以為然。讓江澤民十分惱火的是，除山東、遼寧等少數省份外，許多省市對鎮壓不感興趣，對鎮壓的指令陽奉陰違，尤其南方一些省市如廣東，到 1999 年底仍然有「法輪功絕大多數是好人」，「在廣東不判一個」等說法。被選為第四代接班人的胡錦濤、李長春也是消極敷衍、低調對待，不願和江一樣被綁在歷史的恥辱柱上。

江澤民沒辦法，2000 年 2 月只好親自去廣東。他批評廣東對法輪功「鎮壓不力」、「軟弱」，要李長春在政治局會議上做「檢討」，還親自給深圳市委發傳真要他們「守住陣地」……在江澤民和羅幹的高壓下，廣東開始勞教法輪功學員，第一批被勞教的學員中就有胡錦濤的大學同班同學張孟業。有人對江澤民說：你這是一石二鳥，既給廣東省鎮壓法輪功開了先例（胡錦濤的同學都判了，誰還不能判？），又給胡錦濤套上了「出賣同學」、「不仁不義」的恥辱牌。

據《江澤民其人》一書透露，看到鎮壓的遲緩進展情勢，曾慶紅給江出主意說：「政府在這件事情上工作很不力，這和鎔基同志不重視、不公開表態有關。」按照曾慶紅的想法，朱鎔基在「4‧25」事件中親自接見法輪功學員，他不出來講話，會給外界造成黨中央分裂的猜測。另外以朱的民望和信譽，如果支援鎮壓，可以讓不少人倒向江澤民這邊，也可以讓那些來上訪的法輪功斷了希望。「三講」運動是一個很好的強迫朱鎔基表態的機會。

曾慶紅把這些分析告訴江澤民後，江立即把朱鎔基找去訓了一次話，大意是說，國務院部門「三講」進行得很不得力，要朱

鎔基把「三講」當作維護執政黨地位的運動重視起來。江澤民指責朱鎔基長期以來「不知道服從政治的大局，對黨中央的政策有抵觸情緒，消極應付。要知道，『三講』中最重要的就是『講政治』。鎮壓法輪功就是當前最大的政治。」江說：「鎔基同志，黨中央要求國務院不但要『講政治』，而且要講好，要把推廣『三講』和當前最大的政治結合好，否則就是分裂黨！」

從江辦出來，朱鎔基十分沉默。不久以後朱鎔基還是違心地表態支持江澤民的鎮壓決定。

當年司馬昭之心，路人皆知，但司馬昭也是讓賈充在前面幹壞事，自己躲在後面；毛澤東發動文革是把林彪、江青和張春橋等人推在前台；但鎮壓法輪功這樣毫無理性的行為，沒有多少人願意賣命，江澤民想躲在幕後都不行，所以只好事事衝在前頭。他不但「4‧25」當晚連夜寫信給政治局，還在9月份參加在新西蘭奧克蘭的亞太經合會議上，親自給每個國家元首遞上誣衊法輪功的小冊子，失盡體統。

江澤民滿心希望各國元首「干涉一下中國內政」，對他的鎮壓表示贊同，結果碰了個大釘子。克林頓通過美國國務院早在1999年9月11日就公布了《國際宗教自由報告》，批評中國大陸對法輪功的迫害。不到三個月以後，克林頓在華盛頓的一次人權演講中，公開批評中國鎮壓法輪功，把逮捕法輪功成員稱為壓制人權的「一個麻煩例子」。當然，江澤民不明白信仰自由是天賦人權，沒有一個民主國家的元首敢說他江澤民鎮壓有理。看到遞小冊了收到了反效果，江澤民隨即祭起了兩頂常用的大帽子，曰「干涉內政」和「反華」。

曾慶紅搞株連 鎮壓升級

1999 年「十一」前後，鎮壓已經快三個月了，但來北京上訪的法輪功學員源源不斷。讓江澤民弄不懂的是，這個看似不堪一擊的法輪功修煉團體似乎具有出人意外的頑強生命力。

「十一慶典」結束的當天晚上，江澤民又找到了曾慶紅。他說：「現在每天的動態清樣上都有法輪功上訪的消息，前一段時間我命令信訪局把上訪人員直接抓走，現在進京的這些法輪功都改到天安門煉功抗議了。各個省每天都有人來，而且在國際上我們也很被動。」

曾慶紅說：「現在從常委、政治局委員到各級黨組織，對鎮壓都很消極。我建議：第一、各地實行一把手負責制，各地如有上訪的法輪功超過一定數量的，一把手撤職；第二、上訪人員中山東來的幾乎最多，告訴吳官正，如果再有上訪人員就撤銷他省委書記和政治局委員的職務，如果鎮壓得力，可以考慮他在 16 大上當政治局常委；第三、胡錦濤的態度很曖昧，原來我們選定的第五代領導人李長春在廣東的鎮壓，也很不得力。我們必須採取措施。」

送走了曾慶紅，江澤民緊急召見中科院院長路甬祥，希望中科院組織一批院士宣揚科學和無神論，藉此批判法輪功。路甬祥回答說以何祚庥、莊逢甘、潘家錚為首的一批院士正準備聯絡一批宗教界人士成立一個揭批法輪功的組織，宣傳無神論，「把批判運動引向深入」。江澤民對路甬祥說的這幾個人很不以為然，讓路甬祥去做錢學森的工作。

中科院當時煉法輪功的人相當多，「4．25」中南海請願時，

站在府右街中南海正門對面大街的就是海淀區八大學院和中科院的教授和學生。由於中國科學院是中國最高科研教育機構，社會影響力極大，因此江澤民臨時決定將剛剛到上海冶金研究所擔任所長不到三個月的長子江綿恆馬上調中科院任副院長。

一般來說，一個理工科博士畢業的人，要先做博士後，然後擔任講師、副教授、教授、博士生導師，帶出一批博士並發表一批論文後，再擔任系主任、學院院長，非常有成就的才能評為院士。江綿恆在學術上沒有建樹，直接擔任中科院副院長非常不合適，但江澤民既然提出來了，路甬祥也只能照辦。就這樣一天教授也沒做過的江綿恆就成了中科院的副院長。

台灣中研院院長、諾貝爾獎金得主李遠哲對江的安排嗤之以鼻。有文章稱：「如果台灣回歸大陸，台灣中研院合併到大陸中科院裡來，總不能讓台灣這麼個地方政府的中研院院長當堂堂大陸本土的中科院院長吧？你讓李遠哲在路甬祥手下聽吆喝就夠窩心的了，再讓他和江綿恆平級，人家怎麼能服氣！？」

就在江綿恆 11 月就任中科院副院長以前，他通過江澤民的關係於 1999 年 10 月 22 日成立了中國網通公司。如果說，一開始他是看上了電信領域是一個暴利行業的話，自從網通開始運營之後，他便以封鎖中國互聯網為第一優先任務了。

法輪功在海外擁有一大批科技驕子，擁有碩士及碩士以上學歷的在海外修煉者中占相當大的比例，擁有博士、教授、系主任頭銜的也不乏其人。尤其是北美的法輪功修煉者，一直善用他們掌握的最新科技，通過互聯網等手段突破網路封鎖和國內學員互相呼應，不但把法輪功在國內受迫害的真相及時通報國際社會，同時也把國際社會對法輪功的聲援反饋國內。

打死人使平反不復可能

以喬石為首的一批退休老幹部對江澤民的鎮壓十分反感。早在 1998 年，喬石就曾對法輪功做過調查，並得出了法輪功於國於民有百利而無一害的結論。面對海外各國政府的壓力和國內不斷增長的上訪潮，政治局開會時開始有人提出停止鎮壓、給法輪功平反的聲音。

江澤民聽後心情極其糟糕。如果給法輪功平反，就意味著江澤民在全國人民面前摔了個大跟頭。誰不知道鎮壓是江澤民發動的？再說又把誰拋出去當替罪羊呢？

曾慶紅告訴江澤民，要想在政治局裡消滅平反聲音，就必須加大鎮壓力度。薄一波也給江澤民出主意說，「六四」之所以沒有人認真討論平反問題，就是因為殺人殺得多了，這個問題就改正不起了。一旦平反，我黨就得下台。現在鎮壓法輪功沒有達到這個程度，所以政治局想犧牲江澤民，奪江的權。薄一波說：「我建議：第一、要打死幾個法輪功，有了人命，他們就得考慮他們要為平反付出的代價；第二、要讓常委和政治局人人公開表態支持鎮壓，這樣所有的血債大家都有一份兒；第三、宣布法輪大法研究會為非法組織遠遠不夠，這個定性必須升級，要讓老百姓覺得只要修煉法輪功就是犯罪。」

江澤民採納了建議。幾天以後，在山東省招遠市張星鎮人趙金華因不肯放棄對法輪功的信仰而遭到電擊、體罰和其他酷刑，10 月 7 日被迫害致死。警察按照上面的指示強迫趙金華放棄信仰，一邊打一邊問趙還煉不煉了，她至死都說煉。趙金華成為第一個被披露出來的遭迫害致死的法輪功學員。10 月 25 日江澤民在接

受法國《費加羅報》採訪時公開稱法輪功為「X教」，並表示人大常委會正準備表決防範和嚴厲打擊「X教」的法律提案等。幾乎與此同時，十幾名來自瀋陽、北京的法輪功學員在天安門紀念碑北側，打起了一幅五米多長白底紅字的橫幅「法輪大法弟子和平請願」。15秒之後，周圍20多名警察和便衣蜂擁而上，對這些法輪功學員拳打腳踢，並將他們迅速帶走。

第二天，西方各大媒體都刊載了一則讓江澤民火冒三丈的新聞。十幾名法輪功學員避開警察層層圍堵，在北京郊區一家賓館召開新聞發布會，向在場的外國記者講述修煉法輪功身心受益的情況和法輪功學員在中國受到殘酷迫害的事實。許多駐京的西方大媒體記者都到場了解法輪功真相，並發出了相當準確的報導。江澤民當時仍在法國，接獲消息後厲聲喊道：「告訴羅幹立即破案，把這些開會的法輪功全部抓起來殺掉！我就不信治不了法輪功！」在隨後的幾年裡，參加新聞發布會的法輪功學員當中，絕大多數已經被判刑、勞教或「失蹤」，其中丁延（32歲）和蔡銘陶（27歲）已經被迫害致死。

在對法輪功學員肆無忌憚的抓捕持續三個月後，甚至已經開始出現法輪功學員因為不放棄信仰而被迫害致死的案例後，面對國際社會強大的壓力，江澤民忽然發覺自己在鎮壓程式的布署上，有個難以掩蓋的重要漏洞：要對被抓法輪功學員定罪，竟然還沒有一個合適的法律依據。法輪功問題說到底是個信仰問題，是個思想問題，而現代法律不能對思想定罪，只能是對某種行為定罪。要想「治得了」法輪功，首先還得解決這一尷尬。

在江澤民的授意下，1999年10月30日九屆人大推出了一個所謂懲治「X教」的決定。令國際社會好笑的是，江澤民居然迫

不及待地命令法院依據這個 10 月 30 日通過的「決定」對早在 7 月份就被抓捕的法輪功學員進行判刑。現代法律有兩個基本原則：法無明文規定不為罪，和不溯及既往。通俗地說，法律沒有明文規定為犯罪的，就不能被判有罪。另外新的法律不能對頒布之前實施的行為定罪。但是江澤民卻用 10 月份制定的「決定」去給 7 月份以前法輪功學員的行為定罪。據說過去有個「百發百中」的「神箭手」，他的訣竅是先射出一箭，然後以中箭處為圓心畫靶子的圓圈。中共正是依靠這種手段實施它的暴政。

但必須指出的是，一直到今天為止，中國的法律也沒有取締法輪功。雖然江澤民指示公安部在 1999 年 7 月發布過「六禁止」通告（禁止法輪功學員煉功、上訪等），但公安部不是立法機關，因此「六禁止」並無法律效力。況且，法律在制定時只能說某種行為是犯罪，而不能說張三犯了罪。張三是否犯罪，取決於法院在審判時是否認定張三違反了某一條法律。所以，即使立了法，也不能因為張三學煉法輪功而任意拘捕。而「法輪功就是 X 教」的說法，完全出自江澤民或《人民日報》，二者都無立法權，根本無法作為法庭判案的依據。

羅幹在江澤民的授意下，指使北京市中級法院於 1999 年 12 月 26 日開庭「審判」了原法輪功研究會成員李昌、王治文、紀烈武和姚潔，對他們處以最高達 18 年的徒刑。判刑所援引的正是這些無效的「法律」。更陰險的是，羅幹特意選在了聖誕節過後的第二天，西方記者回國度假而不在北京的日子，以躲過國際社會的關注。當時，依照法庭公布的程式前往申請旁聽的 300 多名法輪功學員則全部被抓走拘留、甚至勞教。

第二節
以宣傳工具造謠誣衊

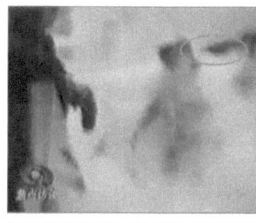

為誣衊法輪功，中共江澤民集團編造「天安門自焚」偽案。圖為《焦點訪談》慢動作分析，清晰可見死者劉春玲並非被火燒死，而是被一名著軍衣的男子用硬物猛擊致死。（明慧網）

天安門假自焚煽動仇恨

　　羅幹犯下的最大罪行就屬他導演了公安和中共喉舌媒體中央電視台假造出籠的「天安門自焚案」，令中共遭到國際社會的恥笑和譴責，這個編造的誣陷案將把羅幹的名字永遠釘在歷史的惡人榜上，令他和李東生、曾慶紅之流，比希特勒納粹的宣傳部長戈培爾更臭名遠揚。

　　2001 年 1 月 23 日下午，北京天安門廣場「突發」五人自焚事件。事發僅兩小時，新華社以超乎尋常的速度向全世界發出英語新聞，聲稱「自焚者是五名法輪功學員」。但是，美國之音記者打電話向北京公安局和公安部查證，答覆竟然是不知道有這回事。中共喉舌的宣傳口徑搶到了公安調查的前面。如此快速發布消息，暴露了這並非突發事件，而是一場準備充分的陰謀。

緊跟著央視推出了攻擊法輪功的「自焚新聞」、《焦點訪談》，而且強制全國各界、各企事業單位觀看，反覆「學習」。

國際社會質疑：央視自焚錄影有遠景、移動拍攝的近景，還有多個自焚者在不同位置的特寫，並且錄下了聲音，顯然是攝影師做好了準備才能做到的專業拍攝。2002 年上半年，參與這個節目調查的女記者李玉強在「河北省會法制教育培訓中心」曾當眾承認，「天安門自焚」鏡頭是假的，廣場上的王進東腿中間的雪碧瓶子是他們放進去的，此鏡頭是他們「補拍」的。

2001 年 8 月 14 日，在聯合國宣導和保護人權附屬委員會第 53 屆會議上，天安門自焚案被當場揭穿。國際教育發展組織（IED）發言說：「我們的調查表明，真正殘害生命的恰恰是中共當局……我們得到了一份該事件（天安門自焚案）的錄影片，並從中得出結論，該事件是由這個政府一手導演的。」該聲明已被聯合國備案。

據《大紀元》獲悉，羅幹是利用河南公安廳假造出的這個誣陷案，2012 年河南連續發生多起火災，河南公安廳很想找個別的方式「將功補過」，於是，在羅幹策劃下，經過曾慶紅、江澤民的同意，在中央「610」的指使下，央視副台長、「610」副主任李東生聯合河南公安廳人為上演了這個所謂「法輪功為了升天而自焚」的鬧劇，從而煽起不知情群眾對法輪功的仇恨。

拿《賣拐》當誣陷工具

2001 年初中央電視台春節晚會有個節目叫《賣拐》，《賣拐》最初在中共中組部春節聯歡會上演，曾慶紅看後說好，稱「有現

實意義」，「諷刺法輪功很到位」。演出後曾慶紅還專門接見該劇演員趙本山並合影。曾慶紅還建議說，臉大脖子粗，不是高幹就是伙夫，讓趙本山把「高幹」改成「大款」。

於是在曾慶紅的「推薦」下，不久這台節目就進入了春節晚會，而且演出後各種報紙評論不斷。

曾慶紅所說的現實意義，就是攻擊法輪功。後來《賣拐》劇組的相關人員包括趙本山，被國際非政府組織「追查迫害法輪功國際組織」（www.upholdjustice.org）列入追查公告中。有人不明白，《賣拐》戲中並沒有提到法輪功，為什麼「追查國際」會追查該小品的編劇和演員呢？

凡事離不開一個環境，人說話更是如此。如果要攻擊一個人，除了明目張膽的謾罵之外，還有一種更陰險的招術，就是用隱喻和暗示的手段來「含沙射影」、「指東罵西」、「醉翁之意」、「暗箭傷人」。在江澤民集團和中共對法輪功鋪天蓋地的輿論誣陷之下，特別是江澤民一伙剛剛在天安門廣場上演「自焚」偽案之後出台的《賣拐》，加上採用了讓觀眾極具聯想的特定語言和動作，其「含沙射影」的效果是顯而易見的。這就是為什麼在《賣拐》公演之後，中共媒體馬上開始從看《賣拐》來造謠誣衊法輪功。

顯然，《賣拐》與誹謗法輪功脫不了關係，特別是利用群眾喜聞樂見的小品形式，利用趙本山的知名度，「無罵勝有罵」，起到了更加隱蔽邪惡的毒害作用。

趙本山自己在《賣拐》上演後接受採訪時，說的也是什麼「許多人信神、信鬼，其實什麼也沒有，有的只是對科學知識的匱乏。」一語道破《賣拐》實際上是為配合中共對「有神論」信仰的攻擊，是地地道道的中共江澤民集團迫害法輪功的輿論宣傳的

重要內容。

有神無神，這豈是什麼科學知識的問題？西方社會普遍信神，有調查顯示，西方獲得諾貝爾獎的人中，虔誠信仰宗教的占了80％以上。

一個人有名了，做好事能影響很多人，但是做壞事，同樣也能毒害很多人。趙本山有名，但是他參與配合中共去誣陷好人，那他就是在做大壞事。善惡終有報，2005年8月18，參與《賣拐》演出的高秀敏因為「心臟病發作」突然死亡，才46歲。《賣拐》的劇本作者何慶魁的大兒子2005年8月8日在廣州因車禍死亡。

第三節

江寫錯字 曾指鹿為馬

2014 年 7 月前中共政治局常委周永康被查的前幾天，大陸知名學者張鳴在被迫離開中國社交媒體新浪微博兩年之後，受邀再次回到新浪。張鳴 7 月 27 日在微博上指稱，江澤民題寫的「井岡山幹部管理學院」中把「岡」字錯寫成「崗」，而且當時居然沒人提出意見。張鳴將江澤民的這些擁躉稱為「馬屁精」。

據資料顯示，中共井岡山幹部學院於 2003 年動工。在開工前，最愛題詞、題字幾近成癖的前中共黨魁江澤民為該學院題寫院名，而時任中共政治局常委曾慶紅主持該學院籌備工作，並多次到該院視察，但並未對江的題詞糾錯。這讓公眾質疑曾藉江的錯詞，如不是演繹「指鹿為馬」，就是要展示「皇帝的新裝」。

江澤民的上述醜事，是中國人民大學政治學系教授張鳴近日在參觀「紅色老區」江西省井岡山幹部學院後將其發布到個人微博上。這是繼中國學者呂加平在 2009 年就以真名公開發表披露

江澤民「二奸二假」問題的公開信之後，又一大陸知名學者公開曝光其醜聞。

隨後，這番針砭時弊的言論引發網路廣泛關注和熱議。不少網民跟帖說，「蛤蟆總喜歡到處塗抹『到此一遊』，這是蛤蟆體，國人都知道的事，官員們更了解。」「總之江沒什麼文化，但又喜歡賣弄，不鬧笑話才怪，另外中國腐敗是從他那開始的。」

據稱，「井岡山」這個名稱的由來在當地有這樣一種說法：清朝初年，有人為避戰亂，遷徙到五指峰下安家立寨。由於此處四面環山，又因村莊依山向江而建，該村落便叫「井江山村」。後因客籍人口音「江」與「崗」諧音，又將該村稱為「井崗山村」。爾後有人將「井崗山村」的「崗」字去掉了「山」字，稱作「井岡山村」，後來便有了「井岡山」這個地名。

眾所周知，江澤民最愛出風頭，題詞、題字忙不迭，每次出行都興師動眾，還讓手下人幫他寫書，發表時都掛上江澤民的名字。2014 年 7 月 22 日，吉林省吉林市有市民發現市政府外江澤民題詩的石碑被人噴漆，尤其在其名字部位被特別的塗抹。

有高人解讀說，江澤民題詞的目的，一是滿足虛榮心，二是顯示權力，三也是為退下來繼續干政。中共 18 大後，中共政治局先出台「新八項」規定，隨後中共軍委針對軍方高層發出十大禁令，包括出行視察要輕車從簡、下基層禁宴請、禁喝酒等。有學者認為，「十大禁令」間接反映習對江澤民不滿，禁題詞似影射江澤民。

而和江澤民有特殊的關係的薄一波，曾包庇江澤民，隱瞞其漢奸身分。2013 年 12 月，網傳中共中央辦公廳要求各地清除薄一波題詞，並至少有三處薄一波的題詞被證實更換。

曾慶紅暗殺習近平——權謀野心家落馬內幕

第五章

一個偉人與世界變局

1999 年 7 月 20 日後，李洪志大師離開紐約，在山中靜觀世間。2000 年 1 月 19 日發表。（明慧網）

第一節

當今中國的核心問題

　　習近平自從 18 大後上台後，便開始一連串「反腐」，不只打蒼蠅，還打了幾隻老虎：無論是中石油董事長蔣潔敏、公安部副部長李東生、第一個落馬的現任「國家領導人」蘇榮、還是退了休的軍委副主席徐才厚，以及 2014 年 7 月 29 日被正式公布立案審查的周永康和已傳被關押的幕後主使曾慶紅。

　　熟悉官場派別的人會發現，那些落網的 30 多個省副部級高官，有很多共同之處，除了驚人的巨額貪腐外，都有共同的政治立場：他們幾乎全是江澤民派系的，並且有個共同的標籤：他們大多是被國際法庭起訴的、積極鎮壓法輪功的「血債幫」。

　　若要預測下一個落馬官員，不妨畫兩個圈，一個是屬於「江派」的，一個是積極鎮壓法輪功的「血債幫」，這兩個圓圈重疊部分的官員，是危險係數最大的。

　　習近平反腐觸及到的是江派血債幫，在說不清原因的情況下，不妨先把這個現象當成是偶然，儘管在西方哲學家眼裡是沒

有偶然的，中國人自古也相信，萬事皆有因緣。

　　簡單就這一現象來說，要看清中國現在的核心問題，就避不開要談到法輪功問題。中共自從 16 大、17 大到 18 大以來，中南海最高層權力搏擊的實質都涉及法輪功這個核心問題，每次最高層權力更替江澤民都要選擇能控制「第二權力中央」的繼承人能進入中共政治局常委最高層，從而能延續對法輪功的迫害政策。

　　18 大前中共最高層權力搏擊的焦點，就是圍繞薄熙來能否進入中共政治局常委接替政法委書記周永康的位置。江澤民、曾慶紅、周永康祕密策動在 2014 年通過政變，用薄熙來取代習近平，該政變計畫被王立軍闖美領館曝光之後，中南海高層發生政治海嘯，中共政權出現分崩狀態。

　　由於維持對一億修煉人的迫害需耗費大量國家資源及違逆社會道德，手中沒有強權很難維繫，中共最高層除了參與迫害法輪功的血債幫之外，大都不願意繼續為江澤民背鎮壓的黑鍋，周永康在失去 18 大權力繼承人薄熙來之後，面對即將到來的審判，在沒有退路情況下拚死一搏。

　　中國自古以來被稱為神州，中國人是神眷顧的國度，敬天信神的傳統維繫著五千年璀璨文明。1999 年在鎮壓法輪功之前，中共中央政治局七個常委的家人、中國部長級高官、中國軍隊實力派人物，還有中國和世界各地的教授、科學家、社會名流、富商以及各界民眾，他們都從「真善忍」修煉中身心受益了。這樣一個擁有上億信仰者的精神團體，無論從哪個角度看，了解這群人，都與我們看懂中國政局、看清世界變局，具有切實意義。

　　下面讓我們走近法輪功，走近被稱為當代「傑出精神領袖」的法輪功創始人。

第二節

法輪功創始人李洪志大師

1999 年紐約法會後，李洪
志大師和學員們在一起。
（明慧網）

　　若問世界上哪個人的名字受到最多人的愛戴，同時又受到最多人的誤解，那就是李洪志大師了。

　　20 年前的今天，1992 年 5 月 13 日，在過 41 歲生日那天，李洪志大師第一次向這個世界傳授了他的「法輪大法」（簡稱法輪功）。如今「法輪功」這三個字傳遍世界，在中國大陸幾乎人人都聽說過「李洪志」，然而遺憾的是，至今仍有很多人得到的只是被故意歪曲了的資訊。

　　江澤民曾多次派人暗殺李大師，但都未能得逞。從 2002 年以來，美國國會先後通過 188 號、304 號和 605 號決議，強烈要求中共立即停止迫害法輪功，然而這場依靠鋪天蓋地的謊言和暴力支撐起來的迫害，15 年來一直在神州大地上持續到今天。

　　很多大陸人不知道，李洪志大師的學生和徒弟，無論是在 1999 年被中共打壓之前，還是被打壓 15 年後的 2014 年，「法輪

功學員」、「大法弟子」、「大法徒」，一直都有一億多人，占了全人類總人口 70 億的七十分之一；在海外人們都尊稱他為「李洪志大師、李老師、Master Li」，他撰寫的書籍，如《轉法輪》等 40 多本書，被翻譯成了 30 多種文字，在全世界 114 個國家和地區廣為流傳；他和他的學生們在全球獲得的褒獎已有數千份。2007 年「在世天才百強榜」排名中，他名列第 12 位，是當今全球影響力最大的華人。2009 年他獲得「精神領袖獎」，並四次被提名諾貝爾和平獎。

遠遠看去，中國地圖就像一隻金雞，而金雞目就在吉林長春。那裡有著中國十大名山之一的長白山。5A 級國家風景區裡的白雲峰，享有「千年積雪為年松，直上人間第一峰」的美譽，是東北境內最高峰。李洪志大師就出生在離長白山不遠的公主嶺。1951 年 5 月 13 日，辛卯玉兔年四月初八，在中國一個普通家庭裡，李洪志大師降臨人間。

童年時代的李洪志大師便異於同齡。天資聰穎、生性善良的他，主動承擔起看家、做飯、劈柴、看護弟妹的任務，小夥伴們也都喜歡和他玩，因為和他在一起，總有種安全感。

法輪功就是李洪志大師自己的

在日常生活中，在外人眼裡，李洪志大師只是一個靦腆內向的普通人，同事們只覺得他憨厚、誠實，誰都願意接近他。李洪志大師從不與人爭辯，有人不理解，說他傻，該得的不得，該要的不要。他的確是到了那個境界，常人的各種慾望、個人的利益都拋置於腦後，一切順其自然，淡泊視之，泰然處之。面對著冤

枉和責難，旁人都替他抱不平，而他卻一笑了之。

在修煉界有個說法，比如西藏活佛轉世，老活佛在生前把自己的功夫傳給其他修煉人，等小活佛轉生出來後，這些修煉人再把老活佛的法回傳給他，這樣一代代的流傳下來，外人很難知道誰是這法的真正主人。1996 年 5 月 27 日李洪志大師在短文《驚醒》中寫道：「其實我今世的幾個師父所傳我的東西，也是在數世之前我有意叫他們得的，等緣份一到，安排他們再回傳於我，從而啟悟我法之全部。」

就這樣，在經過漫長歲月的準備後，李洪志大師開始傳授他的「法輪大法」。

在《轉法輪》中李洪志大師寫道：「道家修煉真、善、忍，重點修了真。所以道家講修真養性，說真話，辦真事，做真人，返本歸真，最後修成真人。但是忍也有，善也有，重點落在真上去修。佛家重點落在真、善、忍的善上去修。因為修善可以修出大慈悲心，一出慈悲心，看眾生都苦，所以就發了一個願望，要普度眾生。但是真也有，忍也有，重點落在善上去修。我們法輪大法這一法門是按照宇宙的最高標準——真、善、忍同修，我們煉的功很大。」

適合現代人修煉

沒傳法前，李洪志大師已經預知到未來會有很多人學煉法輪功。為了盡量減少對現代人日常生活的干擾，李洪志大師從一開始就把自己的生活建立在普通大眾之中，因為他知道，他的學生會從方方面面模仿學習他。跟其他氣功師不同的是，李洪志大師

並不專門吃素，普通大眾的食物他都能吃，只是對吃什麼從不挑剔；他也結婚，還有個女兒。

1991年40歲的李洪志大師開始向社會公開傳授他的法輪功，不過早在1984年李洪志大師就著手把原來歷代單傳、挑徒弟祕修的功法，改編成適合現代人忙碌生活的普及功法。比如法輪功第一套功法中有個「抻」的動作，別看表面一個抻直、抻長的動作，另外空間會演化修煉出什麼，這些都需要非常龐雜、非常精細的設計，改動一點都非常難。也因為是他自己的法，李洪志大師才能改動得了。在現代社會傳功，來的人心性高低不同，根基悟性不同，身體素質不同，如何讓更多民眾能從法輪功修煉中身心受益呢？李洪志大師為此費盡了心血。

1989年功法成型後，為了確保萬無一失，真正對社會負責，李洪志大師首先在小範圍內帶了幾個徒弟。經過兩年多的觀察，這幾個徒弟均達到了很高的層次。比如「三花聚頂」在其他功法裡需要經過十幾年乃至幾十年的苦修才能達到的，而這幾個徒弟有的兩年就達到了，足見法輪功功法之高妙獨特。

糾正一切不正確狀態

法輪功建立在中華數千年修煉文化的基礎之上、非常博大精深。要了解法輪功，最佳辦法就是不帶任何觀念的通讀《轉法輪》，李洪志大師說他把他的一切都融入《轉法輪》一書中了。不過簡單地說，法輪功就修煉三個字：「真、善、忍」，其功法最顯著特點之一就是李洪志大師會給每個真正學煉法輪功的學員一個「法輪」。

　　法輪是有靈性的、旋轉不停的高能量物質體，存在於另外空間。真修者讀法輪大法原著，或聽或看李洪志大師的講法錄音錄影，或跟隨法輪功學員學煉，只要真心修煉，誰都可以免費獲得這個珍貴無比的法輪。

　　法輪內旋度己，從宇宙中吸取大量能量，演化成功；法輪外旋度人，發放能量，普度眾生，糾正一切不正確狀態；在修煉者附近的人都會受益，所以修煉法輪功能達到「法煉人」的時時修煉狀態，是對他人、對自己、對社會都有百利而無一害的高德大法。

　　法輪功還有個不同於所有修煉功法的最大特點，李洪志大師在《轉法輪》中講到：「就是誰煉功誰得功的問題。據我看現在所有的功法，包括歷代的佛道兩家和奇門功法都是修了人的副元神（副意識），都是副元神得功。」而法輪功是修煉主元神，要求學員得自己明明白白修心性、去執著、實修昇華，「叫你自己真正得功，這是開天闢地頭一回。」

法輪功第一期學習班

　　1992 年 5 月 13 日，李洪志大師 41 歲生日這天，原本計畫一年前傳出的法輪功，終於克服重重困難，在長春第五中學舉辦。據《憶長春第一期法輪功學習班》的作者回憶，第一期法輪功學習班是在五中的階梯教室舉辦，參加學員 180 人。以下是作者的回憶：

　　「師父講課非常準時，講課時沒有講稿，就是一張小紙條。師父講完法之後開始教功。第一期班時，每人給了一本小冊子《法

輪功》，十二頁，比現在的雜誌小一圈，都是單線條畫的煉功動
作。師父教功的時候是手把手的教，一邊教動作，一邊給大家清
理身體。

當時我是什麼都不懂，幾堂課下來，真是一身輕，上樓像有
人推著，走多遠都不累，就是願意走，多遠都不坐車……

當時各種氣功門派特別多，師父傳功，那些所謂的氣功師
也來聽，還有練各種氣功的。他們在場上大聲講話，像蒼蠅似的
直嗡嗡。有個學員帶著一個十多歲的小女孩，在師父講課的時候
她就『哇哇』地大哭大鬧。師父的課就講不下去了。有一個『氣
功師』站起來到跟前給調理，那架勢是想在人前露一手，結果不
行。又有兩三個『氣功師』比劃了一陣，還是不行。只見師父從
台上下來，到小孩兒跟前用手在她頭上拍了三下，她立刻就停住
了哭鬧。會場上驚噓聲一片，緊接著響起了雷鳴般的掌聲。再後
來出現一些干擾，師父就用手指在講桌上點幾下，一切就都平靜
了……

一期班結束之後，我身上最明顯的有兩件奇異的事：一是平
地摔跟頭，沒磕沒絆的就是摔跟頭，一連摔倒了十幾次，不疼也
沒任何受傷。無意中我發現這是師父在給我治病。我原來患肋軟
骨炎，肋骨都鼓出來了，身子都是偏的。這些跟頭摔得我身體正
道了，骨頭也平乎了。另一件事就是回家煉靜功，單盤上腿，坐
在地上打坐，一閉眼睛，我的身體就繞著圈的滿屋轉，臀部和腿
還沒離地，可就像長了腿似的，睜開眼一看，轉到那邊去了，再
一會又轉回來了，就這樣持續了二十多天。一煉到兩側抱輪時，
頭就轉，轉得像撥浪鼓似的，耳朵裡邊還在打鼓。手一摞下來，
頭也不轉了，耳朵也不響了。我原來第三節頸椎壓迫神經，腦袋

都疼，這一下就把我的頸椎病搖好了⋯⋯

我煉法輪功不到半年時間，十幾種病都好了，天目也開了，而且一人煉功，全家受益！我女兒得過垂體瘤，手術後醫生說生育能力特別低，結婚後八年了沒有孩子。我煉功後，我女兒生了個小姑娘，全家人別提多高興了，都讚佩大法神奇。孩子非常聰明，三歲半就會念《轉法輪》，對師父特別恭敬，現在都上初中了，功課特別好。看到師父給我們做的這一切，我開始明白師父傳功是『不講條件、不講代價、不計報酬、也不計名的』，『完全是出於慈悲心。』」

全國 56 期法輪功學習班

在第一個法輪功學習班之前，中國氣功科學研究會就在認真考察的基礎上，充分肯定了法輪功的功理功法和功效，把法輪功接納為其直屬功派。從一開始，李洪志大師就走得很正。1992 年 5 月 13 日到 1994 年 12 月 30 日期間，李洪志大師在大陸舉辦的 56 期法輪功學習班，參加學員六萬多，這些班的正式名稱叫「法輪功傳法面授班」，都是由當地官方的氣功協會舉辦，氣功協會負責租場地、賣票和納稅等事項，他們提取辦班收入的 40％，其餘的 60％由李洪志大師用來支付交通、住宿、資料和隨同工作人員的生活費等。

當時中國流行帶功報告，氣功師要從自身打出強大的功給人治病，非常消耗體力和功力，一般氣功師一天一場報告會就一人收費 100 元，最低的也要 50 元，不過李洪志大師每個學習班上課 9 至 10 天，總共才收 40 元，老學員還減半，只收 20 元。有些地

方的氣功協會嫌收費太低，辦班期間還給李洪志大師臉色看，但李洪志大師堅持只收低價位。經常旅途奔波十多天下來，李洪志大師基本沒有剩餘的收入。

當時李洪志大師先後到過長春、北京、太原、山東冠縣、武漢、廣州、山東臨清、貴陽、齊齊哈爾、重慶、合肥、天津、山東墾利、遼寧凌源、石家莊、大連、錦州、成都、鄭州、濟南、湖南郴州、哈爾濱、吉林延吉這 23 個城市親自傳授法輪功。上海就沒舉辦過法輪功班，而北京辦了 13 期，是辦班最多的，長春 7 期，廣州 5 期。接下來這六萬多學員就像種子一樣，把法輪功迅速推向了全中國。

李洪志大師在石家莊市辦法輪功學習班期間，與學員合影。（明慧網）

1993 年 4 月，李洪志大師撰寫的《中國法輪功》由軍事誼文出版社出版發行，1994 年 9 月，李洪志大師親自演示法輪功的教功錄像帶由北京電視藝術中心發行，1994 年 12 月，李洪志大師的主要著作《轉法輪》由國務院廣播電視部下屬中國廣播電視出版社出版發行。至此，人們從修煉中獲得身體和精神的巨大飛躍，在親朋好友和民間的口耳相傳中，法輪功如雨後春筍般在各地蓬

勃發展。

1995 年 3 月 13 日，李洪志大師受中共駐法大使館的邀請，在巴黎中使館文化處舉行了一場講法報告會，以及第一場海外法輪功學習班，法輪功正式走向海外。同年 4 月 14 日，李洪志大師來到瑞典哥德堡舉辦了第二場海外法輪功學習班。從那以後，李洪志大師只傳法，不再做功法傳授，學員學功都按照錄像、書籍或到煉功點上學功。

從一開始法輪功就強調修煉完全出於自願，沒有任何約束人的組織機構，沒有辦公室，也沒有花名冊，不強迫任何人修煉，修煉者來去自由，各地輔導站義務為人服務，沒有任何報酬。

大陸媒體的正面報導

從 1992 年 5 月至 1999 年 7 月的七年間，據中共公安部內部調查，大陸煉法輪功的人數達到 7000 萬至 1 億，大陸媒體也做過不少正面報導。如 1996 年 1 月，《轉法輪》被《北京青年報》列入北京市十大暢銷書。1997 年 3 月 17 日，《大連日報》載文《無名老者默默奉獻》，報導古稀老者因修煉法輪功為村民義務修路 1100 多米的事蹟。1998 年 2 月 21 日，《大連晚報》報導大連海軍艦艇學院法輪功學員從大連自由河冰下三米救出一名落水兒童。1998 年 7 月 19 日，《中國經濟時報》以《我站起來了！》為題報導河北邯鄲家庭婦女謝秀芬在癱瘓 16 年以後，因煉法輪功恢復了行走能力。

1998 年 11 月 10 日，《羊城晚報》以《老少皆煉法輪功》為題報導了廣州烈士陵園等處法輪功煉功點 5000 人的大型晨煉，

1998 年 11 月 10 日，《羊城晚報》
報導廣州一法輪功煉功點 5000 人
大型晨煉，及患高位癱瘓 的女子
在煉法輪功後恢復行走能力。（明
慧網）

及患高位癱瘓、全身 70%部位麻木失靈的廣州皮革迪威有限公司
統計員林嬋英在煉法輪功後恢復了行走能力之事。1998 年 11 月
24 日，上海電視台報導法輪功已傳遍歐、美、澳、亞四大洲，在
上海及世界其他國家廣受歡迎的情況，稱全世界已有一億人在煉
法輪功。1999 年 3 月 4 日，哈爾濱市法輪功輔導總站被哈爾濱市
公安局評為拾金不昧先進單位。

1999 年恐怖大王從天而落

　　然而僅僅因為法輪功習煉者的人數超過了中共黨員人數，時

任中共黨魁的江澤民，不顧政治局其他常委的全部反對，1999 年
4 月 25 日法輪功萬人上訪後，江某一人決定了要鎮壓法輪功。不
過早在 1998 年初，李洪志大師就以「傑出人才」的身分移民美國，
全家定居紐約。

7 月 20 日，大量法輪功輔導員被抓，22 日，中共宣布取締
法輪功。當天李洪志大師在《我的一點聲明》中寫道：「我是個
修煉中的人，向來與政治權力無緣，我只是在教人修煉。一個人
要想煉好功就必須做一個道德高尚的人。事實上我做到了這一
點，使一億多人成為好的人，更好的人。」然而中共不顧這些事
實，還是向上億民眾舉起了屠刀。

「1999 年 7 月恐怖大王將從天而落」——這是 16 世紀最著
名的法國預言家諾查丹瑪斯在其著作《諸世紀》中，唯一明確指
出具體時間刻度的預言。《諸世紀》對其身後數百年間的事情作
出了驚人準確的預言。

萬民敬仰的偉人

儘管中共已經肆意誣陷誹謗李洪志大師 15 年了，但每到佳
節，如中國傳統新年、元旦、中秋節等節日，特別是李大師的生
日，也就是「世界法輪大法日」，全世界的法輪功學員和敬仰李
大師的廣大民眾們，都會以各種方式表達自己對李大師的問候和
祝福。選在生日這天傳法，李大師曾解釋說，因為「我這一生就
是來傳這部法的」。

每年李大師生日這天的前後，在大陸的法輪功學員都會冒著
生命危險，製作各種精美的賀卡，寄往海外，每次明慧網、大紀

元等網站都會收到上萬份賀卡，還有各種祝福錄像等，寄託人們對李大師的感激之情。

正如一位大陸民眾在給李洪志大師的生日賀卡中說：「假如一位醫生治好了我的絕症，我會感激他一輩子；假如一位老師教給了我人生的真諦，我會永遠尊敬他；假如一個人把我從毀滅的邊緣救回來，我會永生永世不忘他的恩德，而您就是這樣的恩人！」這話可以說代表了億萬法輪功學員和受恩於李大師的廣大民眾的共同心聲。

2011年李大師過生日時，還收到一封特別的大陸來信。寫信的是江蘇省灌雲縣的普通民眾，他們通過《大紀元》等海外媒體給李洪志大師寫了一封公開求救信，隨信附上了當地共產黨員們在2007年12月8日的集體退黨聲名書與簽名信。

信中反映了灌雲縣官商勾結，霸占了村民土地，政府大肆抓捕上訪民眾，九個村民被判刑，無數村民被拘留勞教。2011年5月13日上午，當地發生一起暴力拆遷致死的慘劇，事後公安還來搶屍，遭民眾抵制。5月14日村民把現場照片和錄影發給《大紀元》，並說：「在這種情況下，只有向尊敬的法輪大法李洪志大師求救，請求李大師救救我們。」

就在《大紀元》15日登出這封求救信的第二天，當地政府便宣布與死者家屬簽署了和解協議，據知情者透露，當局對外聲稱賠償金是160萬，而私底下賠償金將近翻了一番。

如今，越來越多的民眾看到真相後，對李洪志大師充滿了敬意，他們說：「法輪功了不起，法輪功的師父更了不起！」

第三節

還原真實的李洪志大師

　　中共在打壓法輪功之初，為了給迫害編造藉口，鋪天蓋地給李洪志先生強加了很多「罪名」。15 年過去了，真相的顯露正在還李洪志大師清白。

有關生日、逃稅、豪宅的誣陷

　　中共宣稱：「李洪志為何要將生日由 1952 年 7 月 7 日改為 1951 年 5 月 13 日（黃曆四月初八）呢？其目的是稱自己是釋迦牟尼轉世。」李洪志大師表示：「政府在文革時把我的生日搞錯了，我只是把錯了的生日改回來而已。」

　　一位大陸民眾說，全球 70 億人口，平均到 365 天，每天過生日的人都有上千萬，裡面什麼樣的人都有，生日相同又能說明什麼呢？法輪功從來沒有提過與釋迦牟尼佛有什麼關係，假如是

改動生日，費那麼大勁，改了又不去強調，何苦呢？這無疑是中共的誣陷。

中共還謊稱李洪志先生逃稅，靠非法出版法輪功書籍和音像製品「瘋狂斂財」。事實上，李洪志大師的《轉法輪》由國務院廣播電視部卜屬中國廣播電視出版社出版發行出版，他獲得的全部稿費只有兩萬多元人民幣。很多民眾表示，當時大陸有一億人學煉法輪功，只要李老師開口說每人交一元的學費，李老師就是億元富翁，每人交 10 元學費，李老師就是十億富翁，然而學法輪功從來都是免費的，互聯網上還能免費下載複製法輪功的一切書籍和音像資料。

十多年來各地法輪功學員寫了不少回憶文章，他們看到的李老師總是吃穿非常簡樸，家裡生活一直都很清貧。李老師連夏天的襯衣都沒有多的，外出講課，經常是夜裡把衣服洗乾淨，第二天再穿。吃的也是最省錢的，經常一連十幾天，天天吃方便麵。早期李老師剛到北京時，風餐露宿，很苦的。

中共誣衊李老師在長春住豪宅，不過民眾調查發現，李老師在長春市解放大路 103 號西門四樓一號的家，在一棟破舊的老式

李洪志先生與母親的原長春住宅，位於一棟普通而陳舊的公寓四樓（左圖）。家房門被一張1999 年字樣的封條封著（右圖）。大陸民眾攝於 2000 年 3、4 月間。（明慧網）

住宅裡。儘管全球有很多法輪功受益者想送貴重禮物給李老師以表敬意，但都被他謝絕了。

關於吃藥問題

關於吃藥問題，李洪志大師澄清說：「有消息說我不叫人吃藥，事實上根本沒那回事。我只是講了一個修煉與吃藥的關係。我使一億多人得到了健康的身體，無數危重病人成了健康的人，這是事實。而有些在生命非常危險時期的病人與精神病人，我一向不叫其學法輪功。可是有人在我不知道的情況下非要學，那麼出現的死亡的個別人能說是我的學員嗎？我也從來沒見過沒被管的人學了幾個動作就不會死了。那麼醫院可以治病，就不應該有人死在醫院裡了嗎？」

有人粗略推算過，假如法輪功不能祛病健身，就按中國大陸每年平均死亡率萬分之六十五來計算，一億人中七年內就應該有400多萬人正常死亡，1998年中共官方調查發現，1萬475名原患病的法輪功學員，痊癒者占41.5%，基本康復者占36%，好轉者占20.4%，合計有效率97.9%。這不正好反過來證明法輪功祛病健身有奇效嗎？

「4‧25」中南海法輪功上訪事件

中共誣陷李洪志大師時經常提到1999年4月25日北京中南海「4‧25」萬人上訪，說是李洪志大師一手策劃遙控了「圍攻中南海」，不過上訪的法輪功學員都說，他們是自願行使憲法賦

予的上訪權利，而且關鍵問題是，「4‧25」是合法上訪，法輪功學員也根本沒有包圍中南海，更沒有攻擊中南海。

一位老人說：「法輪功救了我的命，現在有人想誣陷李老師，我要不去上訪，我就沒良心！別說滴水之恩湧泉相報了，凡是尊重事實的人都應該站出來說句公道話。法輪功讓上億人身心健康，受益的人都應該來上訪，沉默就是在幫助謊言橫行！」

據公安內部人員透露，1999 年 4 月 25 日那天一大早，警察遠遠就把各個路口擋住了，後來在警察帶領下，想去府右街國家信訪局的法輪功群眾才得以進入。據當時人們繪製的示意圖顯示，法輪功學員根本就沒有靠近中南海，長安街的新華門、府右街東側的中南海西門外的大街上，都沒有法輪功學員，中共宣稱的所謂「包圍中南海」、「圍攻中南海」，都是違背事實的謊言。那天上萬名法輪功群眾靜靜地站在街邊，沒有口號、沒有標語，來往車輛人流暢通無阻。人群離開後，地上乾乾淨淨，連警察扔掉的煙頭廢紙都被法輪功學員撿起來帶走了。

現在很多大陸民眾都認識到，「4‧25」上訪是公民意識的覺醒，是歷史的進步，因為「4‧25」捍衛了人類正統價值觀「真、善、忍」，法輪功學員為抵制惡行而挺身而出、維護社會公義的善舉義行，是人類最寶貴的精神財富，也是中國人最欠缺的法制意識。

「搞政治」之說

孫中山說：「政治乃管理眾人之事」。在中華「人民共和國」的國度，民眾就應該參政議政，然而文革後中共卻把參與政治貼

上了反面標籤，只有中共才有資格搞政治，其他人都被剝奪了應有的參與「人民共和」的權利。

法輪功一再強調，修煉人不參與政治。法輪功就是教人做好人，講究因果輪迴，講究人各有命。

問題的實質是：截至 2014 年 8 月 13 日，中共迫害法輪功長達 15 年，據明慧數據中心不完全統計，至少 3776 名法輪功學員被海外人權組織證實是被迫害致死。另有數萬名法輪功學員被活摘器官。法輪功站出來曝光被中共掩蓋的事實真相，被中共攻擊為「搞政治」。但在中共滅絕式酷刑折磨與「搞政治」之間，何者才應該被譴責？假如「搞政治」能講清真相、制止迫害，人們「搞政治」又有何不可？

迷中悟 常人狀態不能破壞

有不了解氣功的人曾問到，李大師那麼了不起，咋沒見他一揮手把壞人都消滅了呢？李洪志大師一再強調，常人社會狀態是不能隨意破壞的，上天給人安排了這樣一個生存環境，就是讓人迷在其中，讓人在生老病死中償還自己以前欠下的業債。假如說人人都在天上飛來飛去的，那還是人類社會嗎？假如人都輕輕鬆鬆沒有任何病痛，也沒有任何煩惱，那人間不就變成天堂了嗎？

也有的說，李大師那麼偉大，他咋不像耶穌那樣回中國替弟子受難呢？說這話的人首先承認了「壞人就該害好人，好人就必須受壞人欺負」這個變異觀念，但這個觀念前提就是錯的，它違背了宇宙規律和人間道義。

如今 15 年過去了，人們看到李洪志大師帶領法輪功學員們

不斷講真相，讓很多中國人，包括那些曾經迫害法輪功的惡人們都認識到自己的罪過，洗心革面重新做好人，讓更多人看到邪不壓正這個真理，看到中華民族的文化血脈被法輪功在海外保留和弘揚開了，看到上億民眾退出中共黨、團、隊組織從而獲得新生，人們對李大師的敬佩之情也就更深厚了。

天不言自高，地不言自厚。李洪志大師的偉績是中共的誣陷無法遮蓋的，歷史正在還李洪志大師清白。

第四節

「5・13」世界法輪大法日

美國紐約時代廣場上，來自世界
各地的法輪大法學員 2012 年 5 月
12 日上午的大煉功，展現了信仰
「真、善、忍」的修煉者的風采。
（大紀元）

　　5 月 13 日是法輪功創始人李洪志大師的生日。同時，1992
年 5 月 13 日，李洪志先生在長春首次公開舉辦法輪功傳授班。
這個來自中國的精神信仰，在短短的十幾年就傳播到了全世界一
百多個國家和地區，吸引各個民族、各種膚色的人修煉法輪大法，
這不能不說是一個神蹟。

　　2000 年 4 月 27 日，歐美大法弟子倡議將 5 月 13 日定為「世
界法輪大法日」，讓全世界更多的政府和人民支持大陸法輪功學
員爭取信仰自由（合法修煉）權利的正義努力，讓世界上更多的
人看到法輪大法給人們的健康狀況和精神境界帶來的巨大變化，
讓更多的人分享法輪大法給人類帶來的精神財富和根本希望。

　　僅在北美洲的美國和加拿大，就有成千上萬的人加入了修煉
法輪功的行列。美國的 50 個州中有 47 個州有法輪大法煉功點。
在美國，法輪大法修煉者大多是擁有博士或碩士學位的科學家、

工程師、教授或在讀研究生。在其他國家中，也有許多修煉者是各行各業的佼佼者。

地處南半球的澳洲和新西蘭，法輪大法煉功點遍布各大城市。

在亞洲，除了中國大陸，法輪大法在其他國家和地區也同樣擁有眾多的學煉者。僅在台灣一地就有數十萬人修煉，一千個煉功點幾乎遍及全台灣三百多個鄉鎮。

印度是釋迦牟尼傳出佛法之地，自古有佛國之稱，許多大城市都設有法輪大法煉功點。在南美洲和非洲，法輪大法越來越受到人們的喜愛。在歐洲，32 個國家有法輪大法煉功點。修煉者大多是西方人。

法輪功在全世界受到了正面肯定和熱烈的歡迎。美國、加拿大與澳洲等國家的政府，鑒於李洪志先生和法輪大法對人類身心健康做出的傑出貢獻，紛紛給法輪功頒發榮譽獎狀，宣布了李洪志大師日、法輪大法日、法輪大法周甚至法輪大法月。

法輪大法是佛家上乘修煉大法。法輪功以「真善忍」為指導，按照宇宙演化原理而修煉。配合五套緩慢柔和的功法，性命雙修、身心並煉，最終達到無私無我，返本歸真的境界。實踐證明，法輪大法在把真正修煉的人帶到高層次的同時，對穩定社會、提高人們的身體素質和道德水準，也起著不可估量的正面作用。

在中國，法輪大法從 1992 年傳出到 1999 年，短短七年，城市鄉村，公園綠地，街頭巷尾，經常能看到修煉者煉功的身影。周末的大型集體煉功活動，已成為大城市一個獨特的壯觀景象。

1999 年 7 月 20 日，以江澤民為首的中共集團發動的對法輪功的邪惡迫害。在嚴酷的迫害開始後，無數法輪功學員經受住了

嚴峻的考驗，依然堅持信仰，實踐「真善忍」，並身體力行維護「真善忍」。法輪功學員多年來和平理性反迫害、爭取信仰自由的行為，也贏得了越來越多的外界支持和聲援。

「邪不壓正是天理」，當年羅馬皇帝殘酷迫害早期的基督徒，結果強大的羅馬帝國不復存在了，基督教卻在全世界流傳開來。

兩千年過去了，對正信的迫害又一次在人間上演。然而，20年來，人傳人，心傳心，法輪大法著作被翻譯成了30多種文字，法輪大法遍布全世界一百多個國家。在物慾橫流，人們信神的底線越來越低的時候，法輪大法的出現，給人類帶來了新的希望。世界需要「真、善、忍」。

第五節
法輪功洪傳 100 多國

1992 年 5 月 13 日，李洪志先生開始在中國長春將法輪大法公開傳出，至 1994 年，應各地官方氣功科學研究會的邀請，李洪志先生在全國共舉辦了 56 期法輪功傳授班，每期約十天，約六萬人次參加。

1992 年 9 月，法輪功被確定為中國氣功科研會的直屬功派。1992 年和 1993 年，李洪志先生應邀參加了北京東方健康博覽會，展現了祛病健身的奇效，引起轟動，法輪功 1993 年贏得大會唯一最高獎項「邊緣科學進步獎」，李先生榮獲「受群眾歡迎氣功師」的稱號。1993 年 12 月 27 日，公安部所屬中華見義勇為基金會授予李洪志先生榮譽證書。

1996 年起，李洪志先生的主要著作《轉法輪》一書被《北京青年報》列入北京十大暢銷書。由於法輪功在祛病健身、提升道德方面具有神奇的功效，很多人從疑難絕症中康復，口耳相傳，

使法輪功在全國迅速普及。

1998 年 5 月，國務院兩次批示，將氣功和人體科學歸到國家體育總局統一管理。國家體總對在健身功法中發展最快、在群眾中影響最大的法輪大法（法輪功）進行了全面的調查了解。

5 月 15 日，當時的中共國家體育總局局長親赴法輪大法發祥地吉林省長春市考察。

1998 年中共國家體委主任伍紹祖到李洪志老師的家鄉長春調查法輪功情況。（明慧網）

中共國家體總發起、由不同專長的醫師、醫學教授等專家組成的調查小組，於 1998 年 9 月對廣東省的廣州、佛山、中山、肇慶、汕頭、梅州、潮州、揭陽、清遠、韶關等市 1 萬 2553 名修煉法輪大法的學員身心健康狀況進行了表格抽樣調查。調查結果顯示，疾病痊癒和基本康復率為 77.5％，加上好轉者人數 20.4％，祛病健身有效率總數高達 97.9％。平均每人每年節約醫藥費 1700 多元，每年共節約醫藥費 2100 多萬元。當時以喬石為首的中共人大的調查結論是：「法輪功於國於民有百利而無一害。」

胡錦濤同班同學肝硬化痊癒

廣東電力學校高級講師張孟業，清華大學 1959 級水利工程

系河川樞紐電力專業畢業，是前中共黨魁胡錦濤的同班同學。

張孟業修煉法輪大法後，嚴重的乙型肝炎導致肝硬化痊癒了。據他介紹說：「我 1979 年得急性肝炎，後轉成慢性肝炎，並於 1983 年導致肝硬化。十幾年來頻頻住院，天天吃藥，成了單位出了名的『藥罐子』。花錢無數，用盡好藥，加上好吃好睡，卻都難奏效。1994 年，中山醫科大學一位副主任醫師對我說：『肝硬化是治不好的，注意營養、休息，加上用藥得當，能使它不發展，或發展得很緩慢，就已經謝天謝地了。』正當我幾乎絕望的時候，同年（1994 年）7 月我有幸遇到法輪功，再沒有用任何藥物，經八個月的認真修煉就解決了問題，即完全徹底根治好了。從此再苦再累轉氨脢都不會升高，肝病也沒有復發。」

1999 年 4 月在清華大學老同學聚會時，滿面紅光的張孟業以平靜的語氣，向包括胡錦濤夫婦在內的全班同學介紹了他因修煉法輪大法而獲新生的真實經歷，贏得了全體同學的掌聲。

中央政治局常委正面認識法輪功

李洪志先生在 1992 年 5 月開始傳法，隨著口碑相傳，中國主流社會各界許多民眾都從「真善忍」修煉中身心受益。中共的高層，包括政治局成員，在 1999 年之前也對法輪功都有了解。

當時在北京紫竹院有一個相當大的煉功點。紫竹院附近有許多退休中共老幹部，有的是部隊的退役將軍，也有的是國務院或中央機關的退休高幹。這些人中有的在中共黨內的資歷比江澤民、朱鎔基、羅幹、李嵐清等人老得多，有的人甚至是參加過長征的。中共 15 大的這些常委有些是他們過去的下屬。

這些退休中共老幹部在學煉了法輪功並從中受益之後，自然而然的想到向身居高位的昔日同僚們介紹法輪功。至少在 1996 年以前，紫竹院就有一位法輪功學員親自到江澤民的家裡教江的妻子王冶坪學法輪功。

李嵐清原來在外經貿部當部長，他是另一位法輪功學員的頂頭上司，兩人原來關係不錯。早在 1995 年，這位學員也說起過向老部長李嵐清介紹法輪功，還給了李嵐清一本《轉法輪》。

江澤民原來在武漢熱工所的上級也煉法輪功，江澤民和武漢熱工所的人聚會時，老同事也給他當面介紹過法輪功。但江澤民後來撒謊說，他 1999 年 4 月 25 日才第一次聽說法輪功。1996 年，江澤民去視察中央電視台，看見一個工作人員桌子上有一本《轉法輪》，還對這位工作人員說：「《轉法輪》，這本書挺不錯。」

羅幹也是在 1995 年就知道法輪功的，是他原來在機械科學院的老上級和老同事介紹的。

從 1996 年開始，北京修煉法輪功的人數迅速增長，中共各大部委也有越來越多的人開始煉功，甚至有的在任副部長也煉，很多人都看過《轉法輪》。因法輪功對人身體和精神道德的改善作用巨大，人傳人，速度遠遠超過一般人的想像。到 1999 年，來自民間的數據，中國大陸學煉法輪功的已達一億人。

前中共解放軍第二軍醫大學校長疾病全消

李其華離休前曾歷任中共解放軍第二軍醫大學校長、總後衛生部政委、解放軍總醫院院長等職。其老伴患重病幾十年，他身為醫學專家和醫院院長，給予她最好的治療也無濟於事。但是，

老伴自從煉了法輪功後很快疾病全消。老人驚訝於法輪功強身健體的神奇效果，於 1993 年也開始煉起了法輪功，從此，他自己一身的病也不藥而癒，身體越來越好，親身經歷的這一切使李其華深有感觸：法輪功是真正的更高的科學，願人們平心靜氣的讀一讀《轉法輪》，煉一煉法輪功。

在中國大陸民間曾廣為流傳著一段對法輪功的讚譽民謠：

學生修煉法輪功，品學兼優樣樣行。
教師修煉法輪功，教書育人好園丁。
病人修煉法輪功，疾病全無一身輕。
醫生修煉法輪功，不正歪風一掃空。
犯人修煉法輪功，做人理念分得清。
法官修煉法輪功，執法如山不徇情。
農民修煉法輪功，遵紀守法講文明。
工人修煉法輪功，產品品質不放鬆。
商人修煉法輪功，貨真價實不坑矇。
領導修煉法輪功，廉潔奉公真英明。

法輪功享譽國際社會 讚譽褒獎不斷

法輪大法洪傳至今在全世界已吸引了上億有志有識之士。法輪大法修煉不求名、不求利，強調用「真善忍」的法理約束自己。無論男女老幼，無論來自哪個國家、民族，只要堅持修心煉功者無不深深受益。

在加拿大魁北克省的蒙特利爾市，2002 年 3 月 9 日下午，居

住在這個城市的法輪功學員陳儒慶陪同朋友到修車鋪去修車。途中，他看見有個小男孩迎面朝他們這邊跑來，一邊跑一邊大聲喊著：「有個女孩掉進運河了。」聽見喊聲，陳儒慶立刻就向 200 多米外的運河跑去。到了那，只見有一個小女孩正在離河岸大約 10 米遠的冰窟窿裡掙扎。陳儒慶見狀立刻從冰上爬了過去，緊緊抓住小女孩的手，把她從冰窟窿裡救了出來。

2003 年 11 月 17 日，魁北克省移民部舉行頒獎大會，獎勵在 2002 年捨己救人的 24 位優秀公民，陳儒慶是其中之一。魁北克移民部部長米西爾·庫爾西妮在頒獎大會上激動地說：「就我所知，這是第一位亞裔公民在魁北克獲得這樣的榮譽，我為華人社區、華人朋友為社會做出的貢獻感到高興，我想對華人朋友們說聲——謝謝。」

與此同時，法輪大法在世界範圍，特別是亞洲、澳州、歐洲、北美，正在得到各界各民族各種族有緣之士越來越多的喜愛和珍視，至 2009 年，法輪功洪傳於 114 個國家與地區，迄今為止，李洪志先生的主要著作《轉法輪》被翻譯成 30 多種語言，在世界各地出版發行。

國際社會鑒於創始人李洪志先生和法輪大法對人類身心健康作出的傑出貢獻，紛紛頒發各項獎勵。據不完全統計，迄今各界頒予的各類褒獎（包括獎狀、獎盃、獎牌、獎旗等），聲援的決議案支援信函合計 2060 個。正如李洪志先生 1999 年 6 月在美國芝加哥領獎時所說：「修煉的人早就把世間的名利看得很淡了」，得獎對於他個人並沒有太特殊的意義；但對於法輪大法來說，得獎的意義卻很深遠，因為這代表著世人和社會對法輪大法的見證和認識。「希望更多的善良人投入修煉法輪功的行列。」

加拿大總理連續九年恭賀「法輪大法月」

在 2012 年 5 月 13 日世界法輪大法日來臨前，加拿大總理哈珀（Stephen Harper）與聯邦移民部長，環境部長等多位聯邦部長及反對黨國會議員等政要向法輪大法學會發出賀信，稱讚法輪功使人精神昇華。法輪功學員的善良受到社區廣泛稱讚，他們是世界各民族最傑出楷模，真善忍理念鼓舞著加拿大民眾。

加拿大總理哈珀已是連續第九年給「法輪大法月」發出賀信，哈珀在 2014 年的賀信中說：「向慶祝法輪大法弘傳於世 22 周年的人們致以最誠摯的問候是我極大的榮幸。」「全世界數以百萬計的人受益於法輪大法的教導。法輪大法提倡真善忍的原則，在加拿大已經贏得了認可。我表彰加拿大法輪大法學會將這一功法與加拿大人分享。」

2011 年，在美國喬治亞州亞特蘭大市議會發出褒獎令，表彰法輪大法，並宣布 2011 年 5 月 13 日為「亞特蘭大世界法輪大法日。」由亞特蘭大市議會（Atlanta City Council）全體 16 名議員共同簽署的褒獎令寫道，鑒於法輪大法是一個根植於中國傳統文化的氣功修煉法門，自從 1992 年首次面向公眾，法輪功已經使得上千萬人改善健康、淨化身心、提升道德、達到天人合一的境界；法輪功「真、善、忍」的理念，五套緩、慢、圓的功法，適宜於各種年齡和背景的人們去修煉；而對於數百萬無辜的法輪功學員 12 年的迫害，是人類史上最令人髮指的，是中華民族歷史上最黑暗的一頁；對法輪功學員的活體摘取器官，更揭示了迫害者邪惡的本性；美國國會眾議院已經通過了 605 決議案，要求立即停止迫害法輪功；法輪功學員是社會的一員，涵蓋廣泛的職業

和特徵；而且，法輪功學員免費教功、義務傳法，廣泛參加社區活動，為社會作出了貢獻；因此，喬治亞州亞特蘭大市議會全體議員特此頒發褒獎，表彰法輪大法。

軍警政司及公檢法系統法輪功學員賀法輪大法日

在中國，每年 5 月 13 日法輪大法日，都會有來自眾多社會各個領域的法輪功學員和普通民眾通過各種管道及突破網路封鎖發出祝福和賀詞到海外恭賀李洪志先生，慶祝「5‧13」法輪大法日，其中不乏來自中共中央高層機關領導，中共控制最嚴屬的軍、警、政、司以及公檢法系統的法輪功學員。

2012 年 5 月，陸軍第 12 集團軍部分官兵恭賀李大師華誕暨世界法輪大法日！他們表示：「感謝慈悲偉大的李大師讓您的弟子告訴了我們真相，使我們明白了中共才是這個世界上最大的邪教，它給十幾億中國人洗了腦，並進行了精神綁架。在它的迷惑下，有多少世人迷失了自我，成為它的精神傀儡，好壞不分，如果不是李大師慈悲救度，不知有多少人成為中共的犧牲品！在此，我們替那些明白真相得救的生命謝謝李大師！」

2012 年 5 月，海軍某研究所人員表示：「感謝李大師的慈悲救度！中共邪惡的『無神論』不知毒害了多少世人！讓人為了眼前的一點私利就為所欲為，不相信善惡有報，使人類的道德一日千里的下滑著，給人類種下種種禍患，各種天災人禍就是對人們的懲罰和警告！如果人類再不覺醒，就將隨著邪黨的解體而做了它的陪葬品！善良的人們啊，快醒來吧，不要再被中共的欺世謊言所矇騙，法輪大法弟子真的是在救人！跪謝李大師！」

2012 年 5 月，明真相的現役軍人表示：「李大師辛苦了！我們都祈盼著李大師早日回歸故國，聽您講法。從大法弟子身上我們明白了什麼是真正的善良、什麼是真正的超凡脫俗！中共邪黨的一言堂謊言，能夠迷惑一部分人，但是卻欺騙不了所有的人，明白真相的生命就像一粒火種，早晚要燃遍中華大地，將中共燒得消失殆盡！請李大師放心：那一天不會太遠了！」

神韻文化的誕生

古往今來，人類對美好的嚮往和追求可謂源遠流長，超越了民族、地域和文化的界限，是植根於人類心底最古老的夢想之一，而「真善忍」將中華五千年傳統美德中的精髓集中體現。

近年來，由法輪功學員創辦，旨在恢復五千年中華神傳文化為根本，風靡全球的世界第一秀神韻藝術晚會也在西方社會引發強烈關注，神韻晚會中純善純美的獨特藝術風格，博大精深的神傳文化內涵，敬天頌神、棄惡揚善、仁、義、禮、智、信等普世價值觀帶給世界全新亮麗的感受，成為藝術界的奇葩，讓不同族裔的觀眾、政界要員、商界巨賈、社會藝術名流為之震撼，感動落淚。人們感歎看到了一個全新中國的崛起，被中共一度毀壞的傳統文化正在復興，華人驕傲，西人感恩。

正在遭受空前迫害的法輪功學員以其大忍、大善之舉不僅承擔起了中國傳統文化的恢復和弘揚的重任，而且已經成為穩定中國社會和世界局勢的關鍵因素。

曾慶紅暗殺習近平－－權謀野心家落馬內幕

第六章

曾慶紅暗殺世紀偉人

江澤民的「軍師」曾慶紅曾三度安排特務混入法輪功修煉心得交流會，企圖暗算法輪功創始人，但都以失敗告終。圖為2012年5月13日的紐約法輪大法修煉心得交流會。（大紀元）

第一節

台港加三次暗殺均失敗

江澤民在 1999 年鎮壓法輪功時，聲稱從來沒有聽說過法輪功。據《江澤民其人》一書報導，其實江澤民早在 1993 年就聽說了法輪功的神奇，特別是中共退休的高官們都特別注意保養身體，開始煉法輪功的人也相當多。江澤民的妻子王冶坪早就在煉法輪功了，而且江澤民本人還看過《轉法輪》。

不過江最感興趣的並不是治病。江澤民想通過享譽京城的李大師了解自己的前世，預測自己的政治前途，看看誰對自己忠心，誰是自己的政敵，仕途上是否還有大難，用何種辦法可以保住權位等等。

1993 年夏，江兩次派人找到李洪志先生商談，要求見面。李洪志先生明白其心思，回覆道：治病可以，不談政治。這個聯絡人習慣於別人迎合自己，一聽李洪志先生的答覆，感到又驚又失望：驚的是這位李大師到底是不一般，把江澤民的心思都看穿了；

失望的是李大師與以往其他氣功師的攀附反應完全不同,自己不一定能撈著什麼好處,因此對安排李洪志先生與江澤民的會面採取消極態度。

拖了些日子,外界對李大師的好評又勾起了江想見面的慾望。這次雙方在兩星期前就約定好了時間,但最後一刻那聯絡人覺得自己沒得到實惠,又擔心江澤民提出的問題李先生不回答,鬧出尷尬來,於是跑到江面前編造了好些見面不如不見的理由,江在前一天臨時取消了會見。

後來江澤民之所以想用鎮壓法輪功來給自己樹威,因為他知道法輪功教人「打不還手,罵不還口」,江認為這樣的人好欺負,不會挾怨報復。於是江提出了三個月消滅法輪功的口號。

1996 年初,李大師結束了在中國傳功講法,赴巴黎傳法,與當時中共駐法國大使等使館官員進行了小範圍會面,並應邀在中共駐法大使館文化處舉行了一場講法報告會,隨後李大師又去了瑞典和美國,法輪功由此開始弘傳世界各地。而在中國,自 1996 年 1 月起,《轉法輪》一書被《北京青年報》列入北京十大暢銷書,並一直處於暢銷書排行榜的前列。

不久,李大師以「傑出人才」的身分移民美國。當時大陸民眾自發學習法輪功的熱情正一步步高漲,很多人自己煉功受益後,傳給親朋好友,就這樣憑藉人傳人、心傳心的方式,法輪功在大陸迅速發展起來。那時法輪功還在中國氣功研究會的管理範圍內,官方也對法輪功持「不反對、不支持、不宣傳」的三不政策。

「不給台灣當局增添壓力」

然而 1999 年，江澤民眼見修煉法輪功的人數超過中共黨員人數，出於妒嫉，江發動了針對法輪功的又一次「文革」。不過由於鎮壓不下去，主管國安的特務頭子曾慶紅就給江澤民出主意——針對李大師下手。

曾慶紅首先提出的是引渡李大師。江澤民怕美國不同意，主動提出以減少五億美元的貿易順差為條件，引渡李大師回國。

美國是遵守法律、保障人權的國家，當然一口拒絕了江澤民的要求。於是，曾慶紅向特務部門祕密下達了暗殺令，由國家安全部和總參聯合組建了一個特別行動組，專門負責搜集李大師的行蹤，招募訓練殺手，準備暗殺李大師。

據可靠消息，曾慶紅派遣了不少男女特務，尤其是女特務偽裝成法輪功信徒，逢人就問法輪功創始人的具體住址，口口聲聲要保護「師父」。他們每個活動都參加，在人群中亂竄，可是陰謀並沒有得逞。

2000 年 12 月初，《中央日報》登載了與台灣法輪功負責人的訪談，江澤民及其幫凶由此判斷法輪功創始人可能到台灣講法。12 月 18 日台灣《自由時報》報導，台灣當局已經批准了法輪功創始人赴台。江人馬樂不可支，認為機會終於到了，隨即祕密派遣了特別行動組赴台，與台灣的黑社會組織祕密接觸，並開價 700 萬美元重金收買殺手，準備法輪功創始人在台灣講法時進行暗殺行動。

結果李洪志先生為了「不給台灣當局增添壓力」而未成行，暗殺行動流產。

2000 年 12 月 20 日，法輪功在台發言人洪吉弘說：「師父悲天憫人，考慮兩岸關係，不願給台灣政府增添壓力，所以此次估計不會來台。到目前為止，我們未接到任何有關師父來台的資訊。有關報章的消息，我不作評論。」

香港「114」的暗殺計畫

台灣暗殺撲空後，江澤民、曾慶紅惱羞成怒，變本加厲，給特別行動組下了軍令狀，要求不惜一切代價暗殺法輪功創始人。對此，曾慶紅在從國家安全部和總參謀部聯合組建了一個特別行動組，招募訓練一批亡命之徒。這個行動組的宗旨就是不惜一切代價乃至生命製造事端，栽贓陷害，誤導輿論民意去敵視法輪功，並尋機暗殺法輪功創始人。

據說江澤民特批 50 萬美金招募由婦女組成的「敢死隊」，仿效「斯里蘭卡猛虎組織」，把她們訓練為「人體炸彈」，準備派遣到美國，等法輪功創始人參加學員心得交流會時，裝作法輪功修煉者、靠近法輪功創始人，以身體引爆。

不久在 2001 年香港法輪功心得交流會前，江澤民得到密報，法輪功學員將在 1 月 13 至 14 日在香港舉行會議，李大師將在 1 月 14 日的會議上發表講話。江澤民立即下達密令，要不惜一切代價抓住這次在自己地盤動手的機會。

於是中共解放軍總參謀部、國家安全部及公安部三方聯手，立即制定了一個代號為「114」的暗殺行動計畫，當時東南亞和北美等地的中共海外情報機構都進入特別狀態，香港及澳門幾乎所有的黑社會集團均被中共威逼利誘而涉入暗殺行動。此計畫指

定由港澳地區黑社會集團實施直接暗殺，這樣就可以避嫌。對此祕密的安排，曾慶紅千叮嚀萬囑咐，自認為萬無一失。

2001 年 1 月 14 日，香港法輪功心得交流會如期舉行。等候法輪功創始人出現的殺手們暗自心喜，認為萬事具備只欠領賞。但隨著會議的進行，一個學員接著一個學員上台交流他們學煉法輪功後，在身體或心性方面如何提升到更高境界。旁邊的學員們聽的聚精會神，而這些埋伏的特務們卻變得焦躁不安起來。

一直等到會議結束前，也不見李大師出現。即將結束之際，主持人突然向所有與會者念了法輪功創始人從美國發給大會的賀詞，暗殺又一次落空。

消息傳回北京後，當江澤民聽完「114」中途夭折及法輪功創始人向大會發賀詞的回報後，臉色鐵青，坐在那兒半晌沒憋出一個字來。李大師發出賀詞時還說，這封賀電對「某些人」打擊會很大，這時暗殺團才知道李大師早已洞悉刺殺陰謀，江澤民、曾慶紅精心設計的一場暗殺又徹底泡湯。

江澤民、曾慶紅安排的這一連串暗殺，卻沒有能阻止法輪功創始人影響力的上升。2001 年《亞洲新聞》（Asia Week）在數個月的討論後宣布，法輪功創始人李洪志先生被評為當年亞洲區最具影響力人物。

加拿大交流會上高舉鮮花致意

2002 年加拿大國會議員高度讚揚法輪功對加拿大、對中國、對全人類做出的特殊貢獻，並邀請法輪功創始人在法輪大法洪傳十周年之際在 5 月 18 至 19 日到多倫多大學講法。這個消息被中

共打探到，他們積極地準備著又一次對法輪功創始人的謀殺行動。

也許是因為來的人眾多，本來安排好5月18日在多倫多大學召開的第五屆加拿大法輪大法修煉心得交流會突然改在多倫多喜來頓酒店（Sheraton Hotel）能夠容納2300人的會議大廳內召開，大廳內座無虛席。

會議憑票入場。江澤民的爪牙們和被收買的黑社會被這突如其來的改動打亂了計畫。5月19日上午，他們分頭行動，有的到學員中去打聽開會地點，有的自稱是剛從大陸和香港來的法輪功學員而混入了會場，並坐在了最前排！

和任何一次心得交流會的安排都不同，這次大會在心得交流會結束前才宣布了法輪功創始人向大會發的賀詞，把殺手們的胃口吊到最後一刻，是為了讓受矇蔽的他們能夠以這種奇特的方式聽完法輪功學員的修煉體會，給他們一次了解法輪功、明白真相的機會。

最耐人尋味的是那束送上台的準備獻給李先生的鮮花。

大家都知道一個常理，除特殊情況下，會議主持者自然會提前知道接受獻花的人是否會到場，否則就不會買鮮花了，如果接受者臨時沒到，自然沒有必要把沒有獻出去的鮮花舉到台上告訴與會者說這是要獻的花。

可是此次這樣的事情就發生了，法輪功學員把要獻的鮮花舉到台上，明確告訴所有與會者說：這就是要獻給李先生的花！話外音是：李先生就在這裡！

多次刺殺未果，江的心裡開始膽戰心驚。曾慶紅直接掌管的這個暗殺別動隊成員，也一個個莫名其妙接連遭遇車禍等意外事

故，最終別動隊解體，刺殺陰謀不了了之。自從 2003 年洛杉磯法會之後，法輪功創始人幾乎每次美國大型活動都參加，而且長時間回答問題。

大陸特工成法輪功修煉者

1997 年初，羅幹指使公安部在全國進行調查，網羅罪證欲定法輪功為「X 教」。而全國公安廳局充分調查後均上報稱「尚未發現問題」。1998 年 7 月公安部一局發出公政 [1998] 第 555 號《關於對法輪功開展調查的通知》，先把法輪功定罪為「X 教」，緊接著又提出：要掌握活動內幕情況，發現其違法犯罪的證據。

羅幹發的文件明顯帶有先定罪、後找證據的構陷性質。當時就陸續有不少公安、統戰部和特工到法輪功的煉功點上臥底學功，並和學員一起學習《轉法輪》。但沒想到法輪功無底可臥，學員的一切活動都是公開的，而且來去自由，既沒有人員登記，也沒有會費。很多臥底人員倒因此機緣而對法輪功有了深刻了解，反而成為堅定的學員。令羅幹吃驚的是，在全國各地的上報材料中，一條法輪功的罪證都沒蒐集到。

羅幹還心焦地發現，公安部負責氣功的人都很懂氣功，很多人自己也練氣功。於是羅幹 1996 年特意改組了公安部，原來管氣功和懂氣功的人一律調走，為下一步打壓法輪功鋪路。

在海外，江系特務也同樣派出不少特務滲透進入法輪功學員內部臥底探聽所謂情報，但都頻頻失手。其中丁柯就是一個例子。

丁柯當時在中共安全部工作，曾經以《光明日報》記者的身分派到海外（美國），一方面從事新聞報導，另一方面也替中共

安全部蒐集情報。

丁柯在 1980 年代畢業後被分派到當時的中共中央調查部接受一個月的培訓，之後派到海外，在那段期間他被要求如何在接觸各式各樣的人群中物色可用的情報，特別是在海外近三千萬華人世界中。他說：「肯定是有些人對祖國有些不同的想法，中共當時以愛國情緒為主導，表面上是愛國，但不知不覺中人們就為中共當局提供他們覺得有價值的服務。」

丁柯在 1999 年的 8、9 月份開始接觸法輪功，當看到了美國有線電視（CNN）及其他一些西方主要的媒體陸續地報導了許多在中國大陸天安門廣場、北京的一些法輪功修煉人靜坐、和平抗議鎮壓的報導時，讓他內心非常震驚。

他說：「我看到了一群人其中包括很多老太太及小孩，他們在天安門廣場和平地、平靜地煉功、打坐，卻受到警察粗暴的打壓及拳打腳踢，當時看到，就非常同情這些因為維護自己信仰而受到如此虐待的法輪功群眾，你知道在 1989 年『六四』天安門事件以後，因江澤民的權威造成許多中國人不敢說、不敢做的。那麼在這個時候 1999 年天安門廣場上出現了這麼多為了維護真理、信仰自由、真善忍的一群人挺身而出對抗中共的淫威，當時讓我受到很大的鼓舞，因為在他們身上真的看到了一種很長時間我沒有看到的精神。當時我認為法輪功是一種氣功，是表現中國優秀傳統的功夫，因為我也練過其他的氣功，所以我知道氣功是真實的。」

丁柯表示，「對法輪功印象最深的就是你只要真正按照書中要求的『真、善、忍』標準去做個好人，你如果真的有做到，你就會體驗到一種變化，這種變化不僅對自己有利還對周遭的人有

利、對社會都是有幫助的。」

丁柯開始在英文的網站上為法輪功打抱不平，但是當人家問丁柯法輪功的問題時，他表示：「有些問題我並不十分了解，所以無法做任何評述。所以我想我該到法輪功那兒實際調查、了解了解法輪功了，就像以前有一句話『你要想知道梨子的滋味，你就自己去嚐一嚐。』」

丁柯說：「我想告訴那些擔負中共派遣任務到海外來收集情報或迫害法輪功的那些人，不妨先放下你們的任務與法輪功學員交往一下，體驗一下，看看法輪功是不是讓人做好人，看看法輪功是不是使人身體健康、道德回升。反過來講，他們是不是都希望自己的親人身體健康、道德良好，如果不是的話那還能希望自己成為什麼呢？所以希望他們能平心靜氣的衡量自己、法輪功的人，就會明白什麼是好，什麼是不好。」

第二節

陳用林郝鳳軍令曾氣急敗壞

2005 年 5 月，曾在中共控制最為嚴密控制的、專門監控迫害法輪功的駐外使領官和「610」的陳用林（左）和郝鳳軍（右），相繼在澳洲棄暗投明，站出來揭露中共特務的種種幕後醜聞。（大紀元）

中共的特務系統歷來很發達，在獨裁高壓統治下，幾乎每個人都感到身邊有人在監視自己，人人都對外有戒心，整個社會都進入了警察特務橫行的時代。特別是江澤民迫害法輪功以來，法輪功被當成了中共的頭號敵人，法輪功學員不但在大陸遭到監視，在世界各地也經常發生遭受中共特務的騷擾、威脅事件。

不過中共對這些從來都持否認態度。2005 年 5 月，曾在中共控制最為嚴密控制的、專門監控迫害法輪功的駐外使領官和「610」的陳用林和郝鳳軍，相繼在澳洲棄暗投明，站出來揭露中共特務的種種幕後醜聞。據說曾慶紅得知此事後，氣急敗壞。

陳用林是中共駐悉尼總領館的政治領事、一等祕書。2005 年 5 月 26 日，他走出悉尼領館，並在悉尼「六四」天安門事件紀念活動的現場公開發言。同年 7 月 8 日，澳洲移民局給予陳用林及

家人政治避難類比的永久居留權，中共事後聲明，「堅決反對澳洲政府發出保護簽證給陳用林」。

郝鳳軍是天津的一級警督、原「610辦公室」人員，他攜帶很多「610」祕密文件逃到澳洲，在陳用林公開亮相後幾天，他也站出來支持聲援陳用林。兩人在國際上引起轟動。

陳用林表示，澳洲有近千名中共間諜，郝鳳軍從他的親身經歷中具體證實了陳的說法。陳同時揭露中共對當地法輪功的政策有16字方針，即：「針鋒相對、主動出擊、爭取（澳洲政府）支持、贏得（澳洲公眾）同情。」從他們提供的線索可以證實，中共將國家恐怖主義之手從中國伸向海外，實施群體滅絕犯罪。

比如澳洲《時代報》（The Age）2005年6月8日報導，中共大使館為了破壞法輪功的活動而採用了多種間諜手段，如監視、大規模竊聽電話甚至私入學員住宅等。法輪大法資訊中心墨爾本女發言人安娜·瑞莎卡（Ana C. Vereshaka）說，中共曾私自闖入她在伯爾文（Balwyn）的住宅，並竊走了法輪功的傳單。

中共在海外針對法輪功的所為都是為挑動製造恐怖氣氛，與搞暗殺是同一個目的。

郝鳳軍起底「610」運作內幕

長期以來，中共對外界否認「610」的存在，甚至在聯合國，可是，前天津「610辦公室」官員郝鳳軍攜帶大量機密文件突然現身澳洲媒體，給了中共一記響亮的耳光。據郝鳳軍的律師、前坎培拉律法部長，Bernard Collaery說，他在郝鳳軍帶來的文件中，發現了「令人震驚的關於『610辦公室』的證明，他們給我們提

供了關於迫害是有組織的證據,他們給我們提供了關於迫害是一直連接到北京的充分證據,並且給我們提供了澳洲人被監視的內情,的確非常、非常清楚……」。

2005 年 6 月 11 日,郝鳳軍在接受《大紀元》記者採訪中詳細披露了「610」——這一中共自己都不敢承認的特務機構,它的祕密運作方式以及它是如何吸附在人民身上吸斂錢財。

非法存在的「610 辦公室」

雖然中共一直對外界否認「610」的存在,但這個類似蓋世太保的特務機構,在中國早已是臭名昭著。那麼這個「610」又是怎麼成立的呢?明明是管法輪功問題的為什麼要隱晦地稱為「610」呢?郝鳳軍介紹,1999 年 6 月 7 日,時任中共中央總書記的江澤民在中央政治局會議上關於抓緊處理和解決「法輪功」問題的講話中宣布中共中央將成立一個專門處理「法輪功」問題的領導小組。三天後,即 1999 年 6 月 10 日,中共中央成立了「處理法輪功問題領導小組」,成員單位包括最高法院、最高檢察院、公安部、國家安全部、中宣部、外交部等在內的中央黨政各部委。從中共中央到各級黨委,都設立了「處理法輪功問題領導小組」,其下設的常設機構叫「處理法輪功問題領導小組辦公室」,因其設立時間又叫「610 辦公室」,「610 辦公室」全權指揮、協調全國迫害法輪功事宜,一般單位的「610 辦公室」與本單位保衛部門合署辦公,而公安系統的「610 辦公室」則是直接隸屬於公安部 26 局的獨立部門,專事抓捕和情報工作。

「610 辦公室」中途幾經調整、加強、改名,至今仍擁有超

級權力，可以對同級別的其他單位下發指令，管轄範圍擴大到不信仰共產黨的教會、其他宗教信仰團體和氣功組織（共計 14 種氣功，14 種宗教）。中共鎮壓法輪功之初，「610 辦公室」還能在新聞報導中見到，但在中共中央一級公開的文件、正式的法律文件和政府文件中一直都是不出現的，因為即使按照中國的現行法律，「610」的存在也是非法的。

隱晦的指令下達方式

作為要在國際社會面前「隱身」的機構，「610」內部指令的上傳下達必須是以不被人抓到把柄為前提。郝鳳軍介紹說，公安部傳達中央精神，每年要召開好幾次全國會議，都是由公安部 26 局（法輪功局）專管組織。各省廳局的「610 辦公室」主任或副主任帶領法輪功隊科長一名，或者是宗教隊隊長一名，有害氣功隊長一名，到某一個地方，遊山玩水休假的同時，開 5 至 10 天會議，傳達中共中央指令。

中央的指令不會用紅頭文件、蓋章下發，而是全部表頭加密傳輸，以免被人抓到任何把柄。就像電腦傳真機一樣。表頭只有內部系統的電腦能夠識別顯示，簽發人也是一樣。下面的「610」看不到簽字，只有一個文號，說明是第幾號文件，用電腦傳真下來。

除了經過法院裁定的勞改、監獄、以及不需經過法律程式的中國特色的勞教外，中共在處理法輪功的問題上更增加了一個掩人耳目的「轉化學習班」。這個學習班聽似輕描淡寫，與「罪」無關，實則是為了無需經過任何司法程式、無需套用任何法律條例對法輪功學員進行迫害。據明慧網報導，在許多「轉化學習班」

內，實施的是比任何一種國家機器都更為殘忍血腥的迫害。郝鳳軍說，由於「轉化學習班」的這種性質，很多時候，「610」在實施抓捕的時候都是「密捕」、「綁架」。

2004年底，《大紀元》系列社論《九評共產黨》發表後，「610辦公室」又多了一項任務，即追查處理在《大紀元》退黨網站上聲明退黨的人士。天津市公安局耗資200萬建立了法輪功數據庫，有三萬個法輪功學員在冊，這些數據庫囊括了法輪功學員所有的背景資料（從專業技能、特長喜好到有無海外關係等一應俱全）。「610」的監控網每天都開著，當天退黨人士的名單一列出來，就導入法輪功數據庫裡搜索，遇到名字相符的，就把資訊傳到相應分局，由該分局處理。

靠迫害法輪功吃飯的龐大體系

郝鳳軍介紹說，從中央到地方，各級公安機關都設有「610辦公室」，在許多國營單位也都設有「610辦公室」，靠著這個系統控制法輪功學員，其人員編制和經費開支相當龐大。以天津市公安局「610」為例，市局「610辦公室」有50多人，而全市公安系統專職「610」人員編制在200人以上。這些「610辦公室」，不但從地方財政部領取工資、獎金、辦公經費，還靠收集海內外法輪功人員情報從公安部26局領取活動經費和獎勵。在「610」內，確實有人因為迫害法輪功賣力而發了財。

郝鳳軍以天津市為例對此做了詳細介紹。天津市登記在冊的法輪功人員有三萬個，每年上級下達10％的打處（打擊處理）指標，也就是要抓捕3000名法輪功學員，獎金分配直接與指標完

成情況掛鉤。而超額完成指標，按超額人數予以獎勵，多抓多獎。

海外情報是「大買賣」

對於「610」而言，日常的獎金是小錢，而收集情報，特別是海外情報才是值得經營的「大買賣」。

郝鳳軍介紹說，「610」的情報，可以分為本地情報、外地情報和海外情報。收集情報，不但可以申請到活動經費，一旦被採納，還可另外得到獎勵，而海外情報是最值錢的，獎金數額從3000元到幾十萬元都有。

在利誘之下，無論是什麼級別的「610」都對此非常「上心」，積極培植自己在海外的情報員，並實行一對一單線聯繫，以代號上報，一年之內，僅天津一地向26局呈報的海外情報就達上千條。郝鳳軍經手處理過的情報來自美國、加拿大和澳洲等國。

例如他曾收到過中共在澳洲特務收集的有關法輪功學員李迎在澳洲的生活起居及工作等情報，公安部一經採納，就給市局撥錢，這一份情報就值1萬塊錢。市局再撥到分局，分局負責和海外聯繫的人把錢以年終慰問金（紅包）的方式發給海外特情。

「610」收入大起底

據追查迫害法輪功國際組織2003年報導，中國經濟資源的四分之一被用於迫害法輪功，從政府花在公安系統「610」的錢就可以證明，這個論斷是不誇張的。郝鳳軍介紹，公安局「610辦公室」的經濟收入可大致歸為以下幾個類別：

收入項目	來源	分配辦法	支出去向	舉例
工資	地方財政		「610」工作人員	
辦公經費	地方財政		「610」辦公室開支	天津市局每年25萬；北京上海700萬左右；公安部26局1000萬元以上
獎金福利	地方財政	按抓捕法輪功學員人數分配，多抓多獎	「610」工作人員	
本地特情經費	地方財政	隨時申請	「610」工作人員及情報人員（稱為祕密力量）	
本地情報獎勵	地方財政	年終評級分紅		天津50元／條
外地及海外特情經費	公安部26局	隨時申請		
外地及海外情報獎勵	公安部26局	年終評級分紅		外地200元／條；海外特級情報獎勵高達幾十萬人民幣，一級5萬左右，二級3000至10000元，三級3000元。

　　「610辦公室」像是中國社會的一個毒瘤。它凌駕於憲法之上，凌駕於所有人之上。中共用專制暴力維繫著它的存在，用謊言欺騙向外界隱瞞著它的存在。可是，郝鳳軍——這個拒絕被邪惡吞噬的人，這個真正有良知的中國人，以勇氣和膽識掙脫出來，把這個彌天的謊言撕開了一個大豁口，讓世人看到了在人類文明走到了今天，在現代社會仍存在的這樣一個充滿腐朽陰暗氣息的毒瘤。

曾慶紅暗殺習近平——權謀野心家落馬內幕

第七章

南非行 藉凶殺躲避起訴

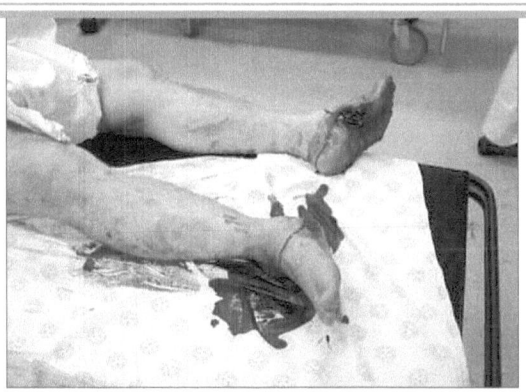

2004 年 6 月 28 日,在南非約翰尼斯堡的法輪功學員梁大衛開車和平請願途中,遭不明人士開槍射擊,兩腳被子彈打穿。幕後黑手直指當時造訪南非的江澤民「大內總管」曾慶紅以及商務部長薄熙來。(大紀元)

第一節

迫害法輪功
中共高官海外被起訴

法輪功抗議曾慶紅請願，遭槍擊

2004 年 6 月下旬，曾慶紅出訪非洲四國，這是他當上中共國家副主席之後第一次出國訪問。曾慶紅還把商務部長薄熙來也帶上出訪。此前薄熙來已經被海外起訴，同其他打壓人權的血債幫一樣，曾慶紅也害怕被起訴。於是，一個蠻橫強勢的曾慶紅，事先安排了他的「獨特方式」來等待法輪功。

2004 年 6 月 28 日，南非約翰內斯堡發生了一件震驚世人的槍擊事件。準備起訴曾慶紅的澳洲法輪功學員下飛機後，在前往請願的途中遭到有預謀的雇用殺手的黑槍襲擊，車胎被打破，司機梁大衛的雙腳中彈，一隻腳骨粉碎性骨折。歹徒使用的槍就是中共軍隊在「六四」屠殺學生時所用的步槍 AK47 ！幾名襲擊者沒有實施搶劫，襲擊後即逃離現場。

當時 9 名法輪功學員正在前往南非首都 Pretoria 的總統府賓館（Presidential Guest House）進行和平請願，抗議中共鎮壓法輪功，車行路上即遭不明身分的黑人凶手開槍射擊。在第二輛車上開車的法輪功學員梁大衛雙腳被射傷，送醫搶救。此惡性事件幕後黑手直指當時造訪南非的江澤民「大內總管」曾慶紅以及商務部長薄熙來。

2004 月 4 月下旬，美國法輪功學員將到訪的中共商務部長薄熙來以「酷刑罪、群體滅絕罪、反人類罪」起訴到美國哥侖比亞特區法庭，並在稍後將訴狀及其他相關文件送達薄熙來本人手中時，薄熙來意識到自己被起訴後，旋即將文件摔在地上，其隨從則立即對訴狀送遞者進行了肢體攻擊。而這次南非槍擊案，更是窮凶極惡，不擇手段了。

2004 年 6 月 28 日槍擊案發生一周內，南非數家大媒體均在頭版頭條報導了法輪功學員遭到槍擊的消息，這在南非新聞史上從未有過，南非當地華人居民被槍殺也從沒上過頭版。有一家最大的報紙刊登了法輪功學員遭到槍擊的消息，當地華人從來沒上過此報，但對法輪功學員遇到凶殺的案件很感興趣。而且分管此次槍擊案的警察換了三次，官階升了三級。據悉，一般持槍劫案一般警察就可應付。

6 月 30 日，曾慶紅的車隊在南非約翰尼斯堡面遇法輪功抗議者。

就在槍擊案發生兩天後，6 月 30 日下午兩點，南非「經濟」首都約翰尼斯堡出現了詭異天氣，白天變成了黑夜。一場不合季節的風暴迅速橫掃 Gauteng 省，使該省陷入了幾乎完全黑暗的地步，並引發了氣溫驟降、沙塵暴。約翰尼斯堡天黑了將近一個小

時，一架飛機因風暴襲擊而墜毀。

《星報》網路版記者 Lee Rondganger 和 Ndivhuwo Khangale 於 7 月 1 日報導了這則消息。報導說，風暴作為前鋒覆蓋了約翰尼斯堡和比勒陀利亞，緊接著的是暴雨和沙塵暴。這兩個城市數以萬計的居民因此而感到恐慌。新聞強調，南非天氣觀測部門認為這樣的氣象發生在夏季的 Gauteng 省並不是一種異常的現象。「但是，非同尋常的是，它這次發生在冬季！」

是什麼原因導致冬時行夏令天氣？很多人想起了《竇娥冤》裡的 6 月雪，也有人想起了河北石家莊的 6 月人眼冰雹。

2001 年 6 月 20 日下午三、四點左右，石家莊忽然天昏地暗，一時狂風暴雨，電閃雷鳴。其中在石家莊北焦看守所、勞教所及其周圍，暴雨中夾雜著冰雹，鋪天蓋地而來，冰雹直徑大約一至兩釐米大小，扁的，砸在地上厚厚一層，最厚處約七至八釐米。每個冰雹內都帶有圖形，像人眼一樣，眼球、眼珠俱全。

群眾議論紛紛：「真是報應啊，看這長著眼睛的冰雹，哪兒邪乎往哪兒砸！」據不完全統計，當時石家莊及周邊地區已發生了七樁虐殺法輪功學員的血案。

對於南非出現的詭異天氣，有評論說，這同樣是老天爺在警示人莫幹壞事啊。中國老人有句話，人不治，天治。如今薄熙來、周永康、曾慶紅之流的被查被關，也是他們造孽的報應。

第一個被迫出庭的中共高官：陳至立

儘管曾慶紅利用歹徒槍擊殺人，躲過了法輪功學員對他的起訴，但陳至立就沒有這樣「幸運」了。2004 年 7 月 19 日，陳至

立在坦桑尼亞訪問期間，被人權律師送上當地法庭，她被指控在中國教育系統對法輪功學員實施酷刑和虐殺，陳於 7 月 19 日被迫出庭應訊。

相對那些收到法庭傳票後迅速消失、遁回國內的中共官員，在坦桑尼亞以貴賓身分進行外交訪問的陳至立，在被訪國的法庭上沒能找到迴避的藉口，成為來不及隱遁而被迫上法庭的第一人。

據「追查迫害法輪功國際組織」的調查報告顯示，陳至立在任教育部長期間，利用職位之便有系統的向中國下一代灌輸「仇恨及鎮壓法輪功有理」的思想，並直接導致教育界大量煉法輪功的學生、教職員工被關押，61 人被迫害致死。她的案子所涉及到的民眾被殺、失蹤、強迫失學、非法關押等等，都屬於基本人權的問題。

坦桑尼亞作為非洲的一個小國，在經濟與國力建設上曾受到中共政府諸多援助。例如其「交通大動脈」坦贊鐵路的建成，便有中共派遣的數萬名工程技術人員參與；其鐵路、煤礦、農場、紡織廠、糖廠、農具廠等一百多個項目皆有中國方面的技術合作、貸款或參與。在這種情況下，政治、經濟因素會否影響到司法公正？這對坦桑尼亞的司法獨立和法庭的誠實性構成了考驗。

不過在陳至立案件上，坦桑尼亞法庭的迅速反應對於弱勢的受害者是一種鼓舞。對於政府不敢得罪的援助國官員，司法系統敢於出面，對其被訴罪行進行取證及審理，在一定程度上實現了「法律面前人人平等」。

2004 年 12 月 7 日，坦桑尼亞法庭對陳至立被控酷刑和虐殺罪進行了初步司法審查。有消息透露，受害者提供的大量證據足

以證明陳至立受到的指控成立。

曾慶紅、江澤民與陳至立的關係，在 1989 年 5 月封殺《世界經濟導報》時就能看出，他們是一條線上的螞蚱。就在 2004 年 6 月 30 日曾慶紅結束南非訪問之時，北京立即宣布江澤民另一親信、已升至中共教育部長、國務委員的陳至立 7 月 11 日率代表團訪問南非。中共高規格頻頻派員至南非，以及陳至立與江澤民的特殊關係，使外界對陳至立的南非之行存揣測。陳至立和曾慶紅一樣得益於「六四」事件。「六四」期間江澤民在上海整肅上海《世界經濟導報》，撤掉了當時中共上海市委宣傳部長潘維民，由陳至立接替。

陳生於 1942 年 11 月，上海復旦大學物理系本科畢業，中國科學院上海矽酸鹽研究所研究生。畢業後趕上「文革」，業務基本荒疏。鄧小平時代開始轉而從政。江澤民擔任上海市委書記後，將她提拔為上海市委常委。江澤民入主中南海的當月，又將她提拔為上海市委副書記。

1991 年，江澤民曾指示中組部考慮一下陳至立在中央機關的工作安排。第一考慮是讓她出任中宣部副部長；第二選擇是中聯部副部長。江澤民已經將此動議與上海市委一班人交底，甚至把陳至立丈夫喬林到北京的工作都安排妥貼，具體職務是北京市社會科學院黨委書記。但此計畫遭到當時任中共中央政治局常委、執掌中央組織大權的宋平的堅決反對，江只好暫時擱置。

1997 年，政敵北京幫被打敗，鄧小平病重不能視事，江澤民終於大權獨攬後，陳至立才如願進京，任國家教委主任。在 15 大成為中央委員，1998 年任教育部長掌管中國教育大權。

陳至立的丈夫喬林，藉藉無名，英國廣播公司（BBC）報導

說，陳至立丈夫的地位遠比她低。後來喬林下海經商，任中國人民保險公司副總經理，中國保險協會副會長，並兼職中國人民大學教授，成為中國保險業的大亨。

陳至立甘為江澤民背黑鍋

在上海期間，江澤民身邊有兩個女人，一個是「會在江澤民面前撒嬌的女人黃麗滿」，一個是甘為江澤民背黑鍋的女人陳至立。

在江澤民整肅上海《世界經濟導報》事件中，陳至立始終積極參與對《導報》及其總編欽本立的整肅，積極維護江澤民的利益，對江絕對忠誠。1989 年 5 月 10 日，身為上海市委書記的江澤民上京，當時的總書記趙紫陽嚴厲批評江澤民處理《導報》事件不當、過火，江澤民感到大禍臨頭，回到上海後失魂落魄，上海幫亂作一團。而在這關鍵時刻，陳至立挺身而出向江表示：中央怪罪下來的話，我一個人把責任全攬下來就是了。

對此，陳至立獲得了一個「美名」：甘為江澤民背黑鍋的女人。

據導報當時駐北京記者張偉國說，「六四」鎮壓後，《導報》所有人員被遣散，陳至立還特別下了條命令，不許《導報》的人再從事新聞工作，不能再去當記者。而更殘酷無情的是，《導報》總編欽本立，「六四」後因精神痛苦患了胃癌正住院。陳至立在他生命的最後時期，到他病床前親自宣布中共對他的黨紀處分，在精神上重擊欽本立一拳。欽本立不堪重創，五日後即含恨而終。

陳至立任教育部長後，中國出籠了教育產業化政策。學者許

尚安說，陳至立整人，為害尚有限，但陳至立管教育（16 大後升任國務委員，但仍主管教育），則危害中國教育，遺禍子孫後代。

許多專家、學者相繼發表文章，對教育產業化提出批評。著名學者蕭雪慧說：「教育產業化仿佛成了潘朵拉匣子，一打開，釋放出了不可救藥的貪婪和世界教育史上聞所未聞的教育的深度腐敗。」

蕭雪慧曾發表多篇文章，分析教育產業化帶來的弊端：教育腐敗，職稱、文憑作假，學費上漲導致貧困家庭子女失學，抄襲、剽竊之風、權錢交易進入學校等等。

教育產業化，不僅僅帶來老百姓巨大的痛苦，也將中國幾千年來積累的教育理念，教師的倫理道德和良心，師生的關係摧毀得一乾二淨，禍及子孫後代。

蘇榮，省委書記越境成國際逃犯

比陳至立不得不上庭應訴「更慘」的，是當時的甘肅省委書記、曾慶紅的心腹蘇榮。

2014 年 6 月 14 日，中共政協副主席蘇榮落馬的消息被中共官媒拋出，成為外界關注的熱點，不僅因為他與薄熙來屬於同一級別，都是中共的二級高官，更由於他是第一個在海外被法輪功學員告上法庭並接到傳票的高官，當時的他倉皇逃回國，成為「國際逃犯」。

蘇榮為吉林洮南人，2001 年前一直在吉林省當官，2001 年 10 月從吉林省委副書記升任青海省委書記。2003 年 8 月，蘇榮被調任甘肅省，繼續任省一把手。

2004 年 10 月末至 11 月中旬，蘇榮隨吳邦國出訪肯尼亞、贊比亞、津巴布韋及尼日利亞四個非洲國家。10 月 29 日，他在返回酒店途中，接到贊比亞高院工作人員親自送來的法院傳票。他是首個在海外接到傳票後被扣留在當地等候傳訊的中共高官，聆訊時間被安排在 2004 年 11 月 8 日，把他告上法庭的正是海外法輪功學員。

蘇榮沒有上法庭聆訊。警方隨即到其住處欲逮捕他，但是已無人影，贊比亞警方又發出通緝令。後來蘇榮在中領館的協助下，偷越池榮迪邊境（Chirundy Border）來到津巴布韋，再潛逃至南非，11 月 15 日輾轉飛回中國。此一國際案件在中國被江澤民集團壓住未報，黨媒集體失聲。

經歷 2004 年國際逃亡之後，曾慶紅在 2006 年將蘇榮悄悄調進京，在自己手下任中共中央黨校常務副校長。2007 年 11 月 17 大後，曾慶紅被迫退休，就把蘇榮調到自己的江西老家擔任第一把手，方便曾慶紅安排自己的親戚朋友當官。據說蘇榮幫曾慶紅在江西省重要部門安插了至少 40 多人。

江澤民被全球法輪功學員起訴

與陳至立、蘇榮被起訴一樣，作為迫害法輪功的元凶，既提出對法輪功學員實施「打死算白死，打死算自殺」，「不查身源，直接火化」等滅絕政策的江澤民，以及羅幹、周永康、劉京、薄熙來等，均遭到全球法輪功學員在 30 多個國家的控訴，並被一些國家判決犯有反人類罪。

2009 年 12 月 17 日，阿根廷聯邦法院經過四年調查之後，第

九庭法官奧克塔維奧・阿勞德・拉馬德里下達了對江澤民、羅幹的逮捕令。同年 11 月，西班牙國家法庭以群體滅絕罪及酷刑罪向江澤民、羅幹、薄熙來、賈慶林和吳官正等中共五名高官下發了法院通知書。

2014 年 2 月 10 日，西班牙最高法院法官莫雷諾（Ismael Moreno）簽發了國際逮捕令，通緝江澤民，以配合調查人權組織對中共政府向西藏實施種族滅絕的指控。

第二節

後悔迫害法輪功 高官跪求討饒

隨著鎮壓法輪功的江派血債幫的失
勢，參與迫害的大小官員惶惶不可終
日。（圖片合成／大紀元）

　　2012 年 11 月，一位參與迫害法輪功學員的中共某市政法委
（「610」或公安系統）負責人委託其親屬轉給《大紀元》一份
請求刊登的告饒信，信中反覆「跪求」被他迫害的法輪功學員饒
恕他的罪行，稱「真的求求你們了」，「跪求你們原諒！」同時
該信披露了中共政法委系統在常年迫害法輪功學員過程中的罪惡
黑幕，隨著鎮壓法輪功的江派血債幫的失勢，當時參與迫害的大
小官員現在都惶惶不可終日，政法委系統官員精神已處於崩潰狀
態。這些政法委系統的公安、法院和檢察院的官員們也因此非常
關注發動鎮壓的元凶江澤民是否還活著，是否還有影響力。外界
表示，18 大前夕，該事件直接折射出中國局勢處於劇變之中，從
1999 年開始的中共對法輪功群體的非法鎮壓已經難以維繫。

　　據悉，兩高幹子弟因為修煉法輪功遭到迫害，出獄後對當地
的中共官員提出巨額賠償及公開審訊錄像的要求，並指名要求胡

錦濤和溫家寶親自處理此事。事件再次驚動中南海，中共政治局常委賈慶林繼上次被胡、溫指定去河北調查聲援被迫害法輪功學員的當地民眾「300手印事件」後，再度被派到這兩位高幹子弟所在省份做調查。當地官員感到壓力巨大，其中有一人不得已，讓其親戚發出道歉信，希望那兩名兄弟不再追究他們的過錯。

求饒信事件印證了數月前「明慧網」的相關報導。該報導說，有對親兄弟是法輪功學員，同時也是高幹子弟，在前幾年被非法勞教，遭到殘酷的迫害。哥哥被非法審訊15天15夜，被迫害昏迷四、五次，最後當地官員也沒拿到口供和簽字。被送去勞教所之後，兄弟倆通過關係告狀，但是在當時被壓下來了。

前一段時間，兄弟倆突然向「610」和當地的官員提出要求巨額賠償和道歉，並且告訴當地的「610」和公安局的高官以及政法委書記等，如果不公開巨額賠償，就把他們腐敗的證據公布在網路上，同時通過特殊管道送到中共政治局常委手中，送給中紀委，讓紀委去「雙規」他們。

據說，那位哥哥還得到黨政軍的高幹子弟朋友們相助，動用中共黨政軍某些部門的力量，花了近一年時間，追蹤很多當時迫害他們兄弟的各級官員。用遠距離攝像機取得了很多官員的腐敗證據，而且延伸追查了更多的官員。

兄弟倆還向當地「610」和政法委提出一個強烈的質疑，要求出示自己在幾年前被警察審訊時的全程音像。因為中共檢察院規定，警察審訊時必須全程錄音、錄像。據稱，現在當地的「610」和公安局以及政法委非常害怕，若提供當時審訊的錄音和錄像，就等於證明警察刑訊逼供。不拿出當時審訊的證據，就是非法辦案，也要被繩之以法。若非法審訊，那後來的勞教也是非法。

　　報導還稱，目前各級「610」已經多次找他們兄弟倆談，希望他們能夠退讓一下，但是兄弟倆態度極其強硬，不理睬他們。最近一段時間，當地的「610」和公安局以及政法委幾乎天天長時間開會研究對策，「頭疼無比，害怕無比。一點辦法沒有。」

　　曾經參與迫害兩兄弟的當地政法委負責人，讓其親戚代筆公開給法輪功學員寫道歉及告饒信。信中多次要求兩兄弟「請你們原諒」、「跪求你們原諒」、「真的求求你們了」，並說如果他們兄弟倆再「折騰」，一大批參與的各級官員和警察將會作替罪羊被推出來，遭到「黨紀國法」的處理。

　　信中轉述那名政法委高官的話稱，他現在很後悔當年做了這些事情，「共產黨不講理啊，我們不聽上級的話，保不住烏紗帽；我們聽上級的話，現在看啊，就得進監獄，而且還不得連累上級。說不定還要想方設法殺人滅口，進了看守所或者監獄，死了也不知道怎麼死的，太黑暗了，外人不清楚，我們內部人不知道嗎？還讓不讓我們活了？就領導是人，我們不是人？政績都是領導的，過錯都是我們的？」

　　「我現在是發自內心的理解了，王立軍為什麼跑到美國領事館去？為什麼提前把相關證據移交到海外去？為什麼王立軍要破釜沉舟？沒有辦法啊，保不住烏紗帽就算了，命一定要保住啊。」

　　在信的最後寫道：「再次向那兩位法輪功兄弟倆道歉，請你們原諒。我們很多領導真的後悔莫及，如果時光倒流，真的不會去整你們了，哪怕你們天天公開做法輪功活動，最多和你們商量商量，盡量讓我們表面上過得去就可以了，隨便你們怎麼做啊！真的後悔莫及啊！無論如何，請你們原諒。用網路上流行語，跪求你們原諒。請你們不要折騰了，求求你們了。」

　　信中稱，中共常委賈慶林沒到現場「考察」之前，已經有消息傳出：「如果他們兄弟倆再折騰，一大批參與的各級官員和警察將會作替罪羊推出來，進行黨紀國法的處理。甚至更高級別的官員們都要拉下馬，給他們兄弟倆和他們家裡人一個交代。」

　　據稱，賈慶林最後到場調查此事，把當地大小官員都嚇壞了，「都認為這個事情搞大了，賈慶林能來，其他政治局常委肯定都知道。」

　　最後，該地的官員都互相推責，使得賈慶林臉色鐵青，「我們當地的公安局、政法委、市委黨委領導無能啊，現在都膽戰心驚，一個個都絞盡腦汁推卸責任，沒有人敢去安撫他們兄弟倆，各級官員被他們兄弟倆多次指名道姓的寫信侮辱，罵各級官員眼瞎了，罵各級官員一個個人模狗樣的盡幹缺德的事情，但是沒有一個官員敢吭聲的。都拿兄弟倆沒有辦法，賈慶林來了都沒有辦法，氣得臉色鐵青，省委書記都不敢說什麼，我們有什麼辦法？不敢吭聲也罷了，為什麼不敢安撫呢？」

　　在求饒信中提到：「自從江澤民鎮壓法輪功以來，絕大多數太子黨和高幹子弟公開或者私下裡表示明確反對。關鍵是，現在的中國啊，確實啊，已經是太子黨和高幹子弟的天下了。」

　　信中還提到：「十幾年來，胡錦濤、溫家寶、習近平、李克強沒有在社會上公開表態過一次支持鎮壓法輪功，將來習近平、李克強上台，重新對待法輪功是獲取民心的最好辦法。」

賈慶林曾奉命調查「300 手印」事件

　　此前有報導稱，原籍為河北泊頭的時任中共政治局常委賈慶

林 2012 年 7 月 15 日返鄉河北,當地官場說是調研開發情況,實際是賈祕密受命,赴家鄉調查「300 手印事件」。

2012 年 2 月,泊頭市富鎮周官屯村法輪功修煉者王曉東(男,42 歲,大學畢業,教師)遭到泊頭市政法委的強行抓捕,激起全村人的義憤,全村 300 戶人家各派一名代表在呼籲書上簽名按手印,村委會加蓋公章,要求當局釋放王曉東,成為震動中共政治局的「300 手印事件」。

在賈慶林調查事件前後,泊頭市公安局長楊建軍被調職。當時有報導稱,賈慶林此舉是受到政治局的委託。

據明慧網報導,2010 年 3 月,遼寧省撫順市清原縣 376 位鄉親聯名寫信,為法輪功學員徐大為伸冤。徐大為被瀋陽東陵監獄折磨致全身器官衰竭,精神失常;八年刑滿後,回家 13 天即含冤去世。

2011 年 6 月,遼寧朝陽地區的鄉親簽名,村幹部蓋上公章,要求釋放法輪功學員張國祥。

2011 年 9 月,秦皇島昌黎縣近 1500 位鄉親聯名致信當局,要求釋放法輪功學員周向陽,並要求依法查禁監獄的酷刑犯罪。

2011 年 10 月,唐山 528 名百姓聯名上書,要求釋放因替丈夫周向陽伸冤而被綁架的李姍姍。

2012 年 2 月,河北省泊頭市周官屯村 300 多位鄉親摁手印,村委會蓋公章,聯名要求中共當局釋放法輪功學員王曉東。

有些地區的「610」在明白真相後,已經開始選擇與法輪功學員充分合作,不再執行鎮壓政策。據明慧網 2012 年 10 月 23 日的報導,大陸某市,很多政府官員,包括政法委幹部、「610」主任、公安局長、國保大隊長等都已作了「三退」(退出中共黨、

團、隊），表示認同法輪大法好，另外，公檢法司的大多數人，派出所從所長到警察也大都作了「三退」，不再執行鎮壓政策。

海外政論人士陳破空在最新的《究竟是誰要扳倒薄熙來》一文中稱：「江任內鎮壓法輪功，留下平生最大污點。他後來發現，不僅他的同僚朱鎔基、喬石、李瑞環等人對鎮壓法輪功態度消極，就連繼任的胡錦濤、溫家寶等人，對法輪功問題，也盡可能保持低調。江深知問題嚴重……」

江自 1999 年開始鎮壓法輪功，由於中國當時有一億人修煉法輪功，為調集全國所有資源來鎮壓，江澤民從中央到各省市都成立了類似蓋世太保的特務機構――「610」辦公室，是中共為對付緊急狀態成立的臨時祕密最高權力機構，能根據需要調動軍隊、武警、公安、外交、財政、電訊、教育等部門資源和人力，並有權要求政府其他部門服從「610」為鎮壓法輪功作的安排和調度。

2012 年 2 月，王立軍出逃美領館後，薄熙來與周永康密謀「18大」後先奪取政法委書記，再從習近平手中奪權的計畫被外媒曝光，薄熙來落馬。此後江派元氣大傷，處於潰散狀態。不少政法委官員已預見江澤民死亡前後，法輪功將被平反。體制內聰明人都在尋找退路，設法保留證據，以備日後為自身開脫。

江澤民 1999 年為鎮壓法輪功，從中央到各省市成立了類似蓋世太保的特務機構――「610」辦公室。圖為重慶市迫害法輪功學員的罪惡機構重慶市市委「610辦公室」所在地。（明慧網）

第三節

一個德國人尋找真道的故事

藍眼睛高個子的德國人法蘭茲幾十年苦尋
真法，現在，他終於找到了。（明慧網）

　　法輪功到底是怎樣的功法呢？經受 15 年的迫害，法輪功不
但沒有在中國消失，並且弘揚海外一百多國。外國人為何要煉法
輪功呢？如同海內外上億法輪功修煉者，德國人法蘭茲也有一個
尋道得法的故事。

　　「共產黨的末日就要到了。但是這個邪惡的黨（魔教）在
歷史上卻對眾生、對神佛犯下了滔天大罪，神一定要清算這個惡
魔。」小廣播洪亮的聲音正在播放《大紀元鄭重聲明》，吸引著
中國大陸遊客。藍眼睛、高個子的法蘭茲背著小廣播，微笑著迎
向遊客。他做出各種手勢，表達自己對中國客人的歡迎和友好。

　　這是柏林中共使館對面幾乎每天發生的一幕。午餐過後，
大陸遊客三三兩兩地從中餐館出來，出門右拐，便是亞諾維茲橋
（Jannowitzbruecke），柏林法輪功學員常年堅持的講真相點。從

橋頭至橋尾，掛滿了法輪功真相橫幅。大陸遊客不時往橫幅上看。

「大陸遊客午飯後大多要去柏林交通聯合會取票，而我們這裡是他們的必經之路。」法蘭茲介紹道。棕灰色的頭髮已被斜飄而來的春雨潤濕，藍黑相間的防雨夾克顯出他的有備而來，常年在這裡堅持，他對天氣的變化很熟悉。

「到柏林的大陸遊客一般都會去中使館留個影什麼的。和以往不同的是，最近幾個月他們不再把中共使館當作背景，而是到馬路對面來，在我們的橫幅前留影。而最經常被『命中』的背景是橫幅『法辦江羅劉周』。」

從 2008 年以來，法蘭茲一周五天風雨無阻，和柏林的法輪功學員在中使館前靜坐煉功，抗議中共十幾年來對法輪功的血腥迫害。

求道之心

法蘭茲出生在德國中部小鎮上一個虔誠的天主教家庭。每個周日他都隨父母去做禮拜。慢慢地，他感到懺悔後沒有了那種輕鬆、心靈上獲得自由的感覺。終於在復活節的時候，他拒絕隨父母去教堂做彌撒。這在這個小鎮上可是絕無僅有的事。就這樣，法蘭茲成了唯一退出教會的人。

告別了教會，法蘭茲繼續他的尋道之路。他嘗試了不同的法門，堅持打坐。雖然打坐中出現的一些人體特殊現象沒人向他解釋，可他從未懷疑過人可以通過打坐得到提高。「如果那是一個真道真法，我的心會告訴我。我不知道為什麼心會知道，但是我的心告訴我的一定是對的。」

大學還未畢業，法蘭茲就自己開了個公司。每天工作緊張、事務繁忙，時不時的，他還會打坐。

疑問、不解和迷茫

「2005 年我的公司破產了。我沒有覺得天要塌下來，這不過是個幻影破滅了。現在我又回到了現實中來。」法蘭茲說：「那段時間我又有時間思考，打坐的時間增多了。體內有各系統的運轉，這個現象又產生了。這到底是怎麼回事，是什麼原因造成的？還有雙眉中出現的那個很亮的白點，到底是什麼……」越來越多的問題堆積起來，沒有人給他解答。

法蘭茲天天在網上找這類問題的答案，比如「精神和物質的關係，轉換的機制是怎麼樣的？」「我強烈地想知道謎底。苦苦思索這些問題。」

法蘭茲一直有收聽英語廣播的習慣。2007 年 9 月的一天半夜，他在英語夜間廣播 NPR（National Public Radio）一條新聞中突然同時聽到兩個層次的聲音。「一個聲音說某某政治家退出了，這和一般聽眾聽到的內容一致；另一個背景中的聲音說，這個人的心中了毒，製造了混亂。」

「我驚詫無比，意識到除了我們已經了解到的世界，還有另外世界的真實存在。雖然看不見，但是確實存在。那不是我們想像出來的，而是我們日常生活的一部分。只是我們自己並未意識到它的存在。我決心深入調查，弄清這些特殊現象的背後到底是什麼。」

「我不知疲倦地在網上搜索各種資訊，輸入不同的搜索詞。

搜索詞輸入對了，就可以找出大量的資訊。我日以繼夜的在網上找。」

難以置信的幸運

　　一次，當法蘭茲信手輸入「第三隻眼」搜索的時候，被鏈接到了法輪大法的一個網站。那是一個法輪功學員寫的心得體會，說通過煉功不治之症得到痊癒的故事。

　　法蘭茲上到法輪大法網站後，看到了李洪志師父的照片，當時他只是認為，李洪志師父是一位講很高層次的法的師父，直到幾個星期後，他偶然發現了網頁下方的經文連結。他打開連結，開始閱讀。

　　「哇，天哪，我邊讀邊感覺全身的細胞全部張開。背脊上一陣冷一陣熱。我非常強烈地意識到，我找到了真正的法。」「很快我就明白，這不同於我過去所學過的任何一個法門。」

　　回憶起當年得法的快樂，他開懷大笑。

　　「我如饑似渴地開始系統閱讀李大師所有經文，在書店購買了教功錄像，自己琢磨著比劃動作。我確信這是一個很正又真真切切能把人帶到高層次的法門。這對尋求真法真道的人是極其有吸引力的事。我馬上把這個消息告訴同道中人，也許是機緣未到，他們顯得不太感興趣的樣子。我真為他們可惜，更體會到自己的幸運。幾十年的迷茫一掃而光。師父的法理白言明，把歷來冥想打坐中沒說清的地方，講得清清楚楚。」

　　學了法輪大法，法蘭茲異常興奮。他急切地想找當地的法輪大法修煉者。可是，他們在哪裡呢？

守在橋頭心繫華人

一天，法蘭茲在和鄰居偶爾談及想找當地的法輪功修煉人。「離這裡不遠，最多兩公里，就在亞諾維茲橋上。你找到中國使館對面就是了，他們總在那兒抗議的。」鄰居告訴他。於是，法蘭茲直奔亞諾維茲橋，找到守在那裡的法輪功修煉人。他激動極了，大力地擁抱學員。從此，他就成為了大橋真相點的一員。

「我喜歡走出來和別人說說話，告訴別人法輪大法有多美好。事實上很少有人拒絕我們的資料。對華人遊客我總是保持微笑。我以前脾氣火爆，我不希望把來自中國的客人嚇住。我的心裡平和，才能讓他們感覺到我的好意。」

「中共使館就是中共在海外的代表。我們的存在，他們每天能看到我們，實際上就是無時不在提醒他們，中共對大陸法輪功學員進行迫害所犯的罪行，指認他們還在犯罪。中共對我們大陸同修的迫害一天不停止，我們就在這裡出現一天。中使館就是我們對中共政黨和參與迫害的人員的廣播，向他們傳達『我們對迫害不妥協、不承認』這個信息。我們要讓所有的人知道中共的罪惡，不遺餘力地揭露中共的醜惡，直到迫害停止。」

中共不等於中國。法蘭茲說：「我們對中國人民絲毫不反對。我們也不會因為揭露中共極權對我們的迫害而貶低中國人民為了得到幸福生活而付出的勞動。請記住，這兩件完全不同的事情在我們心中分得很清。中共的罪惡人神共誅。中國人民能得到神佛的眷顧，有個美好未來，這是讓我們深深牽掛的。」

迫害政策與中國廣大民眾對立

2012 年 5 月 10 日，有接近中共高層人士接受《大紀元》記者採訪時透露，中共高層已經有政改設計，改革派占了主導，300 村民請願釋放法輪功修煉者受迫害的案例材料在政治局傳閱。

由於維持對一億人的法輪功修煉群體的迫害，需耗費大量國家資源及違逆社會道德，手中沒有強權很難維繫下去。中共最高層除血債幫之外，大多數都不願意繼續為江澤民背鎮壓黑鍋，中南海高層搏擊激烈，中共呈岌岌可危的解體之勢。

該材料以河北省泊頭市富鎮周屯村的法輪功修煉者王曉東為例，說明當局迫害政策與中國廣大的民眾對立。

相關報導顯示，河北省泊頭市富鎮周屯村的法輪功修煉者王曉東，無故遭泊頭市公安局國保大隊抄家，因抄出裝有光盤的盒子，被認定其是在刻法輪功真相資料。王曉東被公安從家帶走之後實行了逮捕。留下一個 7 歲的孩子和 70 多歲的老母。此事引起了全村人的憤怒，全村 300 戶各派一名代表在呼籲書上簽名按手印，當地大隊甚至蓋公章證明，要求當局釋放王曉東。

材料還詳述了王曉東妹妹王小美遭遇連累的淒慘狀況，當地公安放話稱，見了她就抓，除非拿出兩萬元。王小美已經因哥哥被迫害，家裡又出了事故欠債累累，根本拿不出兩萬元，只好被迫流離失所。王小美的孩子不僅上學受到歧視，連學前班都上不了。

這份資料被拿到中共常委會上作為內部資料傳閱，中共多個政治局常委對 300 多個當地村民按手印要求當局釋放王曉東，感到非常震驚。

對部分異議人士的監控被撤銷

　　長期以來，在政法委的指令下，中國大陸的異議人士一直遭到違法長期看管或監控，沒有自由。時任中共總理大溫家寶表示，要在中南海接見一些異議人士，聽一聽他們的意見。後來溫家寶還真在北京信訪辦附近出入，見了一些訪民。

　　另一方面，《大紀元》記者了解到，北京異議人士焦國標住所監控的警察於 2012 年 5 月 3 日撤了崗，焦國標終於得以自由外出。北京大學副教授焦國標因發表《討伐中宣部》一文被北大除名，此後一直被政法委下屬的國保監控。

　　北京異議人士胡適根住所樓下警察也於 5 月 3 日起忽然消失，胡適根能夠自由外出，並會見了一些志同道合的老朋友。胡適根曾因籌組中國自由民主黨被判刑兩年，出獄後也一直被警察監控。

第八章

主席沒當成 無奈支持習

17大時曾慶紅等太子黨竭力扶持習近平高升，
背後摻雜許多無奈與權謀算計。（Getty Images）

第一節
想當國家副主席被胡拒絕

　　坊間流傳一種說法，低調的習近平能在 17 大時異軍突起，並在 18 大升到中共黨政軍的最高位置，這是「太子黨大哥大」曾慶紅暗中發力的結果，是曾慶紅、江澤民「推薦並力保」了習，習才有今日的光宗耀祖。很多替江澤民派系說話的媒體還把曾慶紅渲染成習近平的「恩主」，並稱，假如習近平反腐反到曾慶紅、江澤民身上，那就是「忘恩負義」的「叛徒」行為。

　　然而，中南海內幕並不像大眾傳說的那樣。與其說是曾慶紅推薦了習近平，不如說是胡錦濤、溫家寶選擇了習。那習的上位前北京官場到底發生了什麼呢？

想延任 拿黃菊給胡送禮

　　前面談到曾慶紅利用各種詭計，設計陷害了中共的其他小頭

目，讓江澤民坐穩了中共總書記的位置。那時的江可謂呼風喚雨權傾一時，不過，在曾慶紅眼裡，江只是個愛賣弄的大木偶，操縱左右江的那根線還是緊緊握在自己手中。

到了 2002 年中共 16 大召開前夕，一意孤行的江澤民為了繼續他發動的對法輪功的鎮壓、而不被後來者清算其罪行，在曾慶紅的幫助下，江澤民把中共通常的政治局七名常委人數變成了九名，這樣在九名常委中，胡錦濤只有溫家寶一人算是自己人，而江澤民幾乎完全掌控了賈慶林、曾慶紅、黃菊、李長春、羅幹，哪怕傾向江派的吳邦國、吳官正不表態，江派五比二，也令胡溫非常弱勢，即使他們想搞所謂「胡溫新政」，也因人單勢薄，力不從心。

為了讓胡錦濤無所作為，突出胡的無能，為曾慶紅取而代之創造出良好的氛圍，江澤民在 16 大上公然宣稱「本屆常委不設核心，以體現集體領導」，這樣的目的就是九個常委各管一攤，到頭來胡錦濤被徹底架空了。

當時江澤民的左膀與右臂，由江家幫後來演變成以黃菊、陳良宇為首的「上海幫」，和以曾慶紅為首的「太子黨」組成。江澤民靠上海幫起家於地方，靠太子黨占據並染指中央各部門。但江澤民萬萬沒想到，有朝一日他自己的右臂會親手砍掉左膀。

2006 年胡錦濤為了給 17 大、18 大布局，他知道陳良宇是江派看好的接班人，於是拚全力也要在 2007 年之前把陳良宇拿下。當時假如江氏常委們聯手一致，胡錦濤就可能無法雙規陳良宇，也無法向黃菊發難，曾慶紅也就不會在 17 大退下。

不過歷史就是這樣奇妙。俗話說，謀事在人，成事在天，陰差陽錯的，很多事意想不到的就發生了。就是這個準備取代胡錦

濤的曾慶紅，將與黃菊的個人恩怨置於江家幫群體利益之上，反常地支持胡錦濤對「上海幫」發難。據說更深一層的原因是，狡猾的曾慶紅想把拿下黃菊當成送給團派的大禮，從而保證自己在17大的權勢。

早在江澤民主持上海、上調進京前，曾慶紅就與江的重臣黃菊之間磨擦不斷。「六四」前的黃菊先後擔任過上海市委常委、市委祕書長、上海市委副書記。而「六四」前的曾慶紅也先後擔任過上海的市委組織部長、市委祕書長，以及分管宣傳、統戰、群眾團體的市委副書記。黃、曾兩人政治起跑線大體相當。與曾相比，黃菊在上海經營時間長，但黃在年齡上不如曾有優勢。所以黃、曾兩人在上海共事時期的矛盾，可以看成是兩個人競爭、爭寵的結果。

由於在上海受到黃菊的排擠與壓制，「六四」之前，曾慶紅就已經獲得決議，調離上海，準備進京就任勞動部長。隨之，北京爆發「六四」屠城，曾慶紅得以跟隨江澤民，離開上海上調進中央。

1992 年鄧小平南巡後，上海全面進入「一部分人先富起來」的時期，曾慶紅也因此與上海的鈔票無緣。曾慶紅大力協助江澤民在中南海站住腳有功，留在上海的黃菊、陳良宇才能因貪污腐敗而發大財，但曾慶紅自己卻沒有在上海的份額，這就埋下了曾慶紅日後出手打擊黃菊、陳良宇的因由。據說曾慶紅對黃、陳出手，完全是由於妒嫉、報復在起作用。

曾慶紅曾經想染指上海的經濟利益，但未遂。黃菊老婆余慧文的妹妹余莉文，一手壟斷上海石油經營權，還曾經和曾慶紅、周永康等人為石油經營權鬥得十分劇烈。上海維權律師鄭恩寵披

露：「余莉文在上海原來掌控了 60 家汽車加油站，後來國務院曾經提出來把上海和全國的加油站由中石油、中石化統一收購，統一經營。中石油、中石化原來都掌控在中共國家副主席曾慶紅手上（曾是石油幹部出身），以及周永康這條線上。」

但余莉文不服，不願意肥水流入曾、周手上。鄭恩寵說：「黃菊、余慧文、余莉文的勢力很大，就不同意由中石油、中石化收購。後來英國有一家石油公司提出在上海要收購一點加油站。當時余莉文面臨搞中外合資，要不然就是統一收購。余莉文提出，要價 60 億元人民幣。雖然最後沒有談成，這說明黃菊家族掌控了上海的重要經濟命脈。」

曾慶紅同意懲治黃菊，完全不是要替胡錦濤維護權威，而是妒嫉、報復的結果，是企圖藉打擊「上海幫」來為自己揚威立腕，好能在 17 大繼續連任。當然更重要的原因是陳良宇太張狂，民憤太大，曾慶紅、江澤民想保也保不住，只好撒手讓胡溫去處置。

陳良宇大罵曾慶紅不仗義

為了拿下陳良宇，胡錦濤派中紀委的人收集了大量材料。不光收集了陳良宇的貪腐材料，還有曾慶紅和江澤民的貪腐證據。當中紀委抖出這些腐敗鐵證之後，江澤民、曾慶紅為了自保，只好選擇捨棄陳良宇。對外江澤民還說陳良宇「雙規作風霸道，生活糜爛」，試圖撇清自己與陳的腐敗活動的聯繫。

據官場觀察室透露，陳良宇在「雙規」初期還很鎮定，聲稱這是政治案，幻想江派會有人出來保自己，最多是個黨紀處分。當發現中紀委掌握自己的證據越來越多時，陳良宇開始絕食，大

罵韓正叛變出賣了他。當吳官正與代表曾慶紅的王剛出面，訓斥陳將違紀違法問題說成是政治性的，陳良宇感到大勢已去，試圖自殺，曾經有三次未遂。

當聞知自己兒子陳維力被中紀委抓捕歸案後，陳良宇心理防線崩潰，開始避重就輕地交代一些問題，試圖為兒子脫罪。可是在 7 月 26 日聞知自己遭「雙開」（開除黨籍開除公職）移交司法處理，並有可能被判死刑後，陳良宇終於徹底絕望，開始破口大罵江澤民與曾慶紅，聲稱如果自己兒子的命保不住，江澤民與曾慶紅兒子的命也休想保得了。

陳良宇表示，自己除了違犯黨紀與法律外，確實對抗了胡、溫在上台之初提出的中央宏觀調控政策，但自己的對抗是為了江澤民、曾慶紅等高幹的兒子們。朱鎔基在 1990 年代初期搞過宏觀控制，經濟實現軟著陸，老百姓確實獲益，但投機的房地產開發商損失慘重。如果胡溫的宏觀調控發揮效用，房地產與股市就會持續低彌，江澤民與曾慶紅等人的兒子就賺不到錢了，他這個上海大總管沒法交代。

房市與股市走高只對三種人有利，一是參與搞房地產開發的高幹子弟，二是手裡有上百套房子的高官，三是搞權錢交易的暴發戶，只有他們手裡有大量房子與股票。大部分老百姓手裡只有一套房子，房市價格再高，他們也無法獲益。陳良宇他自己對抗中央的經濟政策還不是為了江綿恆、曾偉這些高幹子弟賺錢？

陳良宇還說，對抗中央的經濟宏觀調控政策在主觀上與客觀上確實挑戰了胡、溫中央的權威，但在政治上這不是為了自己。實際獲益人不可能是陳良宇自己，而是僅次於胡錦濤的黨內第二號實權人物曾慶紅。陳良宇自知最多是個政治局常委而已，只有

曾慶紅有實力取代胡錦濤成為國家主席、總書記、軍委主席。所以陳的對抗行為是為他人作政治嫁衣。

陳良宇還表示，自己所做所為全是為了江澤民、曾慶紅、黃菊等人。黃菊死了，無人替自己作主，現在又遭江澤民、曾慶紅等人的拋棄被「雙開」，陳良宇覺得沒必要再為他人犧牲自己的利益。現在要爭取主動坦白，能從寬處理，爭取為自己的兒子留一條後路。

據說江澤民與曾慶紅的自私自利、捨車保帥的行為讓整個追隨江、曾的馬仔們大為洩氣心寒，連個陳良宇都保不了，以後江、曾還怎麼保他們呢。今天陳良宇遭拋棄，明天就有可能發生在自己的身上，於是這些人不得不重新考慮重新站隊。

陰險加權謀 曾慶紅仍保不了官位

曾慶紅的陰險與權謀，令其他江派常委吳邦國、賈慶林、李長春心寒。大敵當前，本應團結抱團，但曾慶紅將個人恩怨置於群體利益之上，導致整個江家幫群體利益受到前所未有的威脅。且曾慶紅手中掌握有中央許多人來路不明的巨額財產清單，曾慶紅可以毫無顧忌地打擊江氏重臣黃菊，就更別提其他江派中央委員了。

曾慶紅萬萬沒想到他打擊黃菊、陳良宇，不僅沒為自己立威，反而將大部分江派委員推到胡錦濤一邊，轉而擁護曾慶紅在17大退下。

更令人蹊蹺的是，2007年中共17大前，一本對共產黨歌功頌德的雜誌《舊聞祕錄》披露，當年曾慶紅父親曾山代表中共中

央與日本勾結，多次簽訂祕密協定。有分析認為，如果沒有特別需要，黨媒連對黨不利的片言隻語都不可能登載，何況如此「反黨」的文章。這只有一個解釋，那就是拿曾慶紅父親是貨真價實的大漢奸警告曾慶紅識相，乖乖下台。說明高層想讓曾慶紅下台的大有人在。

此前，曾慶紅在 15 大上用黨內「政治局常委 70 歲退休」的年齡原則逼退了喬石；然後在 16 大用「七上八下」（67 歲還可以任一屆政治局常委、68 歲就必須退休）的原則逼退李瑞環，沒想到等到了 17 大，68 歲的曾慶紅被眾人一致認為必須在 17 大退下。

面對曾慶紅的不想退位，胡錦濤採取了「逼拉結合」，多管齊下的手法。「逼」就是逼曾慶紅 17 大退出常委會。當時澳洲媒體曝光曾慶紅的兒子曾偉在悉尼購買天價豪宅，並以此移民澳洲，此事在中共元老級別引起了極大的波瀾，那些老人質問曾慶紅，為何要讓兒子當移民呢？中共高官子女都不想當中國人了，都往外跑？曾慶紅被罵得毫無招架之力；「拉」就是只要曾慶紅同意退，就可以滿足曾提出的一些政治條件。

貪得無厭的曾慶紅提出要當國家主席，被胡錦濤拒絕。胡錦濤還透過吳儀的嘴逼曾「裸退」。當時國務院副總理吳儀為了逼薄熙來下台，提出自己「裸退」，退出所有職位，但前提是薄熙來必須下放重慶。

當時網路上流傳一篇文章，說只有曾慶紅才有「實力」對胡錦濤發動政變。對於其人來說，國家副主席只是一個虛名，但一旦讓曾慶紅當上國家副主席，那就是給了強勢的曾慶紅一個大大的名器，來行使最高權力。

　　文章說，「就黨、政、軍實力而言，曾慶紅已具備政變的實力。曾慶紅主管的書記處書記有公安部長周永康、中組部長賀國強、中辦主任王剛、中宣部長劉雲山、軍委副主席徐才厚，因此曾慶紅通過書記處控制了中央黨務工作。書記處是中央的執行機構，原則上中央的命令都須通過書記處執行。

　　在政府方面而言，曾慶紅是國家副主席，一旦國家主席出訪國外，國家副主席可以代理國家主席的職務，因此具備號令政府國務院的名器。

　　就軍隊而言，徐才厚分管軍隊政治思想方面的工作，可以影響軍隊為誰而戰的重大立場原則；江澤民的親信梁光烈控制著總參謀部，可以阻礙軍委胡主席軍令的下達；江親信李繼耐的總政治部可以通過各軍區政委監控各軍區中效忠胡的少壯實力軍人。

　　就中央警衛局而言，68歲的由喜貴仍舊是警衛局長，雖然軍事編制上隸屬總參，但就行政命令上聽命於中辦，中辦的王剛是曾慶紅一手提拔的心腹。政變中軍隊可以按兵不動不介入，但必須有中央警衛局的支持才能控制黨政各個部門單位，因此江澤民與曾慶紅拚死頂住壓力安插早應該退休的由喜貴為警衛局長，動機不是很明顯嗎？」

　　文章還說，就準軍事單位而言，政治局委員、國務委員、政法委副書記、書記處書記、武警總政委周永康通過政法委控制著公安、國安、武警。人大、政協、國務院各部門、報社、電台電視台都由武警警衛，因此控制起來很方便，可以直接聽命於曾慶紅。公安、國安、武警還是對付反對祕密政變者的有效暴力鎮壓機器。

　　胡錦濤早就看透了曾慶紅這步棋，絕不讓步，於是曾慶紅在

17大後不得不全部退下來。然而，狡詐的曾慶紅在退下來時，還不忘造謠放風說，習近平是他扶持的。

候選人中開始習不被看好

2006年10月中旬，中共16屆六中全會前夕，中央政治局常委會提出了四個上海市委書記候選人，他們是中辦主任王剛、中紀委常務副書記何勇、浙江省委書記習近平、江蘇省委書記李源潮。在這四位候選人中，習近平無論政績、官場人脈、個人條件等方面並不是最突出的，相反，王剛才是曾慶紅的心腹，而何勇和李源潮是胡錦濤的人。習近平相比之下是雙方都不看好的，

據2007年4月的《爭鳴》報導，中共政治局七名常委對以上四名人選爭論不休，交中央政治局討論也沒有結果，於是讓上海市長韓正代理市委書記，當時中央書記處一度提出，韓正代書記可以在適當時候轉正。

有關上海市委書記的人選，胡錦濤也曾徵求過江澤民、宋平、喬石、朱鎔基、李鵬、尉健行等人的意見。江澤民提了賀國強、陳至立，宋平提了何勇、習近平，朱鎔基不表態，李鵬、喬石表示贊成政治局常委會大多數人的意見，尉健行贊成宋平的提議。這樣宋平的意見就占了上風。宋平是胡錦濤仕途的恩人，是宋平發現並推薦了胡錦濤，所以胡錦濤很尊重宋平的意見，於是，習近平和何勇的排名大大前移。何勇是胡錦濤一手提拔上來的。

2007年1月初，中央政治局24個委員舉行第二次討論、審議上海市委書記人選，在原四人中又增加了賀國強，逐一表決。結果，何勇、習近平各有11票贊成，賀國強、李源潮都僅有6票

和 7 票贊成。

眼看中共 17 大召開日期不遠了，胡溫和江派都急需尋找自己在 18 大的下一代接班人。江澤民原來是想讓陳良宇接替黃菊，在中共最高權力機構起主導作用，但黃菊病死了，陳良宇被打倒了，江派一下就失去接班人了，於是江澤民大肆活動，絕不讓胡錦濤的團派人馬輕鬆進入政治局。

當時胡溫的 18 大接班人是「二李制」：李克強任總書記，李源潮任總理。此前《新紀元》獨家報導，在曾慶紅、陳良宇下台後，江澤民選中的接班人是薄熙來，不過由於薄熙來太張狂了，2007 年在擔任商務部部長、準備升任副總理時，被溫家寶和吳儀貶到了重慶，這下江派突然被斷了後，一時青黃不接，於是，江澤民不得不讓曾慶紅趕快找個妥協過渡人選，等薄熙來東山再起之後，再把位置傳給薄。這就是周永康與薄熙來密謀在 2014 年左右發動政變的由來。

由於上海市委書記是中共組織原則規定要進入政治局的，選一個年輕的、18 大後能接任最高權力機構的人，就成了江派和胡溫激烈爭奪的關鍵，雙方爭持不下。當時江派在中央政治局的勢力還很大，胡溫想力推的李源潮、何勇並沒有多大優勢，而江派看賀國強得票也不多，為了抗衡胡溫，違心轉向扶持習近平，而胡溫由於江派的強硬態度，加上習近平個人以及父輩的關係，於是在江胡兩派的妥協下，加上太子黨的竭力鼓動，習近平得到了高升的機會。

據日本《朝日新聞》此前透露，2007 年 6 月 25 日下午三時，也就是中共 17 大前夕，400 多名中共高級幹部在北京舉行了一次非公開的信任投票，目的是考察將來有可能進入中共最高決策

層、年齡在 63 歲以下的幹部的能力。據悉，這種形式的「黨內民主」尚屬首次，胡錦濤主持了會議。

投票結果至今未對外公布。《朝日新聞》援引一名中共黨內人士的話透露，當時的投票引發了一場風波。江派看好的時任商務部部長薄熙來的得票情況非常差，特別是軍隊內幹部對其評價甚低，而習近平得票則位於前列。

據稱，這一結果讓江澤民十分心慌，最終只有同意習近平成為胡錦濤的接班人。

第二節

習是江胡雙方妥協無奈的選擇

　　團派還有一個最厲害的殺手鐧就是民主差額選舉。當時全中國民眾、包括中共黨內幹部，都對江澤民、曾慶紅把國家搞得一塌糊塗很氣憤，15大時曾慶紅因得票太低，不但進不了政治局，連中央委員都沒選上，最後只擠上了候補中央委員的位子，如果實行黨內民主選舉，江派人馬都會被差額掉，選不中的。江派薄熙來15大時連一張選票都沒有得到。江派人馬是最怕差額選舉。當時團派就提出要在17大上搞黨代表大民主，並讓俞可平放出風聲：「民主是個好東西」，只要曾慶紅不屈服，就要讓他們在黨代會上賭一把，輸一回。

　　當曾慶紅意識到大勢已去，自己不得不退的時候，又施展權謀，並效仿鄧小平，隔代指定胡錦濤的接班人為習近平，這樣既對外表明了他曾慶紅的身價，必須是一下三上，另外也顯示了只有他曾慶紅才具備指定接班人的資格與實力，黨內老大是曾慶

紅，而不是胡錦濤。

於是，2007 年 3 月 23 日，在第二次爭執不下的兩個月後，中共政治局再度召開會議，在聽取 2008 年奧運籌備工作進展的同時，決定上海市委書記人選。當時陳良宇已經下台半年了。

據說在表決前，胡錦濤代表中央政治局常委會作了簡單說明：中央政治局常委會、中央政治局，就上海市委書記人選，曾作了二次討論、審議，現在是作出決定的時候了。

胡錦濤還說：鑒於韓正同志的情況是不適宜於擔任黨的領導工作，他本人也已經多次提出，希望離開領導班子，搞他所學的專業，或退休。當然還是要發揮韓正同志的專長，同時對韓正同志的違紀行為、工作上的失職、瀆職，要幫助、批評和必要的黨紀處分。

會上，由吳官正代表中央政治局常委會，就提議習近平到上海任市委書記，並作了簡介報告。其中有一點提到，中央政治局常委會的提議，是經過考慮作出的「前瞻性」的安排。

當時所說的前瞻性，就是指 2012 年中共 18 大時，年僅 59 歲的習近平是政治局常委、國務院總理或常務副總理、中央書記處常務書記人選，是中共第五代接班人。

會上就習近平的任命進行了表決，第三次投票結果是：16 票贊成，2 票反對（賈慶林、賀國強），4 票棄權。16 票超過了半數，於是習近平當選。據說會前吳官正、羅幹等人都在政治局內部動員人們投票給習近平。

故而習近平當上了上海市委書記。九個月後的 2007 年 10 月 22 日召開的 17 大上，經過江家幫、太子黨與團派三番五次的討價還價：曾慶紅下台，習近平、賀國強、周永康入常，而且習近

平接替曾慶紅的原有職務頭銜，排名還在李克強之前。

人們還看到，江澤民把原來的七人制的政治局常委強行變成了九人制，硬是把李長春和周永康塞進了最高決策機構，而這九人先後排名是：胡錦濤、吳邦國、溫家寶、賈慶林、李長春、習近平、李克強、賀國強、周永康。

從這個詳細過程中不難看出，習近平的上位並不是曾慶紅個人的決定，曾已是一個過氣落幕的政客，哪還有威力安排後事呢？真正起作用的是中共內部「江胡鬥」的權衡結果：假如沒有胡錦濤、溫家寶等人的同意，習近平很難上位，反過來說，也由於江派殘餘勢力還比較強勢，胡溫無力把李克強、李源潮等人推向高位，爭鬥中不得不採取折中和妥協：習雖然不是雙方最滿意的人選，但也不是雙方最討厭的人，而是雙方都能接受的人。於是，鷸蚌相爭，漁人得利。其實，什麼人做什麼，那都不是人能自己定的。看似偶然，並不偶然。

一貫以謊言誤導人的曾慶紅，當然不忘在最後一刻再次給自己臉上抹粉，於是他控制的香港媒體大肆炒作，竭力散布：「曾慶紅犧牲自己、力保習近平上台」，「曾慶紅是太子黨首腦，為了太子黨18大後掌權，提前布局，未雨綢繆、功勞卓著」、「曾慶紅的下，成全了習近平的上」、「曾是習的大恩主」之類的不實之詞，目的只是為了掩蓋自己失去權勢後的尷尬與無奈，並為以後的更多謊言鋪平道路。

接下來人們就會看到，曾慶紅作為江派二號核心，正是他在率領江派人馬不斷給習近平製造麻煩，是習李王施政真正的攔路虎，這就決定了習近平在拿下周永康之後，下一個要打的大老虎就是曾慶紅，以及其背後的江澤民。

政變引發習與曾徹底翻臉

　　江澤民在 1999 年想要發動對法輪功迫害之前，時任政治局常委朱鎔基、胡錦濤、李鵬等都曾經表態反對鎮壓。即使是在江悍然發動迫害之後，其繼任者胡錦濤和溫家寶等人也對迫害不熱心，使得江澤民相當恐慌。

　　在大批法輪功學員被迫害致死，甚至被活摘器官之後，由於深恐被清算，江澤民一直嚴密控制政法系統，維持迫害，把周永康提拔成政法委書記，並讓其成為政治局常委。但是，在 18 大之後，周永康、李長春、吳邦國等江派成員都將從政治局中退下，在陳良宇等心腹被胡錦濤拿下後，曾積極追隨江澤民、手握法輪功血債的薄熙來，最終被江澤民和曾慶紅選定為江派在 18 大後的繼承人。

　　對江澤民來說，習近平最大問題就是沒有欠下迫害法輪功的血債，無法得到江的最終信任。

　　江和曾的原意是在 18 大後，先讓薄熙來接替周永康成為政法委書記，擁有調動公安和武警的權力，同時讓軍中的將領與薄熙來搭上關係，以便在適當時候奪走習近平的權力。但是，2012年 2 月初，王立軍闖入成都美領館，使得這一計畫在執行到一半時，功虧一簣。

　　有報導稱，習近平 2012 年 2 月 14 日訪美期間，在拜訪美國副總統拜登私宅時，拜登對習亮出薄、周政變奪權的鐵證，習近平最後下決心拿下薄熙來。

　　2012 年 2 月有外媒曾透露，王立軍在進入美國駐成都領事館的 24 小時內發生的一些事情，一條值得注意的線索就是，美國

副總統拜登直接要求與習近平通話，談話的主題應該是協調怎麼處理王立軍這件事情。

此後也不斷有傳聞稱，拜登在會見習近平的時候，將王立軍交給美國大使館的薄熙來和周永康試圖謀反，將來奪取習近平最高權力的計畫知會了習近平。而其後習近平倒薄投下的一票在當時九人制常委中舉足輕重。

當 2012 年 3 月習近平拿下薄熙來時，實際上已經等於與江澤民和曾慶紅決裂。

一個月後的 4 月，江派對習近平非常「絕望」，在其控制的海外媒體上公開對習近平喊話，並「提醒」習近平，江派大佬曾慶紅 17 大出局、陳良宇被拿下，甚至讓薄熙來下台，都是江派對習近平上位所做出的「巨大犧牲」，並稱「桃花潭水深千尺，不及江、曾送我情！」

後來，曾慶紅與習近平公開分裂的現象顯現。2013 年 10 月 15 日，習近平的父親、中共前副總理習仲勛百年誕辰，大陸各地舉行了盛大的紀念活動。當天在北京人民大會堂舉行習仲勛百年誕辰座談會，紅二代們紛紛前來參加。

據悉，當時的紅二代大聚會唯缺薄一波家人和前國家副主席曾慶紅的「紅色家族」。

座談會籌備期間，習家採取「限員」，主要家族一般邀請一名代表。這次「紅色後代」大聚會，紅二代各個門派都到場，既有毛澤東的後人，也有高崗妻兒；既有自由派的胡德平、秦曉，也有左派朱佳木、林炎志等。論曾家的「紅色血統」以及歷史，此次缺席顯得頗不尋常，曾慶紅與習近平公開分裂信號突顯。

第九章

鯨吞國資 家族貪腐驚人

悉尼豪宅

魯能電力

曾偉　曾慶紅

曾慶紅家族貪腐驚人，曾慶紅之子曾偉不僅買下迄今澳洲史上第四昂貴的豪宅，還利用曾慶紅權勢鯨吞國企山東魯能。（大紀元合成圖）

第一節

曾偉澳洲豪宅之祕

　　2008 年 3 月 14 日，澳洲《雪梨晨鋒報》報導，位於雪梨富人區 Point Piper 名叫 Craig-y-Mor 的非海濱豪宅以 3240 萬澳元的天價售出，創下澳洲房價新紀錄。是當時澳洲最昂貴的豪宅，也是迄今澳洲史上第四昂貴的豪宅。

　　由前中共國家副主席曾慶紅之子曾偉購買的這幢豪宅建於 1908 年，到 2008 年正好一百年歷史。上世紀 60 年代時經過建築師威爾肯森的重新設計，但沒有被列為文化遺產。房子因高頂、凸窗、拱門和有柱廊的中心庭院而聞名。

　　這裡曾經住過商人本·蒂利（Ben Tilley）、股票經紀人勒內·里夫金（Rene Rivkin）和裝卸公司的老闆克里斯·科雷根（Chris Corrigan）、駐日本總領事等人。2004 年，本·蒂利花 1615 萬澳元從勒內·里夫金及其妻子蓋爾·里夫金（Gayle Rivkin）手中購得。2001 年，里夫金夫婦花了 1070 萬從克里斯·科雷根和其妻

子瓦萊麗・科雷根（Valerie Corrigan）手中購得；科雷根 1991 年花了 714 萬從開發商加里・羅茲韋爾（Gary Rothwell）那裡購得。開發商加里・羅茲韋爾將原本 2600 平米的大地一分為二，分割前的主人是礦業大亨羅伊・哈德森（Roy Hudson）。

曾偉和其妻蔣梅購買豪宅的當時，一直對外界保密，未透露姓名，媒體只說買主是亞洲人。《雪梨晨鋒報》的報導說，此前的 2007 年，該神祕買家（曾偉）一直熱中於購買同樣位於 Point Piper 的另一幢豪宅 Villa de Mare，但雙方談判沒有談攏，最後沒有做成交易。

Craig-y-Mor 在上個世紀 60 年代由萊斯利・威爾金森（Leslie Wilkinson）教授翻修過，占地 1100 平米，可近距離欣賞雪梨港大橋和雪梨歌劇院。

Point Piper 位於雪梨港邊，距離雪梨中心商務區僅六公里，曾偉豪宅所在的確切地址是：73-75 Wolseley Road, Point Piper。Wolseley Road 是全世界最昂貴的十大街道之一。在 2011 年世界最昂貴十大街區排行榜上，Point Piper 名列第九，價值是每平方米 2 萬 900 美元。

按照澳洲稅務局 2013 年的統計數據，Point Piper 與邊上的 Darling Point、Edgecliff 和 Rushcutters Bay 一起構成的區域是澳洲最富裕的地區。

在 Point Piper 居住的澳洲名人有：前聯邦反對黨領袖、溫特沃斯區（Wentworth）聯邦議員麥克姆・特恩布爾（Malcolm Turnbull）；曾經的澳洲首富、Westfield 集團的創始人及老闆弗蘭克・洛伊（Frank Lowy）；Aussie Home Loans 的創始人約翰・西蒙德（John Symond）；Ross Human Directions 公司的執行總

裁朱莉婭・羅斯（Julia Ross）；地產開發商、前奧運會選手鄧尼斯・詹姆斯・奧尼爾（Denis James O'Neil）；建築師、Pure Series Music 的創始人喬納森・斯派塞（Jonathan Spicer）。

曾在 Point Piper 居住過的澳洲名人有：已故著名音頻工程師布魯斯・傑克遜（Bruce Jackson）、已故 Arnott's Biscuits 的總裁詹姆斯・海頓萊斯利・阿諾特（James Haydon Leslie Arnott）、已故股票經紀人勒內・里夫金（Rene Rivkin）、已故紐西蘭金融家弗蘭克・雷努夫爵士（Sir Frank Renouf）、世界媒體大亨魯珀特・默多克（Rupert Murdoch）的兒子拉克蘭・默多克（Lachlan Murdoch）、弗蘭克・泰德斯維爾（Frank Tidswell）博士。

約翰・西蒙德的豪宅被公認是澳洲最奢華昂貴的房子，據報導，僅房屋的建造（不包括土地價格）就達到 7000 萬澳元。

與默多克、鄧文迪的浪漫之夜

據澳洲當地媒體報導，曾慶紅 1999 年訪問澳洲時，默多克和妻子鄧文迪就是在其兒子拉克蘭・默多克位於 Point Piper 的豪宅裡接待的曾慶紅。澳洲媒體報導，曾慶紅從布里斯本再到雪梨，參觀了默多克（Rupert Murdoch）的福斯頻道播音室，參觀時還被介紹給正在拍攝電影《紅磨坊》（Moulin Rouge）的著名影星妮可・基德曼（Nicole Kidman）和伊萬・麥奎格（Ewan McGregor），當時，曾慶紅開心得合不攏嘴。之後曾慶紅在默多克長子拉克蘭（Lachlan）的豪宅下榻，由默多克與剛剛新婚的妻子鄧文迪接待，鄧文迪擔任曾慶紅的翻譯和嚮導。

默多克夫婦兩人竭力跟曾套交情，目的是想使默多克的新聞

公司電視節目能打入中國市場。為了準備曾的晚宴，雪梨一家最高檔的餐廳關門一天。曾慶紅在雪梨歌劇院和海港大橋的傍晚美景下，品嚐當地的著名海產──青邊鮑魚。

媒體調侃說，也許雪梨港的美景給曾慶紅留下太深刻的印象，所以時隔數年後讓他兒子曾偉在同一街區購置了天價豪宅。

雪梨史上最昂貴的推倒重建工程

2008年，曾偉夫婦購買豪宅時，由於未透露姓名，並未在澳洲社會引起波瀾。但是2009年12月12日至13日，《雪梨晨鋒報》周末版在其附帶的Domain House版第一頁Title Deeds（物權契據）專欄中出現了兩個中國人的名字：曾偉和蔣梅。這個由Jonathan Chancellor撰寫的專欄專門披露雪梨豪宅的買賣過戶動態，包括房子的歷史、概況、買家賣家的一些基本情況。

Title Deeds原文稱，曾偉和蔣梅兩人花3240萬澳元買下這幢百年豪宅後，計畫花費500萬澳元將其推倒重建。並指這是雪梨歷史上最昂貴的推倒重建工程（It will be the priciest knockdown in Sydney's history.）建築設計由Gergely & Pinter Architects負責。該工程已向Woollahra Council申請，正處於公示期。

這一消息迅速在澳洲的中文網路社區激起波瀾。儘管兩人的名字當時被百度禁搜，兩人的背景還是很快被貼到了網路社區。此後，這幢豪宅所在地成為中國遊客的景點之一。

2010年4月，費爾法克斯（Fairfax）媒體集團旗下的《雪梨晨鋒報》和《時代報》發表確認的消息稱，曾偉、蔣梅購買雪梨豪宅是向外國投資者開放機遇的簽證範例，並介紹了兩人家族

的中共政治背景，披露兩人於 2007 年獲得商業移民簽證，而且購買房子的當初註冊了蔣梅的名字。早在 2005 年，他們就曾以蔣梅的名義花一百萬澳元在雪梨中心商務區利物浦街（Liverpool Street）的 World Tower 買了一套豪華公寓。

不過，曾偉夫婦的豪宅推倒重建申請遭到其所在的沃拉拉（Woollahra Council）市政府的拒絕。原因是翻新計畫在很多處不符合民宅建築規格要求，特別是曾氏夫婦的新宅施工涉及挖掘砂岩深至基岩，需要挖掘 2600 立方土石，這在建築規定上被視為「過量的開挖現場」，是被禁止的。之後他們將申請修改過兩次，但都遭到拒絕。

2010 年 12 月，他們將沃拉拉市政府告上土地與環境法庭。那年的聖誕前夜，法庭的蘇‧莫里斯（Sue Morris）推翻了市政府的決定，裁決重建符合市政府的規劃。裁決同意他們在修改計畫後可以重建房子。包括拆除頂樓的一間浴室，游泳池從兩個減少到一個，房子的規格也縮小。

蔣潔敏供出為曾偉購房

中紀委在對中石油前董事長蔣潔敏的審查中獲悉，曾偉耗資 3240 萬澳元（時約 2.5 億人民幣）在澳洲悉尼所購豪宅，其資金主要來自前中石油董事長、後任國資委主任蔣潔敏的利益輸送。

消息人士透露，蔣潔敏在中央專案組反復訊問及查證下，已交代了他在任中石油董事長期間，利用職權討好曾慶紅的兒子，出資為曾偉在澳洲悉尼購買房產的事實，有關款項是經中石油在

澳洲的客戶以支付貨款等名義，支付給曾偉的，以當時匯率約值
2.5 億人民幣。

2010 年，澳洲媒體《悉尼晨鋒報》報導曾偉與妻子蔣梅
2008 年在澳洲斥資購豪宅的消息。曾偉和妻子因此獲得澳洲投資
移民簽證。消息曾轟動一時，但被中共斥為西方媒體故意抹黑中
國領導人。

2013 年周永康案坐實後，人們獲悉，有關交易是 2008 年 3
月 7 日簽約的，成交金額是 3240 萬澳元。豪宅的名字叫 Craig-
y-mor（克雷格 -Y- 莫爾）。為減少關注，簽約時購買者只有曾偉
妻子蔣梅一個人名。成交時沒有貸款，是全額支付。2009 年，紐
州地契局（Land Title Office）註冊上加上了曾偉的名字。曾偉使
用英文名亞瑟（Arthur），與妻子蔣梅共同擁有該豪宅。豪宅位
於悉尼傑克遜港南岸的 Point Piper。位於半山腰，正面對著悉尼
歌劇院和悉尼大橋，被悉尼地產界譽為具有明信片一樣的風格。
豪宅占地約 1100 平方米。豪宅位於 Wolseley Road，該路聚集了
悉尼乃至澳洲最貴的豪宅。

網友「一次性馬甲」形容曾偉購買的 3240 萬豪宅所在街區
時寫到：Point Piper 是一個小小的半島，整個 Point Piper 只有 11
條街。Wolseley Road 正是他的主街。據說，這個地區的街道都不
是很大，極重私隱，唯我獨尊，也絕少更換主人。有文章描述說，
「在街上走，你看不出什麼名堂，家家院牆高聳，大門緊閉，偶
爾會看到一輛最新款的勞斯萊斯或是奔馳，駛入或駛出某一全自
動的大門。街上又恢復了寂靜。」

曾偉之妻蔣梅

蔣梅，曾偉妻子，1972 年 2 月出生，1991 年畢業於北京舞蹈學院，同年進入中國中央芭蕾舞團任主要演員。1996 年進入中央電視台，曾擔任幾個欄目主持人，還出演過《黑龍江三部曲》等幾部電視劇以及芭蕾舞劇《胡桃夾子》、《天鵝湖》、《吉賽爾》。

2002 年底，名主持蔣梅一夜間從觀眾視線中消失，她獨立主持的兩個欄目也突然易人，令觀眾感到驚愕，外界紛紛揣測其變何因？隨後蔣接受採訪，稱離開是為了挽救婚姻，「儘管我們之間並沒有出現任何問題，但防患於未然也是應該而且必要的。」自己的「另一半」在商海打拚多年，目前小有成就，創辦了一間科技公司。蔣決定給老公營造一個溫暖舒適的「生活大本營」，並說是無悔的選擇，堅稱不會放棄工作，「幾個月後，我將重新回來主持這兩檔節目。」但至今蔣梅也沒返回央視。

就在一些網友「懷念」蔣梅之際，有人在「新蹤跡」網站發帖稱「偶然發現曾慶紅之子曾偉及其老婆蔣梅在悉尼豪擲 3200 多萬澳幣買房」。

後來人們發現蔣梅在中國房地產開發商「人和集團」工作。根據 2010 年人和香港上市子公司、人和商業控股有限公司年度報告指，蔣梅董事「負責協助……執行董事制定戰略」。報告說，2009 年公司支付了她 81 萬 7000 元人民幣（約 12 萬 8000 美元）。人和集團網站記載：「蔣梅女士，40 歲，於 2007 年 12 月獲委任為本公司非執行董事。蔣女士於 2002 年加入人和集團，負責協助執行董事制定本集團的策略。自 2002 年起，彼擔任哈爾濱人

和世紀董事。彼亦分別自 2005 年及 2007 年起獲委任為廣州人和及鄭州人和董事。在加入人和集團前，彼於 1993 年至 2000 年期間擔任中國一間廣告公司的副總經理。」

曾、蔣也是澳洲水果萬事達國際有限公司（Fruit Master International Ltd.）的董事。公開文件沒有透露該公司是做什麼的，公司會計師拒絕發表評論。

江派失勢 名下公司「商業」神話不再

曾偉和蔣梅兩人都是澳洲一家名為 Fruit Master International Ltd 公司的董事，但公開的文件中並沒有說明公司從事什麼業務。公司的另外四名董事會成員包括：戴永革、戴永革之妻張興梅、戴永革的妹妹秀麗‧霍肯（Xiuli Hawken），秀麗‧霍肯目前是英國居民，在「福布斯」英國財富榜上排名 15，身價 22 億美元。

蔣梅還是香港註冊上市的房產開發公司——人和商業控股（Ren He Commercial Holdings）的總裁。該公司專門在大城市開發經營地下商場，當時市值 320 億港元，公司董事長為戴永革。根據澳洲公司資料顯示，戴永革和蔣梅同時擔任在雪梨註冊的人和國際公司的董事。

據報導，蔣梅 2002 年加入人和集團，曾任廣州人和董事等職位，2007 年獲委任為公司非執行董事。曾慶紅一家與人和大股東秀麗‧霍肯和其胞兄戴永革是老友。重慶事件爆發，江派失勢後，人和集團頻頻爆出醜聞，包括被人和證券踢爆其瀋陽及虎門項目延工，大陸報紙亦報導人和重金買入的無錫項目「貴得離譜」，及無錫商戶示威等。失去「保護傘」的人和，「商業」神

話不再。

據新浪網體育新聞報導，戴永革是陝西足球隊的投資人，與薄熙來的金主徐明是生意夥伴，朋友交情頗深。

一車西瓜「明志」一年內暴富

曾偉出生於 1968 年 9 月 13 日。1993 年，時任中共中央辦公廳主任的曾慶紅，曾委託一位朋友安排其子曾偉進入澳洲墨爾本大學讀書。曾家的這位朋友在華人社區找到了一位金融贊助商，安排了曾偉的大學錄取及住宿事宜。

但曾偉從未在墨爾本大學出現過，據悉，曾慶紅向其友人解釋說，兒子決定經商，甚至運來一卡車西瓜向其父表明「決心」。

曾家這位友人回憶說，1994 年他在北京工人體育場觀看北京隊與 AC 米蘭的足球表演賽時，看到曾偉在一個企業包廂內。當時他很想向中信的老闆王軍介紹曾偉，令他尷尬的是，「王軍說：『我跟他很熟，這場球賽就是曾偉贊助的，是他邀請的 AC 米蘭。』」外界沒有人知道25歲的曾偉在一年時間裡，是如何從「賣西瓜」變身為操縱數百萬美元贊助活動的能人。

有分析稱這與國企股份制改造有關。據曾家的一個朋友和曾偉的一位商業夥伴披露，在 1990 年代，曾偉成為證券監督管理委員會副主席王毅（Wang Yi 音譯）的親密朋友。證監會發現自己可以獲得在中國新生證券交易所上市的國企公司有價值的資訊時，他們關係更加密切。證監會也有權批准私營企業的上市申請。後來王毅受到調查和腐敗指控而入獄。

傳曾偉做生意有一句「格言」：「沒有兩個億的進項，免談。」

據稱曾偉在北京有一家基金性質的公司，主要從事「協助」企業股份制改造並上市發行，其工作內容很簡單，就是通過內部管道獲知都有哪些公司欲股份制改造並上市發行，然後曾偉的公司會主動鎖定那些公司，與他們聯繫，聲稱自己的公司可以包辦企業股份制上市發行的所有政府批件，條件是購買即將上市的企業原始股，比如 2000 萬股，按每股一元算，曾偉只需支付 2000 萬元，但企業一旦上市溢價發行，比如每股 10 元，曾偉手中的原始股就在短期內迅速增值到兩億元。這就是「兩億說」的由來。

第二節

收購魯能令千億國資流失

　　大陸《財經》雜誌 2007 年 1 月 8 日在封面故事《誰的魯能》中揭露，山東最大型國有企業魯能集團在轉制中，被前中共國家副主席曾慶紅的兒子曾偉和他的朋友趙君士以 37.3 億元的價格，買下了帳本淨值 738.05 億元、實際價值 1100 億甚至更多的山東魯能 91.6％的股權。《財經》的報導沒有點出曾偉的名字，但之後《財經》遭到重大打擊——總編胡舒立和她的團隊被趕出《財經》雜誌。

　　曾偉和趙君士的 30 多億怎麼來的呢？據報導，他們在山西太原花 7000 萬人民幣買一個煤礦，然後經過一個有關係的評估公司評估到 7.5 億人民幣，再要挾魯能出資 7.5 億收購，這樣幾次類似的操作，兩人的資產就達到了 33 億的資本！

　　《誰的魯能》寫道：魯能近年來崛起於山東大地，橫跨煤電、礦業、房地產、工程建設、金融、體育等多項產業。不論是對電

力業界資深人士，還是街頭匆匆而過的行人，都如雷貫耳。鮮為人知的是，經過一年來的輾轉騰挪，這個龐大的企業王國已悄然易主。

魯能集團，原為國家電網山東電力集團公司下屬的「三產多經」企業（電力行業內部對「三產」和多種經營公司的通稱），如今已然是羽翼豐滿的企業王國，總規模不僅超過原母體山東電力集團，也超過勝利油田、兗州煤礦、海爾集團等其他知名本地企業。

據國家統計局山東調查總隊截至 2005 年底的資料，魯能集團以總資產 738.05 億元居山東企業第一。

很少有人知道，這家「巨無霸」數年前已並非國有企業了。更少人知道，今天的魯能，已完成了驚險的一躍：在內部人嚴密運籌之下，職工退股已基本完成，兩家位於北京的企業——北京首大能源公司和北京國源聯合公司，已獲得魯能集團 91.6% 的股份，兩家公司收購總價格約為 37.3 億元。

魯能兩個「新主人」的名稱，在魯能內部極小的圈子裡一度被稱為「絕密中的絕密」；如今，正是這兩家名不見經傳的神祕公司，成為這一大型綜合性財團的絕對控股人。從這兩家「幸運的」新股東往上追溯，則是層層疊疊密如蛛網的股權轉讓與交易網。

代表新大股東進入魯能集團董事會的國源聯合董事長李彬年僅 36 歲，是內蒙包頭市人氏。魯能集團核心人物董事長高洪德與總裁徐鵬繼續擔任原職。最為神祕的是首大能源派出兩名董事之一的首大能源子公司首大能源科技公司董事長曾鳴，《中證報》在 1 月 17 日列出的名單中，就隱藏了這位曾姓公子的名字。

《誰的魯能》發出如下感嘆：今天的魯能究竟屬於誰？雲深不知處。

曾鳴究竟是誰？當年低調、隱晦、神祕，玩弄價值 700 多億元的企業轉制買賣，如探囊取物。後來著名政論家林保華在《自由時報》中直接點名：「魯能轉制所涉第一個關鍵人是曾慶紅的兒子曾偉，另外兩個是政治局委員，一個是俞正聲（湖北省委書記、太子黨，與國民政府前國防部長俞大維一個家族），另一個是王樂泉（新疆黨委書記）。」

隨著幾年後經洋蔥般一層層剝開，幾乎所有人都確認，當時《財經》未明說的曾鳴，就是曾慶紅之子曾偉無疑。

曾慶紅家族資產過百億

曾慶紅當政時，曾偉傳出不少負面傳聞，包括插手上海大眾汽車、東方航空、北京現代汽車等公司，獲取巨額傭金等等。

曾偉在上海插手和德國合作的合資企業大眾汽車集團，生意談成，生產線引進，他從中拿傭金不算，還有乾股；在北京與韓國現代汽車集團合作的北京現代汽車集團中，曾偉也插進一隻腳。

江澤民的兒子江綿恆是上海東方航空公司的董事，曾偉也在上海東方航空公司占有位置，而自從江、曾的兒子在上海東方航空公司有了地位，東方航空公司就連連出事。

2007 年 1 月 2 日中午，東方航空一班從青島飛上海的航機在虹橋機場著陸時，四個輪胎爆裂，導致機場整個下午關閉。由於虹橋機場只有一條跑道，一旦被占用，所有的航班都無法起飛，

共有超過 40 個航班轉降浦東機場，其中有客機在空中盤旋一個多小時才降落。晚上 6 時 45 分，出事飛機才被拖離跑道，延誤的航班晚上 7 時才陸續恢復起降。東航此前曾多次發生飛機爆胎故障，2013 年 5 月從韓國首爾飛往上海浦東機場這麼短的距離，降落時飛機後部 12 個輪胎居然全部爆裂！

2014 年元月 4 日傍晚更有新鮮事出現，上海浦東機場一架旅客已登機完畢、準備飛往廣東深圳的南方航空客機尾錐突然掉落，幸好機場安檢人員及時發現，才免於發生意外。這是上海浦東機場三天內的第二起事故。

曾慶紅家屬是八家上市公司的董事，僅持股資產就超過 30 億元。2010 年 11 月香港媒體披露，曾慶紅家屬在國內外的總資產超過百億。

港媒報導，曾慶紅的姪女曾寶寶擁有花樣年控股集團有限公司（Fantasia Holdings Group，港交所：1777），2009 年 11 月在香港掛牌上市後，其身價達 70.8 億港元，足以躋身胡潤大陸女富豪榜前 20 位。而在花樣年公布的諸多投資者名單中，活躍著大批香港及海外富豪的身影，被外界稱為「富豪俱樂部」。華置主席劉鑾雄、中渝置地主席張松橋、旭日集團蔡志明，以及泰國華人巨富嚴彬等眾多富豪分別認購約 7800 萬港元。此外，中國保利集團還入股一億港元。

2007 年 7 月份澳洲《雪梨晨鋒報》披露，曾慶紅兒子曾偉獲得澳洲商業移民簽證。曾慶紅兒子澳洲置業移民，令一批中共老幹部與胡派政治局委員在北戴河會議中，堅持要求曾慶紅講清楚其兒子祕密移民的企圖，並斥責該事件由外國媒體曝光，「太丟人，太不成體統，太不像話」。同時並要求曾交代資金來源，質

疑其是否祕密轉移資金。

2010 年 10 月 9 日由前中共全國人大委員長喬石、原中共政治局常委、中央組織部長宋平及政治局常委、中央紀律檢查委員會書記尉健行等提議，在北京西山中央招待所召開「老同志特別組織生活會」，有近 30 名原政治局常委、政治局委員及老將軍出席，其主題為：「老同志要保持晚節，管教好家屬子女」。

胡錦濤、吳邦國也到會。這次會議的主角是前國家副主席、政治局常委曾慶紅。曾慶紅被迫承認自己有五大錯誤、過失，但沒有交代自己百億元家產是怎麼得來的，他的兒子曾偉在澳洲雪梨的 10 億澳元資產又是怎麼洗出境外去的！

曾慶紅家族的腐敗，除了報導較多的「魯能案」、「購置 2.5億元豪宅案」之外，還有一個更驚人的問題，即利用港澳事務大權在握的機會「賣國洗錢」。曾慶紅動用手上的權力，與江澤民家族一起，在胡錦濤執政初期祕密擬定了對台的幾年所謂「妥協政策」，通過運用國家軍事、政治力量來為家族洗錢和套現。

2002 年前後，中共成立「以中央政治局常委、國家副主席曾慶紅為領導的中央港澳工作協調小組」，當時的組長就是曾慶紅。《大紀元》此前報導，曾慶紅手握港澳事務的大權後，第一步是安排香港特首的人選，從董建華換上了曾蔭權。胡錦濤不察，當時並沒有表示異議。

第二步是開始實施一個叫做 CEPA（大陸與香港關於建立更緊密經貿關係的安排）的優惠政策，看起來是招商引資，實質是台灣政經界的一位「通天大鱷」與江澤民、曾慶紅兩家密謀的結果。這位台灣的「大鱷」在 2003 年時以低價買下香港的一家銀行。從此台資開始經由香港、澳門等地「大搖大擺」進入大陸，也給

江、曾家族境外洗錢開通了大門。

此後台灣「大鱷」手下的一家人壽保險公司進入中國，合作夥伴是東方航空，而東方航空的後台老闆正是曾慶紅的兒子曾偉。從此以後，曾慶紅的兒子曾偉夥同江澤民家族開始把國內自己家族的錢「正大光明」地通過「大鱷」經由東航洗到國外。

到了 2006 年後，曾慶紅家族的財富已經可以直接輸出到國外，之後便直接製造了山東魯能國有資產流失事件，其絕大部分資產洗到國外。2007 年，曾偉獲得澳洲商業移民簽證；2008 年，曾偉即以 3240 萬澳元的價格買下雪梨的一幢百年豪宅。據中共內部會議透露，曾偉在澳洲擁有至少 10 億澳元的資產。

江派窮途末路 傳曾偉不敢回中國

曾偉雖然移民澳洲，不過開始並不常在澳洲居住。幫他照看雪梨住宅的一名發言人嘉文・斯洛特爾（Gavan Slaughter）曾告訴《雪梨晨鋒報》記者說，「曾偉一家很少住在這裡（指雪梨），他們大多數時間住在澳洲境外包括北京，在北京他們擁有別墅。」

不過 2012 年重慶事件後，隨著江派在中南海的政治搏擊中日漸失勢，特別如今已走上窮途末路，據傳曾偉夫婦與兩個兒子現在住在澳洲的時間就長了，且不敢回中國，因為中共打「老虎」正酣，怕自己被抓。據澳洲皇冠賭場的知情人士透露，曾偉也常光顧皇冠賭場，每次他光顧皇冠，皇冠的老闆詹姆斯・派克都會全程陪同。據皇冠豪賭客工作人員透露，曾偉下注很大，最高一注達 500 萬澳元，令人咋舌。

第三節

成重點被查 親人也難逃

早前海外媒體披露，宋祖英（中）最早跟的就是曾慶紅，而曾慶紅的弟弟曾慶淮（左）專門為哥哥和其他高官「拉皮條」。（新紀元資料室）

曾慶紅被查 違心承認錯誤

2009 年，澳洲媒體曝光了曾偉夫婦在澳洲成為投資移民，申請整修房屋但幾次被駁回的事。此消息在中共高層引起軒然大波，有人要求中央調查曾偉的資金來源，令曾慶紅十分驚慌。後來他到江西、福建等地考察時，放話搪塞中央：「我怎麼管，怎麼約束！他們都成人了，有自由發展的空間，在這方面是平等的！」

2010 年，香港媒體發表題為《曾慶紅家產百億元——眾元老批曾富豪是偽君子》的文章，披露了很多鮮為人知的祕密。2010年 10 月 9 日，在北京西山中央招待所召開「老同志特別組織生活會」上，喬石、宋平、尉健行等都當面嚴斥曾慶紅「蛻化變質」、

「口是心非」、「喜歡搞表面、虛假的一套」、「晚節不保」、「舊習難改」……十足偽君子等。

為了給其兒子開脫，曾慶紅辯稱：「憲法、法律、黨紀、政紀沒有一條規定幹部子女、親屬不能經商、不能出國、不能有千萬財富、不能任高級職位。」在此之前，曾慶紅還在江西省黨校為「官二代」發橫財「打氣」，其毫不掩蓋地表示，「一直在尋找馬克思主義中有否當官的親屬、子女不能經商、不能在大機構擔任高管的理論，沒有找到。」曾慶紅和江派掌控的《環球時報》也迎合該觀點，發表「適度腐敗論」，遭到民眾的強烈譴責。

據稱曾慶紅在會上承認自己的五大錯誤和過失，一是退休後生活上搞特殊化，追求享樂……留下污點；二是對自己家屬管教鬆垮、放縱……；三是對自己家屬、親屬在工作上、經濟上、戶籍上的不合理要求，作了特別安排，在社會上造成惡劣影響……不過，對曾偉的巨額資金來源，曾慶紅隻字不提。

媒體披露，2014 年曾慶紅被迫向中央表示不祖護兒子曾偉的非法行為，要求兒子回國接受調查，否則斷絕父子關係。據了解，曾偉已經回到中國大陸，處於被軟禁狀態。

另據《爭鳴》2014 年 7 月披露，2010 年 4 月初，朱鎔基出席退離休政治局常委組織生活會時，曾點名批曾慶紅，指責曾沒有管教好子女，他質問曾慶紅：「在海外擁有兩千平方米花園住宅還嫌不夠，還要擺闊。錢哪裡來？造成影響很不好。慶紅同志要出面做做工作，管教管教子女，可能已經晚了。」

朱鎔基還直言不諱地告誡曾慶紅：「我們之間都相互了解的，你最大缺點和作風就是喜歡自吹，好表現自己，浮浮誇誇。你該清楚對你有意見的，批評你的不在少數，該總結一下、反思一下

為什麼。」

這已經不是朱鎔基第一次教訓曾慶紅了。早在 2012 年之前，曾慶紅被爆鍾情看「港產、台產和日本、韓國三級黃片」，被告到中組部。當時也是由朱鎔基出面告誡曾慶紅要注意影響，不要太消沉。

其實這不是曾慶紅偶爾消沉的表現，而是曾慶紅一貫喜歡色情的體現。退休後，曾慶紅在一年間有近十個月生活在以色情著稱的東莞。2014 年東莞掃黃其實也是為了警告曾慶紅。

面對一系列的譴責，曾慶紅心懷不滿。據 2013 年《爭鳴》消息，曾慶紅也自知身處孤立的「險境」。一次在其老巢江西省政府賓館喝「古井」白酒一瓶後，他摔酒杯大罵：「來世不入黨、不革命、不當官、不結婚、不要錢。」並說，「那就太平了，沒人會罵，沒人會眼紅，沒人會掘祖墳。」

曾寶寶躋身女富豪之謎

據 2010 年 11 月香港雜誌《爭鳴》披露，中共前政治局常委、原國家副主席曾慶紅家產上百億，這應該是曾在當權時期，其子曾偉在其庇護下，大撈特撈的結果。

隨著曾家財產越聚越多，曾慶紅於 2006 年決定讓兒子一家四口移民海外，把不義之財轉移出去。

不過，曾氏家族斂財並不限於曾慶紅父子，曾慶紅的二弟曾慶淮和其女曾寶寶也是斂財高手。

仰仗著哥哥的權勢，曾慶淮以中共文化部特別巡視員的身分駐守香港，成為活躍於香港和大陸政、商、文圈子的特殊人物，

一方面為主管港澳事務的曾慶紅聯絡香港富商等主流社會人物，操控香港政治；一方面為其收集香港情報，同時兼給曾慶紅等中共高官「拉皮條」。知曉曾慶淮背景的一些香港富商們，為了架設一條通往中南海的通道，遂與其建立了權錢交易，不僅贊助其拍攝電視連續劇《貧嘴張大民》等，而且對由其女兒曾寶寶控股的花樣年控股集團有限公司給予大力支持。

曾寶寶花樣年公司炙手可熱

花樣年公司成立於 1996 年，從事金融和地產業務，其於 2009 年在香港上市。據香港媒體報導，2009 年 11 月 10 日，花樣年公司的投資者推介會再次成為香港城中名流的聚會。除了曾慶淮為其女兒助陣外，到場的香港名流包括新世界發展主席鄭裕彤、華人置業主席劉鑾雄、中渝置地主席張松橋、遠東發展主席丘德根、旭日集團主席蔡志明、英皇證券董事總經理楊玳詩和永固職業主席黃宜弘等均到場。

在推介會現場，鄭裕彤表示將斥資 3000 萬美元入股花樣年，西京投資主席劉央也表示將認購 2000 萬美元的花樣年。此外，長實、中人壽、奧氏資本及華平基金等，均於國際配售部分認購花樣年，據透露，花樣年國際配售部分當時已錄得三倍超額認購。

另據消息披露，花樣年公司引入的六名基礎投資者包括保利集團旗下的 Hero Path Limited、Rouy Chai International Investment（Group）Company Limited、中渝置地主席張松橋私人公司 Bondic International Holdings Limited、旭日集團蔡志明、Huang De Lin 以及華人置業主席劉鑾雄。

11 月 25 日，花樣年控股集團有限公司（01777，HK）在香港正式掛牌，創辦人兼執行董事曾寶寶身家也達到約 70.8 億港元，躋身胡潤大陸女富豪榜前 20 位。該公司也成為中國房地產百強企業。其上市三年來，除了房地產業務擴張外，花樣年陸續完成了相關產業的酒店、商業等領域的業務構建。2012 年，花樣年成為涵蓋金融服務、社區服務、物業國際、地產開發、商業管理、酒店管理、文化旅遊、養生養老等八大增值服務領域的金融控股集團。這背後如果沒有曾慶淮、曾慶紅的有力支持，恐怕是很難做到的。

2013 年 4 月 18 日，花樣年「財富之夜——格萊美巨星音樂會」全球新聞發布會在北京釣魚台國賓館召開，曾慶淮、宋祖英等出席。6 月 8 日，該音樂會在成都舉行，眾多格萊美巨星以及朗朗、宋祖英等獻藝。沒有一定的背景和財力，恐怕這樣的場面不會出現。

在曾慶淮的搭橋下，在曾慶紅的幕後支持下，花樣年公司不僅在香港成功上市，而且在大陸做得順風順水，它甚至還與周永康之子周斌的「白手套」吳兵有了交集。據悉，表面由吳兵控制的中旭投資曾參股了花樣年控股旗下的花樣年實業發展（成都）有限公司，花樣年公司擁有 58.8％的股份，中旭擁有 10％，另有一邱姓女子掌 31.2％股份，其名字與吳兵妻子相同。

很明顯，僅從曾寶寶控股的花樣年公司，我們就可以窺見曾家如何利用權勢攫取利益，以及曾家與江澤民、周永康的交集，而這也只不過是冰山一角。如果真正將內幕揭開，必定是怵目驚心。

曾慶紅妻姪女突遭舉報

2014 年 4 月 22 日，新浪博主曹山石發帖稱：《廣州日報》原社長戴玉慶妻子舉報廣州市委常委、紀委書記王曉玲涉嫌粵傳媒巨額內幕交易。短短數月獲利 7000 餘萬。此帖引爆圍觀和輿論，並沒有遭到刪除。

「財新網」當日也對此詳細報導。大陸媒體跟進如潮。傳王曉玲為前中共常委曾慶紅的妻姪女。評論說，王曉玲被舉報的模式幾乎和宋林案起始時完全相同，爆料人似有備而來，看來中南海想要對曾慶紅動手。

據大陸網站資料顯示，曹山石是新浪財經記者曹磊在新浪微博的化名，有網民搜索此人似乎是就職新浪財經深圳站，擔任站長之類的職務。

此前，中共官媒新華社《經濟參考報》記者王文志 4 月 15 日在微博上實名舉報華潤集團董事長兼黨委書記宋林包養情婦楊某，並涉貪腐，王文志還在微博貼出宋林與其情婦的親密照。兩天後，4 月 17 日，宋林被中共中紀委調查。19 日，中共中組部證實，宋林被免去職務。據香港《明報》報導，宋林此番落馬，中共總書記習近平親自作出了相關指示。而宋林是中共江澤民集團大佬曾慶紅的心腹、薄熙來的同盟。

中國問題專家趙邐珺表示，從被舉報到落馬，宋林案背後有很強的政治因素，很容易讓人聯想到這可能是經過精心策劃的，目的是要揪出宋林背後的「大老虎」曾慶紅。

這次王曉玲被舉報，趙邐珺說，其模式幾乎和宋林案起始時完全相同：同樣是記者舉報，同樣是通過微博，同樣涉及到曾慶

紅。如果王曉玲被拿下，那麼可以推斷：中南海想要對曾慶紅動手，中南海想抓曾慶紅。

戴玉慶指王曉玲報復 廣東紀委回應

此外，原《廣州日報》社長戴玉慶 2014 年 3 月受審，在庭審翻供稱，迫於廣州市紀委壓力而承認受賄行為，並受廣州市紀委書記王曉玲打擊報復。戴玉慶提供的人名、財物品都非常詳細，大陸媒體也大幅度跟進報導，而廣東紀委也立即回應此事。

財新網報導披露，戴玉慶在 2014 年 3 月 28 日庭審中翻供，稱因迫於廣州市紀委壓力而承認受賄行為，他稱起訴書中自己的供述內容是「完全不屬實」的，因為這是有關工作人員把一份電腦打印好的供詞，交給他要求他親筆抄錄的。

戴玉慶並當庭檢舉廣州市紀委書記王曉玲。王曉玲 2007 年 7 月起擔任廣州市委常委、宣傳部長，2011 年 12 月調任市委常委、紀委書記。她在擔任宣傳部長期間，和戴玉慶曾是上下級關係。戴稱，王曉玲擔任宣傳部長時，試圖干預《廣州日報》經營業務，例如介紹親屬插手當時擬建工程報業大廈項目。他認為正是自己曾多次抵制上級干預業務，故而招致後來的打擊報復。

戴玉慶稱，當時先是承認了受賄，但是後來忍不住反問工作人員：「你們相信嗎，250 萬（1 人民幣元 = 0.1603 美元）這麼多錢到哪裡去了？」法庭播放了一段戴玉慶接受廣州檢察機關問訊的錄影，在錄影中，戴玉慶說這 200 多萬元被花在了學習英語、購買圖書及軟體等方面。戴玉慶說，在錄影前，自己曾被要求將一份打印好的「情況」熟讀，「最好能夠背下來。」

王曉玲被舉報涉大宗內幕交易

財新網報導說，戴玉慶妻子楊蘭凌已於 2013 年年底對王曉玲進行實名舉報，涵蓋基建工程、經營管理等多個領域，其中一個事例涉及資本運作。

2007 年 11 月，《廣州日報》以借殼上市形式，在深圳證券交易所掛牌，後更名為「廣東廣州日報傳媒股份有限公司」（002181.SZ）」，簡稱「粵傳媒」。2010 年 8 月，粵傳媒公布消息：收購實際控制人廣州日報社 42 億元經營資產，實現廣州日報社經營資產整體上市。

據舉報描述：在收購重組發生之前，證監會發現股票帳戶異動。戴玉慶同時收到通知：王曉玲的親戚徐鵬在 2010 年上半年提前建倉，他動用 1.2 億元人民幣，在二級市場收購粵傳媒 1400 萬餘股。徐的妻子錢玨則動用資金人民幣 2400 餘萬元，購入 270 餘萬股。

粵傳媒復牌後，連續 10 日漲停。上述兩人將股票悉數賣出，獲利 7000 餘萬元。而粵傳媒公開披露資料與舉報中描述的交易過程相符。

據公開資料顯示，王曉玲，女，1955 年 7 月生，山東牟平人，漢族。1978 年 8 月加入中國共產黨，學歷研究生（中南大學倫理學專業），哲學博士。2007 年 7 月至 2011 年 12 月，任市委常委，宣傳部長。2011 年 12 月後，任中共廣州市委常委，中共廣州市紀委書記。

曾慶紅妻子王鳳清，1940 年 11 月出生，亦是山東牟平人，漢族。退休前為原中共國家出入境檢驗檢疫總局副局長。而據稱

王曉玲在工作中也並不避諱和人提起她和曾慶紅的關係。

2014 年 4 月 23 日，大陸傳媒披露《廣州日報》原社長戴玉慶妻子，向中紀委實名舉報廣州市紀委書記王曉玲涉嫌《廣州日報》部分資產借殼上市的粵傳媒內幕交易，短短數月獲利 7000 餘萬人民幣後，廣州官方透露王 4 月 25 日到越秀區公開活動，顯示她「沒事」；粵傳媒也發公告，澄清當年公司上市「無內幕交易」。

香港媒體說，新華社官方微博「新華社中國網事」卻對此呼籲進行調查。官方微博指，有關公司的公告和廣州媒體的報導，並不能平息輿論對王曉玲實名舉報的質疑。王曉玲與股市巨鱷徐鵬夫妻是否親屬、是否涉嫌內幕交易，需證監會等部門調查。

文中還說，儘管廣州市傳媒為王曉玲造勢，但廣東省有關部門並未出聲，省級媒體如《南方日報》等，更沒有任何撐王的跡象。

據悉，王曉玲被實名舉報後，有微博網友扒出其在 2011 年 12 月 28 日當選廣州市紀委書記時，涉嫌使用虛假簡歷、後在政府網站上進行過修改的舊日傳聞。足見民眾對此事的關注。

曾慶淮拉皮條搞潛規則

曾慶淮曾經營北京特許的有線電視網路，開辦提供光纖服務的歌華寬帶網路。

據互動百科介紹，歌華公司產品服務包括：廣播電視網路的建設開發、經營管理和維護；廣播電視節目收轉、傳送；廣播電視網路信息服務；廣播電視視頻點播業務。在上海證券交易所上市。

2010 年歌華公司總資產已達 98 億；市值 113 億；年利潤為 3.46 億。

　　維基百科介紹說，曾慶淮主導成立北京歌華有限公司，將公司上市，當時就圈錢數億人民幣。北京市的有線電視接入服務也被其壟斷，僅此一項，每年就獲利數千萬人民幣，爾後創立的歌華寬帶網路服務公司，又獲利頗豐。

　　1941 年出生的曾慶淮比胞兄曾慶紅小兩歲，自小學習成績較差，未能考上大學，初中畢業後曾到工廠做工 20 多年，隨著曾慶紅在「六四」事件後得勢，曾慶淮於 1980 年代末期進入中共文化部工作，從該部門的基層到藝術司司長、再到特別巡視員，一路高升。在文化部工作期間，負責文藝演出是其職責之一。後來，曾慶紅委派曾慶淮任文化部駐香港特派員，以便與香港各界接觸，收集資訊。

　　從 1982 年開始，曾慶淮參與中共官方舉辦的大型歌功音樂舞蹈節目《中國革命之歌》的策劃及組織工作，曾多次擔任中共宣傳體系搞的大型文藝晚會和藝術活動的總策劃。曾慶淮從中撈取了不少好處，如在一次紀念毛澤東冥誕的晚會上，曾慶淮就賺了 1500 萬元。

　　曾慶紅安排曾慶淮在幕後掌控中共文化藝術圈，作為文化部特別巡視員，他憑藉曾慶紅的關係，成為大陸文藝界幕後的重量級大佬。

　　仗著大哥的勢力，在大陸的影視圈裡，曾慶淮最出名的是搞出「潛規矩」。他在文化部管文藝演出時，大肆玩弄文藝界女明星。圈內人盛傳，誰要想當女主角，「曾總策劃必須先過頭一遍手」。曾慶淮還兼顧著給大哥曾慶紅拉皮條，這在北京高層也不是什麼祕密。

第十章

暗殺習失敗後再搞恐襲

因多次暗殺習近平未遂，曾慶紅面對被查的險境，困獸猶鬥，開始了一系列瘋狂的反撲行動。（AFP）

第一節

習近平陣營撒大網

2014 年 2 月 19 日，《大紀元》發表文章，介紹了海外一位資深媒體人、中國問題專家楊光給《大紀元》的獨家爆料。他說，他通過中共高層內部人士得到消息：北京當局成立了一個 1100 多人的專案組，前中共國家副主席曾慶紅也已被鎖定成為下一隻大老虎。專案組不是只針對曾慶紅，而是江澤民、曾慶紅、羅幹等江澤民搞暗殺的政變集團。

他還說：薄熙來、周永康等這些人只是暗殺習近平、謀劃政變前台人物，而曾慶紅、江澤民是後台大佬，如果習近平不把他們「一鍋端」，習自己就會有生命威脅。

楊光表示，他得到準確的消息是，中央專案組有 1100 多位工作人員，針對周永康的專案組至少也有 700 人以上。因為習近平陣營現在是撒大網，先以貪腐問題對周永康的外圍進行調查。但介於中共內部的慘烈搏擊，更由於近期江澤民等已經利用「離

岸醜聞」向習陣營發出了「要死一起死」的威脅，因此習近平最後或以「反黨集團」、「叛國集團」、「賣國集團」把他們一網打盡。

他還表示：習近平目前在觀察江澤民集團表演，如果劉雲山等這些江派背景的常委還為江澤民賣命攪局，習也有可能將他們「一鍋端」。

這位中國問題專家披露：專案組是針對江澤民、曾慶紅、羅幹、周永康、李嵐清和劉淇等，專案組還針對周永康盤根錯雜的黑網，先從周永康外圍抓人，比如四川幫、石油幫。

「習近平一定要把這個戰役打完」

楊光說：「一定會是在今年秋天以前把江澤民集團一鍋端，如果不在3、4個月以內，把他們都帶上鐐銬，關進監獄裡頭去；那麼，江澤民、曾慶紅這些人就會想辦法把習近平的腦袋請下來。因為那些人都曾經是中共國家領導人，經營了國家這麼多年，警察、武警、國安部、外聯部、五毛水軍等等黨、政、軍系統，都被他們滲透，錢都在他們手裡頭。」

他表示，薄熙來、周永康拉徐才厚搞軍事政變，這樣的消息肯定準確。但他們僅僅是前台的政變人物，他們還有後台江澤民、曾慶紅。江澤民有很多餿主意都是曾慶紅策劃的。

「美國副總統拜登把王立軍給美大使館的材料給了習近平，習近平知道暗算他的人表面上是周永康、薄熙來。薄熙來是地方的頭子，周永康是武警特務（政法系統）的頭子，軍隊上他們也有充分的準備，軍委副主席徐才厚是參加了他們的政變陰謀，肯

定是要取習近平的命了，所以習近平自然的就要把矛頭對準江澤民和曾慶紅。」

「習收復了軍隊的權力和掌握了江澤民集團的很多犯罪證據。」

「博訊等江系媒體拚命放風以貪腐的名義定罪，貪腐治罪是便宜了他們，習近平給我的感覺是很可能以『反黨集團』、『叛國集團』、『賣國集團』把江澤民推上斷頭台，如果這樣，習近平可能會成為中國的戈爾巴喬夫，也可能是中國的葉利欽。」

這位中國問題專家說：「但是江澤民、曾慶紅不是傻瓜，他們知道習近平要收拾他們了，他們就想了很多招兒，渾水摸魚，攪渾水、放風、包括離岸銀行或者是溫家寶什麼的。甚至還放習近平的博士論文都是假的。」

他分析：江澤民這些人把習近平逼急了，逼得無路可走了，因此習跟江澤民這些人來個魚死網破，「你們想整死我，我有權力，我就先坐實你們。」

他還期待說：「坐實江澤民集團的定罪以後，乾脆就把共產黨給解散了，那習近平就是中國的戈爾巴喬夫、葉利欽。」

江澤民集團是個搞謀殺政變的黑社會

這位中國問題專家還表示，江澤民現在負隅頑抗，習近平目前在觀察他們的表演，如果劉雲山、張高麗、張德江等這些現任政治局常委還在為江澤民賣命，那麼習近平就能把他們都一網打盡，因為習近平與江澤民的對決一定是「你死我活」的決戰。就以往發生的事件來看，江澤民、曾慶紅、羅幹等為首的這個集團

就是個無惡不作的邪惡組織：謀殺與自己政見不合的當權者、搞政變，比如對習近平和胡錦濤的多次暗殺未遂。

他還表示，習近平現在得到太子黨葉家等的支持，習有絕對的權力和能力把江澤民他們給「喀嚓」了。

前中共元帥葉劍英之子葉選寧曾被中共太子黨階層以及北京權貴圈內公認是「太子黨大佬」。據消息人士透露，王立軍事件後，葉選寧首先去信中央，要求薄熙來辭職，為太子黨站隊做了示範。他還把手下的 3000 伏兵盡數交給習近平統籌指揮。

近期周永康更多罪行被曝光，包括制定謀殺中共總書記習近平的計畫。周永康被控在習近平確認為中共領袖繼承人後而制定殺人計畫。

前中共總書記胡錦濤曾遭三次暗殺未遂，幕後黑手都指向他的政敵江澤民。2006 年 5 月初，胡錦濤以軍委主席的身分在黃海視察北海艦隊，那天胡正興致勃勃地乘坐一艘中共的導彈驅逐艦巡視北海艦隊，突然二艘中共軍艦同時向胡乘坐的驅逐艦開火，打死了艦上 5 名海軍士兵，胡本人未受傷。

2007 年 10 月 2 日，上海世界夏季特殊奧運會在上海開幕。胡錦濤出席開幕式並宣布運動會開幕。港媒披露，這次又發生了對胡的暗殺未遂。保衛部門在胡錦濤入住的上海西郊賓館地下車庫內發現在食品專用車的司機坐墊下藏有 2.5 公斤裝有定時器的烈性炸藥。上海灘是江的老巢，從刺殺動機來看，係江澤民死黨所為。

2009 年 4 月 23 日，中共海軍史上規模最大的多國海上閱兵活動在青島海域舉行，來自 29 個國家的海軍代表團、14 國海軍 21 艘艦艇匯聚黃海。在閱兵開始之前，胡錦濤得到密報：江澤民

的人馬準備在 23 日早上九點開始閱兵時，在 14 國海軍艦艇面前，赤裸裸地把胡擊斃，搞個震驚世界的「黃海謀殺案」。

胡突然改計畫，先會見 29 國海軍代表團團長。同時派軍中心腹將企圖行刺的海軍艦艇官兵搞定。12 時左右，在一切搞定後，胡身著西裝開始了閱兵。儘管胡錦濤平安無事，但他無法壓抑自己的憤怒。當日，胡錦濤閱兵招手致意時，臉上每塊肌肉都繃得緊緊的。而旁邊站著的江派軍委第一副主席郭伯雄行軍禮時，手瑟瑟發抖。

官媒刊江澤民漢奸身分

此前旅居海外的資深媒體人還向《大紀元》表示，最近中共黨媒新華網揭江澤民諱莫如深的漢奸歷史，就是習近平對江很明顯的態度和信號。

2014 年 1 月 4 日，中共黨媒新華網首頁新華聚焦的「歷史」欄目就出現了一篇文章，說江澤民 17 歲時，就讀於「南京中央大學」工科機電系。然而，文章少了一個「偽」字，江澤民進的是日偽政府 1942 年創辦的南京偽中央大學。原校址在南京金陵的真中央大學早已隨國民政府西遷重慶。

1945 年深秋，南京中央大學和交通大學的重慶、上海校園正式合併，新校區設在上海的徐家匯地區，就是今天的上海交通大學。江澤民從南京來到上海，完成最後兩年的學業。

文章提到，江澤民在學習之餘，還喜歡看美國電影《亂世佳人》和《魂斷藍橋》。其實，那個時候的學生家裡經濟都不富裕，很少能去看外國電影，江澤民父親江冠千在日偽政府賺了很多漢

奸黑錢,所以江過的是闊少的生活。

2009 年 12 月 1 日,呂加平在網上發表公開信,宣稱江澤民有嚴重歷史問題,是「二奸二假」,並稱已通過公安國保和國家安全部門的組織系統呈交於中共中央、胡總書記、中央政法委、中紀委、公安部和國安部等部門。於是,呂加平被江祕密抓捕,直到今日依然在坐牢。

「二奸二假」的第一奸:江本人及其父親都是日偽漢奸。江及其父親江世俊(號冠千,當漢奸時使用江冠千)都是日偽漢奸,江世俊是偽政府的宣傳部長,所以有錢供江澤民學各種樂器、學外語和娛樂。

第二奸:江是效力於蘇聯克格勃情報間諜機關和向俄出賣大片中國領土的蘇俄間諜。

第一假:為賺取政治資本,江謊稱自己是 1946 年加入中共地下黨的黨員;後來呂加平找到三個證人證據,證明其撒謊。

第二假:為往上爬,江冒充自己是被土匪射殺身亡的六叔、中共黨員江上青(死後過繼)的養子,出身遂填上「革命烈士」家屬,以得到照顧和好處。

中紀委打虎路線圖:退休「老老虎」也要打

2014 年 2 月 12 日,大陸雜誌《南風窗》4 月號的封面文章《打虎「路線圖」》被很多網站轉載,大陸門戶網站網易等都改用《中紀委打虎路線圖:退休「老老虎」也要打》為標題重點推出此文,向外釋放即將拋出更大老虎的信號。

《南風窗》引述接近中紀委的人士透露,中紀委在查辦案件

上力求「快查快結」。在被查的 18 名省部級高官中，有多人在短期內迅速結案，被移交司法機關。如南京市原市長季建業，在落馬後三個多月就被移送至司法機關。

作為江澤民老家揚州的「大管家」、原南京市委副書記、市長季建業，罕見的在馬年過年期間遭「移送司法」，「採取強制措施」，同時中紀委一再強調「一案雙查」，官媒連續發文暗示，警告其背後「大老虎」江澤民。

中紀委馬年伊始反腐加班加點，不斷提出「一案雙查」的說法，所謂「一案雙查」是指，對發生重大腐敗案件長期滋生蔓延的地方、部門和單位，中紀委查案時，既要追究當事人責任，又要追究相關領導責任。

中國時事評論員陳思敏認為：這可謂直逼江澤民。實際上中國涉及人數最多、時間最久、最怵目驚心的腐敗大案，是中共與江澤民對法輪功至今不停地殘酷迫害，甚至包括慘絕人寰的活摘器官。早在 1994 年江澤民任國家主席時，就已國庫通家庫；在 2000 至 2003 年短短三年時間，更是國企資產瘋狂流失的年份，因為 1999 年 7 月發動鎮壓法輪功的江澤民孤掌難鳴，於是全民資產被江澤民大方揮霍給願意同他一起迫害人民的貪官污吏。

當時新華網刊登評論文章明確預示「山雨欲來風滿樓」：如果把打「老虎」比喻成一場重大戰役，戰前則往往顯得「異常」安靜，越安靜說明「打虎」動作越大，越安靜可能「老虎」層級越高。

習近平上台，「18 大」後的三個月內有 453 名政法官員落馬，其中公安系統 392 人，檢察院系統 19 人，法院系統 27 人，司法系統 5 人，非公檢法司系統 10 人，另有 12 人自殺。除了李文喜

被傳落馬外，周永康在遼寧政法系統的心腹、瀋陽市檢察院檢察長張東陽也正式被「雙規」等等。中共「610」頭目李東生落馬，是打擊江澤民迫害法輪功的犯罪集團的標誌性事件。

2013 年底，中央政治局宣布成立「中央清查整頓政法系統班子領導小組」，其任務是清查中央政法系統前領導層涉嫌極其嚴重的違法行徑。

2014 年開年第一天，被稱為香港「第二央視」的鳳凰衛視官網放出風聲稱，中紀委將掀起新一輪「打虎」風暴，且此次會比以往還要猛烈，沒有誰不能動。

接近北京高層的知情者透露，中共內鬥的核心問題，就是如何對待江澤民、周永康控制的「610」、政法委系統迫害法輪功這十多年犯下的反人類殺人罪證。證據都在中共高層掌握之中，因事態嚴重，大多數中共高層官員不願為江氏集團背黑鍋。這也是江澤民集團最恐懼的事情，周永康、薄熙來政變目的就是為掩蓋政法委治下中國各地勞教所犯下的活摘器官殺人網罪惡。而其利益巨大，黑幕驚人。

中共及江澤民集團必被徹底清算

2013 年 2 月 8 日，「清算江澤民迫害法輪大法國際組織」發表公告稱：1999 年江澤民開始迫害法輪功之後，羅幹、曾慶紅、周永康、李嵐清等人緊隨其後，為虎作倀，無視國家法律，另立一套超越國家憲法，超越國家司法體系，超越國家立法程序，凌駕於整個國家政權之上的專門迫害法輪功的特殊權力機構：「中共中央處理法輪功問題領導小組」和「610 辦公室」。

　　江氏犯罪集團對法輪功的非法鎮壓，之所以達到肆無忌憚、無法無天的程度，是因為他們盜用整個國家機器全面操控了這場迫害。羅幹、周永康、李嵐清、曾慶紅等犯罪集團通過「610」組織掌控國家公檢法司系統的同時，利用手中的中共黨政大權，把迫害法輪功迅速從中央推到地方的全國黨、政、軍系統，脅迫整個國家機器實施對法輪功的全面迫害。

　　2002年以來，江澤民及其犯罪集團的首惡在美國、瑞士、加拿大、比利時、澳洲、西班牙、德國、台灣、韓國、希臘、新西蘭等國家，被以「群體滅絕罪」、「酷刑罪」和「反人類罪」告上法庭。美國國會幾乎全票通過「605」決議案，明確要求中共解散迫害法輪功的「610」組織等等。法辦江澤民犯罪集團已成為國際社會的共識和當務之急。所有正義的政府和人民都將參與這場歷史的大審判。中共必須被解體、江澤民犯罪集團及其所有參與迫害法輪功的惡人必被繩之以法、必被徹底清算。

第二節

曾慶紅的一系列瘋狂反撲

因暗殺未遂反而被查，曾慶紅面對被查的險境，困獸猶鬥，開始了一系列瘋狂的反撲行動。

2014 年 3 月 1 日，雲南昆明火車站發生震驚海內外的「3・01」事件。一夥手持刀具、統一著裝的男子衝進火車站廣場售票廳，一路見人狂砍，造成 32 人死亡，140 多人受傷。事後中共中央及雲南對案件定性不一。然而官方說辭及處理過程中的致命疑點被民間曝光，掀開血案黑幕一角。

《大紀元》獨家指出，這是一起江澤民集團精心策劃的恐怖襲擊事件，在周永康案件如何公開定性這類敏感問題上威脅習近平陣營。以下盤點民間十大質疑：

1. 血案發生時間太敏感

最詭異的是，昆明血案發生的時間太敏感。3 月 1 日，被視

為習近平陣營風向標的大陸傳媒財新網首次證實，周永康長子周濱及數位家人已被抓，這是習近平陣營在做公布周永康案的對外試探和輿論鋪墊。當晚即發生昆明血案。

　　與這次事件相似的是，2013 年中共三中全會前夕的 10 月 28 日中午，北京發生吉普車衝撞天安門金水橋護欄事件，車輛起火燃燒，造成 5 死 40 傷，事件震驚國際。之後山西省委發生連環爆炸案。兩次類似事件的發生均正值中共高層搏擊激烈的拚殺時刻。

2. 兩天「告破」，高清圖片令人生疑

　　中共喉舌「新華網」一改報喜不報憂、大事件瞞報的常態，對此事件進行迅速報導，唯恐全世界不知道。3 月 2 日清晨 5 時 8 分，發出英文版報導，稱「3 月 1 日晚，昆明火車站發生砍殺事故，已導致 27 人遇難，另有 109 人受傷。」

　　官方的迅速「結案」並未終結民眾對該案的質疑之聲，反而可見事件的端倪。

　　3 月 1 日血案發生，3 月 3 日中共官媒報導稱該案在 3 日下午告破，宣稱是以阿不都熱依木・庫爾班為首的暴力恐怖團伙所為，共有 8 人（6 男 2 女），4 名被當場擊斃，1 名被抓，其餘 3 名已落網。有民眾問，想知道為何之前說有 11 人，現在說告破了共 8 人，何時何地怎麼抓到的，真相是什麼？暴徒照片呢？就成功破案，什麼細節都沒告知。

　　與此同時，網站還刊登了 51 張該恐怖事件組圖。其中有一張從上往下拍照的「事發現場」高清圖片，新浪微博用戶「記者

秦風在香港」4 日發帖稱，「新華社這張從上往下拍照的『事發現場』高清圖片，似乎有備而來，令人生疑。」

3. 網友「一警情知音」事先獲悉

有昆明實名認證律師曾在網上披露：網名為「一警情知音」告知自己處於兩難狀況，「事先獲得有關情報，但如果聲張的話則屬造謠，製造恐慌，擾亂秩序；事發後說則屬洩密。公安也難：維族在昆太多，防不勝防。」

該律師非常憤怒表示，「……洩什麼密？無論事前知與不知，警方此中作為都值得深刻檢討。難道發生如此事件，警方還應好好褒揚？大家都難，看來只有遇難者不難。」該微博才被轉發就遭封殺。

也有民眾打比方，喻警方膽怯只會欺負普通民眾：「昆明火車站廣場的恐怖砍殺事件告訴我們一個真相：在廣場，你若舉的是牌，一分鐘內就會有人把你撲倒；你若舉的是刀，你可以繞場跑 25 分鐘……」

4. 血案發生前中共高官獲通知

3 月 4 日，新唐人電視台記者採訪到一位知情人士，爆料說從一中共體制內少將以上職位的高官處聽到，在血案發生前，他們就獲得通知。

這個高官在砍人事件發生前一、兩個小時接到一個保密電話通知，說是有歹徒要到街上砍殺，所以讓他們不要上街去散步，

注意安全。但這件事中令這位知情人不解的是，這位遠遠事先得知消息的中共高官，並不在昆明。

此次暴力砍人事件發生在昆明，外界也有很多猜測。有消息稱，昆明是中共 14 軍駐地，14 軍是由薄熙來之父薄一波創建，是薄一波的嫡系，與薄家的關係盤根錯節，而 14 軍此前被指曾參與周薄政變。

5. 警方只公布短刀，長刀呢？

昆明警方向外界展示在昆明火車站 3 月 1 日發生血案後找到的凶器均為短刀，最長的也未超過一米。

之前，一篇《昆明火車站驚魂 12 分鐘暴恐案始末》的報導中稱，「正在第一售票大廳七號視窗買票的旅客楊女士看到，兩個黑衣人逕直走到一號售票口，其中一人手持一把砍刀，另一人持兩把砍刀，刀長約一米。兩人一路從一號窗口砍向十四號售票口。」

另一篇《昆明暴恐襲擊現場》報導中透露出至少有五把一米長刀。報導中寫道：「打算前往四川攀枝花的乘客楊女士正在售票大廳 7 號售票口買車票，看到上述兩個黑衣人走到一號售票口，其中一人掏出一把砍刀，另一人掏出兩把砍刀。三把刀均長約一米，兩人握著刀在售票大廳裡，從左往右開始一路砍人，慘叫聲此起彼落，楊女士嚇得呆住了。」

大陸媒體之前現場目擊者的報導中都稱凶徒手持一米長刀，有民眾質疑，掩飾一米長刀是為何？還有民眾質疑，這麼長的刀如何過安檢？如何藏匿？一米的長刀在凶徒被追捕時，還被凶徒

帶走了？

6. 秦光榮稱「無法出境」是假話

　　雲南省委書記秦光榮3月4日向媒體談及昆明恐怖襲擊事件，提到涉案的八個人原想參加境外「聖戰」，但無法從雲南出境，在紅河和昆明火車站或者汽車站發動「聖戰」。之前，雲南官員曾經表示是「新疆分裂勢力作出的恐怖襲擊」。

　　有當地網民表示，秦光榮稱「無法出境」是假話，通過老撾或緬甸到泰國太容易了，出來不了，純屬子虛烏有。到境外參加所謂聖戰出不來，是奇怪的事情。

7. 東突是針對政府機關、軍警

　　媒體報導，發動血案的這十個人統一著黑色裝。疆獨分子組團發動襲擊，從來沒有統一著裝的傳統，因為統一著裝，還沒有到達作案現場，可能就被發現了。迄今沒有看到過疆獨或東突分子統一著裝發動襲擊案例。

　　東突或疆獨分子在意識上均屬於狂熱的原教旨穆斯林分子，他們製造血案，更願意針對政府機關、軍隊、公安機關，乃至政府的附屬機構，以達到其所謂的政治和宣傳目的。殺害兒童、婦女和老人是違背穆斯林古訓的。因此，從常理上來說，東突（疆獨）組織若要發動一次有政治目的大規模殺人血案，昆明火車站很難成為首選目標。

8. 所有恐怖分子都喜歡用槍

昆明血案中，這夥人全部使用長砍刀，逢人就砍，且均是要害部位，訓練有素。東突（疆獨）要組織這樣一次大型血案，都會使用槍，而不會都用砍刀。穆斯林恐怖組織訓練殺手和死士，用各種槍、炸彈，獨沒有聽說訓練用刀砍的。他們哪怕只有一枝槍，其開槍所產生的震撼和威懾作用，比用刀殺人效果更大。所有恐怖分子都喜歡用槍，特別是 AK-47 作案。在新疆或雲南兩地，買到或搞到幾把槍不是難事。關鍵是：如果東突組織有預謀的發動這次大規模襲擊，會沒有槍枝或炸藥嗎？

9. 最大可能衝著習李而來

網路作家龔英輔質疑：那麼這一夥實施血案的暴徒是屬於哪一個組織呢？是誰在背後策劃組織和提供物力財力的呢？最大可能，這次血案是衝著新領導班子深化改革和反腐敗所策劃的，是為給新領導集體主導的兩會製造難堪，更主要的是企圖轉移視線和改變反腐敗工作的方向！如果這個分析成立，這種團伙統一著裝的暴力血案還可能會在其他地方重演，中央必須抓緊防範和打擊！特別要防範和清理來自內部的麻煩製造者，順藤摸瓜抓住其策劃、組織和提供資助者。

10. 驚人預言帖曝光

昆明血案前，2 月 24 日晚 9 時 9 分，一位名叫「frequancy_

AC」的網民在百度貼吧 2012 吧發出這樣一個帖，「吧務，你敢刪這個帖，就是與中華民族的某些戰士為敵。我就是某些戰士之一，接下來的幾天中大家很快會看到我。具體的大事會在這周六發生，敬請關注。」

28 日，「frequancy_AC」又發帖稱，「已經看不到希望了，活著也沒有意義。」「我明天就要推動中華民族的進程了，你們有什麼想法要交流嗎？」

大陸網民紛紛發帖講述當前情況，提出質疑並猜測背後真相，官方不僅沒有任何動作，而且很多微博迅速被刪，原因究竟為何？

很快《大紀元》就得到了獨家資訊。

據知情人透露，中南海高層內部已斷定昆明恐怖事件就是江澤民集團所為。江澤民集團精心策劃了昆明恐怖襲擊事件。原本同時將在五個城市進行，但是出現意外之後，其餘四個城市並未有所動作。

這些暴徒都是武警，根本不是疆獨勢力，也和種族仇殺沒有任何關係，都是來自農村的基層士兵，想升官發財，遭到江澤民集團用毛澤東思想的洗腦。行動前，每人獲得一筆錢，許諾事成之後封官許願，還告訴他們行動開始 15 分鐘之後有後援來接走他們。結果這次行動根本沒有後援，導致 4 人被殺、4 人被抓。被抓的 16 歲的女子是事先安排好的，目的就是要讓這齣戲看起來更加真實。

這些武警參加過多次行動，前面幾次都得到保護，順利脫身，所以他們這次行動非常大膽。但是這次被擊斃了 4 人，導致其他城市的襲擊沒能發生，目前中南海高層已經抓捕了其餘四個城市

的這部分人。

兩會期間，北京布滿軍隊，進入全面戒備，人民大會堂的所有地下通道都有軍隊，所有代表團暗處也有軍隊把守。局勢非常緊張，所有高層都在北京，不知道第二天會出什麼事情。

曾慶紅布屬 行刺香港《明報》前總編

《大紀元》還獨家獲悉，此前香港發生的殺人案也是武警所為。

2014 年 2 月 26 日上午，《明報》前總編輯劉進圖突遭凶徒行刺重傷入院。此消息在香港和海外引起極大關注，港府一直沒有破獲此案。《大紀元》獲悉，刺殺劉進圖也是曾慶紅布署的，他們派出武警光天化日下如同黑幫流氓一樣的用刀砍殺劉進圖，行凶後，這些武警很快逃回了大陸。

行刺劉進圖也與近期習近平陣營和江澤民集團激烈爭鬥的局勢有關。江澤民集團的目的是在香港製造混亂，捆綁及威脅現政權，激發香港民眾對北京不滿，最關鍵還是在周永康案件如何公開等這類敏感問題上威脅習近平陣營。

第三節

三個月內習江 16 起重大狙擊

　　自從薄熙來被判刑、周永康被調查之後，中南海已經分裂成了明顯的兩派。一邊是以江澤民為首、曾慶紅、張德江、劉雲山等人馬組成的江派，他們因欠下累累血債怕被清算，於是一而再、再而三地想把權力從習近平手中奪回來，以至於不惜搞政變和暗殺等極端行為。另一邊是為了繼續執政，讓政府能正常運作的習近平陣營。雙方在表面上的「團結一致」中不斷較量。在此前，僅 2014 年的頭三個月，圍繞周永康案，雙方至少發生了 16 起重大狙擊事件。

　　2013 年 12 月 25 日，中共公安部副部長、鎮壓法輪功的「610辦公室」頭目李東生落馬。李東生因充當江澤民集團迫害法輪功學員的「急先鋒」而獲得周永康賞識，擔任「610 辦公室」主任。他也是 2001 年 1 月 23 日，世紀偽案「天安門自焚案」的主要策劃者。

2014 年 1 月 7 日，江派培植多年的祕密伏兵、被標榜為中共「首善」的大陸商人陳光標以收購《紐約時報》為噱頭，到紐約開新聞發布會重炒自焚偽案。但是，一向跟中國時局最緊的港媒三緘其口，大陸媒體也如同被「封殺」一般，鮮見報導，致使此「逼宮」計畫流產。

此後，江澤民集團大為恐慌，開始拋出威脅性的內容。

1 月 21 日，美國一家新聞機構「國際調查記者同盟」突然發布報告，指現任或前任中共中央政治局常委的親屬，在英屬維爾京群島和庫克群島等離岸金融中心持有離岸公司。這份報告包括習近平、胡錦濤、溫家寶、鄧小平、王震和葉劍英等家族。與此相對應的是，江派的三個巨貪，即江澤民、曾慶紅和周永康卻不在其中。

北京消息稱，這次的餵料就是江澤民集團所為，目的是恐嚇中共體制內最有權勢的六個家族，再次發出同歸於盡的信號。

1 月 30 日，大年三十，中共官方發布江澤民老家揚州「大管家」、南京原市長季建業被移送司法的消息。季的落馬被外界看作是習近平陣營對江系發出的嚴厲警示。

2 月 18 日，曾經跟隨周永康 10 年的大祕、海南省副省長冀文林被中紀委立案調查。至此，周永康的四大祕書都被抓。

2 月 12 日，傳出前遼寧省公安廳長、省政協副主席李文喜被直接帶往北京調查。2 月 18 日，大陸報導證實，遼寧省瀋陽檢察長張東陽在 2014 年 1 月下旬，被中紀委官員直接從遼寧「兩會」閉幕現場帶走。此二人是涉周永康活摘器官罪惡的重要證人。

江派找台階下 李克強脫稿發警告

《大紀元》獲悉，江澤民集團在製造了昆明血案的同時，也給雙方準備好了下台階，也就是把這起事件的責任全部推到新疆人身上。

昆明殺人案發生在北京時間 2014 年 3 月 1 日 21 時左右，四個多小時後的 3 月 2 日凌晨 1 時 40 分，中共喉舌《人民日報》發布消息稱：昆明火車站襲擊事件已定性為恐怖襲擊事件。新華社 3 月 2 日引用昆明市政府新聞辦的消息稱，這是一起由新疆分裂勢力一手策劃組織的嚴重恐怖事件。但是之後，新華網又引述了公安部的消息，對昆明事件作出說明，沒有提到「新疆分裂勢力」。

2014 年 3 月 5 日，李克強在中共人大會議開幕式上做政府工作報告，做出一個不尋常的舉動——脫稿譴責雲南「3·01」事件的恐怖分子，大陸媒體披露，在兩會代表委員和記者拿到的工作報告中沒有這段話。

據報導，李克強在一分多鐘的即興講話中，譴責恐怖分子，但並無一處提到昆明官方此前將暴徒定性的「新疆分裂勢力」，只是強調這是「挑戰人類文明底線的暴恐犯罪」和「暴力恐怖分子」。

據分析，習李陣營和雲南地方對昆明血案的定性一直含含糊糊，習近平對「新疆分裂勢力」的說法也沒否定。江澤民集團更不敢宣稱對此負責。但是李克強以間接的「你懂的！」方式向外公布，以表達不滿。3 月 4 日，習近平在兩會時看望政協大會少數民族委員，並「關切地連問四個問題」：「畢業生大部分回新疆了？」「多大比例？」「每年畢業生多少？」「大部分回去了？」

藉此緩和局勢。

《大紀元》獲悉，李克強故意脫稿，以「你懂的！」方式對在座的所有官員發出警告：中共的政局處於極度危險的階段，高層已經出現了重大變故，讓所有的官員做個準備。昆明的事情並不是新疆人幹的，「你懂的！」據悉，這也是兩會時習近平在李克強做報告時全程「黑臉」的原因。

其實，昆明血腥案件的偵破並不複雜，江澤民集團知道習近平很容易破案，但是結果卻不能公布，公布的話馬上意味著共產黨垮台，這和公布周永康政變是一個道理。江澤民集團策劃這些恐怖事件，做得並不嚴密，但是認準了習近平陣營不能公布，也不敢公布，其實就是在威脅，如果公布周永康所涉活摘器官和反人類罪，恐怖殺戮還會升級。

消息稱，雲南書記在兩會單方面發表昆明血案的所謂「聖戰」說，其實也是在用「你懂的」方式告訴大家，雙方都已經沒有退路。

獨家：曾慶紅想發動「另類政變」逼習下台

對中南海來說，兩會最關鍵的事就是如何定罪周永康。

在處理薄熙來案的時候，因為用貪腐和濫權等定性薄案，習近平並沒有通過這個案件立威，薄熙來最終被審成清官。如果對周永康案，繼續延續貪腐、男女關係等罪名，就算在中共黨內也很難讓人接受，現政權執政基點會受致命打擊。

對於周永康案，如果用迫害法輪功和反人類的罪行來公布，江澤民集團就會挑起血腥屠殺，這是江澤民集團的一張王牌。最

為明顯的，就是在昆明血腥屠殺中，凶徒根本不加隱瞞地統一著裝；同時，做案完全可以用槍，凶徒最終卻使用刀來製造恐怖和血腥。

為何選擇這個恐怖方式呢？因為 18 大後，習近平把政法委降級的同時，對武警公安進行了大清洗，對軍隊也進行了大調整，使江派失去了對軍權和黨務的控制力，已經沒有了在政治上直接與習近平對抗的能力。特別是原「610」頭目李東生被抓後，因為擔憂習近平碰觸法輪功問題，並公布周永康的反人類罪，曾慶紅與江澤民商量的結果，就是要在兩會前搞一系列的恐怖行動，這等於是另一種方式的政變，就是要讓當權者日子不好過，激起民眾對當權者的不滿心理，利用人心向背來給當權者施壓。

消息稱，兩會前後發生的幾起重大事件，都是曾慶紅在背後策劃的，包括公交車焚燒事件等。曾慶紅利用原來周永康安排在各地公安局的頭目，通過收買武警和黑社會暴徒，精心安排了一系列「報復社會」的行動。當多個省份都發生這樣的慘劇，所有國際和國內輿論都會譴責當權者，這時江澤民就會順勢站出來，「糾正習近平的錯誤」，用江派人馬如張德江、劉雲山之類來替換掉習近平。

消息還指，曾慶紅還動用海內外所有的特務力量，散布習近平的負面消息，並企圖用殺戮百姓的方式，推倒習近平。這也是習近平擔任網路安全小組組長的真正用意。

涉昆明血案 雲南副省長免職

曾慶紅搞出昆明血案來恐嚇威脅習近平，中共兩會一結束，

2014年3月12日，中共組織部有關負責人對外公布，雲南省副省長沈培平涉嫌嚴重違紀被免職，此距離其被調查的信息發布只有三天。據悉，沈培平涉嫌參與、配合曾慶紅殺人計畫的實施。

在3月9日兩會期間，沈培平已經被抓，當時陸媒披露沈培平曾經私自調動武警引發群體事件，暗示其落馬或跟昆明血案有關。中紀委在3月9日的通報只是簡單地說，「雲南省副省長沈培平涉嫌嚴重違紀違法，正接受組織調查」。

那時沈培平剛升任副省長一年多。有消息稱，沈培平的靠山是雲南原省委書記白恩培，而白恩培則是周永康的大馬仔。沈培平和雲南省委書記秦光榮給周永康家族輸送了數百億的利益，秦光榮給了周永康上千億的錫礦資源。

早在2013年8月，雲南省離休政協副主席楊維駿就致信中紀委書記王岐山，信中舉報在雲南省委書記白恩培和省長徐榮凱主持下，價值5000億的蘭坪鉛鋅礦被低價賣給目前已被逮捕判死刑的四川富豪劉漢，劉漢當時以10億元控股該鉛鋅礦60%。楊維駿還曝光雲南省的多起強徵土地案和金融詐騙案。他也在公開舉報信中表示：「雲南省的『老虎』和『蒼蠅』很多。」

從這些資訊中不難看出，沈培平是屬於周永康、曾慶紅的人馬。曾慶紅讓他派人搞凶殺，他不得不做。

在公開報導中，沈培平的名字常與暴力強拆、警民衝突連在一起。

2010年4月，雲南普洱市開始強推舊城改造，拆遷工程涉及1812戶居民。時任普洱市委書記的沈培平在會上公開表示：「同意搬遷的大大地好，不同意搬遷的大大地壞」，結果被百姓稱為「拆遷大佐」。知情者透露，改造出的地塊令政府至少可獲20億。

在此之前的 2008 年 7 月 19 日，普洱市孟連傣族拉祜族佤族自治縣發生一起群體性突發事件，執行任務的公安民警被 500 多名群眾包圍，警察開槍打死 2 人。而彼時沈培平是普洱市委副書記、市長，因對該事件處理不力，事後被問責。但由於有周永康政法委的保護，最後沈培平只做了書面檢查，隨後還是繼續升官。

不過昆明血案後，習近平非常憤怒，下令嚴查雲南省委，結果還引發官員自殺案。

原雲南副省長、現人大常委會副主任孔垂柱，是沈培平的官場提拔人。沈培平曾經在孔垂柱 1995 年至 2000 年擔任保山市委書記期間任其祕書，從而獲得孔的賞識與提拔，一路高升，直至雲南省副省長。

消息稱，孔垂柱因涉沈培平被調查一案，精神壓力極大，故尋短見。據「財新網」報導，3 月 1 日的昆明發生血案後，孔垂柱在 3 月初的中共兩會期間和 3 月底，曾兩次自殺未遂。

官方資料顯示，孔垂柱 1953 年生於雲南，祖籍山東曲阜，是孔子的第 79 代孫。孔垂柱曾在曾慶紅主政中央黨校時讀過該校研究生，2003 年 1 月從保山地委書記、水利廳長的位置，被提拔為雲南省副省長，他也算是曾慶紅退休前提拔安插的人。

孔垂柱被查出還是愛滋病毒帶原者。在精神壓力和身體壓力雙重作用下，他幾次自殺未遂，最後在 2014 年 7 月 12 日死去，有消息說是因治療無效死去，有的說是自殺身亡。前種說法不太可靠，因為愛滋病毒帶原者與愛滋病患者還是不同的，很多帶原者能繼續生活幾十年。

第四節

江澤民治下 中國色情氾濫

東莞掃黃 掃出曾慶紅、張德江

2014 年 2 月 9 日，央視《焦點訪談》播出 14 分鐘的暗訪東莞色情業的節目《管不住的「莞式服務」》，報導稱，廣東東莞多個鄉鎮的娛樂場所存在賣淫等行為，多類色情活動公開化。新聞播出後，東莞市公安局出動 6000 名警力，清查了五個鎮，12 家娛樂場所。在第一輪清查中，東莞市五個分局總共對 42 個場所進行清查，抓捕了 67 人。

意外的是，央視的報導反而「惹眾怒」，在網路上遭到大規模吐槽。新聞跟帖中為曝光說好話的不多，微博上眾多意見領袖也是冷嘲熱諷。占據道德制高點的掃黃行動，非但沒有得到公眾的認可，卻遭到輿論大規模抵制。

有評論稱，央視曝光東莞性都，是一個出賣靈魂的曝光了一

個出賣肉體的，國家妓院曝光民間妓院。並分析眾人鄙視，是因為央視自身不硬卻冒充打鐵的，還質問央視道：「你『殃視』那些美女主持被多少權力包養了？真當全國民眾是傻子嗎？那些高官幾乎都有情婦，你們『殃視』掃黃暗訪曝光了嗎？」

大陸攝影師王麒表示，不僅央視沒想到，估計連頂層都沒想到，暗訪東莞一經播出，互聯網上迅即引發挺莞浪潮，中國人幾乎一邊倒地站在了東莞一方。實際上，這是社會對抗的表現。央視被當成了體制的象徵，妓女被當成了底層的象徵。這種對抗的隱喻，說穿了，是意識形態的對抗，是普遍民意的反應。

李東生與央視大淫窩

聖誕前夕，前公安部副部長李東生落馬，牽出更多涉案的中共央視女主持及女主播。李東生在央視任職期間，不斷向中共高官「進貢」美女，將央視變成中南海高層「藏污納垢」的「後宮」。

李東生於 1978 年從復旦大學畢業被分配到央視後，開始巴結央視上司，又通過原先在中央警衛局待過的這個背景，被央視負責人調進了時事政治組。使其有機會拍中共政治局以上高官的新聞及資料片，而與中共高層有所接觸。

李東生利用採訪中南海高層的機會，讓央視的美女記者和美女主持人們頻繁與高層接觸，只要發現哪個高官對哪名央視美女有好感，李東生就會暗中搭橋。李東生頗討中南海高層淫官歡心，也因此令央視變成了「淫窩」。

李東生在中共喉舌媒體和宣傳機關共任職 35 年，以操控媒

體製造謊言、欺騙民眾而見長。在拋出李東生時，官方有一個很罕見的舉動是，特意強調了他「曾參與主創《焦點訪談》」、「媒體出身『轉行』政法」等細節。

李東生大搞美女公關的傳聞始於 1990 年代末期，當時已是中央電視台副台長的李東生與太子黨曾慶紅的弟弟曾慶淮大搞美女交易，將旗下的美女主播介紹給政界要員，以擴大自己的影響力。當時經常搞一些小型聚會，請央視美女們參加。不管已婚或未婚，參加這個聚會的目的都很明顯，政要主要是曾慶紅的關係和羅幹政法系統要員。

有港媒報導，當時曾慶紅要他弟弟供應一些「小蠻腰」、苗條又懂風情的女人。被選中的人中，宋祖英先是跟隨了曾慶紅。

後來，江澤民看上了宋祖英，從「往小妹手裡遞了一張紙條」開始，宋祖英便搭上了江澤民。雖然江比曾年歲大一輪，但江的地位比曾大出好幾輪去，宋祖英這時已經嘗到傍高幹的甜頭，馬上投入江的懷裡。小宋沒有對曾慶紅拒之千里，而是與他若即若離。曾慶紅知道江的妒嫉心甚重，不想給自己找麻煩，就又讓他弟弟給找更年輕漂亮的女演員。

李東生作為高官「皮條客」，向周永康介紹了中央電視台美女賈曉燁。曹建明在擔任中共最高檢察長期間，娶了央視當紅女主播王 XX。這兩人都是李東生向高層性賄賂的一部分。海外中文媒體披露，李東生任央視副台長期間，著力培養了中國民歌女歌手湯燦，用於權色交換，各取所得。而李後來又把湯燦獻給了周永康。

江澤民「色情治國」

央視的淫亂人們或多或少都有耳聞，大陸色情氾濫也是眾所周知，根源在於，曾是一國之首的江澤民帶頭淫亂。中央電視台成了色情樓，「國臉」羅京死於愛滋病，成千上萬中共官員沉溺聲色犬馬，帶動全國民眾一起看黃片。

中國古話說，萬惡淫為首。江澤民和中共治下的中國，正常的價值觀念遭到徹底顛覆，傳統的家庭觀、婚戀觀遭到前所未有的褻瀆，中國社會色情行業氾濫，笑貧不笑娼，誰腐敗誰淫亂，可能更容易升官，會被江系看中，作為容易控制的依據。中共官員的淫邪思想和行為深入社會各個階層，嚴重影響社會風氣。

淫亂褻瀆中國文化，中共各級官員成為「傑出」代表。調查數據顯示，被查處的貪官中95％有情婦，腐敗官員中60％以上與包「二奶」有關。而1999年，在廣州、深圳、珠海公布的102宗官員貪污受賄案件中，包「二奶」的概率更是高達100％。

中共色官、淫官將包「二奶」、養情人，當做必不可少的身分點綴。中共官場公共倫理淪喪，形成了「以包養情婦為榮，以不包養情婦為恥」的官場文化。官員互相攀比的內容也已經從金錢、權勢和地位轉變到包養情婦的多少上。更具諷刺意味的是，有的官員雖然包養情婦已是「路人皆知」，但仍然出現邊腐敗邊升遷的現象。色情腐敗成了官場的流行病。

不僅官場，中共軍隊前所未有、前所未聞的大搞黃色產業。據《江澤民其人》一書中揭示，在江澤民的主政下，總參、總後、總政色情氾濫，沉溺於聲色犬馬之中。而且在江澤民故意助長這種淫亂的風氣中，其心腹鐵桿個個是「淫棍」。

前中共中央政法委書記周永康是江澤民的最忠實鐵桿之一，在其任職期間不但頑固執行江的迫害法輪功政策，更是與江一同腐敗淫亂。

2012 年網上就已經有傳聞稱周永康因為想娶央視女主持為妻，製造車禍謀殺了前妻。同年 4 月中下旬，英國《星期日泰晤士報》也稱薄熙來曾經與 100 個女人有不正當關係。報導也引用了一些網路傳聞，稱當時 69 歲的周永康非常好色，甚至為了與小自己 28 歲的第二任妻子結婚而製造車禍謀殺髮妻。

據媒體披露，中共前政法委書記周永康長期接受薄熙來提供的女人，其中 29 名已經確認，包括歌手、女演員以及女大學生。周永康光是在北京，就有六處「行宮」用以淫樂。

周永康還與薄熙來等共用公共情婦湯燦。不少媒體報導：周永康在任四川省委書記期間，多次強姦婦女，包括賓館服務員；而且周永康在實業賓館多次姦污內部女工作人員。由於其玩弄女性成癖，早有「百雞王」的稱號。

薄熙來把大連變成最露骨色情城市

與「性都」東莞南北對應的是東北最露骨色情城市大連。

據《真實的江澤民》一文稱，東三省一直是中國色情活動最猖獗的地區之一，幾乎每個城市和鄉村都星羅棋布著大小「桑拿浴室」，這類地方多是公開、半公開的性交易場所。東北色情場所規模最大和最露骨城市，就是大連。性交易、色情表演不但在大連「合理合法」，而且色情業主常常公然在大街上和報紙上招聘男女色情從業人員，甚至有人報警也無警察搭理。

　　文章稱，大連如此「娼盛」，和全力巴結江澤民、忠實執行江澤民「發展」政策的大連原市長薄熙來分不開。有一位大連基層官員透露說，從上世紀末起，大連的色情娛樂行業就一直「欣欣向榮」，原因是薄市長公開表示，第一要保護外商在大連的企業，个能隨便進去抓賣淫嫖娼，最後挫傷外商在大連投資的積極性；那些有一定規模的娛樂服務企業，也要由各區人民政府出頭成立「保護重點企業工作領導小組」，並在該領導小組成員的陪護下，方可進入。

「笑貧不笑娼」國已不國

　　中共官方估計目前全國有 600 萬舞女、妓女，民間研究人士則認為實際上早已超過了 1000 萬人。據知情人士透露，不少女大學生供職於各類伴遊、商務諮詢公司、商業俱樂部，從事色情服務。有對重慶伴遊公司的內幕調查披露：四小時收費 500 元，「什麼服務都可以」。而一位女大學生「涉黃」月收入兩、三萬。所以，一般人認為，這支龐大賣淫大軍其創造的年產值可能超過 5000 億元人民幣，僅次於食品餐飲業、服裝業，穩居第三位。其中有 3000 億元來自公費。

　　從中共官方的新聞中可以看到，大小規模的「掃黃」幾乎一直都在進行，但結果卻是越掃越黃，賣淫嫖娼更盛。據說東莞賣淫小姐有 30 萬人，嫖客花 150 元就可找兩個小姐。賣淫女在東莞被稱為「技工」，大都在按摩院、髮廊、澡堂、酒店、歌廳等場所「上班」。

　　由於江澤民的淫亂治國，現在大陸很多人都拋棄了傳統的

婚姻道德觀念，婚前隨意發生性行為、「一夫多妻」等亂象比比皆是。

具有諷刺意味的是，據台灣媒體報導，東莞的奧威斯太子酒店遭央視踢爆染黃，飯店幕後老闆現形，他是 47 歲、人稱「太子輝」的梁耀輝。他除了是色情業大亨，還坐擁哈薩克 10 處油井，是中源石油集團董事長。梁耀輝曾當選中共人大代表，身家估約百億台幣。

2012 年 3 月有媒體報導，梁耀輝代表在兩會上提交了《關於建立道德評價體系和加強誠信體系建設的建議》，他認為，「加強道德評價體系和誠信體系建設是當前工作的重中之重。」無論是政府、企業，還是個人，都應該納入道德體系和誠信體系，以道德規範自身的行為舉止。民眾稱，梁耀輝言行嚴重分裂，這就是典型的中共特色。

「黃華華舉報」曾慶紅「情陷東莞」

據悉，曾慶紅在「17 大」退下後，經常住在東莞，被指「情陷東莞、樂不思京」。除了北京有重要會議要參加，一年之中至少有十個月都是「靜居性都綠蔭深處某別墅」，享受著當年張德江培植的親信、廣東省一名高官的「侍奉」。

曾慶紅弟弟曾慶淮也在東莞有發展。曾慶淮是中國文藝界的「幕後大佬」，在大陸影視圈裡，曾慶淮最出名的是搞出了「潛規矩」。曾慶淮不光自己享用，還兼給他大哥曾慶紅拉皮條，並收集情報。

2014 年 2 月 16 日，港媒《東方日報》題為《傳黃華華舉報

二百高官貪腐》的報導稱，2013 年曾有消息指前廣東省長黃華華致函中共中央高層，舉報高官在粵貪腐。黃一度否認。但中共官場近日傳出消息，指黃確曾向中央提交一份報告，並引起了中央高層的關注。

《爭鳴》曾公開報導說，2013 年 1 月下旬，前廣東省省長黃華華向中共政治局常委、中紀委書記王岐山遞交一封致政治局、人大委員會黨組及中紀委的信件，全文及附件等長達四萬多字，其中三年前的數據顯示，已退休的中共黨政高層及其配偶在廣東分別持有別墅、豪宅 80 多處，全國省部級高官及配偶則擁有 1170 多處。

黃華華在舉報信中點名持有別墅、豪宅的高官有中共前政治局常委、國家副主席曾慶紅，以及當時在職的李長春、劉淇，18 大晉升的張德江、張高麗、杜青林等。

信件並指，退休黨政高層親屬在廣東設立 3270 多家公司，操控七成的地產、基建工程項目和六成金融、證券業。而在廣東省發跡並擁有十億元人民幣以上資產的黨政幹部家屬至少逾 6000 人。

東莞黎志輝落馬 曾慶紅養老樂土被震

2014 年 2 月 14 日，東莞當局決定，免去黎志輝中堂鎮黨委書記職務，同時免去其鎮人大主席職務。

據悉，黎志輝落馬，指向原香港中聯辦副主任、前東莞市長黎桂康。2001 年至 2003 年，黎桂康出任中共東莞市長。2003 年 7 月，曾慶紅開始主管中聯辦，同年 12 月，黎桂康升任中聯辦副

主任，成為曾慶紅手下的愛將。

2012 年 7 月，香港媒體曝出中聯辦副主任黎桂康因其子牽涉東莞虎門鎮貪腐而遭雙規，雖然後來證實並非事實，但此番黎志輝落馬，表明黎桂康被雙規的傳聞亦非空穴來風。

黎志輝是黎桂康的中堂老鄉、宗親，作為中堂鎮委書記，黎志輝多年來為黎桂康的兒子黎俊東拓展商業帝國出力。黎俊東在中堂鎮經營有五星級酒店凱景酒店，旗下的 KTV 包廂、桑拿洗浴，也是不少常客必去之處。除了各類投資之外，黎俊東早就移居香港，還是廣東省政協委員。

2014 年 6 月 10 日，廣東省公安廳召開「打擊整治涉黃違法犯罪專項行動」新聞發布會，宣布經過四個月的行動，廣東全省破獲涉黃集團 214 個、刑事拘留 3033 人。

有分析稱，這次東莞的掃黃，既不是東莞市公安局發動，也不是廣東省公安廳下令的，竟然是由向來不做色情行業報導的中央電視台，藉由揭密當地娛樂場所賣淫嫖娼而引發的大掃黃。而這場運動的第一槍就瞄準了與石油幫關係密切的太子酒店老闆梁耀輝。

根據當地飯店業者透露，過去東莞多次嚴打掃黃，靠山再硬的桑拿（三溫暖）、夜總會，幾乎都會暫停營業避風頭，太子酒店是少數、甚至有時是唯一仍能繼續正常營業的業者，不得不讓同業佩服太子背後的勢力確實驚人。因此，這次梁耀輝成為掃黃運動的打擊對象，其實是北京當局打擊「康師傅」石油幫「金援、金流」的一個步驟。

2007 年與 2008 年是梁耀輝最為高調的時期。隨著汪洋在廣東清洗江派官員，「太子輝」逐漸變得低調，有爆料者稱，太子

輝的「保護傘」為往屆廣東高官，從其經歷來看，其最高調時期就在張德江剛剛調任國務院副總理之時。

2014 年 7 月，更有知情人士爆料稱，東莞近年來的黃色行產年產值高達 500 億，而大量涉黃生意控制在曾慶紅老婆的手裡。這次北京當局突然對東莞發難，掀起聲勢浩大的掃黃運動，除了清洗部分江系安插在廣東的人員外，還有一個目的就是斬斷曾慶紅老婆手中掌控的這條可以輕鬆獲得暴利的財路，相當於兵家謀略中「斷糧道」的手段。目的是為下一步收拾周永康和曾慶紅這兩個「超級大老虎」作準備。

曾慶紅退休後常住東莞，因此有輿論認為，央視暗訪東莞色情業，隨即廣東省委書記胡春華發起「大掃黃」，這些動作都是習近平陣營針對前廣東省委書記、現任江派常委張德江與江派二號人物曾慶紅而採取的行動，目的是要讓「曾慶紅養老樂土震顫」。

香港白皮書兩天後張、曾再被擺上台

2014 年 6 月 10 日，中共國務院新聞辦公室發表《一國兩制在香港特別行政區的實踐》白皮書，重彈「23 條立法」老調，首次變相改動「一國兩制」定義，引香港各界強烈抗議。

據消息人士透露，白皮書出台背後涉習、江中南海決鬥，江派意圖攪局香港局勢。

華府中國問題專家石藏山表示，白皮書的出台，外界明顯感到曾長期控制中共港澳辦、國新辦的中共江澤民集團，試圖激怒香港人，在香港問題上給習近平難堪和壓力。從目前情況看，習

陣營顯然同時在利用這次機會，讓江澤民集團做法曝光，同時也將其擺上台。

2003年曾慶紅接手港澳小組組長的職務後，在香港各個重要位置安插特務人員。曾的勢力一直盤據在中央港澳系統，現任香港特首梁振英也是江派的死黨。

「18大」後，江派張德江接手港澳小組組長職務，江澤民勢力延續了對港澳系統的控制權。張在這份白皮書出台過程中充當的角色，令人聯想。

據悉，張德江自晉升常委後，一直在與習近平作對，包括在江派大佬、前政治局常委周永康案上與江澤民和曾慶紅裡應外合，阻撓周案的進展。

2014年3月的中共兩會，原計畫通過立法程式將國安委從黨權序列正式並列國家行政權力序列。不過，張德江不甘權力貶值，以白皮書對習實行程式阻擊。

對於周永康案的定性，習近平力主對周永康經濟、政治問題一起查；而張德江則主張只定性貪腐，「政治方面不好把握，應慎重從事」。以致罪證確鑿的天下第一貪周永康案久拖不決，直到7月29日傍晚，周永康被立案審查的消息才公布。2013年初，習近平試圖取消勞教制，一直拖延不辦的就是張德江。港媒稱，習近平要廢除「刑不上常委」的規定，張德江勾結老人黨反對並拖延。

北京消息稱，2014年2月開始的東莞掃黃，習近平就是想重重「敲打」一下張德江，「令其清醒、識做，不要逼我一路深挖，直把你挖成第二個周永康。」

第十一章

籲眾倒習 暗殺王岐山

曾慶紅以暗殺、製造恐怖襲擊、網路攻擊等方式，企圖將習近平
（右）趕下台，也圖謀以暗殺手段斷阻王岐山（左）步步逼近的
反腐浪潮。（AFP）

第一節

策劃恐怖襲擊 意圖亂中奪權

曾慶紅利用網文公開威脅習近平

　　2014 年 3 月 10 日，一篇題為《習近平是內奸 中國到了緊要關頭》的文章在網路上被五毛推手們推動得廣為流傳。5000 字的文章採用毛左那種先下定義、然後竭力攻擊的方式，批評習近平對昆明恐怖襲擊案、馬航客機失蹤案處理不當，習陣營是藉腐敗之名，「打擊石油、鐵路、電力等系統的國有經濟政治領導力量」，是幫忙美國搞垮中國的「內奸」等等。作者還把北京懲罰薄熙來和周永康貪腐團伙成員，說成了「打擊薄熙來和周永康都採取了株連九族的手法」。

　　這篇貌似毛左寫的批評文章，與過去毛左竭力攻擊改革派不同，這好像是大陸網路第一次公開攻擊習近平。由於習近平上台後採取了所謂「兩個不否定」的「第三條路線」，既不否定前三

十年的文革，也不否定後三十年的改革，力求左右平衡。

那是誰寫了這篇攻擊文章，並故意在網路上傳播呢？

讀到文章的後面就不難發現作者的意圖。文章對江澤民集團失去軍權，周永康曾經藉以大肆作惡的政法委系統遭到清理，表達了強烈的不滿，最後還對習近平發出公開的威脅：呼籲「盡快組織起來」，用「革命的理論」和「你死我活的革命行動」「喚醒人民」。

也就是說，這篇文章代表了那群因薄熙來、周永康的落馬而自身惶惶不安的人。很多跡象表明，作者就是以曾慶紅為代表的江派殘餘。

欲趁亂奪權 曾慶紅策劃恐襲民衆

關於曾慶紅、江澤民與習近平的關係問題，海內外江派媒體都放風說，曾慶紅為了扶持習近平，「17大」時故意退下來，把位置讓給了習近平。但真實情況恰恰相反，曾慶紅、江澤民竭力爭取，直到不得不退位時，還上演了一齣「狸貓換太子」的假戲，臨時把習近平推上來，目的只是為了在「18大」時替薄熙來鋪路，給2014年左右江派謀劃的周永康、薄熙來政變贏得四年的緩衝期（具體詳情，請看《新紀元》叢書《18大新權貴》、《胡錦濤的全退布局與令計劃的復仇》）。

15年前的1999年7月20日，江澤民集團對上億修煉「真、善、忍」的善良民衆舉起了屠刀，在欠下累累血債、犯下活摘器官等反人類罪行的同時，還把整個國家的法制、經濟、道德推下了懸崖，中華民族面臨前所未有的危機。而江派也恐懼自身犯下的血

債會因喪失政治權力而遭到清算，一直在幕後或公開地阻撓、破壞胡錦濤、溫家寶以及習近平、李克強的執政，從而雙方展開了激烈的爭奪，最後發展成以身家性命來搏擊的生死較量。正因此周永康幾次想暗殺習近平。

為了清除阻撓改革的攔路虎，「18大」以來，習近平高舉反腐大旗，以「溫水煮青蛙」、「從外到裡」的剝洋蔥策略，一個一個拿下江澤民集團的鐵桿成員，從薄熙來開始，到周永康的數十個親信相繼落馬，從四川省委副書記李春城，到國家發改委原副主任劉鐵男，四川省原副省長、四川省文聯原主席郭永祥，國務院國資委主任蔣潔敏，湖北省副省長郭有明，江蘇省南京市委副書記、市長季建業，四川省政協主席李崇禧，中央「610」小組副組長、前公安部副部長李東生，海南省副省長冀文林等等，反腐陣勢很大，最終周永康成了死老虎。

進入2014年，習、江博奕趨於白熱化，兩個月內發生了16起習、江陣營之間大的交手，其中包括1月7日陳光標紐約「逼宮」事件；活摘器官重要證人、遼寧公安廳廳長李文喜被帶到北京調查等。

曾慶紅知道，這樣大範圍地查下去，最終會查到自己頭上，江派人馬必死無疑。與其坐而等死，不如拚死一搏。特別是2013年聖誕節後，靠誣陷嫁禍法輪功而起家的李東生落馬時，中紀委公布的李東生頭銜直接和鎮壓法輪功相關，這讓江派，特別是實際操盤手曾慶紅如芒在背，坐立不安。從那以後，曾慶紅開始拿出其黑社會的殺手鐧，不斷在大陸製造多起恐怖襲擊事件。

《新紀元》獲悉，中共馬年兩會前夕發生幾起重大的危害社會安全的恐怖事件，都是曾慶紅背後策劃的。如2014年2月《明

報》前總編輯劉進圖被刺殺事件，以及 2014 年 3 月 1 日昆明血腥砍殺事件等等。

江派策動這些恐怖行動，目的就是讓中國社會亂起來，曾慶紅曾公開表示「越亂越好」。大陸社會越亂，說明習近平的新班子越無能，發生的暴力慘劇越多，所有的國際和國內輿論都會譴責當權者，習近平會因此倒台，江派會順勢上台，「糾正習近平的錯誤。」

這可以說是當初周永康、薄熙來政變計畫的一部分，目的是「亂中奪權」。

分裂公開 江派拒絕參加中南海活動

江澤民集團與習近平陣營的對立，早就在各方面顯現出來。有網友開玩笑說，最明顯而又簡單的現象是，在中共政治局七個常委開會現場，跟江派走得近的張德江、劉雲山、張高麗這三人總是坐在一起，而另外一邊就是李克強、王岐山和俞正聲，中間是習近平。

2013 年 10 月，習近平的父親、中共前副總理習仲勛百年誕辰，紅二代大聚會，除缺薄熙來的家人外，曾慶紅的「紅色家族」也沒有派人出席，被外界視為曾慶紅與習近平公開分裂的信號。

2014 年 2 月，據《動向》雜誌報導，在中國傳統新年前夕，按慣例，中共黨和國家領導人分別看望或委託人看望高級別老幹部，並設宴招待，一般老幹部們都把能參加這樣的團拜會當成一種榮譽，一種與現政權的特殊親近方式。不過，馬年團拜會上，江澤民、曾慶紅、李嵐清、李長春等江澤民集團人馬以「請假」

方式拒絕參加，這被外界解讀為，雙方矛盾已經徹底公開化。

曾慶紅上演自殺鬧劇也難保兒子

最有意思的是，據《爭鳴》報導，2014 年 2 月 13 日馬年正月十四（2 月 13 日）深夜，曾慶紅「試圖服毒自殺」，不過自殺未遂。《爭鳴》引述北京官場人士的評論說：「曾慶紅動不動就拿裝著飲料的農藥瓶子嚇唬人。」然而曾慶紅假自殺的要挾行為，遭到了王岐山間接而又強硬的回擊。王岐山說：「任何人都無權繞過程序！調查完後，清者自清，污者自污。」

據《新紀元》調查，曾慶紅之所以要「自殺喝農藥」，是因為王岐山的反腐，查到了曾慶紅的兒子曾偉的頭上。為了保兒子，也為了保自己，曾慶紅上演「喝農藥自殺」的鬧劇，目的是想阻止「習王聯手」的反腐攻勢，但沒想到遭到王岐山的強硬回擊。

據說曾慶紅娘娘腔式的喝毒鬧劇，也被京城圈子內的人恥笑。

2014 年 3 月 8 日，曾慶紅突然藉江派背景《明報》的一則新聞「露面」。報導稱，前《基本法》起草委員會委員許崇德出殯，曾慶紅罕見送花圈。然而該消息在大陸遭到全面封殺。

自從 2013 年 12 月，李東生被抓、周永康被祕密逮捕後，中紀委的「反腐」火勢就開始從周永康轉向了曾慶紅，因為周永康的罪行基本已查出了眉目，從那時起，曾慶紅為了保命而上演的反撲行動，也就一天天地升級。

繼 2014 年 1 月 7 日陳光標以收購《紐約時報》為噱頭，到紐約開新聞發布會、重炒「天安門自焚偽案」的表演失敗後，曾

慶紅惱羞成怒。1月8日，習近平在中共中央政法工作會議上表示，要堅決「清除害群之馬」。1月10日，周永康案出現風向標，香港《南華早報》英文版引述知情人透露，周永康長子周濱（周斌）2013年12月已經被正式拘捕，他的家庭在尋找律師準備辯護。周永康本人也被祕密拘捕，此消息已通報給各省委書記。據悉，周永康家族透過周濱及周濱妻子黃婉一家，多年來從中石油獲利至少約980億人民幣，按中國《刑法》，足以判處死刑，立即執行。

面對危機來臨，曾慶紅採用黑社會慣用的「同歸於盡」、「要死一起死」的戰術，在2014年1月21日搞出了威脅習近平的「離岸解密」醜聞；但隨後，1月28日，與習近平關係密切的「財新網」，以報導與曾慶紅兒子同名同姓的大陸地產商被抓捕的消息，引發大陸媒體圍觀「曾偉被抓」，釋放的信號耐人尋味。1月30日大年三十，中紀委正式拋出江澤民的「大管家」季建業，同時「財新網」發表了《周濱的三隻「白手套」》，披露周永康家族如何把貪腐黑錢洗白。

眼看「離岸解密」髒彈沒有生效，中紀委依然在調查曾偉的巨額非法所得，曾慶紅又急又氣，於是在過年期間上演了喝農藥的鬧劇；不過兩天後的2月15日，海外還是傳出消息說，曾慶紅兒子曾偉已被中紀委軟禁。

第二節
馬航事件與佛教大會
或涉「610」

　　2014 年 3 月 8 日零時 41 分，馬來西亞航空 MH370 航班載著 227 名乘客和 12 名機組人員，從吉隆坡出發，原定北京時間 6 時 30 分抵達北京。客機起飛約兩小時後，同馬來西亞蘇邦空中交通控制中心失去聯絡。馬航 MH370 失聯後，經多個國家的搜救，至今仍音信全無。這次空難被認為是「最離奇」飛機失聯案例，且這次航班的主乘客大多是中國人，包含一個佛教團體和丹青筆會諸多成員。

　　馬航出事前夕，3 月 2 日，馬來西亞吉隆坡綠野國際會展中心舉辦了一場由澳洲東方華語電台主辦的佛教界法會。主講人是該台台長盧軍宏。

　　馬航失聯事件發生後，「財新網」第一時間曝光，有一批從馬來西亞開法會回國的佛教徒登上了這架航班的消息。隨之，主辦方澳洲東方華語電台聲明否認有佛教徒在該航班上。但網路上

公開的機上中國人名單身分主要是哪些人組成至今仍是懸念，似有意掩蓋。

江派遣「610」特務參與佛教大會

《大紀元》獲悉，這次馬來西亞世界佛教會議背後有江澤民集團掌控的專門迫害法輪功的特務組織「610」參與運作。據悉，該次會議有中國各省市的「610」屬下「反 X 教辦公室」人員以佛教徒身分參加，也有中共相當部分的人員滲透到佛教協會參加。

MH370 航班失聯恰逢中共兩會期間，3 月 1 日昆明血案的恐怖氣氛還未散去，百萬軍警安保集結在北京，緊張氣氛彌漫中國，這使得馬航事件更顯詭異。有關消息與猜測滿天飛，甚至不乏涉及中南海激鬥的說法。飛機被劫持已無懸念。

消息人士對《大紀元》表示，馬航劫機事件從表面上看安排得很縝密周全，可能那兩個會（佛教徒和丹青筆會）都是為此而安排的，為的是只綁架中國人而不牽扯其他國家，以免引起更大公憤，減少國際社會的震動。

MH370 航班上到底發生了什麼？目前尚不得而知。不過，4 月 22 日，馬來西亞《新海峽時報》突然引用匿名訊息源稱，馬航 MH370 失聯客機國際調查小組正考慮重新調查，以揭開失聯之謎。至今馬航失蹤事件仍是未解之謎。

3 月 8 日，大陸「財新網」最先報導指，有一批佛教徒乘坐 8 日早上零點 20 起飛的 MH370，從吉隆坡返回北京。報導說，這些佛教徒是參加 3 月 2 日在吉隆坡綠野國際會展中心舉行的馬

來西亞大法會，全球有近三萬佛友參加。有網友發微博稱，同事在參會時遇到了從北京來參加大會的佛友，有 100 多名，很多即坐馬航 MH370 回京。儘管該報導發出後很快被撤下，但網站至今仍可看到大量被海內外中文媒體轉載的內容。

3 月 9 日，此次吉隆坡法會的主辦方澳洲東方華語電台發表聲明，否認「財新網」的報導，稱「沒有同修在馬航失聯飛機上」。

同日，被中共江派收買及暗中滲透和控制的海外中文媒體《星島日報》引述「心靈法門」義工范康的話也否認了「財新網」的報導，稱乘客名單上並無任何參與有關法會者的名字。至於中共當局指部分法會參與者還未歸國，她解釋說：「這些法師和信徒正在新加坡參與另一場法會，所以才會引起誤會。」

飛機上 100 多名佛教徒身分受質疑

正當澳洲東方華語電台出面否認之時，大陸佛教徒在新浪博客質疑「心靈法門」是否真正的佛教徒。博文說：「我們對 200 多條生命擔憂的同時，更對所謂的 100 多位佛教徒的身分產生了疑問。」

「……如果皈依的是一些附佛外道或者打著佛教旗號的邪師、邪法這樣的人還能稱為佛教徒麼？並且他們能代表佛教徒麼？？？」

佛教徒的質疑與這次法會有中共「610」特務滲入其中似乎有了某些聯繫。

據網上公開資料顯示，澳洲東方華語電台的台長盧軍宏是悉尼的著名僑領，從事和擔任各華僑社團會長及主席並任澳洲華語

台台長已經有近 20 年之久。據知，「心靈法門」由盧軍宏創立，在佛教界一直頗有爭議。2013 年 9 月 11 日，鳳凰網發表的一篇題為《「心靈法門」非正信佛教　專家提醒學佛莫學魔》的文章，也對此提出質疑。

「佛教論壇」更有佛教徒發帖提醒：「我之前也跟著盧軍宏念過幾天經，但越看他微博，越聽他的節目錄音，越覺得不對。眾所周知，觀世音菩薩大慈大悲救苦救難，但在網上搜了搜，說修了『心靈法門』卻不好的回饋有不少。所以我懷疑裡面很可能有問題，特來這裡發文提醒一下大家。若有認識人修這個法門的，希望能提醒他們多加注意，謹慎些。」

原首都師範大學數學系教授張鶴慈更是直截了當，2013 年 9 月 11 日在新浪微博發帖說：「我和盧軍宏同在澳洲，我現在公開說他是騙子，他可以起訴我。不知道他敢不敢？一個被中國政府和媒體宣揚的騙子，會讓我覺得有必要面對。無神論的共產黨可以允許宗教傳播，不能幫助宗教轉播，更不能幫助騙子利用宗教轉播。政治宣傳和統戰目的都不需要也不能依靠騙子。」

張鶴慈說：「盧軍宏能見到所有最高領導人，《人民日報》宣揚他是有『愛國僑領』頭銜。」

澳洲東方華語電台負責主辦馬來西亞吉隆坡綠野國際會展中心佛教界法會，該機構的負責人，也是這次佛教大會的主講人盧軍宏台長，與江澤民關係非同一般。

2012 年 1 月 8 日，《人民日報》記者的一篇有關盧的專訪報導這樣寫道：「在 1999 年的 9 月，中國國家主席江澤民訪問澳洲。悉尼的澳洲團體聯合會精心策劃了一個盛大的晚會，盧軍宏應邀為江澤民的詩《又是神州草木春》譜曲，演出結束後，江澤民上

台和盧軍宏握手時說：『沒想到你們譜了曲還唱得這麼好。』有人請江澤民即興來段京劇清唱……盧軍宏拉起胡琴伴奏，氣氛空前熱烈。」

當年，江澤民去澳洲就是專程到國際遊說各國政府協助中共鎮壓法輪功。江澤民還布置了中共海外特工僑領參與配合將中共針對法輪功的迫害輸出到海外。例如美國舊金山的親共僑領白蘭就是直接接受這項指令，協助中共江澤民集團在美國舊金山輸出對法輪功的迫害。白蘭本人也是中共在海外發展的特工人員。

消息人士表示，類似盧軍宏這類跟江澤民關係密切的海外僑領的真實身分很特殊，通常都與中共海外特工系統的關係密不可分，在海外幫助設立特務機構及加強中共勢力。這次馬來西亞召開的佛教法會，有大批「610」屬下「反X教辦公室」人員以佛教徒身分參加，也有中共滲透到佛教協會的人員參加。江澤民以特務行動的方式派遣「610」的人參與這次大會可謂費盡心機，設計周全。因是自己人馬，江澤民集團可以以最快的速度調動，以最不會走漏風聲的方式將這些事在神不知鬼不覺中做了安排。而對於這些人的生命是否處於危險，江澤民是不會在意的。與江派關係密切的香港《明報》總編劉進圖遇刺就是一個例證。

消息人士說，在馬航出事前夕，安排這批中國人回國，這樣才能確保在這趟飛機上大多是中國乘客。這樣做就只綁架中國人而不牽扯其他國家，避免引起更大公憤和美國的注意。而參與的「610」人員也不會知道事件的真正計畫與目的，只要習近平看得懂就夠了。

佛教徒是否登上飛機成為質疑焦點

　　根據大陸微博、媒體的報導，匯總部分失蹤者資訊顯示，已確認的乘客有：北外校友丁穎；美協會員馮紀新；焦微微、焦文學等一家五人；中興員工栗延林；兩名華為員工梁旭陽、田軍偉；地震社會學專家樓寶棠；書畫家柳忠福；五位書畫家劉如生、王林詩、趙兆芳、董國偉、鮑媛華；書協名譽主席張金權；書畫愛好者周仕傑；現任江西省委副祕書長、江西省政協常委兼文史委主任黎明；九名尼泊爾自由行的老人；天津某外企員工辛曦曦；一名即將結婚的新娘等。

　　此外，這次的乘客名單中還有，去馬來西亞吉隆坡參加「中國夢・丹青頌」活動的 29 人。整個事件中最令人質疑的是，153名大陸乘客中，除去上述已知姓名和背景的乘客外，剩下的近百人到底是什麼人？這些人的背景及去馬來西亞的目的是什麼？如果中共政府能公開中國乘客的身分，根據這個資料，或許能發現事件的重大線索，很多疑團將會迎刃而解。而目前似乎這些人的身分被有意掩蓋。

　　中共國務院新聞辦公室和國家互聯網信息辦公室設立的國家重點新聞網站「中國網」，3月9日刊文《馬航失聯班機未發現載有旅行團 機上有百名佛教徒》的文章至今仍在該網站可查到。中共官方網站也證實上百名佛教徒登上飛機。而急於否認的一方出於何種考量？又想要掩蓋什麼？被視為替習近平陣營發聲的「財新網」第一時間透露有一批佛教徒登上了這架航班。之後再撤下該消息，似要告訴相關人等說：「我們知道是你（江派）幹的！」

常年在馬來西亞吉隆坡獨立廣場講真相的法輪功學員向《大紀元》表示，馬航事件發生後，從網上發出的有關搭乘失事航班的中國畫家組成的藝術代表團的照片中，該學員認出了其中一位穿著紅衣白褲的男子。該學員說：「3月7日的下午我在獨立廣場發資料的時候，就遇到這些人。我對圖片中第一排紅衣服白褲子的人印象很深。他沒有接我資料，還不讓別人要。」

這位法輪功學員表示，在馬航出事前，有些中國大陸遊客在景點態度很囂張，也不避諱。有人直接對我們說：「你們不要給我講這個，我就是幹這個的（「610」組織），專治法輪功的，小心抓你們回去。」據悉，這些遊客在交談中還曾提到是來參加世界佛教大會的，當晚要返回北京等。

馬航失蹤事件的發生，成為大陸媒體關注的焦點。3月8日，日本NHK記者緋山在推特上曝光了中宣部的一則禁令：媒體不得分析、評論；要嚴格依據中國民航的權威資訊和新華社通稿發布消息；可以報導大陸民航部門為乘客家屬提供的相關資訊、服務等方面的內容；各地媒體不要採訪家屬，不可挑動任何不滿情緒。

《日本產經新聞》3月10日報導，9日香港人權團體、中國人權民主化運動新聞中心有消息稱，馬航班機失蹤後，中共高層8日對軍隊下達緊急命令，稱如有形跡可疑的民航機接近北京市中心可以擊毀。該中心還稱，馬航的MH370航班上有人攜帶了炸彈，預定劫機後直奔中國權力中心中南海。

中共兩會期間北京布滿軍隊，進入全面戒備，人民大會堂所有地下通道都有軍隊，所有代表團暗處也有軍隊把守。局勢非常緊張，所有高層都在北京，「不知道明天會發生什麼事」。

第三節

曾家族醜聞密集曝光
早已被「鎖定」

曾慶紅祕書施芝鴻替曾開脫

2014 年 3 月 2 日：中共首次正式回應有關周永康的「問題」。政協發言人回應周永康提問時表示，「無論什麼人，再高的權位，只要觸犯黨紀國法就要嚴懲。」發言人並以一句「你懂的」回應記者，一時成為網路熱點。

「你懂的」這話一出，周永康被查已經是公開的定論了。人們接下來都在議論，下一個老虎必然是曾慶紅。這時，曾慶紅心慌了，不久人們看到他的爪牙出來說話了。

2014 年 3 月 6 日，香港《星島日報》報導稱，中共政協委員施芝鴻 5 日提前透露中共兩會內容：中共中央全面深化改革領導小組（簡稱：深改組）辦公室設在中共中央政策研究室，由政治局委員、中央政策研究室主任王滬寧兼任辦公室主任，國家發改

委副主任穆虹擔任副主任。並稱,中央政研室會再增設兩個局,一個祕書局,一個協調局。

施芝鴻還說,在打大老虎的問題上,「高層領導高度一致」。對於海外稱曾慶紅捲入周永康案,他說:「這又是瞎掰,無中生有,空穴來風。」直接替曾慶紅發聲。報導隨後被江派媒體廣泛轉載,標題突出「否認曾慶紅涉事」。

施芝鴻曾被稱為江家幫的御用「筆桿子」,曾在中共中央辦公廳任職,歷任曾慶紅辦公室主任、中央辦公廳調研室政治組組長、副主任等職。此前施芝鴻也時常在中共喉舌媒體發表文章,為曾慶紅和江澤民派系站台鼓譟。2007 年 1 月,施芝鴻任中共中央政策研究室副主任。2012 年初江家幫欲發動政變的計畫曝光後,施芝鴻在 2013 年中共開兩會期間下台,到「養老院」中共全國政協任委員。

這次兩會前他主動跳出來提前幾天透露官方早就內定的人事安排,就跟陳光標藉收買《紐約時報》而吸引人的手法一樣,主要想藉機散布「曾慶紅沒事」這個假消息。

為了自保沒事,據港媒報導,曾慶紅還想找胡錦濤求情,哪知被胡拒絕。

據港媒 5 月 4 日消息,2014 年 4 月中旬胡錦濤到湖南期間,於 4 月 11 日看望了在鳳凰老家的年過 90 的中國知名老畫家黃永玉。報導並刊有兩張胡錦濤夫婦與黃永玉等人的合照。

4 月 9 日至 16 日,胡錦濤在江澤民集團湖南窩點持續露面。胡錦濤相繼參觀了胡耀邦故居、嶽麓書院、鳳凰古城,大陸官媒和門戶網站曾高調報導。但當時未見報導胡看望黃永玉。黃永玉曾表示,對文革「我不原諒,也不忘記」。

胡錦濤在湖南現身期間，原來湖南省委安排曾慶紅有機會與胡錦濤見面，但是遭胡拒絕。

華潤集團宋林情婦醜聞曝光

就在人們對曾慶紅議論紛紛時，中共黨媒記者再次向中共中紀委實名舉報華潤集團董事長宋林，除舉報宋在華潤收購山西金業資產過程中有嚴重瀆職行為，造成巨額國有資產流失，還舉報宋林包養情婦，並涉嫌貪腐。

華潤集團的前身是中共首個對外貿易機構，總部在香港。宋林被指是中共江澤民政治管家曾慶紅的心腹，薄熙來的同盟，他在曾慶紅的授意下，一直在香港力挺江在香港扶植的特首梁振英。

2014 年 4 月 15 日，微博認證為新華社《經濟參考報》首席記者的王文志發長微博，以公民的身分，再次實名舉報副部級官員、華潤集團董事長宋林，這次舉報內容包括宋林包養情婦，涉嫌貪腐，並配有兩張宋林與情婦的親密合照。他對媒體確認相關照片是他發到微博上的，並強調照片是可靠的。

王文志舉報稱，宋林包養江蘇籍情婦楊某多年，認識楊後，宋即利用職務影響，將楊安排到華潤的合作方瑞銀集團香港和上海分支機構上班。而楊也成為宋收受賄賂和洗錢的重要管道。

王文志稱據他獲悉，楊以其本人或親屬名義現在境內外擁有 10 億元以上的資產，包括在蘇州、常州、上海、香港等地擁有大量別墅等高檔房產，在境內外銀行有巨額存款。舉報信中還附有楊的大陸身分證號。

八個月前，王文志曾公開舉報宋林等高管在華潤收購山西金業資產達百億的並購案中故意放水，致使數十億元國資流失，宋林等已構成瀆職，並有巨額貪腐之嫌。

曾在《成都商報》擔任記者的山西公民李建軍，在2013年6月早於王文志在網路上實名舉報央企華潤董事長宋林，舉報內容與王文志相同。

他稱自己手中還握有大量資料，當時曝光的證據只占四分之一。李建軍還在舉報信中說，知道這個事情見不得光，華潤內部對此列為高度機密。

對《經濟參考報》首席記者王文志此次舉報，宋林急發個人聲明稱，舉報內容純屬捏造和惡意中傷，並稱其「亦將通過法律途徑對一切造謠誹謗人士及機構追究民事及刑事責任」。

對於懷疑有員工被指是宋林情婦，瑞銀表示不回應。不過，公開資料顯示，一個名為楊麗娟的證監會持牌人在2012年6月至今，在瑞銀證券（香港）任職，與王文志微博中所指的宋林情婦同名同姓。

網民對宋林的「闢謠」聲明跟帖表示：假如如你所說，那你和那個女士密切合影是假的了？闢謠的見得多了，政府都闢謠，沒有經得起調查的。傻子都知道你是個大貪污犯。

也有網民調侃，華潤集團中這樣的人有的是，有句華潤內部流行的話叫：已婚男士享受未婚待遇。你懂得。

還有網民表示，既然有人實名舉報，就應徹底查清！聲明否認是不行的！

華潤設情報部聽命曾慶紅

薄熙來案在山東開審之際，最早舉報宋林的山西公民李建軍，2013 年 8 月到香港對媒體表示：「此案捲入的級別官員，絕不只是副部級這麼簡單」，甚至牽涉「前任中共中央領導層」。

總部設在香港灣仔的華潤集團，成立於 1938 年，當時由周恩來、陳雲下達指示，是中共在海外的首個對外貿易機構，並將大量海外物資運往中共「根據地」。直至 1948 年，在陳雲的同意下更名「華潤公司」，「潤」字便取自毛澤東的字「潤之」。

華潤歷任負責人都是中共地下黨組織——中共香港工委的必然成員，享有副部級待遇，並參與中共內部很多有關香港問題決策的討論。1997 年以後，華潤仍舊執行在香港發展地下黨的政治任務，由特務頭子曾慶紅掌控的中共安全部直接管理。

香港華潤集團另外一個功能是協助中聯辦控制香港，由於歷史原因，華潤內部設有中共特工情報部門，華潤的最高層也同時受命於中共安全部，華潤集團一直是中共分管港澳事務的前政治局常委、特務頭子曾慶紅的勢力範圍。

2013 年 7 月 1 日，宋林被梁振英授予香港太平紳士榮譽頭銜。宋林是中共江澤民政治管家曾慶紅的心腹、薄熙來的同盟，他在曾慶紅的授意下，一直在香港力挺江澤民集團扶植的特首梁振英。

據悉，宋林與曾慶紅、薄熙來、太子黨陳元等關係密切，特別是他與薄熙來之間的合作足跡從大連一直到重慶，是多少年的老朋友。

曾慶紅露面遭封殺

　　從 2013 年 10 月缺席習仲勛百年紀念會開始，外界即注意到曾慶紅在很多重大場合「不能露面」，包括 2013 年 12 月紅線女追悼會，尤其是 2014 年 1 月 9 日香港邵逸夫的追悼會，十多年來負責港澳工作最重要人物曾慶紅沒能「露面」，顯示其處境非常不妙。

　　而 3 月 8 日，曾慶紅突然藉江派背景《明報》的一則新聞「露面」。報導稱，前《基本法》起草委員會委員許崇德出殯，曾慶紅罕見送花圈。然而該消息在大陸遭到全面封殺。

　　曾慶紅是江派頭號「謀臣」，隨著江澤民身體越來越弱，曾慶紅成為江澤民集團的實際掌門人。中共高層的博奕在「離岸」醜聞中升級，曾慶紅通過引爆周永康此前設下的「定時炸彈」，即向海外媒體餵料，向習近平、胡錦濤、溫家寶等家族發出「同歸於盡」的信號。

　　與此同時，與周案不能切割的曾慶紅家族醜聞開始密集曝光。多方報導，曾慶紅早已被中紀委專案組鎖定為下一個大老虎。

　　2013 年 9 月，大陸媒體就已經在關注曾慶淮家族與周永康案的關聯。曾慶紅的姪女、曾慶淮女兒曾寶寶被揭捲入吳兵的「中旭系」貪腐鏈條之中。而且當時還傳出 38 歲的女星梅婷將為年近 70 的曾慶紅弟弟曾慶淮產子。

　　「石油幫龍頭幫主」曾慶紅，其家族長期掌控石油、能源、化工行業，與周永康家族在石油領域有太多的交集，貪腐黑幕重重。據悉，中南海下令對中石油案一定要徹查，即「無論涉及到什麼人，都要一查到底」，兩會上習近平在參加安徽代表團審議

時的一句「不能把國有資產變成謀取暴利機會」，被認為話外意有所指。

2014 年 3 月，美國「紐約客」等知名網站突然拋出大陸《財經》雜誌 2007 年的一篇文章，披露曾慶紅兒子花 7000 萬變 1100 億，鯨吞國企黑幕，被外界認為是在為拋出曾慶紅家族作鋪墊。

第四節

王岐山幾次險遭暗殺

　　自王岐山 2012 年擔任中共中紀委書記以來，曾先後多次遭遇暗殺。中共「18 大」後，江派官員大批落馬，江澤民、曾慶紅、周永康等對習近平陣營不斷發起攻擊、多次尋機暗殺政治對手。王岐山下屬的中央巡視組經常在各地巡視查貪時，也遭到打擊報復，甚至偷襲。王個人也曾四次險遭暗殺。

　　據港媒消息，2014 年 3 月初王岐山到天津查案，車隊開往現場途中，隨行第三輛旅遊車突然起火焚燒，車上載著警衛、工程人員，而王岐山是乘坐第二輛旅遊車，算避過一劫。

　　2014 年 3 月中旬中共「兩會」後，王岐山在吉林長春準備按行程乘車出發時，安全部門告知車隊多輛車後輪胎發現螺栓鬆動，被人為破壞。

　　2013 年 8 月下旬，王岐山到江西、南昌等地，期間有兩名「上訪」人士向王岐山遞交「申冤狀」，後被王隨行警衛抓個正著。

據知，兩名遞狀者並非受迫害冤民，而是被開除出公安系統的警官，查證是被雇用的殺手。被抓時曾企圖自殺毀滅人證。

此外，在 2014 年中國新年前夕，王岐山還收到含有劇毒「山埃」（氰化鉀）的賀年卡。中南海方面即展開追查，但線索又被擱置。

暗殺失蹤頻發 反暗殺機構成立

除了王岐山遭暗算外，中紀委以及下屬的各級紀檢監察人員也頻頻出事。香港《動向》4 月號引述中共內控資料顯示，2013 年 9 月以來至 2014 年 3 月底，已有近 60 名中紀委、地方省紀委有關一線人員被暗殺或失蹤，30 多名檢察官員被暗殺或失蹤。

為此，2014 年 4 月初，中共中央、國務院、中央軍委批覆由中央保衛局、總參保衛局、公安部為主成立「打擊暴力、暗殺特別工作領導辦」，隸屬中央政治局。

據報，特別工作領導辦下設「特別 2014 − 01 專案組」和「特別 2014 − 02 專案組」。「01 專案組」追查與中紀委書記王岐山上任後遭暗殺事件；「02 專案組」偵辦中央黨政、國家領導成員接到各類死亡威脅和接到黃金、現金貴重郵包的案件。

此前港媒消息指，2014 年 1 月 27 日至 2 月 6 日，中紀委由常委、委員率領 65 隊（組）到部委、地方巡查和突擊檢查，各成員都配備防彈衣、緊急通訊器材等。總參派出近 1000 名便裝人員隨隊（組）保護。

據《爭鳴》報導，中央巡視組長徐光春到重慶巡察。2013 年 7 月 14 日晚，正當徐光春在南岸區南城大道區委、區政府查看官

員考勤紀錄、空餉情況時，停放在區委、區政府的兩輛吉普車突然起火燃燒。事後，官方稱歹徒是利用遙控技術點燃車上燃料焚燒，是針對巡視組。因為此次巡視的重點是：貪污賄賂，腐化墮落；習八條是否存在形式主義；買官賣官，違規用人，搞團伙等。

除了暗殺，地方利益集團還用各種方式阻撓巡視調查。如2013 年 5 月 27 日，中央第一巡視組進駐中儲糧總公司，隨後，中儲糧黑龍江林甸直屬庫於 5 月 31 日發生火災，儲量 4.7 萬噸的78 個儲糧囤表面過火，據稱經濟損失達一億之多。

雖然官方媒體當時稱這場離奇大火是自然起火，但是引起民眾質疑，剛好發生在巡視組進駐中儲糧，從畫面看著火點不止一處，直指中儲糧背後的縱火者，是為了掩蓋貪污罪行，銷毀證據，阻止巡視組的調查。

也有海外分析稱，此舉是利益集團在豪賭王岐山，因為事件特別大，而且又是威脅到中共穩定的糧食問題，利益集團賭其不敢揪出背後的「大老虎」。

另外，在 2013 年 6 月，中共黨媒發表了一篇文章，內容令人吃驚，稱原中紀委常委、中央第二巡視組組長祁培文曾在某省巡視時收到過恐嚇信，信上只有一句話：「這個地方沒有你做的事，玩一玩回去吧。你要是不回去，沒有好下場。」

隨著周永康案黑幕愈揭愈多，政法系統出現前所未見的「大地震」，周永康數十年結成的龐大人脈網絡被打得七零八落，但周與黨羽的最後一搏也經常出現。在 2013 年 8 月北戴河會議前後，周永康至少兩次策劃暗殺習近平，包括在會議室放置計時炸彈和趁習到解放軍 301 醫院體檢時施打毒針，試圖發動政變。

不僅習近平，早前，中共前總書記胡錦濤也至少遭遇了三次

驚心動魄的暗殺，背後主使是江澤民和曾慶紅。其中兩次差點命喪黃海，一次在上海遭暗殺未遂。由此可見中共內部的博奕是如何攸關生死。

江澤民在香港電視露面內幕

2014 年 4 月，就在習近平出國外訪期間，不但胡錦濤南巡力挺習近平，江澤民也到處跑，以顯示自己的存在。

據香港亞視 2014 年 4 月 22 日報導，21 日下午 5 時許，江澤民到上海靜安區愚谷村探望表妹，逗留 20 分鐘左右離開。陪同江澤民的有前中共中央辦公廳副主任由喜貴，但未見有上海市官員。

但官媒對兩人露面的報導，形成了鮮明對比，可謂一冷一熱。

江澤民上海露面是由香港媒體首次披露，此前 4 月 19 日，江澤民攜妻在揚州乘坐大型畫舫遊瘦西湖的消息，也只有一、兩個網民把相片發布在微博上，未見大陸媒體報導，只出現在中共江派控制的海外媒體上。與胡錦濤接連露面相比，無論從陪同人員、報導規模、圖片的數量及與民眾的互動上都相差甚遠。

從 4 月 9 日至 17 日，胡錦濤連續露面五次。4 月 9 日參觀湖南大學的嶽麓書院；11 日參觀胡耀邦故居，並向胡耀邦銅像鞠躬；14 日現身張家界；16 日參觀湖南鳳凰古城；17 日則現身自己曾主政的貴州，並與民眾閒聊和觀看舞蹈。

對於胡錦濤的幾次露面，除了有親習近平陣營背景的網民「學習粉絲團」在微博及時曝光外，陸媒也給予相當的報導。同時，陪同他的皆是當地高官。如胡錦濤參觀嶽麓書院和胡耀邦故

居時,陪伴在旁的是湖南省委書記徐守盛和省長杜家毫等官員;在貴州參觀時,由貴州省委書記和省長陪同。

時政評論人士楊寧表示,從江的露面不僅沒有地方官員的陪同,甚至遭到大陸媒體的封殺看,江真的是「兵敗如山倒」,頹勢相當明顯,連眾多官員也相當清晰。雖然江拚了老命露面,想給餘黨打打氣,但其與胡錦濤的一「冷」一「熱」已將其處境盡顯無遺,其「打氣」的作用很可能適得其反。

2014 年 3 月 30 日爆發的茂名反 PX 遊行遭血腥鎮壓,因發生在習近平外出訪歐期間,並激起當地極大民怨而引起各方關注,該血腥鎮壓中存在針對與遊行無關人群的攻擊,故意擴大攻擊對象,主導者均與周永康政法幫、石油幫存在交集。

就在茂名事件突然惡化之際,人們發現江澤民悄悄南下到了深圳,並放風支持香港特首梁振英的連任。據說江對梁上任以來的種種亂港行為加以稱讚,並力挺梁振英連任。

在江澤民南下期間,香港出現了暴雨冰雹、鯨魚暴斃、熱中捧江澤民的香港風水師遭山泥活埋身亡等種種突如其來異象,據高人指點,這些都是拜江澤民「所賜」。有分析指出,江澤民趁習近平外出訪歐之際頻頻攪局,並竄到深圳,升級茂名的血腥鎮壓,目的還是為了延續昆明血案那樣的「另類政變活動」,讓習近平坐不穩。

不過 4 月 2 日習近平一回到北京,包括七大軍區司令員在內的解放軍 18 個正大軍區級機構軍頭,突然集體表態「效忠」習近平,成為自 1977 年鄧小平復出以來 35 年從未有過的大事。更為罕見的是,之後不久,4 月 18 日,以各軍區副司令、總政主任助理、總參謀長助理等 17 位副職將領,再次發文,表示支持中

共軍委主席習近平。

後來人們才知道，3月15日中央政治局決定對前軍委主席徐才厚進行調查。眼看反腐大火不但把周永康燒焦了，還要把曾慶紅、徐才厚捲進去，江澤民當然坐不住了。江派手下沒有幾個有實權的了，於是江澤民南下深圳，給江派特務梁振英鼓勁，同時也跟玩象棋一樣，老帥不得不出來打仗了，如此看，習、江鬥變成公開的決鬥。

第十二章

再搞恐怖暴力
五面被圍剿

從 2014 年 3 月 1 日的昆明火車站血案，到 4 月 30 日烏魯木齊火車
站血案，再到 5 月 6 日廣州火車站血案，曾慶紅一直在幕後安排變
相政變，藉由製造殺人恐怖案令習近平坐不穩江山。與此同時，
外界發現，曾慶紅已在很多重大場合「消失」，其親信、馬仔相
繼被查，顯示曾慶紅已遭「五線」圍剿。（新紀元合成圖）

第一節

烏魯木齊爆炸 江習鬥入死局

　　2014年4月30日7時許，就在習近平視察新疆剛剛結束之際，新疆烏魯木齊火車站發生大爆炸，挑釁意味濃，突顯中南海高層激烈博奕的敏感期，緊張勢態急劇升級。

　　新疆發生爆炸的時間和地點均很敏感：時間是習近平視察新疆的最後一天，且是「五一」勞動節前一天，地點為長假期間人流最多的火車站，且與中共兩會前的昆明血案地點類似。另據官方消息，暴徒也是持刀亂砍殺無辜百姓，同時升級為爆炸。

　　大陸網民和新疆當地一警員在網路上發布爆炸照片顯示，現場場面凌亂，到處是血跡以及看似人體的殘肢。但照片兩小時後全部被刪。官方消息稱，經警方初步查明，烏魯木齊火車南站爆

炸是一起嚴重的恐怖襲擊案件，暴徒在烏魯木齊火車南站出站口接人處持刀砍殺群眾，同時引爆了爆炸裝置，造成 3 人死亡，79人受傷，其中 4 人重傷。

中共官媒報導稱，習近平得知發生爆炸案件後，立即表態稱反暴力一刻也不能放鬆，並稱要把恐怖分子的囂張氣焰打下去。隨即，中共央視在 30 分鐘的新聞聯播中，用了 23 分鐘的時間，播放了習近平於 4 月 27 日到 30 日視察新疆的電視新聞。據悉，習近平在新疆訪問期間，保安力量加強到最高級。

外界不知道爆炸事件發生時，習近平一行是否已經離開新疆，但有分析認為，爆炸事件是有意選擇習近平剛剛離開警戒鬆懈的時候進行。不過不管怎麼，這次爆炸是衝著習近平而來的。

對於新疆的爆炸案，中共當局十分緊張，與對上一次雲南昆明火車站斬人案的處理手法完全不一樣，網民上傳的現場圖片及留言，很快便被刪除，若以「新疆」、「烏魯木齊」等字眼搜索，只剩下有關習近平在新疆考察的報導。微博流傳的多張爆炸現場圖片及相關消息，在晚上 21 時半左右全部被刪除。有網友忍不住留言：「我們不要封鎖，不要遮掩，只要真相。」

路透社 4 月 30 日報導，微博圖片顯示，行李箱血跡斑斑，地面上瓦礫四散。另外一張圖片看起來好像在警察崗亭附近有一個小型爆炸區。從網民張貼到微博的照片推斷，發生爆炸的應是火車站正門外。

官媒引述目擊者話稱，爆炸在火車站出口附近的行李堆中發生，爆炸威力強大，傳出巨響，感到地面震動，附近酒店一名男子說，最初以為發生地震。火車及長途巴士一度暫停服務。

「法廣」5 月 5 日對中共官方報導提出諸多質疑。罪犯在四

秒鐘內引爆炸藥，但沒有確指是一枚炸藥裝置，還是兩名肇事者都有隨身炸藥裝置。另外，在死傷者報告中，警方沒有給出被刀傷者是多少，被炸藥炸傷者是多少。警方沒有出示恐襲案肇事者使用的凶器，是匕首還是砍刀。

報導質疑，在3月1日昆明火車站恐怖事件後，各地的火車站都已經嚴密保安，派遣大量的武警軍人真槍實彈常態巡邏，烏魯木齊火車站在習近平到訪新疆安保升級情況下為何成為真空？

警方報告確定三人死亡，其中兩人是嫌犯，只稱一個嫌犯是39歲的維族男子色地爾丁沙吾提，但沒有公布第二人的姓名。警方通緝擴大到搜尋一名死亡肇事罪犯的家人多達10人。這裡引出的懸念是，被通緝搜尋的人是否直接參與了烏魯木齊火車站的恐襲案，或是間接提供凶器與炸藥？

中國問題專家章天亮認為：「一般發生恐怖行動以後，都會有一個組織出來承認這個事情是他們幹的，趁機把他們的政治訴求表達出來。但是在中國發生這種恐怖行動之後，沒有任何人出來認帳，這就是一個很蹊蹺的事情。」

有民眾認為，官方結論明顯就是在栽贓嫁禍，兩個「暴徒」已經死亡，顯然是死無對證。這種匆忙得出的傾向性結論一看就是假的，不可信。烏魯木齊市火車南站附近的徐女士對《大紀元》說：「爆炸以後我接到了警方發來的短信，讓我們不要隨便說，所以我也不敢跟你談這件事。」

爆炸發生後，大陸導演劉猛在實名註冊的新浪微博上發布消息稱，三名死者都是警察，在盤查行人過程中被炸彈炸死。新浪微博上身分認證為「新疆阿克蘇市公安局偵查員孫愷」的民眾亦發帖稱，有三名警察在爆炸中喪生，並表示「戰友走好」。一位

烏魯木齊市民眾在接受新唐人電視台採訪時也表示，有目擊者看到襲擊者在砍人後，爆炸物引燃之前就跑掉了。

新疆是江系鐵桿周永康盤踞多年的地盤，也是周薄政變計畫中三條退路之中的一條。而掌控新疆多年、被稱為「新疆王」的王樂泉，因有江澤民、周永康撐腰，在 2009 年新疆「7‧5流血事件」中未被追究，此後被調任中央政法委副書記，成為周永康的副手。現任新疆一把手的張春賢也與江系藕斷絲連。在 3 月召開的中共兩會期間，他曾將新疆的高壓政策造成的民族矛盾的責任，90％歸咎於所謂翻牆傳播境外暴力視頻的結果。

2014 年 4 月 28 日，就在習近平現身新疆視察部隊、武警之際，海外博訊網報導稱：傳新疆分裂分子要在北京進行恐怖襲擊。此前 2013 年 10 月 28 日，北京有人開車衝撞天安門金水橋護欄，車輛起火燃燒，事件震驚國際。中共定性為涉「東突」恐怖襲擊。

北京消息稱，江派將事件升級為東突恐怖襲擊的目的是為了恐嚇國際社會、撕裂和分化中國社會及脅迫習近平。新疆一直是周永康的老巢，新疆很多衝突是周永康一夥因應其政治目的的需要來挑動及發起的。

消息還稱，衝撞天安門金水橋事件從「作案者」被定性為新疆人，一直到最後整個事件被定性為「東突恐怖襲擊」，另一個目的是給美國造成壓力。美國是新疆維權人士的支持者，給這起事件安上「東突恐怖襲擊」的名頭，會讓習近平在新疆問題上騎虎難下，並可能使得美國對此做出反彈，增加習的壓力。

面對江派要在北京搞恐怖襲擊，習近平給了了非常強硬的回答。習強調「反恐和維護國家安全」，並提出，要保持高壓態勢，稱恐怖襲擊不是民族和宗教問題，是各族共同敵人。

第二節

三起火車站恐怖襲擊
藏三大謎團

2014 年 5 月 6 日上午 11 點 30 分左右，
廣州火車站再次發生持刀砍人事件，
至少造成 6 人受傷。（AFP）

　　就在烏魯木齊火車站砍人爆炸案發生一周後，北京時間 2014
年 5 月 6 日上午 11 點 30 分左右，廣州火車站再次發生持刀砍人
事件，至少造成 6 人受傷。中共對這起恐襲事件的定性和報導，
充滿破綻，謎團重重。

謎團之一：廣州火車站砍人事件凶手人數

　　據《南方都市報》披露，5 月 6 日當天上午 11 時 30 分許，
昆明開出的 K366 次列車到達廣州，經歷昆明恐襲案的楊先生剛
出站，就聽到有人喊「殺人了快跑」。一個穿著白衣帶著白帽的
年輕男子，正在揮舞一把半米長的砍刀四處亂砍，一名脖子被砍
的男子邊流血邊跑，一個姑娘長髮「唰」一下就斷了。

中共官媒在事發後最初引述廣州警方的消息說，四名行凶者之中，一人死亡、一人被捕、兩人逃脫。但之後，廣州警方稱凶嫌只有一人，被擊傷，並沒有被擊斃。廣州公安官方微博當天 18 時 21 分發布消息稱，行凶嫌犯為一人。目前，嫌疑人因被警察開槍擊傷，正在醫院接受手術救治。

而「財新網」、《廣州日報》等大陸媒體引用目擊者的話說，行凶的至少有四人。「財新網」截至 5 月 6 日下午 5 時的報導說，廣州火車站行凶者已有兩人被捕。其中一人在現場行凶後被捕，另一人已於當天下午在廣州大北立交被警方抓獲。根據目擊者描述，行凶者共有四名，這意味著還有兩名行凶者尚未落網。

凶手單獨作案與有組織的作案，性質可能完全不同。官方媒體之間，媒體與民間對凶手人數的描述不盡相同，究竟是何原因，成了外界對廣州火車站恐怖案件的第一個謎團。

謎團之二：凶手經專業訓練 行凶對象為女性

5 月 6 日下午 14 時許，廣州火車站廣場解封恢復使用，特警武裝進場戒備。

廣州火車站出站口在事件發生後下閘封閉，環衛人員清掃地上的血跡，目擊者仍然心有餘悸。一名目擊者說：「（當時）很多人都是像瘋了一樣跑，誰都害怕嘛，發生這種事。」

目擊者王先生告訴《大紀元》，聽現場圍觀的民眾議論，那幾個砍人的男子都像是經過專業訓練的殺手一樣，砍人手法非常熟練、凶狠。大家都感到非常恐慌，認為這種事情太頻繁了，昆明砍人事件至今人們心裡還有陰影，就又出來這個事。

有目擊者告訴財新記者，至少兩名行凶的對象是女性，犯罪嫌疑人均砍向女性頸部。當時一名行凶者就在售票大廳外行凶。這名犯罪嫌疑人身穿白襯衣和牛仔褲，身高大約 1 米 65，體型偏瘦，手持西瓜刀。他的第一名行凶對象是一名從出站口出來的女性，一刀砍在脖子上。「中國廣播網」引述現場目擊者話報導，一名女子傷勢非常嚴重，血流滿地。被襲擊人差點動脈都被砍斷，全部是一刀到位。

在人口密集的大陸重要火車站行凶，又針對弱勢的女性下手，似乎成了這次恐怖襲擊的一個特點。如同之前的昆明火車站和烏魯木齊火車站的暴力事件，迄今沒有任何組織和個人聲明對此事負責，成了外界的不解之謎。

謎團之三：官方報告不提「新疆分裂勢力」

此前發生的昆明火車站砍人事件、新疆烏魯木齊火車站的爆炸事件，以及 2013 年的北京天安門吉普車在毛像下的爆炸事件等震驚國際的血案，官方媒體均在尚未清楚掌握證據之間匆匆定案，把恐怖事件的凶手歸為「新疆分裂勢力」、「宗教極端分子」等。

而在廣州火車站砍人事件發生的同一天，5 月 6 日，中共首部國家安全藍皮書《中國國家安全研究報告（2014）》在北京發布。報告引述中共現代國際關係研究院副院長馮仲平承認：「目前國內安全面臨的最大威脅之一就是暴力恐怖主義。」值得關注的是，這份報告並未提及「新疆分裂勢力」。

在 2014 年 3 月的中共兩會上，中共總理李克強脫稿譴責在

昆明火車站的恐怖活動，也隻字未提「新疆分裂勢力」。4月25日，習近平在政治局會議上也表示，恐怖襲擊事件的發生不是民族和宗教的問題。中共領導人的講話，與中共官方媒體對暴力事件的定性卻完全不同，現在成了外界的又一個謎團。

外界認為，官方媒體之前在對嫌疑犯的情況還未清楚的掌握之前，就對恐怖襲擊事件匆匆定性，將問題指向民族問題，公開駁逆習近平最近講話，其用意更像是有意在挑釁習近平，並轉移公眾對爆炸案幕後真凶的注意力。

不難看出，從3月1日的昆明火車站血案，到4月30日烏魯木齊火車站血案，再到5月6日廣州火車站血案，曾慶紅一直在幕後安排變相政變，不斷製造殺人恐怖案，讓民心慌慌，讓習近平坐不穩江山。

4月25日，習近平在中共政治局會議上的反恐講話，一再強調要把恐怖襲擊惡勢力的囂張氣焰打下去，但他多次強調恐襲不是民族和宗教問題，是各族共同敵人。「要建立建全反恐工作格局」，要使恐怖分子成為「過街老鼠，人人喊打」。

而且他並沒有把這些恐怖襲擊歸為疆獨分子所為，這等於以「你懂的」方式指明了，習近平要打擊的恐怖襲擊勢力是江澤民集團。

第三節

曾慶紅在五大方面被習圍剿

江派前朝大佬 4 月爭先恐後出來露面以示「安全」之際，江澤民的「頭號軍師」曾慶紅卻罕見缺席，其派系人馬紛紛出事。曾慶紅正遭習近平從五個方面「圍剿」。（大紀元合成圖）

2014 年 4 月初，在與習近平政治結盟的胡錦濤十天五次密集露面後，江派前朝大佬李長春、賈慶林等隨後也爭相「露面」，連江澤民本人也現身老巢揚州和上海。然而，江派二號人物曾慶紅卻未「露面」。

外界發現，曾慶紅已在很多重大場合「消失」：如習仲勛的百年紀念會、紅線女追悼會，尤其是邵逸夫的追悼會，曾管理香港事務的中共中央主要官員都有露面，但十多年來負責港澳工作的最重要人物曾慶紅沒能「露面」。

於是，曾慶紅被查的消息也就越傳越廣。與此同時，人們看到，同周永康的查處過程一樣，曾慶紅過去的親信、馬仔也相繼被查。

2014 年 4 月 19 日，曾慶紅在香港安插的核心人物——華潤

集團董事長宋林被撤職。宋林一直在香港力挺江澤民集團扶植的香港特首梁振英。宋林的落馬，表明曾慶紅的勢力正在被清洗。

4月22日，曾慶紅妻子王鳳清的姪女——廣州市委常委、紀委書記王曉玲遭實名舉報涉嫌粵傳媒內幕交易，親習近平陣營的大陸媒體財新網對此詳細報導，但並沒有點明王曉玲與曾慶紅的親屬關係。罕見的是中共官媒和大陸媒體連日來不斷對此追蹤報導。

2月20日，哈爾濱翔鷹集團董事長劉迎霞涉嫌行賄犯罪在逃，被撤銷中共政協委員資格。曾慶紅的心腹、江澤民時期中辦主任王剛被曝是劉迎霞真正後台。

據中共黨媒新華社3月17日報導，中紀委監察部進行18大之後第二輪機構「改革」。負責查處案件的監察室增加到了12個，並首次明確第八紀檢監察室負責監督港澳中聯辦。曾慶紅以前主管港澳，中聯辦特別腐敗，一抓一個準。青關會就是曾慶紅和周永康發展起來的黑社會組織。

審計署進駐國家電網，曾偉「魯能案」被擺上台；華潤集團前董事長宋林倒台；曾慶紅內姪女被實名舉報；心腹王剛被曝是周永康案在逃證人劉迎霞的後台；及其一向盤踞的駐港澳機構中聯辦被納入王岐山的監管範圍，曾慶紅已遭「五線」圍剿。

周案美女證人外逃 牽扯曾慶紅心腹王剛

2014年2月20日，有「最美政協委員」之稱的哈爾濱翔鷹集團董事長劉迎霞，被撤銷中共政協委員資格後，其背後靠山成焦點。除涉中石油窩案外，其主要靠山疑是「吉林幫」高官，扯

出吉林出身的現任中共政治局常委張德江，另外，中共前政治局委員、11 屆中共政協副主席、江澤民時期中辦主任王剛被曝是劉迎霞真正後台。

2 月 20 日，中共政協主席會議審議通過撤銷劉迎霞中共政協委員資格的決定。26 日發布相關通報表示，劉迎霞「涉嫌行賄犯罪，依法立案偵查，採取刑事拘留強制措施，在逃。」

據消息人士稱，王剛不僅是劉迎霞的後台，而且是她十多年的情夫。當年，劉迎霞是一個不滿 30 歲、企業也不大的小老闆，能夠當上中共政協委員，並一步步做大企業、撈足各種政治頭銜，正是因為攀上王剛這個高枝。通過王剛牽線，劉迎霞還成功打入中石油、萬通等企業，掙得盤滿缽滿。當然，王剛也得到劉迎霞送上的大量金錢。

另外，消息人士引述王剛的大學同學表示，王既貪財又好色，還沒本事，但很會鑽營。這次劉迎霞逃跑，是王剛報的信。劉迎霞一旦被抓回來，王剛這隻大老虎肯定會現出原形。據報，王剛與周永康的私交很好，其兒子與周濱、蔣潔敏、申維辰、李春城、郭勇祥等關係都很好，並借助這些關係搞地產和油、煤等生意。

消息人士表示，這回王剛一家子能不能挺過這一關還真不好說。

此前有媒體披露，早年的劉迎霞靠走「上層路線」接政府重大工程發家。劉迎霞進京之後，迅速搭上了東北幫，尤其是吉林幫，當中一個關鍵人物就是中共政協前副主席王剛。

就在劉迎霞被撤銷政協委員的消息曝光後三天，海外就有網站報導，中共政協副主席、江西前省委書記蘇榮正被中紀委調查，因此有「吉林幫」會被「一窩端」的傳聞。

在大陸高層中，蘇榮、王剛及中共人大委員長張德江等，都是「吉林幫」的成員。

有報導稱，劉迎霞與中石油合作甚密，她的政協委員資格被撤與中石油窩案有關，其背後的靠山是周永康勢力。

2012年5月，西氣東輸三線管道專案合資合作框架協定簽署，中石油引入的合作方是中國社會保障基金理事會、城市基礎設施產業投資基金和寶鋼集團有限公司，三方各出資100億元。當中，城市基礎設施產業投資基金便是由劉迎霞主導，而時任中石油董事長蔣潔敏也出席了簽字儀式。

《21世紀經濟報導》報導稱，劉迎霞曾與時任中石油總會計師溫青山討論將全聯城市基礎設施基金的主導權和相關股份轉讓給中石油。大陸媒體評論文章稱，她背後的那潭水，令人不能不引發聯想。

1994年曾慶紅是中辦主任時，提拔王剛為中辦副主任；1999年曾慶紅成為中組部長後，提拔王剛為中辦主任。王剛是由曾慶紅一手提拔上來的心腹。

「16大」後，作為時任總書記的胡錦濤政令不出中南海，身為書記處書記、中辦主任的王剛為江、曾暗中幫忙起了很大的作用。其後，也有消息稱，王剛在卸任之前已經向胡錦濤「投降」。

根據報導，1999年中共駐南斯拉夫的使館被北約轟炸，這件事情當時江澤民早就知情，但是為了挑起對法輪功的鎮壓和度過「六四」10周年危機，所以與曾慶紅、王剛、羅幹等利用「五八」事件，策劃了一系列的舉動。

中共駐南斯拉夫的使館被北約轟炸，發生在當地時間1999年5月7日晚間11時多，北京時間是5月8日的上午5時。但

是在事發當天北京時間下午 3 時，曾慶紅、羅幹已經安排特工人員開始行動，北大還出動校車輸送學生。

當時是曾慶紅在背後操控，各大高校都接到通知，讓學生們上街。

曾慶紅聯合時任中辦主任、江澤民的心腹王剛，以及時任政法委書記羅幹等早早就準備好了文件，5 月 8 日一發生此事，文件就馬上下發到各個高校、公安部門。所以才迅速出現了：清晨出事，北京一些學校校車下午就開始接送學生上街的情況。下午 4 時 30 分，北京大學、清華大學、北京師範大學、北京航空航太大學、中央民族大學、首都師範大學、北京理工大學等幾十所學校的學生都在美國駐華使館前集結。

老地盤起火 中聯辦醜聞被翻炒

2014 年 5 月，多家報導稱，大陸派駐港澳官員除被指普遍存在貪腐問題外，更因職位敏感，長期都是外國情報單位的收買目標。曾是中聯辦「大內總管」、前司法部部長蔡誠之子蔡小洪，2003 年被揭發向英國出賣情報，被判刑 15 年。文章還稱同案有多名中聯辦人員受牽連。

原為中聯辦祕書長的蔡小洪，職務上負責中聯辦內部的統籌和協調工作，中聯辦內部重要文件大多都會經他傳達，故被稱為中聯辦的「大內總管」。

港媒舊聞熱炒後，該事件成為大陸部分論壇最熱的帖子之一，官方也罕見沒有對其刪除。同時，中國大陸多家媒體、門戶網站對此做出報導。

1997 年香港主權交接之前，北京主管香港事務的部門直接掌控在江澤民手中。江的政治大管家曾慶紅早期就開始主管港澳事務，當了副主席後，作為港澳事務協調小組組長，被稱為大特務頭子的曾慶紅開始以其特有的黑白兩道混合手段直接對付香港民主派。十多年下來，港澳事務基本都由曾一個人說了算。

曾慶紅的黑道手段不單是鎮壓港人，也是用來在中共內部打擊胡、溫、習的武器，目的是保住江派在香港的權力，並在政治上綁架胡、習。

自 2012 年胡錦濤「七一」訪港前到中共 18 大習近平上台後，香港突然出現牽涉江湖黑社會勢力的親共團伙、中共「610」系統在香港的分支機構——青關會。該團伙衝擊香港法輪功學員講真相景點，在香港煽動仇恨、製造文革式暴力。青關會成員背景多與中資企業、中聯辦等中共組織有密切聯繫。

2013 年 6 月香港悼念「六四鐵漢」李旺陽「被自殺」活動，一名市民被青關會成員圍毆，警方拘捕一名男子，該男子是燕京啤酒公司經理、上司是總經理洪偉成，港媒稱，洪不公開的頭銜是青關會主席。

消息指，洪並非由燕京啤酒總公司選派，他曾任中聯辦前官員，並受前國家副主席曾慶紅、前中共政法委書記周永康栽培，在港設立燕京分公司掩飾下，滲透商界，打壓法輪功。

目前，港媒突然再度熱炒 2003 年中聯辦高層出賣情報的間諜案，同時還稱，大陸派駐港澳官員「被指普遍存在貪腐問題」。曾慶紅曾經經營中聯辦多年，親信遍布。舊聞熱炒，對中聯辦官員的警告意味明顯。

還有報導稱，中紀委 4 月通過，將對華潤、中銀、中信、光

大國際及招商局這五大中資集團進行審計。中共中紀委書記王岐山在會上措辭嚴厲指，審計、清查、整頓與反腐肅貪工作相結合，也絕不半途而止。王岐山還稱，中南海擔心「這些官員貪腐墮落到最後通敵賣國」。

3月17日中共官方消息稱，中紀委監察部進行中共「18大」之後的第二輪機構改革。負責查處案件的監察室增加到了12個，並首次明確第八紀檢監察室負責監督港澳中聯辦。中聯辦等機構開始受到王岐山中紀委的監管。

美國華府中國問題專家石藏山分析認為，過去中聯辦一直是江派曾慶紅的勢力範圍，負責港澳工作，現在也納入中紀委監管範圍，一些長期跟隨中共江澤民集團的人處境危急，說明習近平開始在這個領域動手。

前中聯辦官員蔡小洪被曝出賣情報獲利，而曾慶紅本人在賣國撈錢上更為嚴重。曾慶紅曾經動用手上的權力，與江澤民家族一起，在胡錦濤執政初期祕密擬定了對台所謂的「妥協政策」，通過運用國家軍事、政治力量來為家族洗錢和套現。

一位知情人透露，當年曾慶紅手握港澳事務的大權後，第一步是安排香港特首的人選，在董建華後換上了曾蔭權；第二步是開始實施一個叫做CEPA（《內地與香港關於建立更緊密經貿關係的安排》）的優惠政策，看起來是招商引資，實質是一位台灣政經界的「通天大鱷」與江、曾兩家密謀的結果。

據稱，這位台灣的「大鱷」，在2003年時候以低價買下香港的一家銀行。從此台資開始經由香港、澳門等地「大搖大擺」進入大陸，也給江、曾家族境外洗錢開通了大門。並幫助江、曾兩家多方撈錢。

　　這位台灣「大鱷」在台灣的政界根基很深，與其熟識的一台灣「高級政要」看好江澤民和曾慶紅，把錢投入台灣「大鱷」的銀行，再從那裡收買了曾慶紅和江澤民家族，最後竟然還祕密「購買了江、曾集團後幾年對台妥協政策的保證」，所以那幾年，在關鍵時刻，「總是會有人出來在對台輿論上發表意見，迎合這位高級政要的需要。」2007年10月中旬，曾慶紅在「17大」後卸任，為台灣「大鱷」做了最後的交易：讓台灣「大鱷」的財產保險公司被批准在大陸運營。

　　據悉，曾慶紅已於2013年3月中共兩會後，徹底失去了十多年來對港澳事務的影響力和控制權。

國家電網朱長林落馬 周案延燒曾慶紅

　　就在曾慶紅被查的消息傳出後，中共國家電網華北分部主任朱長林被帶走調查，成為國家審計署派數百人進駐國家電網公司後落馬的第一個高管。此舉也意味著電力系統的「打虎」首次由地方上升到國家電網層面，而由此牽扯的就是曾慶紅兒子的魯能收購案。

　　2014年4月17日，「財新網」報導稱，中共國家電網華北分部主任朱長林被帶走調查。朱長林在四川電力擔任「一把手」長達七年，與剛剛公開宣布被立案調查的周永康案「周邊」——四川省委原副書記李春城和四川省原副省長郭永祥均有交集。

　　朱長林是4月17日國家審計署派數百人進駐國家電網公司後落馬的第一個高管。朱長林現在的職務是國家電網總經理助理，現該公司的董事長是靠魯能事件向曾慶紅家族輸送上百億資

產的劉振亞。

2014 年 5 月 7 日，習近平陣營的大陸媒體「財新網」發表《李春城四川沉浮錄》稱：四川省委原副書記李春城是 2012 年 12 月 2 日被中央紀委帶離的，郭永祥則是 2013 年 6 月 23 日被中央紀委證實接受調查。兩名四川省委前常委進入司法程式，代表著經過近兩年的調查，一個中共建政以來腐敗規模、程度和政治權力史無前例的重大涉黑貪腐集團系列案，將完成調查，更多案情真相將漸次浮出水面。

值得注意的是，這裡點明了是一個「重大涉黑貪腐集團系列案」，為日後升級此案埋下伏筆。烏魯木齊火車站爆炸案第二天，中共官媒報導暗示，李春城背後的「大老虎」周永康不是終極目標。

其實，針對電力系統的動作早已有跡象，在朱長林被查之前，已經有多個地方「電老虎」被查。2014 年 4 月 21 日中紀委監察部網站消息稱，寧夏電力公司銀川市供電局局長馬林國接受調查。2014 年 2 月 9 日廣東省紀委通報，廣東電網公司原總經理吳周春正被雙規。

與電力系統有關的煤炭層面亦有不少反腐動作。2014 年 4 月 17 日，華潤集團董事長宋林被調查，而宋林所涉及問題就與山西煤炭有關。

2014 年 4 月 19 日，曾慶紅在香港安插的核心人物——華潤集團董事長宋林被撤職。隨著媒體對宋林涉案情節的步步揭祕，外號「煤炭大王」的前山西首富張新明浮出水面，此人政商關係極度複雜，不僅與金道銘、申維辰、宋林等人關係密切，與周永康現任妻子賈曉燁的父親亦有「業務往來」。

2010 年 2 月，華潤電力、華潤聯盛與外號「煤炭大王」的前山西首富張新明簽約，高價收購張新明名下金業集團屬下資產。而宋林被外界懷疑嚴重瀆職並導致約 50 億人民幣國有資產流失的，正是這一收購案。

審計組查上心腹劉振亞 曾慶紅危急

2014 年 4 月 30 日晚間 7 點左右，新疆烏魯木齊火車站發生爆炸，造成至少 3 人死亡，70 多人受傷。同一天，中共官媒新華網引用消息稱，國家電網公司董事長劉振亞的 10 年工作遭審計。劉振亞是曾慶紅的親信。

中共國家審計署進駐國家電網公司後，針對董事長劉振亞進行在任期間的經濟責任審計。這次審計是全面審計，審計時間跨度長達十年。2004 年劉振亞升任國家電網公司總經理、黨組書記，剛好是十年審計。

劉振亞曾經幫助曾慶紅的兒子在山東魯能集團私有化過程中獲利上百億。再加上劉賣力迫害法輪功，使其不斷受到曾慶紅的提拔和重用，成為曾家族在電力行業的利益輸送者。但是劉仗著自己背後靠山是曾慶紅，其所作所為得罪了溫家寶，也令李鵬家族相當不滿。

劉振亞出身於山東電力系統。從技術員一步步升到山東電力集團公司董事長兼山東魯能集團董事局主席。從 2000 年開始，任國家電力公司副總經理；2002 年成國家電網公司副總經理；2004 年開始成為國家電網總經理、書記。

據中共國家統計局山東調查總隊截至 2005 年底的資料，魯

能集團以總資產 738.05 億元居山東企業第一。根據 2008 年《財經》雜誌封面報導《誰的魯能》的調查，在內部人嚴密運籌之下，兩家位於北京的企業——北京首大能源集團有限公司（下稱首大能源）和北京國源聯合有限公司（下稱國源聯合）——獲得 700 多億資產的魯能集團 91.6％的股份，兩家公司收購總價格約為 37.3 億元。

隨後，又有媒體曝光，是前中共國家副主席曾慶紅的兒子曾偉和他的朋友趙君士以 37.3 億元的價格，買下了帳本淨值 738.05 億元，實際價值 1100 億元、甚至更多（因為此前就已布局，國家電網的規劃完全是按照魯能的產業分布來布署的，魯能已被精心打造成一隻可以下金子的母雞）的山東魯能 91.6%的股權。

此報導當年在政商圈內曾引發軒然大波，最後處置卻波瀾不驚，原因是，當年插手獲利的，就有時任政治局常委曾慶紅之子，因此官方調查最終不了了之。

謀劃這一利益輸送的，正是在魯能有著深厚基礎的劉振亞。劉振亞在 2005 年將魯能拱手送給曾慶紅家族，而在 2000 年是時任中組部長曾慶紅把劉振亞提拔為國家電力公司副總經理的。

2002 年，溫家寶以「在發電環節引入競爭機制」為由，藉反壟斷推動電力改革。主要動作是推行「廠網分開」，將國家電力公司管理的電力資產按照「發電」和「電網」兩類業務進行劃分。

簡單地說，在發電環節將國家電力公司的發電資產變成五個全國性的獨立發電公司。電網資產則分別設立國家電網公司和中國南方電網有限責任公司。可以說，這七家巨頭，瓜分了全中國大陸的電力。2000 年年底時候，劉振亞就已經憑著曾慶紅的關係，成為國家電網公司籌備組副組長。2004 年，劉振亞成為國家電網

公司總經理。

2010 年，《商務周刊》封面報導《國網帝國》一文稱，劉振亞所管理下的國家電網公司，違反溫家寶電力改革確定下的「廠網分離，主輔分離，輸配分離」原則，兼併下游的電力設備行業；重回發電領域；通過建設以特高壓為核心的電網，建立全國一張網，將「輸配分離」弄得名存實亡。

此後，《商務周刊》遭到整肅。《國網帝國》一文引用了《中國工業報內參》的大量內容，而此類內參內容，據稱一般是提供給國務院決策層閱讀的。當時，劉振亞惹怒溫家寶的說法也不脛而走。

劉振亞在當時，憑藉是曾慶紅的人，並不對占據發電系統大部分資源的李鵬家族買帳。在中國大陸現有的五大發電集團中，華能集團、中國電力國際（中電投下的子公司）、國家電力被認為是李鵬家族的天下。

從 2003 年開始，中國大陸遭遇嚴重的電荒。五大發電集團也不斷圈地，大幅裝機，搶占市場。

根據當年規定，不得進入發電市場的國家電網公司，顯然希望繼續染指發電側，自劉振亞成為總經理後，開始祕密收購發電公司及涉足發電設備行業。對此，外界也一直有批評聲音，認為國家電網公司有打造中國「第六大發電集團」的野心。

到了 2006 年之後，國家電網公司更加肆無忌憚，索性開始公開行動，最後也招致了李鵬家族的不滿。

最顯著的事實，莫過於山東魯能集團（涉足煤電、鋁業、房地產），被劉振亞低價變賣給曾慶紅的時候，魯能已屬於國家電網，又回到劉振亞的手中。

劉振亞國家電網任職期間，充當江澤民集團迫害法輪功的「打手」，繼續取悅江澤民和曾慶紅等人，企圖在仕途上能再上一層。劉振亞不但自己親自上陣誣衊法輪功，還在中電網 27 家網省公司中，直接參與了迫害法輪功修煉者員工。有報導稱，現在被證實的受迫害法輪功員工人數達 139 名，其中 16 人被迫害致死、致瘋和失蹤。

劉振亞迫害法輪功學員形式包括：限制人身自由，非法綁架、關押、監控和跟蹤；同時還對法輪功學員，採取解雇、扣發工資、罰款等方式進行經濟迫害；另外還利用強行以「洗腦班」的形式進行精神迫害。

官媒公開對國家電網公司董事長劉振亞的 10 年工作審計，等同變相公開對江澤民集團頭號軍師曾慶紅的調查，這是江、習激戰的重大信號，顯示習近平開始針對江澤民集團實際掌門人曾慶紅動手。

為保曾慶紅 江澤民四處遊說

繼 2014 年 3 月底江澤民到深圳致使香港、廣東一帶出現黑白天異象後，4 月又在老家揚州「泛舟」落魄露臉。4 月 22 日，和江派關係密切的香港亞視報導了江澤民露面消息，報導稱江到上海靜安區愚谷村探望表妹，逗留 20 分鐘左右離開。江的兩次露面都未能在大陸媒體上被報導。與此同時 4 月 9 日至 18 日，同是前中共總書記的胡錦濤曾十天五次公開高調現身，消息在大陸媒體和網站紛紛轉載。

《大紀元》獨家獲悉，前中共黨魁江澤民近期頻頻露面，是

四處遊說中共軍隊前高級軍頭、黨政元老們，希望他們聯書簽名
阻止習近平調查曾慶紅案。據老軍官們透露，江聲稱：「在我有
生之年，不要查他，我死了之後，你們怎麼查都可以。」

　　然而，江拚老命露臉遊說卻無人理會，這些退休的高級官員
們拒絕簽上書信，更表示聽從現任領導層。另外，中共軍頭連續
集體向習近平效忠。

　　很快據知情人透露，曾慶紅案已在黨內審議進入日程，目前
曾慶紅案成為習近平繼薄熙來、周永康之後，打老虎的最新目標，
被列為第二號專案，終極大老虎則是江澤民。

曾慶紅暗殺習近平——權謀野心家落馬內幕

第十三章

曾慶紅受內控監視
對外官式聯絡被切斷

《大紀元》獲悉，曾慶紅現已被切斷對外界的官式聯繫，無法直接對外施加影響力。（大紀元合成圖）

第一節

曾慶紅暗殺習近平
傳已遭軟禁

2014 年 5 月，來自北京消息稱，曾慶紅因參與一系列針對習近平的暗殺、政變陰謀，目前已遭軟禁，限制他過去與外界那種官方正式聯絡方式，監視居住，外出幹什麼必須先申請，未獲得批准就不能成行。

2014 年新年前夕，港媒傳出消息指，曾慶紅申請和妻子到澳洲探望億萬富豪兒子，中組部告知經政治局鄭重研究，多方面考慮還是不批准。

此前的報導稱，2013 年 11 月開始，有消息稱習近平為調查周永康專門成立了兩個專案組，從北京、湖北抽調警察。一個專案組負責周永康案，另一個就是曾慶紅案。

江澤民因曾慶紅被軟禁，在私下裡頻頻聯絡中共大佬，企圖干擾習近平處理曾慶紅案，但均遭到拒絕，江澤民還哀求「等我死後，你們再查他」。

　　針對江澤民私下聯絡中共大佬就曾慶紅案發動反擊，習近平推出「退休常委禁止私下和公開的會面令」。據《前哨》報導，習近平為防止江澤民私下聯絡已退休的中共前常委，搬出中共過去發布的一條禁令，禁止前任常委一級的中共大佬們在未經批准的情況下進行私下和公開的會面，禁令內容主要包括：

　　一、退休政治局委員以上所有領導人（包括前總書記），出遊、視察、參觀必須獲得中央辦公廳（即現任領導人）的批准。

　　二、上述退休領導人之間不得私下或公開聯絡。除了國家級慶典或重要人士追悼會（由中央辦公廳通知）外，退休領導人不得私自兩人以上同時出現在同一場所。此外，未經中央辦公廳同意，退休領導人也不得在其他公開或私下場合，進行兩人以上的探訪、聚會。

　　三、出席中央辦公廳批准的上述活動，退休領導人可獲所到地官員的接送和陪同。但原則上官媒不得予以報導，小範圍的網媒報導也不提倡。一切申請監督、懲處事宜，均由中央辦公廳全權負責。

　　習近平曾遭數次暗殺，有驚無險。據悉，2013 年夏季中共北戴河會議前後，周永康夥同曾慶紅至少兩次策劃實施暗殺習近平，包括在會議室放置計時炸彈和趁習到解放軍 301 醫院體檢時施打毒針，因此習近平一度移居北京西山軍事指揮中心的軍事禁區，以防江派周永康和曾慶紅等發動的暗殺行動。

曾慶紅遭監視居住 對外官式聯絡被切斷

　　2014 年 5 月 14 日，不斷遭圍剿的江派前中共政治局常委曾

慶紅詭異的在江澤民的老巢上海露面。然而，此番私人露面非但沒洗清其已受到調查和內控嫌疑，更證實其已失勢。隨即，中南海作出連番動作回擊。5 月 16 日，曾慶紅的勢力地盤華潤集團原副董事長兼總經理王帥廷落馬；同一天，雲南省人大常委會副主任孔垂柱與涉昆明血案的原雲南省副省長沈培平的關係被揭；5 月 20 日，曾慶紅的心腹、原華潤集團董事長宋林再被撤銷中共政協委員資格。

《大紀元》獲悉，曾慶紅現已被切斷對外界的官式聯繫，無法直接對外施加影響力。江澤民集團在香港的勢力，因無法再聯絡上曾慶紅，已亂作一團。曾慶紅辦公室已受到控制，並處於癱瘓狀態。

消息稱，曾的舊部和殘餘勢力，已經無法再得到曾慶紅的直接指示。曾慶紅過去在各地安插的勢力，包括在香港設立的青關會、攪局香港的黑道勢力，現在失去了軸心，與曾慶紅失聯，內部亂作一團，處於崩潰狀態。

消息指，曾慶紅現在的處境，類似薄熙來出事後、「3‧19」政變之後的周永康，處於被內部控管的軟禁狀態。曾慶紅實際上已被監視居住（扣押），行動不自由。

在重慶事件爆發、周永康「3‧19」政變之後，2012 年 5 月初，200 名中共高官參加了京西賓館的會議，胡錦濤在這個會上定下了周永康交出權力，只等著「18 大」後下台。同時規定，周永康必要時候必須高調露面來營造表面的「和諧」、「穩定」，以確保「18 大」權力順利交接。

2012 年 5 月，大陸媒體對周永康的報導也出現奇怪現象：周於 2012 年 5 月 13 日在新疆巴音郭楞州出席「疆電外送」工程的

開工儀式,並宣布工程開工。

中共喉舌媒體新華網和中央電視台在當年 5 月 14 日還報導稱,政法委書記周永康與副書記王樂泉到新疆考察。但周永康不是去電廠就是去幼兒園,整篇文章看不出周永康在「維穩」。

曾慶紅缺席近期所有正式活動

曾慶紅已被監視居住,行動不自由,這也體現在曾慶紅近期缺席了所有官方的正式活動上。

2014 年 5 月 14 日,久未露面的曾慶紅在江澤民的老巢上海露面,參觀了上海的韓天衡美術館。從新聞配發的合影照片上看,陪同人員除現任中共中央政治局委員、上海市委書記韓正外,還有中共前黨魁江澤民的兒子江綿恆。

曾慶紅在韓正及江綿恆陪同下,參觀了上海的韓天衡美術館。但是報導稱,這是一次「私人活動」。時政評論人士周曉輝認為,曾慶紅在上演「闢謠戲」的同時,也在上演「叫陣戲」,這其中的玄機就體現在他所參觀的地點:韓天衡美術館。

周曉輝表示,「天衡」一詞有三個含義,一是天子的威權,二是陣名,來自諸葛亮的八陣之一,三是天象名。「韓天衡」的諧音就是「撼天衡」,意思就是撼動天子的威權,很明顯就是公開跟習近平陣營「叫陣」,要「血戰到底」。再一次表明雙方根本無調和的任何可能性,江系或許正在醞釀新的「撼天衡」的陰謀。

對曾慶紅的此次「私人活動」,大陸正規媒體紛紛「失聲」,就連地方級別的媒體、上海黨報如《解放日報》、《文匯報》在 5 月 15 日也沒有報導曾慶紅的參觀行程。只有一些門戶網站如親

江派的「騰訊網」等網路媒體對此做了報導。「搜狐網」在報導時，其來源標註為「中國網」；「中國網」在報導時，標註來源為「東方網」；「東方網」在報導時，則標註來源為「中國網」；這等於是相互推搪，似乎誰都怕承擔首次報導曾慶紅露面的「重任」。

相比之下，同為私人活動的胡錦濤，在「新華網」發出報導；甚至同為江派、身分低於曾慶紅的江派大佬李長春、賈慶林的活動也被正規大陸媒體報導。由此來看，曾慶紅「出了問題」不言自明。

同樣耐人尋味的是，江澤民 5 月 20 日同樣在上海「現身」與俄羅斯總統普京會面，不僅只有極少數陸媒報導，在報導中江澤民也成了「啞巴」。

對於曾的露面，曾有港媒評論有兩種說法，一個說法就是，這顯示江曾關係牢不可破。曾慶紅與江綿恆在上海共同露面，顯示上海幫核心成員仍能「頂得住」，這無疑是對習近平的「示威」。亦有一種更普遍的說法指，習近平的「反腐行動」已波及到曾家，情急之下曾慶紅拉著江澤民兒子一起站台，是「挾舊太子以令天子」。

華府的中國問題專家石藏山說，無論曾慶紅這次露面是被安排的，還是江派的有意炒作，都正好驗證了曾的處境不妙。

香港「青關會」面臨解體

隨著曾慶紅被內控，周永康被監禁，以及當局對香港大型央企頭目的抓捕，曾慶紅在香港培植和操控的黨羽，包括特首梁振英和「香港青年關愛協會」（青關會）等，現無法持續聯絡上曾

而獲得指示，亂作一團，並被習近平當局瞄準針對。青關會面臨解體的命運，使該團伙對法輪功的侵擾也顯得「無精打采」，香港警方在多個地點和活動中禁止「青關會」惡徒近身侵擾法輪功。

十多年來，香港法輪功學員在紅磡火車站、落馬洲、黃大仙、東涌和家維村開設了法輪功真相點，自 2012 年 6 月 10 日起相繼遭自稱青關會的團體破壞。

據「追查迫害法輪功國際組織」2013 年 8 月 9 日發布的調查報告揭露，2012 年 6 月在香港註冊為有限公司的青關會是中共迫害法輪功的「中共邪教協會」兼「關愛協會」系統中在香港的最新成員。

「青關會」這個組織與中資企業、中聯辦等有密切聯繫，是一個打著「香港本地私人公司」的旗號，其幕後指揮者是以周永康為首的中共政法委，香港老闆則是有中共地下黨員之稱的香港特首梁振英。梁一向聽命於一手扶植他上台的江派香港大總管、前中共國家副主席曾慶紅。

過去一段時間，青關會滋擾法輪功惡行不斷，招致香港民怨沸騰，加上幕後老闆周永康被抓、曾慶紅被內控，香港總頭目梁振英也面臨被習近平布署換馬，青關會內部本身已四分五裂。有青關會成員披露，中共提供的經費就要停止，很快他們就沒有錢維持下去了。

2014 年 4 月，華潤集團董事長宋林落馬。宋林是曾慶紅的心腹，與薄熙來、太子黨陳元等關係密切，並在香港力挺梁振英，為江系操控的「青關會」出力。5 月 16 日，宋林的助手、香港中旅有限公司副董事長王帥廷被抓，青關會再遭打擊。

與此同時傳出的是王岐山對香港五大央企要徹查。中紀委常

委會就在 4 月 11 日通過一項針對性反腐肅貪整頓行動，會上引用國資委最新數據，提及華潤、中銀、中信、光大國際以及招商局的集團資產，並宣稱「中紀委將不惜一切代價徹查到底」。

《大紀元》獲悉，曾慶紅下達指令的聯絡系統已癱瘓，令其黨羽和馬仔頓成「無頭蒼蠅」，惶惶不可終日。

消息來源還指，因特首梁振英等深度捲入中南海博奕，在香港替江派公開站台，並在曾慶紅授意下攪局習近平當局，習近平不會放過梁振英和「青關會」這些跟隨曾慶紅的餘黨，未來會一個個捉拿，梁振英的下場可能不只是下台那麼簡單。

第二節

宋林案越滾越大
渝房企老總被查

　　據陸媒「經濟觀察網」2014 年 5 月 28 日透露，多個獨立訊息源證實，重慶第三大房企——協信控股有限公司董事長吳旭被帶走的消息，目前這家資產逾 400 億的地產公司內部人心惶惶。消息稱這家主營地產的公司曾與華潤集團在多個項目上有過合作。

　　「經濟觀察網」報導，協信地產與華潤集團交集頗多。2012年，重慶地產界傳出消息，協信集團與華潤集團將聯手開發重慶解放碑一處黃金地塊，該項目號稱「7A 級寫字樓」，裙樓和兩棟塔樓總建築面積達 21 萬平方米，華潤集團為主要投資者之一。

　　更早前的 2010 年，協信集團與華潤旗下的華潤信託合作，通過「華潤信託─鼎新三號集合資金信託計畫」融資 4 億元，用

於推進協信旗下兩個地產項目的建設。

2012 年 8 月 21 日，吳旭還曾邀請了楊瀾夫婦等人為自己在重慶的高端住宅項目協信公館造勢。楊瀾則在協信公館建立了一個號稱全球頂級私人俱樂部「君頂領袖會」的西南聯盟分部。

報導稱，吳旭的此次被調查，或因華潤相關案件的深入而波及。

宋林曾註冊協信遠潤

另據陸媒《21 世紀經濟報導》稱，宋林與吳旭可查證的合作起點，是 2006 年註冊於重慶的一家名為「良好舉止」的古怪公司。

報導稱，2006 年 12 月 26 日，「良好舉止」公司在重慶市註冊成立了重慶協信控股集團遠潤房地產開發有限公司（下稱「協信遠潤」），協信遠潤有三個自然人股東，均持有香港身分證件，分別是宋林、蔣偉、任榮，其中填報宋林時任華潤集團高管。香港工商查冊中心的資訊顯示，這三人與華潤集團的三位高管同名。當時宋林任華潤集團的總經理，蔣偉任華潤集團財務總監，任榮任華潤漢威資本總裁一職。

該公司在 2006 年 12 月 20 日召開了該公司第一次董事會，該會議的決議只有一句話：「決議聘任吳旭為公司總經理」。該決議下有宋林、蔣偉、任榮三人的簽名。同一天，「良好舉止」公司委派宋林出任協信遠潤董事長。

《21 世紀經濟報導》稱調查發現，協信遠潤只有一個股東，為「良好舉止」公司。「良好舉止」也只有一個股東，名為 WANG Sze Man。有意思的是，這家公司的所有股份只有一股，

每股價值一港元。

不過，該公司的董事仍為重慶協信集團老闆吳旭，其國籍為聖基茨及尼維斯（Saint Kitts and Nevis）。這是一個位於中美洲加勒比海的聯邦制島國，面積只有 267 平方公里。

協信討好薄熙來 吳旭曾參與「唱紅」

大陸媒體曾報導，吳旭曾經投當時市委書記薄熙來所好，捐獻了重慶的第一所紅軍小學，並得到薄熙來的「高度評價」。

據大陸媒體報導，協信集團還提出「倡導紅色之旅，踐行革命之路」的口號，大力倡導紅色文化。2010 年 10 月協信集團冠名贊助了「協信杯」中華紅歌會新歌創作大賽，這個大賽由文化部、中共重慶市委、重慶市政府主辦，協信集團並被頒「中華紅歌會特別貢獻獎」。

2011 年協信集團還陸續捐助建華潤的「紅色希望小鎮」等紅色老區。該「希望小鎮」項目正是由華潤董事長宋林提出。《大紀元》曾報導，宋林是江派大佬曾慶紅的心腹、薄熙來的同盟。在薄熙來當政時的重慶，參與唱紅的協信迅速發家，2011 年挺進中國百強房企。

華潤宋林案越滾越大

宋林案爆發後即不斷發酵，2014 年 4 月 17 日宋林「落馬」的同一天，華潤置地執行董事、董事會副主席王宏琨，華潤金融控股有限公司行政總裁吳丁也被帶走調查。

陸媒《第一財經日報》5 月 12 日引述華潤集團一名內部人士透露，（宋林案）事情還在繼續發酵，更多人受到中紀委調查，其中集團戰略管理部便有人遭到調查，「前兩天還在香港，突然人就不見了，辦公室貼上了白色封條。」

5 月 16 日，中共中紀委網站公布，香港中旅總經理王帥廷涉嫌在華潤集團工作期間「嚴重違紀違法」，目前正被調查。王帥廷 2010 年 7 月接替宋林出任華潤董事會主席一職，兼任華潤電力控股有限公司董事局主席，華潤創業有限公司董事。

傳習近平下令徹查宋林案

華潤集團董事長宋林被舉報一年後才遭到中紀委徹查。據舉報人爆料，宋林案涉案直達前中共最高層江澤民、曾慶紅。中共前總理溫家寶曾主張調查華潤，被「人為制止」。

宋林 4 月 17 日「落馬」後，香港《明報》援引三個不同消息來源報導，宋林被查是習近平作出的相關指示。

最早舉報宋林的前《山西晚報》記者李建軍向《大紀元》表示，這次宋林被拿下，顯示中紀委下一步動作是要揪出宋林背後的「保護傘」。他透露，中紀委已經將宋林案列為繼周永康案件之後的第三號大案。

第三節

王牌特工方方被捕
曾慶紅香港失勢

摩根大通前投資銀行亞洲區副主席方方被香港廉政公署拘捕。方方被指是曾慶紅在香港王牌特工，分析稱，這是曾慶紅出事的又一訊號。（新紀元資料室）

　　就在消息傳出中共前國家副主席曾慶紅遭監視居住之際，被指替習近平陣營發聲的大陸傳媒「財新網」2014 年 5 月 21 日報導稱，摩根大通前投資銀行亞洲區副主席方方早前已被香港廉政公署拘捕，很可能與摩根大通中國團隊聘請中共高官子女獲取不正當利益有關。

　　由於方方其背後靠山是江澤民集團大佬曾慶紅，被指是曾慶紅在香港王牌特工，分析稱，這是曾慶紅出事的又一訊號。

　　現年 48 歲的方方，除擔任摩根大通亞洲區投資銀行副主席職位外，背景亦相當染紅，現任中共政協委員、全國青聯委員、及有「中共太子黨香港分部」之稱的香港「華菁會」創辦人。華菁會被指是中共地下黨梁振英選特首的票倉，方方亦被曝是梁的

忠實支持者，助梁上台有功。

消息稱，方方及經其推薦的所謂高幹子弟等，大多都是為中共前主管港澳事務的政治局常委、江澤民集團「第二號人物」曾慶紅工作的中共高級國安特工人員，背景非常複雜。方方還被傳是薄一波的乾兒子、薄黨成員，涉嫌捲入周永康案。方方最近一次的公開露面據報是 5 月 8 日，「華菁會」刊發了方方參與活動的照片。照片中的方方，身著粉色的襯衣和灰藍色的西服。此情形和 5 月 14 日曾慶紅在上海的私人露面頗為相似。兩人在露面不久後，都傳出被捕或被監視居住的消息。

「財新網」引述消息透露，方方被捕後獲得保釋，被限制出境，還需要等待和配合有關案件的調查與司法進展。5 月 19 日晚間，財新記者還表示打通了方方的電話，他表示目前人在香港，不便評論任何與調查相關的事情。

報導還引述接近摩根大通人士說：「JPM 亞洲投行部的（香港）中國團隊內部現在人人自危。」中國團隊還幫銀行家們聘用律師，應對未來可能的調查。「各大投行都在自查，現在律師都很忙。」

值得注意的是，這個消息由「財新網」率先報導。彭博新聞社表示，就此事電話聯繫各方，方方拒絕發表評論，摩根大通（香港）發言人 Marie Cheung 和香港廉政公署發言人 Charmaine Mok，也拒絕作出評論。

方方 2014 年 3 月 24 日突辭職後，一直去向成謎。較早前《信報》引述消息稱，廉政公署一行十多人，於 3 月 26 日晚陪同方方返回摩根大通位於中環遮打大廈的辦公室，取走檔案，作為祕密調查的一部分。

5月26日，自由亞洲電台披露，香港「華菁會」與中共「官二代」存在「微妙」關係，「華菁會」成員中，有不少是中共「官二代」。中共的「中聯辦」一直在積極統籌和運作「華菁會」，讓其深入香港社會各階層，再借助其人脈去達到統治目的。

報導稱，方方是繼宋林之後，第二個落網的梁粉。梁振英最初做特首時，曾經委任了一名叫做陳冉的新移民出任特首辦項目主任。而這位陳冉，正是現任「華菁會」祕書長。

此前，有媒體報導，摩根大通投資銀行亞洲區副主席及中國（香港）原首席執行官方方，涉嫌雇用高官子女獲取項目，已被香港廉政公署拘捕，現已獲得保釋並被限制出境。他有意轉為「污點證人」，並已在調查中將摩根大通如何招聘權貴子女和盤托出。

方方是「華菁會」的創辦人，其幕後靠山正是江派二號人物曾慶紅，是曾慶紅在香港的王牌特工。有消息稱，方方為摩根大通推薦聘請的所謂高幹子弟等，大多都是為曾慶紅工作的中共高級國安特工人員，背景非常複雜。

「華菁會」是梁振英選特首的票倉

「華菁會」主席是方方，「華菁會」有「中共太子黨香港分部」之稱，被指是中共地下黨員梁振英選特首的票倉，方方亦被曝是梁的忠實支持者，助梁振英上台有功。

「華菁會」祕書長陳冉，曾擔任梁振英的候任行政長官香港特首辦公室項目主任，據知梁的競選政綱均出自陳冉手筆。作為梁競選班底主要成員，她一度因共青團紅色背景成為競選期間的新聞人物。

梁振英早就被曝出是中共地下黨員，一直受到長期主管香港事務的中共特務頭子曾慶紅栽培，並聽命於曾而被挑選上台。他當選後，在香港推洗腦教育、縱容「青關會」打壓法輪功、箝制港視、打壓名嘴等等，被指搞亂香港，賣港媚共，造成香港社會民怨沸騰，民望不斷創下新低。

江派在港勢力被清洗 曾慶紅被調查

2014 年 3 月 17 日，中共官方消息稱，中紀委監察部第八紀檢監察室負責監督港澳中聯辦。中聯辦等機構第一次被納入王岐山中紀委的監管範圍。從 2003 年起，中聯辦一直是曾慶紅的勢力範圍。

4 月 17 日，華潤集團前董事長宋林被調查，19 日被免職。5 月 20 日，宋林被撤銷中共政協委員資格。宋林是曾慶紅的心腹，在香港力挺梁振英，為江系操控的「青關會」出力。

據悉，江派二號人物曾慶紅已經被中共中紀委內部立案調查，曾慶紅案被列為繼薄熙來、周永康案之後的第二號專案，曾現在的處境，類似 2012 年薄熙來出事後、「3‧19 政變」後的周永康，處於被內部控管的狀態。同時，曾慶紅現已被切斷與外界的官式聯繫，無法直接對外施加影響力。

華潤集團董事長宋林是中共江澤民集團大佬曾慶紅的心腹，經太子黨陳元一手提拔，宋林之所以能打破華潤董事長由外經貿部副部長或部長助理出任的慣例，就是因為其投靠中共江派勢力。

第四節

中紀委密集約談央企高管
江派心慌

能源央企「反腐第二季」

2014 年 5 月 26 日，中紀委官網發布消息，近日國資委紀委對中國電力建設集團有限公司（中國電建）原黨委常委、副總經理黃保東進行立案調查，並雙開，其「涉嫌犯罪問題及線索已移送司法機關處理」。

黃保東被「雙開」，是能源央企近來遭曝光的又一腐敗案例。早在 2013 年 3 月，中石油昆侖天然氣利用有限公司原總經理陶玉春落馬，拉開了中石油「反腐」序幕。中共原國家能源局局長劉鐵男被雙開，王永春、李華林、冉新權、蔣潔敏、王道富等多名中石油現任或前任高管也先後被調查或免職。

從 2014 年開始，能源領域「反腐」明顯加速，已有多人被調查。

5月23日，中共最高檢官方微博發布消息稱，檢察機關以「涉嫌受賄罪」，對國家能源局副局長許永盛、新能源和可再生能源司司長王駿立案偵查並採取強制措施。5月21日，最高檢通報國家能源局核電司司長郝衛平、煤炭司副司長魏鵬遠被立案偵查的情況。

除了上述中共國家能源局官員外，還有多名能源央企、國企高管落馬，令能源央企、國企成為此輪能源領域「二次反腐」的主角。

其中包括華潤集團原董事長宋林、玉門油田公司原副總經理孫衛東、寧夏電力公司銀川市供電局局長馬林國、雲南省地質礦產勘查開發局副局長張先華、陝西省煤田地質集團有限公司副總經理崔忠省、陝西省能源局副局長閻征、中國石油天然氣集團公司玉門油田分公司原副總經理楊國玲、廣東電網公司原總經理吳周春等人。

此前公開信息顯示，5月6日到12日間六天之內，中紀委書記王岐山先後四次密集性主持會議，與部分中共國家機關和央企、國有金融機構負責人座談。王岐山在座談會上說，對落實主體責任和監督責任不力的要嚴肅問責。紀檢組長、紀委書記不再分管所在部門、企業的其他工作。中紀委副書記楊曉渡也說，今年（2014年）涉查的主體責任將落實到國家機關、省區市和央企、國有金融機構黨委。

江派利益集團盤踞中國經濟命脈

過去中國的金融、石油、電力、鐵路、電信等系統一直被

江派等利益集團壟斷掌控，其經過二十多年的經營，早就盤踞壟斷了中國的經濟命脈，央企和國企幾乎成了江派利益集團的搖錢樹。

2013 年 3 月，李克強曾公開點名批評央企五巨頭：中石油、中石化、中海油、中電信、中移動，說他們搞「家屬業務」。此五巨頭中分別涉及江澤民家族、曾慶紅家族、周永康家族等江派核心財富利益集團。

第五節

中南海「露面戰」升級
激化決戰

江澤民最近頻頻露面，是為江派人馬打氣，江派人馬作最後垂死掙扎。（新紀元合成圖）

在曾慶紅陷入重重圍剿、被監視居住、對外失去官方聯絡方式，無法再暗中發號施令之時，江澤民出於自保的目的，也不得不出來為曾慶紅做點什麼。此前江澤民曾到處哀求人，不要查曾慶紅，「等我死了再查」，但無人理睬江。不過這些事老百姓和江派底層官員嘍囉們並不知道，為了繼續欺騙江派嘍囉，讓他們認為江澤民還能說話起作用，江派媒體一直在造謠說薄熙來、周永康的落馬都是江澤民同意、習近平才敢做的，江派在網路上製造了很多這樣的假象。

此外，為了讓更多人看得見，江澤民想出了一個辦法：在媒體上露面。然而此前很多公開場合、諸如追悼會等江澤民可以在媒體露面的機會，都沒有得到習近平辦公室的批准同意，有的時

候江澤民出現了，但官方媒體並不報導。

眼看曾慶紅馬上就要被打落下馬，江澤民乾著急，於是他想盡辦法在公開場合露面，希望藉媒體報導出去，好給手下嘍囉們一個老頭子還沒倒、天塌不下來的錯覺。

2014 年 4 月，江澤民在老家揚州「泛舟」落魄露臉後，21日再次在上海被攙扶著露面，據稱是探望表妹。全程只有前中共中央辦公廳副主任由喜貴陪同，此兩次露面都未見陸媒報導。

在此之前，同是前中共總書記的胡錦濤曾十天五次公開高調現身，消息在大陸媒體和網站紛紛轉載。相比之下，江選擇在香港國際視窗公開其上海露面的消息，顯示江露面的消息已無法在國內媒體刊登出來。在此之前，江只能通過各類海外網站釋其露面的小道消息。

中國問題專家石藏山表示，這次通過香港亞視公開其露面錄像，顯示江澤民集團開始回應胡錦濤的露面，江胡激戰公開化，這對中國大陸官場來說，釋放了重大信號。即江澤民集團公開表示這次要決戰到底，中國局勢會發生急劇變動。

江澤民被攙扶「露面」

4 月 22 日，香港亞視報導了江澤民露面的消息，報導稱江到上海靜安區愚谷村探望表妹，逗留 20 分鐘左右離開。據稱，愚谷村是上海老式里弄，住客多數是「老上海」。居委會和周圍居民表示，從來不知那裡住了中共高層的親人。

據報導，陪同江的有前中共中央辦公廳副主任由喜貴，但未見有上海市高層。儘管亞視的報導稱江精神不錯，不用攙扶可以

自己走路，但 23 日香港《南華早報》網站播出的數秒鐘的現場錄像中，江從門口走出，要三個人攙扶。

江在上海露面的消息在大陸媒體及網站未見任何報導，在微博上有零星的帖子，但評論寥寥。其中一條來自網民 wangxiaopeng2：「如果只是為了探望表妹 20 分鐘，不如把表妹接過去，聊他一天，88 了，也不怕閃著腰。」

但在自由微博還可以看到一些被刪除的微博：「萬網互通：最近胡露臉了，江也露臉了，上海警察持槍了，宋林倒了，彷彿是暴風雨的前夕，但是，有一個人已經提前靜悄悄的興高采烈的走了，走得實在太及時了，他叫李嘉誠。」

創辦於 1957 年的亞視是香港首家電視台，也是全球第一家華語電視台，近年來因為立場親共逐漸流失觀眾，成為一個巨大的虧損窟窿。亞視數度易主，先後入股亞視的包括有中共軍方背景的劉長樂、封小平、大陸大紅人楊瀾的丈夫吳征、中共政協常委陳永棋、查懋聲，都是有名的親共人士。目前的大股東王征是中共太子黨，靠地產起家，盛傳是江澤民親戚，他的母親王雲飛是江澤民妻子王冶坪的堂姊妹。亞視曾因為報導江的「死訊」喧囂一時。

胡江露面規格「對比深刻」

江澤民的落魄露面與胡錦濤在江派老巢湖南的高調「南巡」，前呼後擁的場面及黨媒報導的待遇形成鮮明對比。據報導，胡出行湖南時，湖南省第一、第二把手等多名官員作陪參觀嶽麓書院和胡耀邦故居；貴州省省委書記和省長陪伴胡錦濤在貴州參觀。

有微博用戶于洲 V 留言：「看看胡錦濤遊玩那可是現任領導陪同！對比深刻呀。」

江此次在港媒露臉前，曾多次在重要場合遭到官媒的封殺，包括邵逸夫追悼會，一代名伶紅線女遺體告別儀式，中顧委委員羅青長的遺體告別儀式。江只能通過各類海外網站釋放其露面的小道消息。

胡錦濤讓軍頭集體向習表忠 迎戰江澤民

中共前領導人的公開露面，一般都有政治目的，或給自己派系的人馬打氣，或是給自己的政敵施加壓力，背後比拚的就是政治影響力。

中共「18 大」最後一刻，剛剛掌控最高權力的胡錦濤從軍委主席職務上退下，同時逼退江澤民「老人干政」，自己也將軍權交給習近平，意在讓習近平有更大的發揮空間，坐實了胡習聯盟。

但隨著習近平的「反腐」的推進，江派的親信紛紛落馬，尤其是圍繞周永康及江澤民軍中腐敗代言人谷俊山案不斷升級，恐懼因迫害法輪功的反人類罪遭到清算的江澤民拚死攪局。但由於失去軍權和黨權，失去了在政治上直接與習近平對抗的能力後，試圖利用另外的政變辦法，在大陸製造恐怖，把習近平趕下台。

中共兩會前夕，江澤民集團精心策劃了昆明恐怖襲擊和香港恐怖血案。緊接著兩會期間突然出現馬航飛機失蹤事件，中共兩會失焦。馬航失蹤事件疑雲叢生，越來越多的疑點和外界質疑指向中共江澤民集團。

昆明、香港恐怖血案、馬航事件之後，中國局勢發生急劇變

化。3月27日，江澤民趁習近平訪歐之際在中共央視上「露面」，29日左右又偷偷竄到廣東深圳，挑動茂名血腥鎮壓升級，欲以延續昆明血案政變計畫。4月1日，再藉外媒釋放江澤民警告習近平放緩反腐步伐的信號。

　　4月2日習近平剛剛結束外訪回到北京，形勢急轉。同日，包括七大軍區司令員在內的中共軍隊18個正大軍區級機構軍頭，突然在中共軍方媒體上發表文章，集體表態「效忠」習近平。4月18日，胡錦濤十天五次公開高調露面後，17位副軍頭也在中共軍報集體發表署名文章，向中央軍委主席習近平「效忠」，被認為是胡錦濤頻頻露面的結果。

　　分析認為，胡頻繁出面是讓其在軍隊的部下，支援習近平，並讓軍頭三次集體公開表態效忠習近平，直接迎戰江澤民。中共軍頭連番集體效忠成為自1977年鄧小平復出以來35年來從未有過的大事，只有中南海非常危急、內部出大問題才會這樣。

　　北京政情觀察人士認為，中共軍方連續表忠心是一種「統一模式，統一規格、統一表忠心」套路，似乎為大動作鋪墊，預示高層博奕白熱化，中共出現了自建政以來最大的失控危機。

求見普京 江澤民出賣國土被聚焦

　　不久，處心積慮想露面以給江派嘍囉壯膽的江澤民，終於等來了一個機會：普京要訪華，作為幾十年的老朋友，見一面總是可以的吧。於是江澤民再次向中央提出會面申請。據香港《南華早報》2014年5月22日引述消息人士稱，俄羅斯總統普京5月20日會見中共前黨魁江澤民是由江澤民提出來的，但直到最後才

獲得習近平的「首肯」。

首先傳出江澤民和普京會面消息的是新浪微博。據悉兩人的會面是在上海市區一家五星級酒店舉行。無論是在國際關係和大陸政治的層面上，中國正處在一個政治敏感時期，而兩人恰恰是在此背景下進行私人性質會面。

會面當天，中共官媒普遍消聲，直到傍晚才由「學習粉絲團」在網路上發出短短幾句消息，稱普京感謝江澤民在任時對中俄關係的「貢獻」，而江澤民卻成「啞巴」。江澤民向俄羅斯出賣了逾百萬平方公里領土的醜聞再次受關注。

據《江澤民其人》一書介紹，1999 年 12 月 9 日，時任中共黨魁江澤民在北京與俄羅斯總統葉利欽祕密簽訂了《關於中俄國界線東西兩段的敘述議定書》，正式承認了滿清政府以來，被俄國侵占的約 160 萬平方公里土地，相當於東北三省面積的總和。

全球首位揭露江澤民向俄羅斯出賣領土的記者程翔於 2004 年 9 月 30 日在香港《明報》發表文章，指出江澤民出賣了 150 多萬平方公里、相當於 40 個台灣的國土給俄羅斯，被海外媒體廣泛轉載。他強調，江澤民和中共欠人民一個交代，「在領土上面，放棄 150 萬平方公里的領土，這是共產黨永遠沒有辦法洗脫的恥辱。」

據悉，江年輕時接受過日本青年幹訓班的培訓，1945 年獲得了日本有關的特工系統檔案，在江留學蘇聯時，被蘇聯情報部門發現其充當漢奸的歷史，便威逼、色誘將其發展為蘇聯遠東局特務。在江成為中共黨魁後，為了掩蓋這段醜聞，選擇出賣國家利益。

江三次露面 三次恐怖襲擊案發生

在江澤民露面兩天後，5 月 22 日上午 7 時 50 分左右，新疆烏魯木齊市沙依巴克區公園北街、文化宮早市發生大爆炸。據中共官方消息，爆炸造成 31 人死亡，94 人受傷。

詭異的是，除了烏魯木齊早市爆炸，在過去近一年，還有兩次江澤民公開露面，隨後就發生了恐怖襲擊事件。

在一個月前，即 4 月 19 日，江澤民公開在揚州西湖露面；4 月 21 日，江又現身上海，到上海靜安區愚谷村探望表妹。

不到 10 天，4 月 30 日晚 7 時許，烏魯木齊火車南站發生嚴重的恐怖襲擊案件，暴徒引爆了爆炸裝置，並在烏魯木齊火車南站出站口接人處持刀砍殺群眾，造成 3 人死亡，79 人受傷，其中 4 人重傷。

2013 年 7 月 22 日，中共官媒轉發外交部網站消息，稱江澤民與基辛格會面。在會談報導中，引人注目的是江澤民提到「中國新疆發生了暴力恐怖襲擊事件」。約三個月後，10 月 28 日中午 12 時 5 分，天安門發生了震驚中外的爆炸案。一輛汽車衝向天安門金水橋後起火爆炸，事故共造成 5 死 38 傷。

中南海「露面戰」升級

2014 年 3 月中共兩會召開前夕，周永康案將被宣布的消息在網路上瘋傳，甚至傳出或以反人類罪和政變罪拋出，隨即發生了昆明血案。據悉，江澤民集團策動了這起恐怖襲擊，意在製造混亂，以逼習近平下台。江、曾等還預計策劃多起恐怖襲擊。

　　3 月 27 日，近一年來未露面的江澤民乘習近平出訪歐洲之際，突然在央視上「露面」56 秒；29 日，江又流竄到廣東深圳，對給習近平當局不斷製造麻煩的香港特首梁振英予以「讚揚」，並力挺其連任；30 日，在江的背後撐腰下，周永康的馬仔、廣東省公安廳廳長李春生等餘黨大膽鎮壓茂名抗議 PX 項目遊行民眾，致使茂名事件升級擴大。從而引發了中共新一輪的角鬥。

　　4 月 9 日到 17 日，習近平政治盟友、前中共軍委主席胡錦濤在十天內五次密集露面，力挺習近平。期間，中共 35 軍頭先後分兩次集體發聲，力挺習近平，向習「效忠」。這是自 1978 年，中共軍隊 35 年以來首次集體表態，顯示中國局勢異常緊張。

　　4 月 19 日、21 日，江澤民公開在揚州、上海露面。據悉，江這次公開露面是替曾慶紅遊說。阻止當局調查曾慶紅，但遭到抵制，多數高官拒絕上書。隨後，江派要員李長春、賈慶林等紛紛露面，為江派人馬打氣，江派人馬作最後垂死掙扎。

　　5 月 14 日，江派二號人物曾慶紅在上海私人露面。5 月 20 日，《大紀元》獲悉，現在，曾慶紅辦公室已癱瘓、受到控制。

　　中國時評家周曉輝撰文稱，江系三大佬集中露面，或將顯示習江鬥更加猛烈搏殺將至。

第十四章

兩份邪教名單令謊言曝光

山東招遠殺人案之後，官方宣稱凶手信奉的「全能教」成矚目焦點。隨後大陸網站紛紛轉載中共定性的14個邪教列表，赫然發現，過去15年來中共江澤民集團殘酷打壓的主角——法輪功根本不在名單上。（新紀元合成圖）

第一節

招遠殺人案 官方再次栽贓

2014 年 5 月 28 日晚上 9 點多，山東招遠市鬧市區一家「麥當勞」速食店發生命案，一名用餐女子在眾目睽睽下被六人活活打死。三天後官方才放出消息稱，凶手張立冬等六人是因為全家信了「全能教」才殺人的。不過仔細分析官方的報導內容和過程不難發現，把此凶殺案歸咎於信奉全能教，只是中共官方一口咬定的結果，其他調查都表明，凶手只是個貪贓枉法的金礦老闆，並不信教，是中共公安部故意把一個刑事案件強行套上了邪教的大帽子，其實只是高層博奕的棋子而已。

事件質疑：喝醉後的暴行

人們注意到，案發地點是人來人往的麥當勞餐廳，當時店裡還有很多顧客和餐廳職工，如此血腥的事件，招遠媒體卻沒有及

時報導，而是在案發三天後，官媒才報導了警方給出的一個簡短通報，稱「當時在麥當勞速食店就餐的張某等六人與同在該店就餐的吳某發生口角，吳某遭六人毆打受傷，經搶救無效死亡。」從當地媒體的噤聲來看，事件相當蹊蹺。

後來大陸其他媒體調查發現：很多目擊者接受採訪時都稱，那六個人曾在餐廳向不少人索要手機電話號碼，受害人不給，就被打死了。「這六人就像喝醉了一樣。」很多現場人都這樣說。

受害人、37 歲的吳碩豔，那天正在麥當勞等丈夫和七歲的孩子在附近商場購物歸來。然而，20 分鐘後等丈夫回來時，這對感情很好的夫妻已經是陰陽相隔了。妻子的最後一條微信是：「遇到瘋子了」。就在「六一」兒童節前幾天，他們的兒子永遠失去了媽媽。

對於官方定性的雙方「口角」，很多民眾認為是警方在故意包庇凶手：用發生「口角」來掩蓋「索要電話未果」，因為口角意味著受害者也有責任，用「搶救無效」來代替「當場活活打死」，用「毆打」來代替「拿著鋼管對頭部猛砸」，招遠警方這一系列替代手法的目的，就是讓凶手逃脫死刑。

招遠警方起初故意不提凶手的名字，只稱「張某」，於是很多民眾自發展開調查，發現行凶的主要凶手、光頭男叫張立冬，在金輝小區居住，是當地一私人金礦的礦主。這天張立冬一行六人，包括他 12 歲的兒子，六人都參與暴打死者，連那小兒子都上去連打帶踢的，而他們與死者素不相識，只因為她拒絕給出自己的電話號碼，並讓他們「一邊玩去！」

官方後來在報導中公布了張立冬的名字，但稱他沒有職業，從而掩蓋了張立冬的金礦主身分。按照中國法律，金礦是國家嚴

禁私人開採的，而張立冬在當地開採金礦，可見他與當地大小官員的黑箱關係深厚。

凶手與公安局長的貓膩

對於當地官商勾結的現狀，有知情人在網上爆料說，「光頭男獲取保資格，光頭男河北平山人，在招遠開礦，開一輛保時捷卡宴，其當地朋友開一輛魯 F 牌照寶馬三系，在當地背景很深，這個案子很有可能不了了之，當地媒體全部封口，連濟南媒體也見了就躲！」

還有人指稱，「光頭暴徒張立冬，招遠市金礦礦主，招遠公安局長孫寶東是幫凶關係，因孫寶東長期向張索賄，而暴徒張立冬掌握著不少孫寶東的犯罪證據，其中便有非法罰金並私自關押某企業法人 12 年的證據。所以，在本次事件中，招遠市公安局便成了保護傘。」

面對這些訊息，大陸民眾非常氣憤，就如華遠地產董事長任志強所說「滿屏都是民眾的憤怒」。人們評論說，招遠事件卻讓整個中國為之震驚。這個社會如果連公民在公共場所活動時都失去生命基本保障，那還談什麼「中國夢」？要嚴懲黑勢力，樹民風正氣。政府要首先給社會一個交代！

據悉截至 5 月 31 日凌晨，招遠市警方的通告被轉發 11 萬餘條，評論超過 37 萬條。幾乎所有公眾評論對此事都表示憤慨，並認為當地警方明顯在偏袒凶手。也有民眾披露說，「帖子刪得挺快，50 萬的評論刪得只剩 7 萬⋯⋯我剛發的評論立馬就被刪了，這國家要亡了。新浪熱門話題裡面已經沒有這個事件了⋯⋯

那些刪頻的人還有沒有良知？現在關於這個問題發表評論都要審核了。他們為什麼刪帖？越這樣越複雜！」

民眾剖析官方說辭漏洞百出

外國人常常震驚於中國人「火氣大」，隨便翻開大陸新聞，經常會看到「寶馬女打死賣菜郎」，「城管打死小販」，「開寶馬撞人後，開車把人碾死」等等暴烈得讓人無法相信的事都相繼發生了，因為一件小事就把人打死、打殘的事經常出現。

於是不難排除凶殺案的另一種可能性是：55 歲的張立冬一家吃飯喝醉酒後到麥當勞吃冷飲，他 30 歲的女兒張帆無理朝人要電話號碼，被訓斥「一邊玩去」而惱羞成怒，於是橫行霸道慣了的金礦老闆一家人想教訓人出口「惡氣」，哪知不小心把人打死了。據說雙方前後衝突的時間只有四分鐘左右。在殺人的前一天，張帆殺死了自家的寵物狗。官方沒有做精神鑑定就排除了她患有精神分裂症的可能性。

對於凶殺案三天後才公布，招遠市宣傳部解釋道，當公安在疑犯家中發現 X 教資料，才向山東省公安廳、公安部層層彙報，最終由公安部定性。

也就是說，招遠殺人案被官方定性為「邪教害人」是公安部的決定，至今除了官方給出的所謂證據：家中搜出邪教書籍、還有張立冬等人的所謂供詞之外，沒有其他任何訊息能夠證明黑金礦老闆一家就是信「全能神」教的。張立冬在電視前的那份供詞並不能說明問題：人在那種環境下，官方讓他說什麼，他都會照辦的。

相反，很多人從央視《焦點訪談》的採訪視頻中發現了破綻。官方媒體稱張立冬職業為「無業」，失業七年。電視上記者問他現在無業以什麼為生，張立冬回答時下意識用手摸了一下臉說，「以前做生意賺的錢為生」，不要說這句類似書面回答的話說起來多麼地拗口，光他那個不經意的動作就表明他在撒謊。他們一家開的是保時捷卡宴豪華車，目前市面價格在 80 至 260 萬元，其車牌為：魯 YVD110。能擁有這個有社會識別力的車牌一看就不是一般人。據查該車是 2013 年購買的，七年無業還能有這麼強大的購買力，相當反常。

人們還注意到，開始問答時，記者和張立冬的正臉全部都上鏡，但到了後面說到有關邪教問題時，鏡頭就不斷切換，讓人懷疑畫面被人動了手腳。最令人吃驚的是，當張立冬在談到自己女兒時，他也用的是官方的詞彙「張某」，而不是用女兒名字，這就非常不合常理。

最令人吃驚的是，在看守所，看押人員竟然搭了一下張立冬的肩膀。這個看似無意的動作，表明張立冬和看管人員的關係如何親密，這等於從一個側面回答了人們所有的質疑。

報社調查：張立冬不信任何教

事後《北京青年報》曾派出記者到張立冬的老家河北無極和案發的山東招遠兩地同時調查：「張立冬七年前從河北省無極縣老家來到招遠市，住在金輝小區麗水苑 12 號樓一單元。小區居民稱，張立冬一家人很少出門，「有一條大狗，有時候會出來遛狗，也沒見有什麼不正常。」另有小區居民稱，張家共有三輛車，

「一輛道奇、一輛 JEEP、一輛卡宴」，而記者走訪小區，發現張家還有一輛豐田越野車。」

官方稱張立冬全家信了全能教，並認定受害者吳女士是「邪靈」和「惡魔」，才把她打死，不過《北京青年報》記者調查發現，張立冬根本不信任何教。報導說，「在東關村人眼中，張立冬應該是一個跟任何宗教都『八竿子打不著』的人。」

據村民回憶，「上世紀 80 年代時張立冬曾在山東當兵，退伍回到家鄉後經營過五金建材，開過廢品收購站，但一直都沒能『倒騰出太大名堂』。」上世紀 90 年代，第一批醫藥代表誕生，這個行業一經出現就席捲了整個石家莊地區，張立冬也瞅準了這個時機加入了醫藥大軍。東關村村民間曾一度津津樂道關於張立冬的「段子」，是他以「一條光棍」打入醫藥行業，然後賺得盆滿鉢盈，還不忘了提攜老鄉，帶出來「一屁股兄弟」。

「這就是說他『道上混的』的來源，那會兒開始跟他混的都叫他張哥。」東關村一位村民向《北京青年報》記者回憶，「有時候跟他混的人惹了事、打了架，都搬出他來跟對方『了結』，所以好多事都算到他頭上了。不過他這人很講義氣，有段時間小流氓打架互相『搬山頭』的時候，也都說我們『張哥』如何、如何之類的。」

在參與打死人的六人中，那位叫呂迎春的女子據說是張立冬的情人，媒體採訪發現從沒聽說她信什麼教。同樣，對於其他人，都沒有任何人證明他們信教。按理說，全能教要求信徒不斷對外宣傳，誰信什麼教，周圍人都應該知道的。除了張立冬一家四口外，另外一個是來自河北省無極縣 24 歲的張巧聯。張巧聯一家以屠殺販賣驢肉為生，也沒人說她信什麼教。

　　《北京青年報》調查發現，張立冬的哥哥叫張冬至，兄弟倆性格相反，張立冬不苟言笑，穿戴非常講究，而哥哥張冬至為人非常友善，穿戴也非常隨便。

　　「人高馬大的張立冬人過中年仍腰桿挺得筆直，沉默嚴肅、不苟言笑，但極修邊幅，這是人們對他的印象，這與張立冬的大哥形象形成了鮮明對比。張冬至在無極鎮委副書記的崗位上退休，2010 年因癌症去世，當時張立冬已攜全家搬走數年，對於這個與他鬧到『水火不容』的大哥，張立冬連葬禮都沒有出席。」

　　官方報導稱張立冬沒有職業，鐵血社區有網友質問說，「一個無業的社會閒散人員，張立冬靠什麼養活一個由無業人員組成的『大家庭』？又靠什麼養三輛豪車還有情人？這個問題需要有關部門才能解疑答惑。」當然人們也知道，要依靠中共給出真實答案，是不可能的。既然官方一開始就用謊言來遮蓋真實，要讓他們改邪歸正、自己打自己的嘴巴這是很難的。要找到張立冬等殺人作案的真實動機和緣由，還只能依靠大家的努力。

第二節

14 個邪教列表的驚天騙局

．

山東招遠殺人案之後，「全能教」成為中共官媒打擊對象。2014 年 6 月 2 日大陸網站紛紛轉載《法制晚報》針對此教及其他中共定性的 14 個邪教列表。赫然發現，過去 15 年來中共江澤民集團以打壓邪教的名義，耗費巨資，投入資源完全超過一場戰爭的打壓主角——法輪功根本不在名單上。

江集團鎮壓法輪功 沒有任何法律依據

事實上，這個名單並非最新資訊，早在中共公安部 2000 年和 2005 年發布的兩個公文中，認定的 14 種邪教中都沒有法輪功。包括之後中共人大的決定，以及之後兩高院的司法解釋均未論述法輪功為 X 教。大陸眾多為法輪功學員辯護的律師一直都表示，中共對法輪功的迫害沒有任何法律依據。但大陸媒體對此一直沒

有報導，重複的都是江澤民集團誣陷法輪功的說辭。

近日，中央電視台被清理，江澤民情婦被「下課」，習近平通過媒體輿論整肅江澤民之際，上述文章在大陸網路上被廣泛轉載傳遞了另一個信號，即中共江澤民集團鎮壓法輪功沒有法律依據。

而早在「610」頭子李東生被調查五天後即免職的事件中，其「610」頭目的隱祕頭銜被高調曝光，中共現任當局即釋放一個信號，現任當權者及眾多官員不願繼續為迫害始作俑者江澤民的罪惡背黑鍋。

鎮壓法輪功所動員的國家和社會資源超過一場戰爭，不但軍隊、財政、外交、宣傳、文化、衛生等部門深深介入，就連正常國家運作中無需投入戰爭的公、檢、法、司、民政部門也深深介入。這讓中共當權者不堪重負。不但在經濟上難以為繼，在道義上也面臨著四面楚歌，因此誰都不願意也背不起這個黑鍋。

中國民眾大多認為，中共在這場鎮壓中把自己擺上了犯有群體滅絕罪的審判台，這些罪行一旦曝光，中共將會馬上倒台。

過去 15 年來，儘管數千萬的法輪功修煉者遭受了慘無人道的迫害和虐殺，中共控制下的大陸許多法院以「法輪功是 X 教」為名，利用刑法第 300 條《組織利用邪教組織破壞法律實施罪》對法輪功修煉者進行冤判。

但很多大陸律師發現，中共關於法輪功的文件，從 1999 年 7 月 22 日民政部通告，到公安部的通告，再到全國人大的決定，以及之後兩高院的司法解釋，均沒有定性法輪功是 X 教。

2000 年和 2005 年中共公安部先後發布《公安部關於認定和取締邪教組織若干問題的通知》（公通字 [2000]39 號）和《公安

部關於認定和取締邪教組織若干問題的通知》。通知中關於「現已認定的邪教組織情況」表明，到目前為止共認定和明確的邪教組織有 14 種。其中，中央辦公廳、國務院辦公廳文件明確的有 7 種，公安部認定和明確的有 7 種。14 種列表中並沒有提到法輪功。

個人定性及內部通知成迫害藉口 良心律師護正義

如果中國法律並未定性法輪功是 X 教，過去 15 年來中共媒體一直指稱的這個稱呼從何而來？

大陸知名律師郭蓮輝律師表示，目前可查到的資料，主要是 1999 年 10 月 25 日江澤民接受法國《費加羅報》記者採訪時誣衊法輪功是 X 教組織；以及 1999 年 10 月 27 日中共官媒《人民日報》發表特約評論員文章重複誣衊之詞；此外，最高法院要求下級法院學習人大決定和兩院司法解釋的一個內部通知中如此宣稱。

「但這三樣東西顯然不具法律效力，也不能作為司法依據。」郭蓮輝律師強調。

北京維權律師莫少平表示：「無論從刑法的三百條還是全國人大的決定，以及兩高的解釋裡面都沒有明確說法輪功是 X 教，只有兩高頒布司法解釋的通知裡面才說法輪功是 X 教，兩高的這個通知本身是不符合中國立法的規定。」

亦有大陸律師針對兩高司法解釋的通知表示：「這文件是內部通知，不是公開的法律文件，法律文件必須公之於眾才生效，否則就是不教而誅；兩高在公開的文件中不認定法輪功是 X 教，在內部通知中又說成 X 教，是很不嚴肅，而且最高法院只能就司法審判如何適用法律進行解釋，不能超越這個職權去認定什麼社

會組織是邪教組織或者非法組織，這是行政權力而非司法權力的範圍；這文件是對刑法 300 條的越權解釋。」

郭蓮輝律師說，謊言矇蔽了從中央到地方的各級官員和司法人員，他們都以為中國法律定了法輪功為 X 教組織，事實上根本無法律依據，他們都被蒙在鼓裡。

北京律師謝燕益也表示，迄今為止中國沒有任何一條法律認定法輪功是 X 教，信仰法輪功完全合法。法輪功學員堅持信仰、向人講述真相，以及製作傳播真相資料是維護公民的信仰自由，完全合法。

中共定性不被任何國家所認可

中共媒體對法輪功的定性描述，並不被其他國家所認可，比如，美國國會決議案說法輪功是基於「真、善、忍」的一種心靈運動。

2001 年，前中共國家宗教事務局局長葉小文曾在《中國宗教》2001 年第二期中，聲稱法輪功為 X 教。而在 2006 年，美國法院向當時正在美國訪問的葉小文和副局長王作安發出民事訴訟傳票，他們被指煽動、鼓動、陰謀、命令、策劃／協助和支援對法輪功的酷刑、群體滅絕和其他人權侵犯。

法輪功的定性問題 香港正邪角力

即使在一國兩制的香港，法輪功也一直為合法團體，法輪功學員在香港註冊的「香港法輪大法協會」，為一合法組織。

2001 年，前香港特首董建華為配合當時中共黨魁江澤民曾公開聲稱法輪功為 X 教，引發強烈反彈；時任政務司司長、後任特首曾蔭權被迫指出董建華言論是個人意見。曾蔭權還說，只要法輪功不違反香港的法律，政府就不會處理他們。

此外，香港前樞機主教陳日君、已故的前支聯會主席司徒華、前政務司司長陳方安生、李柱銘、馮智活牧師等名人皆公開支持法輪功。前政務司司長陳方安生 2001 年因同意給法輪功租用開會場地而得罪江澤民，遭到江澤民、曾慶紅報復，而被迫辭職。

此外，30 個香港的公民團體包括社會民主論壇、基督教工業委員會等曾聯署致信董建華表示：「特區政府還未發現法輪功學員有任何違法行為，也未列出證據證明法輪功是 X 教，特區政府對法輪功的言論是不合理不公平的，並損害本港結社、言論、集會、宗教等自由。」並要求「1. 停止針對及壓迫法輪功的言論及行為；2. 尊重並維護港人一向所享有的結社、言論、集會、宗教等自由。」

良心律師紛紛挺身 頂著壓力為法輪功修煉者辯護

儘管中共十幾年來嚴酷迫害法輪功，並且對敢於為法輪功修煉者辯護的律師施加各種壓力，甚至以判刑、剝奪自由、吊銷律師執業證書等等手段威脅，但多年來敢於頂著壓力為法輪功辯護的良心律師仍不斷地紛紛挺身而出。

高智晟、工永航律師因堅持為法輪功辯護遭到中共關押、酷刑，但這並沒有嚇倒那些有正義感的、抱著良心執業的大陸律師。「中華維權律師協會」評選出的 2012 年十佳維權律師中，高智晟、

王永航、江天勇、劉巍、唐吉田、李和平、黎雄兵七位律師均代理過為法輪功辯護的案子。

而那些默默無聞、承受著壓力，在中國各地四處奔波為法輪功修煉者辯護的律師也為數相當多。如河北 300 手印援救的王曉東案、黑龍江 1 萬 5000 手印申冤的秦月明案、唐海縣 562 手印營救的鄭祥星案中，均有正義律師仗義直言、慷慨陳詞的身影。

郭蓮輝律師透露，中共多級司法機關曾經多次對他施加壓力，希望他退出對法輪功修煉者的辯護，但他認為，為受冤者辯護是一個律師應該做的。

「任何法輪功案件，從法律上，都不存在這四個方面的證據，既然不存在這四個方面的證據，憑什麼定人家的罪？」郭蓮輝律師說：「我確實覺得，應當為法輪功做一些辯護。」

知名評論人張粟田認為，一個真正的律師就是應當不拒任何壓力，獨立於任何政治勢力之外，最大限度的維護和保障每一個當事人的合法權益不受侵害。「每一個大陸律師都應該勇敢的站出來為法輪功學員做辯護，維護他們的基本權益。」

馮智活牧師：法輪功在中國必再「盛放」

2001 年，中共施壓港府欲定性法輪功，馮智活牧師曾積極為法輪功呼籲，他發文表示，中共對於法輪功定性的眾多文章及證據皆站不住腳。

「修煉者當中不乏有識之士及高級幹部，這些人會那麼容易相信『邪教』麼？況且法輪功十分強調修心性的，認為要先修心（真、善、忍）才可以煉功，不修心是不能煉功的。這點在法輪

功現在受強大迫害而有不少修煉者仍持有堅強意志及發生不少感人事件是可以見到的（例如打不還手，及對虐打他們的人沒有絲毫仇恨等）。心性被提高了，不怕迫害及監禁，勇敢站出來作見證（例如不斷有修煉者到天安門抗議），酷刑殘害身體時，仍堅持不肯放棄法輪功，真叫人敬佩。」

「法輪功事件不但是罪行式的政治迫害，也是文化大革命式的顛倒是非……我不敢想像這場浩劫會到何時完結……但我知，真理必勝，正義長存，法輪功不會在神州大地消失，相反，她定會再開花結果，正如她已經在世界其他地方盛放一樣。」

第三節

江派血債幫讓山東變殘酷

　　2014 年 5 月 28 日晚，山東招遠一女子在「麥當勞」用餐時，被素不相識的六個人活活打死，儘管警方稱接到 10 個舉報電話、麥當勞還有現場錄像，但這起血淋淋的凶殺案，還是讓全世界震驚不已：為何沒人阻止得了呢？山東人怎麼這麼殘暴呢？

　　山東是孔子、孟子的故鄉，是孔孟之道的發源地，是曾經盛行「仁、義、禮、智、信」、令古中國享有禮儀之邦美譽的地方。可是，為何昔日文明善良的山東，在今天會發生如此殘忍之事呢？拋開個人因素，這背後到底有什麼社會背景呢？

招遠是最先打死法輪功學員的地方

　　在國際上山東招遠因為暴力凶殺而「聞名於世」，這已經不是第一次了。早在 1999 年 10 月，也就是距今 15 年前，招遠因

為發生打人致死事件就已被國際社會記住了。

據明慧網報導，趙金華，女，山東招遠市張星鎮抬頭趙家村人。她因修煉法輪功，於 1999 年 9 月 27 日被張星鎮派出所綁架，10 天後即被殘殺，年僅 42 歲。中共對法輪功的公開迫害始於 1999 年 7 月 20 日，趙金華是「明慧網」報導的第一例被中共虐殺的法輪功學員。

1999 年 10 月 7 日被招遠官員活活打死的法輪功學員趙金華。（明慧網）

趙金華於 1995 年開始修煉法輪功。修煉後她的身體健康，道德昇華，是村里公認的好人。1999 年 9 月 27 日下午，趙金華正在自家花生地裡幹活，被張星派出所警察綁架，在派出所被強迫讀誹謗法輪功的書報，不讀就被打，讀的聲音小了也被打。被劫持期間，中共警察還用膠皮棒沒頭沒臉地在她身上猛抽。

警察還把趙金華拖到值班室裡用電刑。這種電刑是把手搖電話機的兩根線纏在被害人的手指頭、耳朵上或其他敏感部位，再用手使勁搖電話機過電。被電的人渾身難受，全身的筋像聚在一起，有生不如死的感覺。警察張海指揮一幫惡徒使勁搖電話機，問趙金華煉還是不煉，她一直堅定地說煉，惡徒就更瘋狂地折磨，

把趙金華電昏，打醒，再電昏，再打醒，這樣連續昏死四、五次。

最後一次給電暈倒後，趙金華再也沒有醒來。1999 年 10 月 7 日，她永久地停止了呼吸。

類似的摧殘虐殺在過去 15 年來在中國各地反覆上演。中共為迫害法輪功，專門在 1999 年 6 月 10 日成立了一個「610」辦公室，這是個類似於納粹蓋世太保的組織，遍布大陸各地各級政府，耗費納稅人的錢財，操縱各地警察和法院迫害法輪功學員。「610」還在大陸各地辦了大量洗腦班，把法輪功學員抓進洗腦班，以謊言和暴力強迫他們「轉化」。趙金華遭受的摧殘在各地洗腦班中一直在發生著，直到今天。

中共除了「610」這樣的暴力打手之外，還有對民眾進行欺騙洗腦的文字打手，成立了所謂的「反 X 教協會」，冒充民間組織，對教人向善的法輪功進行謾罵和抹黑。

陳子秀被活活打死 官方稱心臟病

山東招遠不但爆發了第一個打死法輪功學員的惡行，在車程兩個半小時的山東濰坊，還爆發了第一個被西方媒體報導的打死法輪功學員案件：陳子秀之死。

2000 年 4 月 20 日，美國《華爾街日報》以《陳女士直到最後的日子仍說，修煉法輪功是一項權利》為題，報導了這起濰坊地方官暴虐殘害人命的案例。記者伊安·約翰遜冒著生命危險，實地採訪了陳子秀的家人、鄰居和派出所等，這篇調查報導獲得了國際新聞界著名大獎：普力策新聞獎，引發國際上強烈譴責中共迫害法輪功。

被迫害致死的法輪功學員陳子秀生前與家人的合照。（明慧網）

不過，中共《人民日報》依然一如既往地編造謊言。2001 年 12 月 3 日在人民網上發表文章宣稱，陳子秀沒有遭到當局「拘留」、沒被「罰款」、也沒被「體罰」。

58 歲的老人被活活打死

事實真相到底如何呢？2000 年 2 月 16 日，陳子秀走在街上被當地法輪功「專管」負責人抓走，並帶至北關派出所看管，次日下午，帶至臨時成立的「法輪功轉化看管中心」城關街辦事處，當地中共官員用塑膠棍棒及電棒打她的腿、腳、後背下方，並用趕牛用的刺棒打她的頭和頸部。和她同一獄室的人說，整夜都能聽到從行刑室裡傳來陳淒厲的叫聲。施暴者不停地吼叫著要她放棄法輪功，每一次陳子秀都拒絕了。在陳子秀去世的前一天，逮捕她的人又一次要求她放棄對法輪大法的信仰。在又一輪警棍打擊後幾乎失去了清醒意識的情況下，這個 58 歲的老人還是堅定地搖了搖頭。20 日早，奄奄一息的陳子秀被逼赤腳在雪地裡爬，兩天的折磨已使她的腿嚴重淤傷，黑髮上黏著膿和血，陳嘔吐並

因虛脫而昏倒，她再也沒有恢復知覺。

2000 年 2 月 22 日，陳子秀的女兒張學玲在停屍房看到了母親慘不忍睹的遺體，雖然屍體已做了美容，但仍然能看到，全身到處是傷，到處是大塊的紫黑色印跡，耳朵腫大青紫，牙齒裂開斷裂，並還保留著血跡，小腿瘀黑，背上有六英吋長的鞭痕。解開壽衣看到：腹部腫脹，臀股及以下部位大面積瘀斑呈黑色，兩腿腫脹。陳的衣服、褲子、內衣褲上面到處是血跡，沾滿糞便，衣服幾乎全部被剪破。凡此種種，均可證明為外傷致死。

當地「610」官員公開叫囂說：「只要放出去的就是寫了保證書不再煉的，只要是沒寫保證書的，就是正常死亡，死著出去的。誰願意上吊就給誰根繩子，即便出了事，我們這些人判刑，也是今天進去，明天出來。」害死陳後，當地政府向張學玲勒索 2000 元的看管費用，還要棉被和伙食費 1000 元。

打人凶手得到了獎勵

當地民眾對於官方害死人還罰款、造謠非常氣憤，他們自發調查發現，至少下面的惡人參與了對陳子秀的毒打。

1. 王繼美，男，50 餘歲，原濰坊市濰城區政法書記，後因打壓法輪功「工作出色」，被提拔到市裡任糧食局一把手。為了升官，他在小小的濰城區就打死了四位法輪功學員（周春梅和孫小柏母女、陳子秀、王佩聲）。

2000 年 1 月，在其精心策劃下，濰城區共設立七個「打人點」，對善良學員進行慘無人道的野蠻毒打，並處以高額罰款，不給錢就不放人。王還揚言「給你們準備好了上吊繩，誰要不會

就讓他們（指打手）教教。法醫從現在開始 24 小時值班，一有打死的馬上鑒定為正常死亡，死了也白死，告也沒處告」；「再不交錢，就我們三頓飯，你們三頓電」。敲詐勒索來的錢財被他們用做發獎金、採購年貨、雇傭打手工資……沒錢交的就抄家、搶東西、拿糧食頂。中共「610」為了獎勵他，還讓他免費去了一次美國，說是為了「考察」法輪功情況。

2. 高新功，男，40 餘歲，1999 年從農村軍埠口鎮調至濰坊市濰城區城關街辦任街道政法委書記，是打死陳子秀的直接元凶。

陳子秀被打死後，由於高新功是命案直接責任者，高曾一度被嚇得面如土灰，心驚膽戰，惶惶不可終日。後來，高不但沒有得到應有的法律制裁，卻反而受到上級的賞識，大會小會點名表揚，說他轉化有方，並批評有些打人點轉化不力，要向他們點學習。他還被評為先進和模範，是區裡的紅人，其他地方還到他那「取經」。見有上級撐腰，高又重新猖獗起來，繼續瘋狂作惡，毫無後悔之意。

2000 年元旦前後，在他建立「打人點」殘害法輪功學員之後，其獨生子突然暴死於橋下，死因不明。當地民眾稱，一人作惡，家人也跟著遭殃。

3. 鄧萍，女，40 餘歲，曾當過百貨大樓售貨員，後任城關街辦胡家牌坊居委會主任。陳子秀被關進來的第二天，她就親自動手打她。期間，曾有一神祕老頭出現，隱蔽了好幾天身分之後，突然亮出工作證聲稱自己是國家安全局的，來考察各地轉化工作。高新功、鄧萍等人一看國家來人了，馬上緊張起來，更加賣力地殘害陳子秀。

見到陳子秀正在院子裡赤足在雪地裡罰站、罰跑，鄧萍躥了出去，沒命地打陳子秀的耳光。鄧每打一下，陳子秀就後退一步，這樣從院東頭一直打到院西頭，後來打手又繼續接著打，把老人打得那晚疼得整整叫了一晚上，聲音淒慘，整個居民樓都聽見了。

陳子秀老人從開始被打到悲慘死去，共四天的時間裡，面對惡人惡言惡行，默默忍受，從沒有一句惡言。

4. 劉光明，男，30餘歲，曾任南關派出所聯防大隊長。他因打人極其野蠻而馳名於市，被城關街辦「高薪」借調充當打手。據說在法輪功學員無怨無恨的勸說下，他一度被感動過，表示不再打人，可一旦上面任務壓下來了，他打起人來依舊就如同惡魔附體，面目猙獰，喪心病狂，失去控制。陳子秀被打死後，其他法輪功學員向他洪法、勸善，他悔恨地說：「晚了，什麼都沒有用了，一切都晚了。」當地警察都說陳子秀死於心臟病，但他毫不避諱地告訴其朋友說：自己打死了人，很後悔。

面對如今失控的社會治安局面，很多百姓都說，這都是中共自己造的孽。15年前政府官員帶頭打死人，打死人了官方還謊稱是病死的，而且打人凶手還被升遷，這樣的社會發展下來，不就是讓人跟著學打人，學幹壞事嗎？

從這個角度看，山東招遠麥當勞餐廳的打死人案，不就是這種暴行在民間的蔓延嗎？如今不只是山東，全中國人民都生活在同樣的恐懼中：該不會哪天出門，就被人打死了⋯⋯

第十五章

蘇榮、徐才厚迅速落馬

蘇榮是中共 18 大以來被打下的第一個「黨和國家領導人」，不過外界認為習近平「打虎」的終極目標是周永康、曾慶紅以及江澤民。（新紀元合成圖）

第一節

香港白皮書背後的中南海決鬥

中共國新辦發表香港白皮書，變相改
動「一國兩制」定義，意欲將獨裁的
制度延伸至香港，攪亂香港局勢。
（大紀元合成圖）

　　香港不但是大陸的經濟入口，也是對外的政治視窗。江澤民
時代，曾慶紅一直主管港澳事務，退休後，住在東莞的曾慶紅，
也一直在暗中操控香港，特別是曾慶紅一手培植起來的梁振英擔
任香港行政長官以來，香港的很多事都和曾慶紅直接相關。

　　2014 年 6 月 10 日，中共國務院新聞辦公室發表《「一國兩
制」在香港特別行政區的實踐》白皮書，重彈「23 條立法」老調，
首次變相改動「一國兩制」定義，且在江澤民設的非法特務機構
「610 辦公室」成立 15 年那一天發表，使得整個香港民怨沸騰。

　　據消息人士透露，曾慶紅辦公室因曾被軟禁而癱瘓，江澤民
集團第二號實權人物無法對外發揮指揮作用，江派現由江澤民兒
子江綿恆掌門，其權術手法遠比不上曾慶紅，最近江派雖力圖攪
局，卻屢屢被習近平陣營擺上台。

　　據該消息來源分析，「白皮書」出台背後涉習江在中南海決

鬥，江派意圖攪局香港，反而被習近平擺上台，中南海在香港問題上出現兩種聲音。

近期多起事件，如普京會見江澤民、中共單方面設立「東海防空區」，都涉及江習大戰，手法相似。曾慶紅遭內控，被監視居住，無法參與最近江澤民集團幾大事件的策劃，江澤民集團接連失利。

國新辦拋香港白皮書 恐嚇港人

6 月 10 日，國務院新聞辦公室發表了《「一國兩制」在香港特別行政區的實踐》白皮書。該白皮書首次改動了鄧小平「一國兩制」說法，稱「兩制」從屬「一國」，內容強調中共對香港擁有「全面管治權」，「愛國」是對治港者的基本政治要求。內容中也提及駐港部隊由中央軍委領導等，此「白皮書」被香港媒體解讀為「京官治港」。

這個「白皮書」出台的時機是 18 萬人參加的香港「六四」燭光集會落幕後，港人「佔領中環」行動在 6 月 20 至 22 日舉行政改方案全民投票，以及「七一」大遊行前夕。

大陸維權律師滕彪指，「白皮書」對於香港的「佔中」而言，相當於八九民運中將民運定性為動亂的「四二六社論」。同時，「白皮書」也被多家港媒認為，對香港人的恐嚇意味濃厚。

江澤民集團在背後運作

華府中國問題專家石藏山稱，「白皮書」的出台，外界明顯

感到曾長期控制中共港澳辦、國新辦的中共江澤民集團試圖激怒香港人，在香港問題上給習近平難堪和壓力。從目前情況看，習那邊顯然同時在利用這次機會，讓江澤民集團做法曝光，同時將其擺上台。

他說，江派勢力過去一直盤據在中共國新辦、外交部、港澳辦，這次選擇國新辦作為釋放此消息的機構，更突顯江派在背後的運作。

在「白皮書」之前，中南海圍繞香港政治有二個最重要的文件，都有負責分管該事務的中央機構名稱，這個「白皮書」出台，沒列明任何中央主責機構。

針對香港政治的第一個文件是《中英聯合聲明》。此聲明在1984年12月19日由時任國務院總理趙紫陽與英國首相撒切爾夫人在北京簽訂，當時中共領導人鄧小平和主席李先念等有在場；兩國政府在1985年5月27日互相交換批准書，並向聯合國祕書處登記。

第二個文件則是《香港基本法》。該法於1990年4月4日人大第三次會議通過，時任中共主席楊尚昆簽署主席令，《基本法》出台。

石藏山說，通常這類「白皮書」會有相關政府職能部門做政策解讀，國新辦做報導，但現在這個「白皮書」在提法上超越此範圍，由國新辦這樣一個負責推動政策的宣傳部門發出並強調「一國兩制」中的「一國」之權限，突顯高層對「白皮書」的分歧。

「白皮書」出台隔天 董建華蹊蹺發聲

6月11日，有接近董建華的消息人士向《南華早報》否認了

《明報》在 10 日的一個說法。

《明報》10 日在其頭版刊登報導，指民主派主席劉慧卿援引一位來自商界消息人士的說法，稱聽說前特首、全國政協副主席董建華「走到北京，跟北京說普選不是對的、並非對香港好。」

這名接近董建華的消息人士 11 日對《南華早報》表示，《明報》「缺乏憑據」。

董建華一直被認為是香港親胡、習派系人物。1997 年之後，習在福建任省長，就與時任香港特首董來往甚密。2007 年習成為中共「儲君」後，仍保持與董的私誼。2011 年 8 月習在北京接待到訪的美國副總統拜登，董是主要陪同成員；2012 年 2 月習訪美，董更是代表團要員之一。2012 年 9 月，在習近平「神隱」前後，董建華在接受 CNN 專訪時透露，習近平在游泳中傷了背部。同時，董還釋放胡錦濤會連任軍委主席的消息。

石藏山說，在此敏感時刻，董建華的這個蹊蹺否認，更是清楚地以「你懂的！」方式，向外界表明了習近平對「白皮書」的態度，以及中南海之間的極大分裂。

而對於中共國新辦出台的這個「白皮書」原文，與習近平陣營關係密切的大陸媒體「財新網」也未報導，只在兩天後簡單轉發了新華社報導的有關中共外交部發言人在例行記者會上回答有關此「白皮書」的問題。

東海防空區背後的政治角力

2013 年 12 月，曾經有港媒稱，中共國防部曾屢次向軍委提議，要求盡快設防空識別區。最終獲習近平確認。

消息稱，當時習近平雖在同意了東海防空區的成立，官方甚至報導習對此說過話，但實際習並不支持此舉。習近平陣營也早知此舉會引發國際社會的憤怒和壓力，並利用國際間猛烈抨擊給中共帶來政治、外交和經濟的困境，習派把握機會對軍中的江澤民勢力下手，軟禁了徐才厚，孤立了郭伯雄。

2013 年 11 月 23 日，中共宣布在東海設立防空識別區，引發國際間強烈譴責。12 月初，美國副總統拜登訪華，與習近平會談。習在表面上官式地重申了中方在「劃設東海防空識別區等問題上」的原則立場。罕見的是，這次拜登在北京與習近平進行了長達五個半小時的會晤。原本計畫 45 分鐘的二人閉門會談，延長到了兩個小時。外媒報導，拜登在北京與習近平密談數小時後「神情嚴峻」。而在此前拜登於日本訪問時，曾透露「習正處非常艱難時刻，我不能給習添麻煩」，意味深長。

此後的 2014 年 3 月 21 日，「路透社」發表前軍委副主席徐才厚遭到軟禁的消息。6 月 11 日，「法廣」引用微博消息指，徐才厚已經在 6 月 9 日被移送檢察機關。

李源潮談「白皮書」 聚焦張德江

2014 年 6 月 11 日，「鳳凰網」公布了中共副主席李源潮的一段視頻。視頻中，李首先與一名西方人交談，其後對「白皮書」只是淡淡的一句，「中央的精神在這個白皮書裡都寫了」。隨後，「鳳凰衛視」記者提問：「那為什麼會在這個時間想到對香港（提出白皮書）？」李源潮臉色一變，臉上笑容驟失，鏡頭也沒有持續下去。

香港熟悉中共運作的內幕人士稱，江派在國新辦、外交部、港澳辦都有勢力，國新辦作為釋放「白皮書」的機構，本身就是把江澤民擺上台。李源潮對此的表態也只會因為其是港澳小組副組長，而把火燒到張德江和整個港澳辦的身上。在這件事情上，即使今後習近平出面做官式表態，也不代表其對「白皮書」的實際態度。

此消息來源還說：「江澤民已經被習設定為『對將來香港混亂局勢的罪責承擔者』。江澤民集團在港澳的勢力將因引發香港社會矛盾激化，再度遭到大清洗。香港將發生大的勢力重組，不排除梁振英被抓的可能性。」

江澤民集團曾長期把持港澳系統

2003 年曾慶紅接手港澳小組組長的職務後，在香港各個重要位置，安插特務人員。曾的勢力一直盤據在中央港澳系統，現任香港特首梁振英也是江派的死黨。到了 18 大以後，江派張德江接手港澳小組組長職務，江澤民勢力一直有著對港澳系統的控制權，爪牙遍布中聯辦、各大在香港的央企、各類協會等。

近期在香港落馬的華潤集團董事長宋林，其後台就是曾慶紅。據報，宋林在曾慶紅的授意下，一直在香港力挺江澤民集團在香港扶植的特首梁振英，為梁當上特首賣力。宋打破華潤董事長由外經貿部副部長或部長助理出任的慣例，靠的就是投靠中共江派勢力。而曾慶紅扎根的基地，是中共在新界的黑幫勢力。

梁振英另一支持者、前摩根大通亞洲區投資銀行副主席方方，3 月底被美國聯邦調查局調查拋出，被逮捕後現處於保釋之中。

普京一句話 江澤民被擺上台

2014 年 5 月 20 日，俄羅斯總統普京訪中國，在上海與江澤民會面，只有部分大陸媒體報導兩人會見。報導中並沒有提及江澤民的任何話語，只提及普京說「感激江澤民對中俄關係的貢獻」。一向愛出風頭的江澤民，在這次會見中罕見成「啞巴」。

石藏山說，普京的話被習近平陣營有意選擇性釋放，普京一句「感激江澤民對中俄關係的貢獻」，實質點到江澤民要承擔在 1999 年與俄羅斯簽署出賣 100 多萬平方公里中國領土，相當於東北三省面積的總和、幾十個台灣的賣國條約的責任。

「這就是近期習近平在把江澤民擺上台的做法，其後微博對江澤民賣國的評論出奇的多，使得當局不得不關閉這條普江會消息的評論功能。」

江澤民集團頭目變成江綿恆

《大紀元》報導稱，曾慶紅已遭監視居住，對外的官式聯絡已經被切斷。現在的江澤民集團，因周永康和曾慶紅相繼出事，江綿恆被推上台面。

石藏山說，曾慶紅的手法以陰毒著稱，其對手通常被栽後「有苦說不出」。在李旺陽事件上就是一個體現。當年，曾慶紅通過謀殺李旺陽，曾讓國際怒火針對 18 大前夕的胡錦濤。再有就是 2014 年兩會之前的昆明血案，曾慶紅雇凶殺人，製造恐怖攪局習近平，讓當局有苦難言。不少熟悉中共事務的人士認為，馬航事件也有曾慶紅在背後的身影，但當局卻說不出口，因這其中每個

事件真相曝光，就足以讓中共下台。

「反觀近期江澤民集團的做法，在曾慶紅被監視居住後，昏招迭出。江澤民去見普京，本還想露臉，卻被習近平擺了一道。本想用白皮書嫁禍習近平，又被董建華以『你懂的』方式戳穿。」

他說：「本來中南海內鬥極複雜，只有圈內人看得懂。但經江綿恆策劃，懂的人卻越來越多。」

第二節

曾令特工偽裝成反對派和律師

　　香港歷來是曾慶紅的地盤，曾利用各種手段在香港各行各業安插他的特務。在曾慶紅強勢時，沒有多少人敢站出來揭穿此事，等到曾慶紅快下台後，敢言的人也就越來越多。

　　2014 年 6 月 1 日，前《人民日報》編輯吳學燦在美國舊金山民權研討會談到，中共的特工系統近十幾年來的發展與對中國社會的全面滲透。他提醒，要防範中共的滲透。吳學燦在演講中說，中共搞滲透是全面的，「以記者和官員身分做傳統特務外，更多的特務則是偽裝成反對派人士、民運人士，甚至是訪民、要飯的乞丐，還有一大批所謂的維權律師和人權律師。」

　　他說：「特工混進民運分子、異議人士、維權鬥士中的人數越來越多，甚至成為多數，就會成為掌握民主運動和維權鬥爭的節奏，關鍵時刻來一個回馬槍。」

　　他表示，中共的這個做法由來已久，他本人就是 1972 年由

周恩來親自批准，從現役軍人被調到人民出版社，進行滲透。

江、曾操控特務攻擊政敵內幕

吳學燦在演講中引述劉剛的文章透露：「到了江澤民時代，這些特務就發展得遍布各地，遍布各行各業了。」

「將特務偽裝成反對派，原本是為了監視反對派的活動。但是，發展到曾慶紅和周永康時期，這反對派的頭面人物幾乎都被他們派出的特務控制，甚至本身就是特務了。反對派或民運人士的身分，是特工們的最好的掩護。特工系統攻擊中共內部政敵的活動，大都以反對派的名義去進行。」

目前，這些特務們聽其幕後主子調遣，將他們在中共內部的「政敵」作為攻擊目標。以反對派的名義對政敵發起攻擊，既能有效地打擊對手，又能贏得不明真相的人們的理解和支持。即使萬一不成功，也能嫁禍於反對派，敗壞反對派的名聲。

此前有報導，江澤民集團曾多次攻擊習近平等政敵。

2014 年中共兩會後，江澤民集團在海外中文媒體發表了5000 字《習近平是內奸！中國到了緊要關頭》的網文，稱習近平是「反民族、反人民、反革命政策」，「習近平的政策圖窮匕見」等；文章並宣稱要用「你死我活的革命行動」等。

2014 年 1 月 21 日，「國際調查記者同盟」發表了「中國離岸金融解密」，披露了中共高層包括習近平等六大家族的「離岸」內幕，引發大震盪。

但蹊蹺的是中共諸多高官太子黨捲入「離岸」醜聞，唯獨缺江澤民、曾慶紅和周永康等巨貪家族。

中共兩會前一天，3 月 1 日 21 時左右，雲南昆明火車站發生震驚全球的砍人血案，造成 32 人死亡、143 人受傷。據悉，昆明恐襲案發生之後，中南海高層內部很快斷定是江澤民集團所為。此前刺殺《明報》前主編劉進圖事件，也是曾慶紅通過其香港的特務一手製造的。江澤民集團連續製造事端，就是想製造輿論壓力，趕習近平下台。

第三節

中南海最新排名 獨缺江曾周

　　曾慶紅在 2014 年 5 月之前就被祕密內控,無法再對外發號施令,等到了 6 月,習近平對他的態度,就和對周永康的態度一樣了。7 月 29 日,中共中央正式宣布對周永康進行立案調查。

怪異反常的追悼會名單

　　2014 年 6 月 12 日上午,胡春華掌控的《廣州日報》發表了題為《廣東政法委原書記梁國聚遺體火化 習近平等哀悼》的文章,67 歲的梁國聚因病死亡,他的最高頭銜也僅是曾任廣東省委常委、省政協副主席,一般這類追悼會文章也就幾十個字,放在報紙很不起眼的地方,不過令人驚訝的是,這篇文章被胡春華安排在頭版,全文近 600 字,而這 600 字並沒有介紹任何梁國聚的人生經歷,而是用了近 400 字、不厭其煩地羅列了 51 位高官的

名字，稱他們「用各種方式」表示了哀悼和慰問。

人們還注意到，這51位高官名單都被安排在A1版，剩下一小段文章被轉到A7版，明眼人一看這就是在傳遞資訊、傳達暗號。一個副省級官員之死，怎麼可能驚動習近平以及一大幫中南海高官呢？財經媒體人羅昌平在微博中解析說，這似乎是一次階段性「打卡賽」，缺席者一目了然。

51 位高官的排序

那誰缺席了嗎？中共官員在官方報導時的排名順序，歷來就是中共權力排行榜，反過來看，也是官員落馬的公布榜：誰沒上榜、誰排在誰的前後，這些都是反復斟酌，並上報最高辦公室批准的，絕對不能隨意改動的。一個半小時後，中共頭號官媒「人民網」也一字不差地轉載了這篇《廣州日報》的古怪訃告：

「梁國聚同志病重期間和逝世後，習近平、李克強、張德江、劉雲山、張高麗、胡錦濤、汪洋、孟建柱、趙樂際、胡春華、李鵬、喬石、朱鎔基、溫家寶、李瑞環、吳官正、李長春、羅幹、郭聲琨、葉選平等；中央軍委委員張陽；中央和國家機關有關領導同志由喜貴、胡澤君、楊煥寧等；廣州軍區領導同志劉長銀等；武警部隊領導同志牛志忠等；有關省、區、市領導同志吳志明等；中央和國家機關老同志顧林昉、田期玉、劉京、白景富等；部隊老同志李希林、劉書田、楊正剛、文國慶、王同琢、周遇奇等；廣東省領導同志及老同志朱小丹、吳南生、寇慶延、朱森林、盧瑞華、張幗英、黃麗滿等，前往醫院看望或通過各種形式對梁國聚同志逝世表示沉痛哀悼並向其親屬表示深切慰問。

11 日下午 2 時，胡春華、黃龍雲、朱明國同志和黃華華、林樹森、歐廣源、高祀仁、馬興瑞同志等，在哀樂聲中緩步來到梁國聚同志的遺體前肅立默哀，向梁國聚同志的遺體三鞠躬，並與親屬一一握手，表示慰問。（下轉 A7 版）」

排名藏有大看點

在行家眼裡，這份名單至少有下面五點與以往排名不同，或超出人們的預期。

一、自從習近平上台並推出「習八條」之後，胡錦濤作為「廢除老人政治」的主要決策者和實踐者，他主動讓自己的排名落在現任七常委之後，不過這次七常委中的王岐山、俞正聲沒有出現，熟悉目前局勢的人都知道，王岐山忙於打老虎、俞正聲忙於新疆事務，他們兩人沒來表示哀悼也是情理中的事。

二、緊跟胡錦濤的是現任政治局委員、前廣東省委書記汪洋，接下來是政法委書記、死者的頂頭上司孟建柱，再下來的趙樂際，目前擔任中央書記處書記、中央組織部部長，此前他在陝西、甘肅工作，是胡錦濤提拔起來，但作為習近平老家「陝西幫」的人，深得習的器重並委以人事大權。胡春華隸屬團派，和習近平的關係很好，習才把自己父親多年生活的地方交給他。

三、接下來是一幫前朝遺老：李鵬、喬石、朱鎔基、溫家寶、李瑞環、吳官正、李長春、羅幹。他們中很多都是習近平公開的支持者，唯有這一頭一尾的李鵬和羅幹最值得一提。近期江澤民、曾慶紅控制的媒體，不斷炒作李鵬家族的貪腐醜聞，目的是擴大習近平的反腐打擊面，讓習處於樹敵太多的孤立被動局面。王岐

山一直以來都是集中火力攻擊江派的貪腐官員，現階段沒有涉及其他派系，江派媒體故意這樣放風只是為了誤導輿論。羅幹原是李鵬提拔的，但後來羅幹為了爬得更高，投靠了江澤民，不過目前按照習李王的布局，第一步是清理江派死黨，羅幹沒有跳出來鬧事，也就能暫時平安無事。

四、郭聲琨是公安部部長，與死者也算上下級關係；而退休多年、如今快90歲的葉選平出現在名單中，倒是有些出人意料。不過，葉家與習家是兩代交好，葉劍英和習仲勳兩人最早在延安相識，後來習仲勳因保胡耀邦受貶後，一直住在葉家掌控的廣東深圳，而葉選平也曾是習仲勳的下屬，兩家族歷來交往密切。2012年重慶事件爆發後，習近平在倒薄接班的過程中，葉選寧曾將三千太子黨伏兵移交給習近平指揮。習上台後，在葉家的傾力幫助下，很快掌控軍方，所以一貫低調的葉家人出現在名單上也不奇怪。

欲蓋彌彰的手法 突顯江曾周消失

五、奇怪的倒是名單後面的人。如果在維基百科中輸入「上海幫」這三個字，會出現這樣一串名字：「上海幫的主要成員包括：吳邦國、賈慶林、曾慶紅、李長春、周永康等人；其他成員據推測還包括：張德江、俞正聲、劉雲山、張高麗、回良玉、曾培炎、孟建柱、杜青林、華建敏、陳至立等人；以及中共『18大』召開前後晉升國家級副職的韓正、晉升省部級正職的楊雄、杜家毫、蔣定之、李東生、蔣潔敏、吳志明、楊曉渡、丁薛祥、晉升省部級副職的時光輝、周偉等中生代。」這段來路不明的定義，倒是基本符合實情。

從《廣州日報》這個排名不難看出，裡面有不少隸屬於江澤民派系的人，如由喜貴、劉京、吳志明、黃麗滿等人。相傳吳志明是江澤民的外侄兒，黃麗滿是江澤民在廣東的老情人，由喜貴是江的鐵桿親信，劉京是江澤民的死黨。

人們不禁要問，既然江派嘍囉都出垷了，江派三大巨頭哪去了？江派三大佬指的是江澤民、曾慶紅和周永康。這是習陣營傳遞類似「你懂的」信息：就是要讓人明確：江派小嘍囉都出現，但江派大佬卻消失了，唯一原因就是他們三人被習近平關押、軟禁和監視控制了。

原來，這篇特別的訃告傳遞的就是江派三大佬即將死亡的資訊！這與此前坊間傳出的各種消息遙相呼應了：原來周永康真的被抓了，曾慶紅真的被軟禁了，江澤民真的被監控了！

自 2013 年 10 月開始，江澤民在多次追悼會「失蹤」，如 2013 年 12 月 17 日在廣州舉行的「粵劇宗師」紅線女的告別式中，未見江澤民與任何一個江派背景前常委的名字。2014 年 1 月 9 日，香港邵氏電影公司創辦人邵逸夫喪禮，江澤民和十多年來負責港澳工作最重要人物曾慶紅的名字都沒能見報。

97 歲宋平「18 大」後首露面

就在江派三大佬從政治舞台消失的同一天，97 歲的中共元老宋平在北京露面，被官媒高調報導，稱這是宋自中共「18 大」以來的首次露面。

據《新京報》報導，6 月 12 日上午 10 時左右，97 歲的宋平出現在北京的文津俱樂部，參加了一場「助學幫困」的慈善活動。

宋平身著白衫黑褲，在隨行人員的攙扶下來到活動現場，他與身邊人員握手、合影，但未發言。

文津俱樂部隸屬於中央辦公廳老幹部局，是為中央副部級以上離退休高官服務的專門機構。宋平是否在那裡與一幫老人透露點什麼，傳達點什麼，也就不得而知了。報導在結束前特別提到宋平擔任中共甘肅省委第一書記期間，胡錦濤曾在甘肅省建委任職。

提到宋平的名字，人們一般想到的就是他是胡錦濤的政治「伯樂」和恩人。1972 年至 1981 年，宋平出任甘肅省委書記。期間胡錦濤在甘肅任建委主任，獲得同是清華校友的宋平賞識。據知情人士披露，重用胡錦濤的主意，最早是宋平和喬石兩人在政治局常委會上率先提出的。還有消息稱，一向以書法好著稱的胡錦濤，曾經寫了四個字送給鄧楠：樸質方正，結果讓鄧小平高興不已，因為鄧小平非常欣賞這四個字，他的兩個兒子的名字就因此而成。據說告訴胡錦濤這個資訊的人就是宋平。

據說宋平歷來討厭江澤民。「18 大」前夕港媒曾報導說，江澤民為了干政，「18 大」三中全會時遞交了一封題為「我的意見和建議」的信函，結果遭到眾元老的反對，被原封不動地退回中辦。宋平與前中共人大委員長萬里曾對江澤民的不安分予以斥責，二人聯署一份題為《學習和共勉之》的「致退離休老同志倡議書」，向江澤民的「老人干政」提出「六不要」。

中共官媒在讓 88 歲的江澤民消失的同時，卻讓 97 歲的宋平露面，在讓黃麗滿之類不入流的人上報紙，也不給曾慶紅、周永康機會，這一捧一壓、一仰一抑，彰顯了中南海高層分裂的巨大，一場風暴很快就會來臨。

第四節

習打掉第一個國家領導人內幕

曾慶紅（右）有意栽培蘇榮（左），
想讓他成為自己退休後在老家的保護
傘，沒想到這個心腹比自己還先落
馬。（大紀元合成圖）

　　這場政治風暴首先體現在蘇榮的落馬上，緊接著是徐才厚的
落馬。

　　2014 年 6 月 14 日中紀委發布中共委員會副主席蘇榮目前正
接受調查。蘇榮的被查，讓他成為中共「18 大」後首名被打下的
「黨和國家領導人」，同時也牽出江西幫、吉林幫、石油幫、血
債幫等眾多窩案，而這些幫派之後，都有曾慶紅的影子。

　　一聽到「蘇榮」這兩個字，很多人會想到「殊榮」這個諧音。
在 1965 年之後，他真的得到了一個「殊榮」：中共 18 大以來被
打下的第一個「黨和國家領導人」，是第一隻國家級「大老虎」。
本來很多人以為這個「殊榮」是歸於周永康的。

18 大後 首位副國級落馬

2014 年 6 月 14 日，中紀委像以往一樣，選擇在人們不上班的時間發布重要消息，好讓網民們有充裕的時間發表評論，令事件達到最佳發酵效果。中紀委網站 14 日下午 5 時發布消息稱，第 12 屆中共委員會副主席蘇榮，目前正接受調查。這條消息不長，但包含的內容卻不短。

在中共常見的黨八股文章中，經常說某地群眾受災後得到「黨和國家領導人」的親切關懷等，按照中共官媒新華網的定義，目前被列為「黨和國家領導人」的共有 68 人，他們涵蓋 20 種職位、99 個職數，上到中共中央總書記習近平，下至中共政協副主席蘇榮。也就是說，蘇榮 2013 年 4 月被「調虎離山」高升到北京進入政協時，才剛邁進權力金字塔最高層的門檻，能享受「死後進八寶山」的「殊榮」。

按照中共內部編制，最高的屬於正國級，如習近平、李克強這樣的政治局常委，這屬最高級別；第二級就是蘇榮這樣的副國級，包括中央政治局委員和候補委員、中央軍委副主席、中央書記處書記、中紀委書記、中央政法委書記、中共人大副委員長、國務院副總理、國務委員、中央軍委副主席、最高法院院長和最高檢察院檢察長等。

蘇榮的被查，讓他成為中共「18 大」後首名、所謂「改革開放」後落馬的第五個「黨和國家領導人」，前四人是陳希同、陳良宇、薄熙來以及成克杰。這四人都是因中共內部鬥爭而被拋出：陳希同落馬是江澤民清洗北京幫的需要；陳良宇和薄熙來被拋出是因胡錦濤打擊江澤民集團；成克杰被殺據稱與他當年想染指「國

母」宋祖英有關。

中紀委通告一出,「新華網」論壇博客就開始密集造勢,很快就發表了七篇文章,如《副國級官員蘇榮被查有啥懸念?》、《蘇榮「被秒殺」,「大老虎」將現形?》、《蘇榮被調查釋放了中央什麼重要信號?》、《「大老虎」蘇榮落馬非同小可!》、《「副國級」高官蘇榮落馬「可讀性」在哪?》等,一再把人們的關注力引向蘇榮背後的更大老虎,官媒這樣密集的造勢,同時也讓人感覺蘇榮將被關進秦城去和薄熙來作伴。

牽出四大幫網絡

據官場知情人介紹,出生在吉林洮南的蘇榮,52歲前一直沒有離開過吉林,從農村大隊會計開始,一直到吉林省委副書記。而當1999年江澤民發動第二場文革——鎮壓法輪功之後,善於鑽營的蘇榮,像薄熙來一樣,為了升官,不惜昧著良心幹事,他抓住所謂的「機遇」,投江澤民所好,積極鎮壓法輪功,於是他的仕途一下變得「柳暗花明」。

他先是2001年到青海擔任省委書記,兩年後調到甘肅,也是當一把手,2006年他被曾慶紅看上,上調到中央黨校當副校長,當時校長是曾慶紅。一年後曾慶紅把他調到自己的老家江西省當省委書記,於是江西就成了曾慶紅真正的老家,江西官場的腐敗也就越發不可收拾。

蘇榮歷任三省「封疆大臣」、「地方諸侯」,還當過中央黨校常務副校長,四個正部級崗位的「磨練」,如此「深厚」資歷在當今中共政壇並不多見。很顯然曾慶紅是有意栽培他,想讓他

成為自己退休後在老家的保護傘，沒想到這個心腹比自己還先落馬。

早就有民眾舉報蘇榮的貪腐，如 2006 年他從青海調到北京後，青海省委有關部門在他離任後替他收拾家中物品時發現一本「工作筆記」，裡面寫滿了青海官員們「送禮」的記錄，不過他們將這個受賄記錄交給紀檢部門後，杳無音信。

蘇榮的落馬表面上的原因是他在江西的貪腐被民眾舉報。從 2007 年開始就有江西老幹部舉報蘇榮和他妻子（人稱「余姐」）的貪腐醜聞，但都不了了之，直到 2013 年 5 月至 8 月，中紀委第八巡視組在江西巡視時，原江西省新余市人大常委會主任周建華的前妻姚敏建，公開實名舉報蘇榮妻子涉及多項建設工程貪腐問題，以及周建華因舉報蘇妻而遭到蘇榮構陷等情況。前不久，周建華的舉報信在網上公開披露，引起軒然大波。

不過在此之前，王岐山已經提前做了準備。在派人到江西巡視前，習近平、王岐山、李克強陣營已經開始全面布局，在巡視組出發前一個月就把蘇榮從江西調到了北京，看似高升了，但實質是為了調虎離山，這樣才能進山「打虎」。人們看到，蘇榮在政協副主席的位置還沒坐滿 15 個月，等中紀委把調查報告寫好、一旦中南海搏擊需要炮彈時，蘇榮就享受了充當攻擊對手炮彈的「殊榮」。

18 大後習李王陣營「打虎」很多時候都採用了這種調虎離山計，比如對於蔣潔敏，先也是從其根深柢固的中石油「高升」到國資委當主任，但一去就下不來了，再也無法平安落地了。

從蘇榮的身上，不難看出他至少有四大標籤，分別是「江西幫」、「吉林幫」、「石油幫」和「血債幫」，到底哪個是他落

馬的關鍵因素呢？也就是說，今後給他定罪，主要會從哪裡著手呢？

截至 2014 年 6 月 20 日，中共打虎已經把 30 個副省部級以上高官打入了老虎籠，他們集中在四川、江西、山西等地，從地理位置上看，這些地方已經成為王岐山打虎的「景陽崗」；從手法上看，中紀委採用了「鏈式推進」的同時「重點突破」，一窩一窩地打虎，由於老虎之間也有很多「聯姻關係」，什麼虎兄虎弟、老虎小虎都牽扯出來了，從企業性質來看，壟斷國有企業成了重點。

不過跳出這些表面現象來看，習陣營打虎，集中針對的就是阻撓其「改革」的江澤民派系的貪官，採用的戰術就是從外圍到內核，他們並不單刀直入，也沒有萬軍之中直取上將首級，而是不斷地圍繞外圍入手，不斷打掉周永康、曾慶紅、江澤民提拔的祕書和親信，不斷擴大外圍打擊面，同時為了令中共這艘破船不垮，習陣營也在不斷妥協，希望攔路老虎能自己讓路，哪知江澤民集團並不服軟，不斷反撲，就跟薄熙來一樣，到法庭上了還全盤翻供，令雙方此前達成的各項妥協方案一次次破局，各種協議一次次被撕毀，於是一回合連著一回合，雙方展開了激烈搏擊。

第五節

徐才厚曲折落馬
全程內幕揭祕

網路曝光一張薄熙來 2012 年落馬前六天，徐才厚在中共人大會議主席台上緊握薄熙來雙手予以安撫的照片，並稱徐才厚這一動作當時驚動中南海高層。（Getty Images）

　　西方哲學家說，凡事都有因由，世上沒有偶然的事；咱中國人講，凡事自有天意，人算不如天算。徐才厚的落馬時間、地點、牽扯人物，前因後果等，好像都很突然、很個體，不少民眾喜歡看熱鬧的官場劇，不過塵世後面的天機卻更值得深思。

　　就在中共建黨 93 年的前一天，2014 年 6 月 30 日，已下班的大陸民眾們突然獲悉官方正式通告，2014 年中共中央政治局會議 6 月 30 日決定給予徐才厚開除黨籍處分，對其涉嫌受賄犯罪問題及問題線索移送最高檢察院授權軍事檢察機關。

　　事實上，此前在 2014 年 3 月 15 日，這位已患膀胱癌的退休中共中央軍委副主席、上將徐才厚，已在秦城監獄看守監區一邊接受治療，一邊接受審查，在監區度過了他的 71 歲生日。

一薄一厚的奇妙對比

從 2007 年以來的五年中，人們經常在電視上看到，在中共最高會議的主席台第一排最左端會出現兩個人，如今百姓戲稱他們是「一薄一厚」的難兄難弟，薄的是出身紅門的薄熙來，厚的是來自貧民的徐才厚。兩人都發跡於東北，有很多共同的愛好，彼此交往甚密，而且兩人都是因下屬舉報而案發，兩人都在同一個「打假」的日子落馬，兩人都同一日期步入秦城：薄熙來 2012 年 3 月 15 日在兩會第二天被免去重慶市委書記職務，而徐才厚在 2014 年 3 月 15 日被中紀委授權的軍紀委從北京 301 醫院帶走調查，前後相差兩年。

表面上兩人的罪行很相似：由於沒有管好老婆、孩子而收受巨額賄賂、徇私枉法，而且兩人都得遇於所謂同一個政治「貴人」，也正因為這個政治貴人的「指引」，他們才落到今天這個地步。很快這一薄一厚將在秦城隔牆相伴，卻永遠不得相見。

徐才厚落馬消息傳出後，網路流傳很多段子，表現了民眾的支持：「這個世界，既不是薄的，也不是厚的，終究是平的。」「薄的也不行，厚的也不行，平的才行。」「一碗康麵泡兩年，厚積薄發貌漸顯。自古貪慾深如淵，更大老虎藏後面。」

其中有個段子和照片很吸引人。說兩年前徐才厚的一個動作驚動了中南海高層，引來今日殺身之禍。2012 年 3 月 9 日，薄熙來落馬前六天，在人大會議現場，薄熙來深知自己大禍臨頭、惴惴不安，亟需找人傾訴，渴望抱團取暖，這時坐在他身邊的徐才厚伸出了「援手」，只見徐才厚在主席台上緊握薄熙來的雙手予以安撫和鼓勵。據說事後徐被要求說明情況，才僥倖脫身。

這只是個笑話，不過此時故意高調「流傳」這張照片，說明高層有意讓人把其罪行連同起來。即使沒有這張照片，徐的落馬也是必然的，只不過這張照片顯示了徐即使在薄出事後，依然願意和薄為伍的立場選擇。

北京一度想放過徐才厚

事實上，在薄熙來落馬後的 2013 年 3 月的兩會上，徐才厚出事的跡象已經顯現。3 月 17 日中共人大閉幕會上，連續缺席開幕式和會議的徐才厚依舊缺席，當時港媒報導說，徐才厚牽涉解放軍原後勤部副部長谷俊山腐敗案受到調查，他「不便出席」兩會而「被請假」。此前的 2013 年 1 月，港媒報導了 22 歲的趙丹娜利用香港八個銀行帳戶洗錢 100 億港幣，被港警抓捕後，放棄 3000 萬港元保釋費潛逃回大陸，而趙丹娜據說是徐才厚妻子的姪女。

接下來一年中，隨著薄熙來被公審、判刑，在海外的華文媒體、特別是大紀元新聞集團，不時報導薄熙來與徐才厚的各類罪行，但也有江派媒體放風說，北京會按照黃菊模式來讓徐才厚軟著陸。2006 年黃菊因為牽扯到原上海市委書記陳良宇案被調查，由於當時黃被診斷出患有胰腺癌，直到 2007 年黃菊病逝，當局未對其採取進一步措施。這次徐才厚已是晚期膀胱癌，等於已「判處死刑」，他本人也積極退贓，於是徐才厚的黨羽以此來爭取對他的寬大處理。

有消息稱，北京當局一度也準備放過徐才厚。徐才厚原本是江澤民一手提拔的，但到了 2012 年王立軍出事後，善於分辨時

局的徐看到江派末日已近，於是趕緊轉身投靠胡錦濤，薄熙來一出事，徐才厚就積極帶領軍隊表態支持胡，而胡在同意習近平上位、以及「18大」全退布局時，已經建立起牢固的胡習聯盟，隨著徐才厚不斷向胡錦濤和習近平表忠心，北京方面的確想過放他一馬，因為同時打擊面太多，中共這個體制會受不了。

2014年1月20日，中央軍委慰問駐京部隊老幹部迎新春文藝演出在京舉行，習近平出席，現任和曾任中央軍委副主席的范長龍、許其亮、張萬年、郭伯雄、徐才厚都出席了。這是徐才厚最後一次公開露面。有消息稱，在等候的過程中，徐才厚試圖和習近平搭話，並盛讚其對於腐敗和奢侈浪費的高調打擊，據說習在聽的過程中一直沒說話。在和習搭話後，幾名曾獲徐才厚提拔的高級官員立即走向徐，向其獻媚了一番，向徐致軍禮之餘還恭維了其身體狀況，這些都被習近平看的清清楚楚。

雖然滿頭白髮的徐才厚已不復往昔的神采，但能夠隨同習近平一起出席活動，他面帶微笑與習一起同與會者握手致意的照片能登在官方媒體上，外界普遍理解為這是徐「過關」、「著陸」的信號。假如沒有後面江派曾慶紅發動的瘋狂反撲，徐才厚可能也就平安著陸了。

江派搞另類政變 激怒習

就在滿面笑容的徐才厚和習近平公開露面的第二天，江派人馬看到習陣營妥協，於是更進一步發起攻擊，1月21日連續發生兩起大事，讓習近平改變了主意。

2014年1月21日，也是在1月7日陳光標在紐約誣陷法輪

功失敗的兩周以後，江派血債幫不惜讓大陸絕大多數網站癱瘓，也要再次上演逼宮鬧劇。當天大陸很多民眾的電腦都無法登錄其想要訪問的網站，而是指向了美國法輪功學員開發的突破中共網路封鎖的動態網。

1月21日，國際上還發生了一件令人震驚的事：總部設在美國華盛頓的民間組織：國際調查記者同盟（ICIJ）發表一份調查快訊，稱「至少有五名現任與前任中共中央政治局常委的親屬在英屬維爾京群島和庫克群島等離岸金融中心持有離岸公司，其中包括現任國家主席習近平、上屆國務院總理溫家寶及李鵬、上屆國家主席胡錦濤以及已故領導人鄧小平。」這等於是說這些人貪腐受賄並將巨額財產藏到了海外。

而這份離岸記錄，唯獨獨缺三巨貪：江澤民、曾慶紅、周永康。

薄熙來此前曾花巨資讓李東生收買和滲透國際媒體，這只是他們前期努力的結果。當時《新紀元》分析這是江派為保周永康、曾慶紅之流而發出的死亡威脅，是「同歸於盡」的流氓戰術。

接下來習陣營忙著準備3月的兩會，其間也沒有停手清理江派爪牙。先是周永康爪牙如前祕書冀文林落馬，遼寧省原公安廳長李文喜及瀋陽市檢察院檢察長張東陽被抓，然後是周永康在四川扶持的黑社會頭目劉漢被公審等等。

不過江派也沒有停手反撲，在兩會開幕前的3月1日，在昆明策劃了火車站砍人凶殺案，江派原本計畫在五個城市同時製造恐怖襲擊事件，但後面四個城市見昆明當局開槍阻止，就沒敢繼續執行計畫。以曾慶紅為首的江派搞出這些恐襲事件，就是為了製造恐怖局勢，讓人覺得習近平上台，社會變得更亂了，習執政

犯下大錯，應該由江派常委出面來糾正其錯誤，讓江派人馬唱主角。

在此之前，習近平利用成立各類中央領導小組，如深化改革領導小組、國家安全委員會、網路安全委員會等，架空了江派常委張德江、劉雲山、張高麗的實權，這三人名義上是政治局常委，實際上並無多大實權。

軍頭三次效忠後習才出手

在江派撕破妥協、拚命攻擊習陣營之後，中共兩會剛一結束，2014 年 3 月 15 日，數十名武警從北京 301 醫院將病榻上的徐才厚帶走，同一天被控制的還有徐的妻子、女兒和徐才厚的一名董姓祕書；也就在同一天，習近平正式擔任中央軍委深化國防和軍隊改革領導小組組長，習李王的反腐之手伸進了軍隊。

於是人們看到，2014 年 3 月 31 日，被查了兩年的谷俊山終於因涉嫌貪污、受賄、挪用公款和濫用職權，被軍事檢察院向軍事法院提起公訴。同一天新華社報導說，中央軍委向北京軍區和濟南軍區分別派遣了反腐巡視組進行巡視。這兩個軍區被選中是有原因的：北京軍區負責保衛首都，而濟南軍區則是徐才厚和谷俊山兩人晉升之路的所在之地。

在習近平對徐才厚宣布調查之前，各地軍頭已紛紛表態。2014 年 3 月 7 日，《解放軍報》以兩個版面跨版通欄標題的形式發表了包括七大軍區、空軍、海軍、二炮、總後、總裝、軍科、國防大學、國防科大的政委在內的 18 名中共將領參加第一期研討班時的發言摘登，表態效忠習近平。這些將領中包括總後政委

劉源和國防大學政委劉亞洲，但不包括參加第一期研討班的范長龍、許其亮、房峰輝、趙克石、張又俠、張陽等中共軍委級軍頭。

等到了 4 月 2 日，中共七大軍區司令員、空軍司令員、二炮副司令員、武警部隊司令員在內的 18 名軍頭在《解放軍報》發表署名文章，集體表態「效忠」習近平。4 月 18 日，中共各軍區副司令、總政主任助理、總參謀長助理等 17 名副職將領發表署名文章，再次集體向中共軍委主席習近平「效忠」。

通過這三次公開的軍頭效忠表態，胡錦濤向習近平完成了具實質意義的軍權交班，胡將自己的軍方嫡系轉移到了習近平名下，習近平也就算基本掌握了軍權，於是才有了 6 月 30 日給所謂「黨的生日獻禮」的軍中大貪「徐式貢品」，接下來 7 月 2 日中共軍方四總部七大軍區立刻表態支持查處徐才厚也就順理成章了。

至此，人們發現，徐才厚的落馬揭開了兩大謎團：一、為何中共將領非得要多次集體向習近平表忠心，這在中共歷史是非常罕見的；二、為何王岐山一個多月沒有公開露面，原來是在處理徐才厚以及其背後的大老虎。

徐案震盪 四少將一中將被抓

隨著谷俊山、徐才厚等軍頭的下台，中共軍方反貪風暴越演越烈。除他倆外，還有四名少將落馬。

2014 年 6 月 25 日，中共少將、原四川省委常委、四川省軍區政委葉萬勇與曾慶紅的親信蘇榮及原華潤集團董事長宋林一同被撤銷中共全國政協委員資格。據說葉深度捲入周薄政變，並多

次參與密謀，其被全副武裝的特警抄家帶走。還有消息說，葉萬勇出事也與徐才厚有直接關係，幾年前葉曾送徐一箱巨額現金行賄買官。

另外港媒報導說，現任西藏軍區副政委、長期在四川軍區任職的少將衛晉也在一個月前被拘捕，也有可能牽涉到徐才厚案。

3月27日，中共少將、軍方總後勤部司令部副參謀長符林國，疑被捲入貪腐案被逮捕，而山西省軍區少將、原司令方文平也傳被調查，但官方尚未透露有關細節。

「王子犯法 庶民同罪」

6月30日，北京當局在公布徐才厚被送交軍事法庭的同時，「新華網」還發表了一篇博客，稱徐案透露出三個隱情：一、「退休」已經不是貪官的「保護傘」；二、「退二線」也不再保證貪官「平安」；三、文章說，徐才厚是中共近30年來被處理的最高級別的軍隊高官。按理說行文至此，作者會感嘆，看來「法律面前，人人平等」，但該博客卻說從徐案中他看到「王子犯法，庶民同罪！」徐才厚出生平民，不是王子，這篇新華社的文章是在暗示誰的落馬呢？

結合近一段時間大陸媒體對江澤民各類醜聞的變相曝光，如江澤民會見普京後，官媒強調江對俄羅斯出賣土地「貢獻大」、對把法卡山拱手讓給越南、李瑞英、宋祖英的失勢醜聞、江綿恆接待習近平到上海參觀但卻無法在媒體上被報導等等，這個「王子」無疑就是指江綿恆。這是用「你懂的」方式向江派發出警告，無論何人習都敢動。

落馬貪官的共性

中共「18大」後，30多個省部級高官被打下馬，面對幾乎無官不貪的中共官場，有人說這是在有選擇性的反腐。那選擇標準是什麼呢？官方稱是零容忍，其實中共無官不貪已經成為公認的現實，不可能零容忍，真的零容忍，中共也就立馬解體了。

到底這輪反腐的標準是什麼呢？其實是應驗了一句古話：時局逼人，民心如此，天意使然。

仔細分析這些落馬官員，他們有個最大特徵、也就是最大相同之處，就是他們都曾經積極跟隨江澤民迫害法輪功。

6月25日，中共政協副主席蘇榮被正式免職。蘇榮在1999年江澤民鎮壓法輪功後兼任吉林省「省委處理法輪功問題領導小組」（「610」辦公室）組長，主持全省對法輪功的鎮壓行動。吉林成了迫害法輪功的重災區。無論是在吉林、青海，還是甘肅、江西任職，蘇榮都將迫害法輪功作為工作重點，結果被國際組織「追查國際」調查報告通報。2004年11月，時任甘肅省委書記的蘇榮出訪贊比亞，被海外法輪功學員告上該國高等法院，他接到傳票後驚恐萬分，最後不得不以偷渡的方式，途經他國逃回大陸。

6月30日，廣東省委常委、廣州市委書記萬慶良，在被查三天後就被正式免職。萬慶良「被秒殺」免職，與其參與江派勢力在香港攪局相關。習近平要在「七一」敏感期前防止萬慶良受江派旨意，操控地下黨特務在香港大肆製造混亂局面。而且萬慶良在任廣東省團委書記期間，不斷在各級大中院校發動各種迫害法輪功的宣傳和活動，用謊言強制毒害年輕人；在揭陽，至少15

位法輪功學員被迫害致死，數十人遭非法判刑，約百人遭非法勞教拘捕、被劫持到洗腦班的學員則有 3000 人次之多，其他種類迫害則難以盡敘。

6 月 30 日晚 6 時許，中紀委網站公布了「中央防範和處理 X 教問題領導小組原副組長、辦公室主任，公安部原黨委副書記、副部長李東生被開除黨籍」的消息，官方再次強調李東生利用中央電視台用天安門自焚等謊言誣陷法輪功群眾的特殊身分。

同一天，中紀委還將蔣潔敏、王永春移送司法機關。這兩人為江澤民鎮壓法輪功非法提供了大量中石油的祕密資產，令這場歷時 15 年、早已超過幾次世界大戰花費的戰爭能夠維持下去。

而徐才厚和谷俊山則是直接負責中共軍隊活摘法輪功學員器官的罪人。幹出這樣反人類的罪行，用百姓的話說，他們不配做人，他們也不是人了。

天網恢恢 嚴懲惡人

在古代，誰要是迫害修佛的人，這罪惡是下十八層地獄也無法償還的罪惡。這也是為什麼這些參與迫害修煉人的貪官罪行特別嚴重的原因，他們已經喪失人的本性了，什麼壞事他們都敢幹，什麼事幹起來都沒有任何顧忌。

中國老人有句話：壞事幹多了，鬼就找上門。有百姓把江澤民稱為「江鬼」，這不是一句洩憤的話，而是一句大實話。徐才厚為了升官發財，連同類的器官都敢販賣，這些江派小鬼被懲罰，也是「天網恢恢，疏而不漏」的體現。

曾慶紅暗殺習近平——權謀野心家落馬內幕

第十六章

周永康被查
連江澤民都懸了

（大紀元合成圖）

第一節

兩年前《新紀元》 準確預報周落馬

　　2014 年 7 月 29 日周二下午 17 點 59 分，還差一分鐘絕大多數大陸人就要下班了，這時新華社網站發出一條簡訊宣布，周永康由中共中央紀律檢查委員會對其立案審查。這個報導雖然沒有註明周永康的頭銜，大陸同名同姓的周永康有很多，說的是誰呢？官方再度使用了「你懂的」方式。

　　人們發現，通報的來源直接說是「中共中央」，這和 6 月 30 日前中共軍委主席徐才厚的落馬通告有類似之處。當時也是下午下班時間了，人們突然看到新華社報導稱， 2014 年中共中央政治局會議 6 月 30 日決定給予徐才厚開除黨籍處分，其涉嫌受賄犯罪問題及問題線索移送最高檢察院授權軍事檢察機關。

　　對比周永康和徐才厚的通告用詞，官方都羞於說出兩人的職務，都沒有稱同志，徐才厚被直接開除了黨籍，而且其犯罪線索被移送檢察院依，而對周永康似乎軟些，只說「違紀」沒說違法，

按照中共黨務的說法，今後可能有會按照中共黑幫內部的「家法」來懲治。

不過通報留有很大的活口，因為這個通報只是第一步：把周永康交給中紀委立案審查，若審查出問題，懲罰就會不斷升級，就像蔣潔敏、李東生案子一樣，過幾個月就往前走一步，也就是說這還只是剛剛開了頭，周永康的最後結局任何可能性都有：或審查出小問題，黨內紀律處理一番，或查出大問題，移送司法機關，最後判處死刑都有可能的，只不過「查不出問題」的可能性是沒有的，否則「中共中央」就是在撲風捉影、騷擾「黨和國家領導人」、「敗壞」國家形象了。

周曾是最有實權的中共黑領

周永康何許人也？一般人知道他退休前是中共政治局常委、政法委書記，外媒稱他擁有「九分之一的總統職權」，其實，周永康的實權遠遠超過這些，因為他不但掌控著和平時期最大的兵權，而且他的「綜治委主任」頭銜令他在沒有法制的國度成為最有實權的人。他不光是「維穩沙皇」，還插手了幾乎內政事務的方方面面。

和平時期由於不打仗，軍隊也就不顯得重要，而在人們日常生活中影響大的是武警、公安、檢察院、法院等，這些都歸政法委的周永康管。從 2007 年開始，周同時擔任「中共中央社會治安綜合治理委員會」主任。他一手掌控每年高達 1100 億美元、超過國防軍費的「維穩安全預算」，不過周的所謂「維護穩定」，只是把中國百姓當成了外來敵人、當成恐怖分子來高

壓鎮壓。

從 2008 年北京奧運會、2009 年的中共建政 50 周年慶典和 2010 年上海世博會的召開，坐在民怨火山口的中共把「安全穩定」看得最重要，周永康同時兼任中央維護穩定工作領導小組組長，其地位之顯赫是歷來政法委書記望塵莫及的，西方媒體不但把他稱為「維穩沙皇」，也有把他叫做世界「最大的黑領」。

到了 2011 年 10 月，就在王立軍出逃的四個月前，周永康達到了權力顛峰：他把其管轄的「中共中央社會治安綜合治理委員會」改名為「中共中央社會管理綜合治理委員會」，由「社會治安」改為「社會管理」，其管轄範圍也從原來 40 個部委變成了 51 個，幾乎涵蓋了從中共人大、中共政協，到最高法院、最高檢察院、公安部、國安部到民政部、衛生部、財政部、鐵道部、文化部，武警和解放軍總政治部、總參謀部，再到國家發改委、國新辦、國家信訪局、全國總工會等中共的所有職權部門，再加上所謂「一票否決權」，誰要是不配合周永康的「維穩」，綜治委的一票否決就能讓誰的烏紗帽被摘掉，誰都怕他。

也就是說，當胡錦濤組建一個中央政權時，江澤民已經讓周永康及其江派人馬同時組建了一個看不見的「影子中央」，或叫「第二中央」，江澤民是第二中央的核心，周永康就是第二中央的頭面人物。

這既是 18 大新班子想要除掉周永康的主要原因，也是推倒周永康為何這麼曲折的關鍵原因：推倒了周永康，江派第二中央也就塌了半邊天。

《新紀元》最早預測周永康被抓

作為大紀元新聞集團下的一個雜誌媒體，《新紀元》周刊跟隨大紀元網站的步伐，從王立軍出逃開始就密集追蹤報導此事。

比如《新紀元》周刊在 2012 年 4 月 5 日出街的第 269 期封面故事《溫家寶決戰周永康》中，《新紀元》預測周永康也會和薄熙來一樣落馬，而且推倒周的主要力量就是溫家寶。事後從江派對溫家寶、令計劃的竭力反撲中，從反面證實了這個判斷。

如今能在市面上買到的《新紀元》系列叢書中，也能看到這個提前了兩年的預測。2012 年 9 月 7 日《新紀元》出版的《中南海政治海嘯全程大揭祕（上）》，在書面封底上明確預言周永康將被抓，當時薄熙來還沒被雙開，中共喉舌還把《新紀元》的報導當成「謠言」而加以最嚴厲的封鎖。

正因為《新紀元》敢於講真話，能夠在紛繁複雜的亂象中發現問題的核心，抓住局勢的關鍵點，所以《新紀元》的「謠言」才一次次被證實為「遙遙領先的預言」。

據一位朋友反饋，他的親戚是位省長級高官，他看了這本書後說，雖然都講得有道理，但對周永康會被懲治，「我不信，這不可能。罪不進常委，這是中央的潛規則。」如今他很慶幸自己當初看了《新紀元》，沒有站錯隊，所以現在才平安無事。

四本有關周落馬的系列書籍

截至 2014 年 7 月，《新紀元》已出版了四本有關周永康落馬的書。

2013 年 12 月的《周永康垮台驚天內幕——暗殺習近平另有圖謀》，400 頁的書籍講述了周永康落馬的根本原因，絕不是像目前官方所說的只是貪腐。「貪腐小意思，政變奪權才是倒台肇因」，同時揭開了「周永康治下政法委的藏驚天罪行」。

2014 年 1 月，《周永康垮台全程大揭密》面世。該書詳細介紹了周永康案發展的具體過程。上一個政治局常委落馬是 1976 年的張春橋，原因是華國鋒、鄧小平、葉劍英發動了政變。周永康落馬可謂 28 年再一次「刑上常委」，難度可想而知。

為了把震動減低到最小，北京當局採用了從外圍向中心突破的方式，一層層的剝洋蔥，讓周永康的親信、祕書、左膀右臂一個個相繼落馬，令民眾在兩年裡徹底適應了「中央領導人腐敗墮落」的現實。

2014 年 4 月，《周黨反攻大動作》和讀者見面，該書講述了江派為了保周永康，不惜搞出一系列「同歸於盡」的恐怖襲擊行動。

2014 年 4 月同時發行的《周永康重要黨羽揭祕》一書指出，在全國至少 10 萬官員因周永康案被調查，周黨之豐超出想像，書中列舉了 8 大幫：四川幫、黑社會幫、石油幫、政法幫、公安幫、祕書幫、遼寧幫和親屬幫，據說這些嘍囉爪牙為周永康政變集團賺取了約 900 億人民幣的非法資產。

為了詳細揭開周永康的主要罪行，《新紀元》在 2014 年 3 月出版了《中共活摘器官》一書，系統全面介紹了周永康負責掌控的一個最見不得陽光的「工作」：活摘法輪功學員器官。該書全方位介紹了中共活摘器官發生的緣由、具體參與者、指揮者、參與醫院、醫生的名稱、具體受害者案例、整體活摘規模、國際國內反饋等方方面面詳實的證據，無論是薄谷開來、王立軍、薄

熙來，還是周永康、江澤民，他們都是活摘器官的凶手，只是中共至今還在掩蓋這個星球上最大的邪惡。

抓住核心問題 相信善惡有報

為何《大紀元》、《新紀元》能預測準確呢？不是有什麼特殊的消息來源或特殊本領，主要原因有兩點。第一，《新紀元》從各種複雜現象背後抓出了一個核心問題：法輪功受迫害。江澤民之所以要拚命建立和維持第二權力中央，就是因為當初是他一意孤行要鎮壓法輪功，其他政治局常委都反對，而在十多年鎮壓升級中，江澤民摧毀了中國社會的道德、文化、環境、經濟與外交、軍事等等諸多方面，已到了天怒人怨、面臨徹底崩潰的局面。江澤民深怕失去權力後遭到後來者的清算，所以一直想搞政變推翻習近平，有了這根主線，於是才有了一系列政治海嘯。

第二，中國人自古相信「善惡有報」，其實這不是哪個民族哪個國家的傳統理念，而是全人類全宇宙的真理。盤點這幾年落馬的貪官，90％以上都是積極參與迫害法輪功的惡人。他們拋棄了人類最根本的善念，而對修煉「真善忍」的好人舉起了屠刀。這樣的人，「人不治，天治」，老天爺必然會懲罰他，表現在官場上就是被反腐推下台，其惡行得到報應了。

從這兩點出發不難推測：祕密被抓的曾慶紅很快也會被公布，而號稱「虎王」的江澤民也必將遭到歷史的審判、人民的審判。正如孫中山所說：「歷史潮流，順之則昌，逆之者亡」，古人說，誹謗佛法的人，地獄都不要的，得徹底銷毀，江派迫害修佛的人，其結局只能是滅亡。

第二節

江派啟動海外特工系統狙擊習

就在周永康被公布立案審查的第二天，7 月 30 日，一篇為周永康和薄熙來「鳴冤」、狙擊習近平與王岐山等人的文章在網路迅速流傳。

《大紀元》獲悉，周永康案公開後，江澤民集團海外特工隨即全部啟動，針對習近平等人大量群發攻擊言論。

與此同時，獨立敢言的《大紀元》全球新聞網也遭到來自中共駭客的惡意攻擊，致使全球《大紀元》讀者不能正常打開網頁，網路登錄時斷時續。《大紀元》網站技術部負責人表示，這次攻擊強度在歷次惡意攻擊中最大。

周案公開 江派海外特工系統狙擊習近平

7 月 29 日下午 5 點 59 分，中共官媒報導，中共前政法委書

記周永康被立案審查。7 月 30 日開始，一篇題為《建議左翼發起一場將薄熙來案和周永康們案的對比活動》文章在海外各大中文網路論壇群發。

文章開頭即稱，「這幾年，中共中央幾乎是法輪功的執行部。法輪功指向哪裡，中南海就打向哪裡。『遙遙領先預言』，簡直是指名要誰倒誰倒。內外結合，神奇極了。」

文章隨後直接為周永康和薄熙來「鳴冤」，稱「周永康是平民出身，有如劉志軍等人『立有大功』」；「中共今日之官，誰能與薄熙來比清廉」；文章並直接攻擊習近平、溫家寶與王岐山等人。文章最後還威脅稱，周永康案還將深入展開，「黑白終將分明」。

《大紀元》獲悉，文章是江澤民集團通過海外特工發的；周永康案公開後，江澤民集團海外特工近日全部啟動，大量群發謠言，針對習近平等人。

全球聚焦周永康被「立案審查」之際，《大紀元》全球新聞網自美東時間 7 月 30 日晚 7 點 50 分左右開始遭到來自中共駭客的惡意攻擊，此攻擊一直持續至 31 日凌晨 5、6 點。致使全球《大紀元》讀者不能正常打開網頁，網路登錄時斷時續。面對中共在全球不同區域發動的罕有大規模的惡意攻擊，《大紀元》技術部迅速擊退駭客，解除間歇性訪問受阻的情況。

據《大紀元》網站技術部負責人表示，這次的攻擊強度在歷次惡意攻擊中是最大的一次，2013 年薄熙來被公審時，《大紀元》網站也曾遭到猛烈攻擊，而這次的強度是上次的 2 倍。據國際網路專家稱，中共發動這樣大規模攻擊行動，要耗費巨額資金。

在被中共網路駭客強大攻擊下，點擊量相較於日常仍增長兩

倍。7 月 30 日《大紀元》網站因周永康事件點擊量創 2012 年 4 月薄熙來事件之後新高。

《大紀元》成立十多年來，一直受到中共駭客的攻擊，每次有重大事件發生時，因懼怕真相被曝光，中共駭客的攻擊都會變得愈發瘋狂和猛烈。

2013 年 8 月 22 日，薄熙來案在山東濟南開審前夕，中共駭客對《大紀元》新聞網發起網路攻擊，持續時間超過 36 小時。不過攻擊行動很快被《大紀元》技術團隊挫敗。

第三節

習內部講話稱周不是反腐句號

2014 年 7 月 12 日，就在周永康落馬被公布十多天前，《大紀元》報導說，江澤民集團的第二號人物、前中共國家副主席曾慶紅已經被抓，被關押在天津，目前正接受祕密調查。7 月 20 日，《蘋果日報》引述北京消息稱，曾慶紅的弟弟曾慶淮被抓。

緊接著 7 月 29 日，周永康被北京當局公布「立案審查」。中共官媒人民網迅速配發評論《打掉「大老虎」周永康，不是反腐句號》。幾小時後，此評論遭到官方刪除。但 8 月 1 日新華網再次發表評論文章稱「周永康的落馬為節點」「絕不是句號」。《大紀元》獲悉，這個評論的標題是來自於習近平 7 月 26 日在政治局的講話。

7 月 30 日上午，習近平陣營媒體財新網發表文章《眾議「大老虎」落馬》稱，周永康落馬，反腐工作不會減緩，而是會深化，甚至可能打更大的老虎。同日，大陸門戶網站「網易」發表文章

《中紀委打虎記：曾徹查黨主席》。二文再度暗示會徹查周永康的背後人物江澤民。

北京時間 7 月 29 日晚間 6 點前，周永康被立案審查。不到一小時，中共人民網發表署名評論文章《打掉「大老虎」周永康，不是反腐句號》的文章。

文章稱：「打掉周永康，絕不是反腐的句號，這只是階段性的一步」，「反腐不會止步，調查周永康是階段性一步，絕不是句號」。文章還稱：「無論有多大的後台，都難逃黨紀國法懲處。」

但是，文章發表幾個小時後，再上網搜索，結果是「您要查看的頁面不存在」。

消息稱：「清查周永康，不是反腐敗的句號」，這句話是習近平在 26 日政治局會議上的原話。人民網根據會議發表的評論文章，引起中共內部大譁，最後是劉雲山下令將其撤下的。

人民網此文被外界解讀為釋放重大信號：打掉周永康之後，中南海還有更大動作，其背後的「更多更大老虎」———江澤民和曾慶紅呼之欲出。

蹊蹺的是，8 月 1 日，中共官媒新華網發表被認為頗有來頭的「國平」的評論文章《周永康落馬是推進依法治國的一大步》，文章稱「以周永康的落馬為節點」「反腐達到了一個高潮，但這絕不是句號，反腐也絕不會是一陣子」，再現了人民網的觀點。

7 月 30 日上午，習近平陣營媒體財新網發表文章《眾議「大老虎」落馬》。文章援引中國人民大學反腐專家毛昭輝的話表示，此前兩會期間，一句「你懂的」間接公布了周永康案部分信息，從兩會到現在持續了如此長時間才得以公布，這個現象「反映涉腐問題大量且複雜，不可能單純的只有違紀層面」。

毛昭輝還表示，周永康被調查，不是最終結束。反腐工作不會減緩，而是會深化。從軍隊反腐上，可以看出反腐依然將大力進行。反腐也可能走向其他新的領域，甚至可能打更大的老虎。

財新網隸屬於財新傳媒，一般被外界視為習近平陣營的大陸媒體，其屬下的財新網、新世紀等媒體通常有一些帶有某種風向標的報導。

同日，大陸門戶網站網易發表文章《中紀委打虎記：曾徹查黨主席》。文章稱，1978 年 12 月中紀委成立，陳雲為第一書記，黃克誠為常務書記。1980 年，中紀委曾準備徹查時任中共主席華國鋒的三件事，華國鋒回應並對三件事作了處理。

文章中還提到，1980 年初，「渤海二號」鑽探船由於工作人員違章操作，造成鑽探船翻沉、72 人死亡的特大事故。事件發生後，石油部很長時間未向上面報告。中紀委隨後給予通報批評，時任石油部部長宋振明被解除職務。分管石油工業的時任國務院副總理康世恩記大過處分。

從 1980 年余秋里出任中共新組建的國家能源委員會主任開始，加上其後的石油工業部長、國務院副總理康世恩，從石油系統出身的高級官員開始構成中共體制內巨大的政治勢力。

海外的報導稱，中共前國家副主席曾慶紅被認為是「石油幫」幕後龍頭，在 1980 年即擔任余秋里的祕書，在石油系統工作多年，其後官至政治局常委，並提拔周永康，一手將「石油幫」的政治勢力推至顛峰。

網易文章直接提中紀委曾徹查黨主席，以及石油幫前大佬被免職等處分；直接影射中共前黨魁江澤民和「石油幫」大佬

曾慶紅。

周案公布前後 王岐山布局圍剿江澤民

7月30日，周永康案公布次日，中紀委第二巡視組在江派老巢上海召開工作動員會。第二巡視組組長張文岳在會上稱：對腐敗問題「零容忍，有多少就處理多少」；巡視工作重點發現領導幹部「是否存在權錢交易、以權謀私、貪污賄賂」等問題；是否對中共中央的政策存在「陽奉陰違」等問題。

7月29日，周永康被立案審查當天，中紀委第十二巡視組進駐江派窩點江蘇省。官媒報導稱，巡視工作重點是監督檢查省領導班子及其成員和下一級領導班子主要負責人。

江蘇巡視組長徐光春此前曾作為組長先後巡視過重慶、雲南等江派窩點。巡視雲南後，3月9日，江派雲南副省長沈培平被調查。巡視組副組長董宏曾是王岐山的「大祕」、此前曾任巡視上海復旦大學的巡視組組長。

江蘇是江澤民老家所在地，江派重要窩點。2013年10月，江澤民揚州管家、南京書記季建業被免職後，江蘇官場地震不斷。

7月26日，周案公布前，上海光明集團原董事長王宗南被帶走，隨後被公布立案調查。王宗南此前所任職的光明集團與前中共黨魁江澤民有密切關係。光明集團在2006年進行整合前的前身是上海益民食品廠一廠，江澤民曾任益民食品一廠第一副廠長。

7月22日，有吉林市民眾發現吉林市政府外江澤民題詩的石碑被人噴油漆塗抹，尤其在其名字部位被特別的塗抹。

　　4 月初，網上傳出一封自稱是幾名中共總政機關軍人舉報郭伯雄致習近平和中共全軍的第二封公開信裡面提到，中共軍委辦公廳主任秦生祥曾把八一大樓東門前江澤民題寫的五句話給刪除了。王立軍落馬後，他在重慶市公安局搞的書法、雕塑也被清除。

　　8 月 1 日，與溫家寶頗有私交的前香港中共人大代表、培僑教育機構主席吳康民在香港《明報》發表文章，公開點出江澤民。他表示一度掌握權力不放的老頭子（江澤民），如今大勢已去，垂垂老矣，不是有心無力，就是樹倒猢猻散，沒有能力再糾集力量，已經不成氣候，周永康這隻大老虎被揪出來，是水到渠成之事。

　　吳康民表示，周永康案能夠浮出水面，是順應了民心。然而，像周永康這樣的大老虎不止一隻，希望反腐不會在周永康這裡止步，而成為反腐的句號。

　　這些跡象表明，江澤民都自身難保，更保不了曾慶紅了。

習中辦內部講話揭開兩大謎團

　　2014 年 7 月上旬，習近平對中共中央辦公廳（簡稱中辦）官員的內部講話被公開。習近平對中辦官員提五個要求，以「絕對忠誠」居首。習近平上台後曾更換中辦提供的貼身警衛。薄熙來案發生之前，溫家寶侍衛長因被薄熙來收買而被抓。習近平對「絕對忠誠」的要求，證實中南海高層因身邊人遭收買、滲透，從而面臨被監控甚至暗殺的危機。

　　中辦刊物《祕書工作》雜誌 2014 年第六期刊發《辦公廳工作要做到「五個堅持」》文章，披露習近平對身邊祕書的用人要

求。習近平共提及五個堅持，首重絕對忠誠。他說，中辦工作做得怎麼樣，歸根到底要先看這一條，「沒有絕對忠誠是絕對不行的」。習近平並說，對忠誠的考驗越來越直接。

習近平還要求中辦祕書要自覺淨化自己的社交圈、生活圈、朋友圈，做到守口如瓶。

中共中央辦公廳是中共中樞核心部門。除負責中共中央文書、會務、傳達、機要、資訊、調研等工作，還負責「黨和國家主要領導人」安全警衛、醫療保健，及管理密碼、檔案和中央機關後勤服務等。

中辦下屬有一重要機構，即中共中央辦公廳警衛局（簡稱中央警衛局、中辦警衛局、中警局或中警），它是中辦下屬正軍級單位，又稱公安部九局，也稱總參謀部警衛局，隸屬解放軍總參謀部。俗稱「中南海禁衛軍」，主要負責中央政治局、中共人大、政協高層和來訪重要外賓的安全工作。

習近平上台後 撤換貼身保鏢

習近平上台後，江、胡鬥延續為江、習鬥。中共江澤民集團不僅企圖通過政變手段奪權，也使用暗殺手段。周永康曾密謀兩次暗殺習近平的行動。習近平上台之後第一件事情就是貼身保鏢大撤換。

據悉，習近平將他身邊原有的警衛排全部換掉，由中央軍委從軍隊現役特種兵中重新選拔，歸中央軍委管，不歸中央警衛局管，而且直接聽命於習近平的親信中辦主任兼中央警衛局政委栗戰書。

溫家寶侍衛長曾涉薄案被拘

2012 年王立軍事件爆發之後，周永康、薄熙來政變計畫被曝光，當時盛傳薄熙來和王立軍曾買通中辦警衛局人員，打探胡、溫等高層訊息；中央警衛局副局長、溫家寶的侍衛長李潤田勾結薄熙來被拘。

當時消息稱，為了進一步了解高層行蹤，薄熙來和王立軍通過周永康與中央警衛局副局長、專職負責溫家寶警衛的李潤田攀上了關係，以此獲知中央主要領導人的行蹤和私密。

之後，中共高層因薄熙來事件發生分歧後，官媒證實總理溫家寶的侍衛長換人，李潤田被解職，由副局長王慶接手。李潤田被解職無疑證明他涉嫌給薄熙來通風報信並非空穴來風。

第四節

徐才厚狗急跳牆
四次暗殺劉源

　　2014 年 7 月中旬，《動向》雜誌披露了北京當局對中共前中央軍委副主席徐才厚進行調查的一些詳細內幕，特別提到為抗拒調查，徐才厚涉嫌四次雇凶謀殺總後勤部政委、主導軍隊反腐的劉源。從這裡面就可看出中共高層博奕，步步都是生死搏擊。

　　報導稱，2014 年 6 月 27 日下午，中共中紀委副書記、中央軍委紀委書記杜金才和軍事檢察院副檢察長、四名特警來到北京衛戍區療養院對徐才厚實施抓捕。並對徐才厚及家屬、女兒五個住宅進行搜查，這五個住宅分別是北京二幢、大連一幢、山東濟南一幢、珠海一幢，所抄查到的資金、財物超過 16 億元。

　　抄查清單如下：1. 在五家國有商業銀行有 17 個帳號，14 個是以假名開設的。14 個假名開設的帳號內共有 3 億 3500 萬元。

　　2. 在六家地方發展銀行有 12 個帳號，全部以假名開設，共有存款 4 億零 300 萬元。

3. 在五家外資銀行有 10 個帳號，8 個是以假名開設，共有存款 2 億 2200 萬元。

4. 在濟南一幢別墅花園中一口井底抄查到美元 480 萬，歐元 400 萬，英鎊 80 萬。

5. 在珠海一所作為冬季避寒的別墅臥室中的席夢思床墊內藏有 8650 克黃金。

6. 徐才厚的妻子名下持有 20 幢住宅，女兒名下持有 15 棟住宅及一幢位於北京二環線內十多層的商用大樓。僅住宅和商用樓的市值就達 4 億 8600 萬元至 5 億 1200 萬元。

《動向》還引用《新紀元》2013 年 4 月出版的《習近平的太子黨盟軍》相關章節描述說，2011 年 12 月 25 日至 28 日，中共在北京舉行軍委擴大會議，與會者近百人，包括中央軍委全體成員，以及各總部、各軍兵種、各大軍區和各省軍區的主要負責人。會議開始時還是黨文化的老俗套，於是會場上不少人閉目養神。

輪到總後勤部政委、上將劉源發言時，他張口就說，開會之前準備了一份講稿，但臨時決定說些不同的話。頓時會場安靜了。劉源提到互聯網上被廣傳的一張名為「將軍府」的照片，一名軍官在寸土寸金的北京繁華地段為自己建造的官邸，耗資上億元，占地 20 餘畝，內有三座別墅群，極度奢侈。

就在眾人猜測這名軍人是誰時，劉源話鋒一轉說，這樣的案例在軍中不止一例，這樣的貪腐規模還不算最大的。他從貪污軍產、盜賣軍火、賣官鬻爵等方面一一道來，讓眾人瞠目結舌。

接下來更令人吃驚的事發生了，劉源突然對著主席台上的軍中三巨頭：郭伯雄、徐才厚和梁光烈說道：「你們三位軍委負責人，在領導崗位上已經多年，對於軍中的嚴重腐敗，更是有著不可推

卸的責任！」

一時間，所有的人都不知所措，全場沉默了很久後，會場上有人開始悄聲咬耳朵，聲音逐漸由小而大，大會變成了無數個小會，整個會場亂成一團。

據現場目擊者介紹，在會場大亂的過程中，主席台上的胡錦濤和習近平面無表情、不動聲色，顯然是早已知情，眾人看到胡、習二人的表情，心中也都明白了幾分。

報導還說，這次軍委擴大會議上劉源的舉動使徐才厚慌了神，他曾試圖以金錢、美女為陷阱誘惑劉源未成功，遂起殺機。於是在 2012 年 11 月中共 18 大之前，徐才厚安排了四次雇凶謀殺劉源。

2012 年 3 月下旬，接徐才厚通知到天津參加軍隊後勤工作檢查，劉源座駕在京津高速公路途中油缸突然焚燒，駕駛員傷重死亡，警衛員因保護劉源而被燒傷。7 月下旬，劉源到青島休假，一天深夜，劉下榻的 206 套房突然遭燃燒彈攻擊起火，劉源則於提前三天結束休假，到河南軍區檢查工作，當天 206 套房無人住。

9 月初，劉源到訪蘭州軍區。當劉源在陝西省西安軍庫檢查工作時突然遭遇多發冷槍，劉源警衛和軍區警衛即回擊，擊斃凶手。後指凶手是被開除的部隊副連長，知悉首長來檢查，圖謀報復。此案一直是懸案。

9 月下旬，劉源到濟南軍區，劉在軍區會議上批評軍區後勤工作太亂、太散、太懶，提出要整頓，劉住在軍區招待所 402 房的浴室煤氣爆炸，當時已近午夜 12 時，劉源正和助手在招待所園庭談工作，無意中逃過暗殺一劫。時任國務委員、國防部長梁光烈、總參謀長陳炳德等提出，「要求成立專案追查，查個水落

石出」。現已質疑發生的一連串情況並非異常事故，而是有預謀的暗殺活動。

有官媒報導，自從習近平、王岐山等人被多次暗殺後，中紀委的中央巡視組在各地調查時，都不敢住普通賓館或招待所，而是住進軍事管制區，嚴格控制閒雜人員進入，而且不時更換。

第五節

不公布活摘罪行
打不死大老虎

2014 年 7 月 29 日周永康被中紀委正式立案調查後，民間一片叫好聲，很多百姓還燃放鞭炮慶賀。不過網路上也有少數不同聲音。據說很多負面聲音是江澤民派系安排的網路特務所為，目的就是攻擊現任當權者，不過裡面也反映出部分知識分子對如何定罪周永康的擔憂。

反腐沒有紅二代、官二代之分

比如有人把周永康的落馬處境與薄熙來相比，有帖子寫道：「周雖官至正國，成為帝國最有權勢的九長老。但事敗之時，滿門抄家：兒子兒媳，親家夫婦，兩個兄弟，幾乎所有舊部通通入監。傾巢之下無完卵，周氏一門連根拔起，幾十年經營一夜成空。概因其罪有應得，也因其寒門出身，根基太薄……遙想薄氏當年，

身負血案，也只夫妻二人受刑，連兒子都得平安，不受誅連。更有宣判日，薄家列位諸侯和熙來長子到庭，站立鼓掌，高呼：熙來我們永遠支持你。霸氣側漏，眾人只敢側目噤聲。謹慎折其一枝，不敢波及旁人，更不敢碰觸根基。周氏二弟抄家後病急而死，三弟傳已自盡，兒、媳、親家夫婦都已下獄，對比周氏的雞犬不留，薄門照舊是枝繁葉茂的豪門。祖輩打天下，打下的是原始股，到底天下是少東家的，周之類的流官不過是暫理天下而已。這就是豪門與寒門，東家和掌櫃，股東和職業經理人的差別。」

這話表面上說得有些道理，不過很是偏頗，目的是影射習近平的太子黨身分，從出身血統論的角度激起平民百姓的不滿。事實上，薄熙來貪腐的不只那兩千萬，而是上百億，公布的薄谷貪腐罪行基本沒牽扯薄瓜瓜，他當時還是未成年人或在國外，薄家人當然也在貪腐之列，但北京當局只公布了薄罪行的一個小零頭，暫時與他人關係不大。周永康的家屬、舊部之所以被抓很多，因為他們的確深度介入了貪腐，是系統的窩案，而周永康的小兒子周涵因為沒有參與，故而平安無事。

貪腐、政變也無法打死周老虎

在無官不貪的大陸官場，為何只抓了表面上「志不在錢」的薄熙來呢？有人說，薄周之所以落馬是因為他們要搞政變推翻習近平，故而該抓。但也有人說，憑什麼就該習上台而不是薄上台呢？中共黑幫制定的家規，咱老百姓為何必須擁護遵從呢？

有人說周永康的罪行主要是他破壞了法制，但也有人說，周永康使中國法治倒退，這個論述很值得推敲。百年中國建立現代

法治的努力雖有進境，卻從未成功，1949 後更是打回原形，談倒退，言過其實。周之無法無天，倒行逆施，本是 20 多年惡政之果，周之責任不比其他權力中人為大。在沒有法治的社會，今天出個周永康，明天出個張永康，那是必然的。

反人類罪是薄周與其他貪官的最大區別

關於繼續追打周永康背後的大老虎，絕大多數民眾呼聲極高。也就是說，只公布周永康、薄熙來的貪腐罪行，甚至公布他們的政變罪行，都無法徹底服眾，實際上周、薄之所以遭到老天爺的懲罰，是因為過去十多年中，他們殘酷打壓上億修煉「真善忍」的普通百姓，違反法制，濫用酷刑，犯下群體滅絕罪，甚至活摘法輪功學員器官，犯下反人類罪行，這才是兩人罪行的最核心部分，這也是他們與那些尚未落馬的貪官的最大區別。

事發之初，無論是胡錦濤還是習近平陣營，都曾經有過想妥協包庇薄周的念頭，但人間有個天理：善惡有報，用老百姓的話講就是：人算不如天算，在海內外法輪功學員不斷講真相的大環境促使下，國際社會通過各種提案、公約和法律，強烈譴責以江澤民為首、以周永康、薄熙來、王立軍、徐才厚、蘇榮等人具體參與的活摘法輪功學員器官罪行；與此同時，不甘心被清算而拚死反撲的江派人馬，在被調查過程中，不但繼續以恐怖襲擊事件來威脅現任當權者，甚至多次直接暗殺習近平、王岐山等人，逼得習陣營不得不對江澤民集團採用強制措施。

不過為了繼續隱瞞活摘法輪功學員器官的罪行，北京當局就挑出了貪腐淫亂這些小罪來懲罰薄周，這種變相的包庇隱瞞也被

江派抓住了把柄，所以人們看到周永康落馬後，網路上還出現了眾多江派五毛散布的反對聲音。

只有人類都堅守良知 才能消滅妖孽

有人把正在擊落的江澤民集團與鄧小平推倒「四人幫」相比，都是最高級別的人員落馬，都提出要在經濟上變革。不過人們忽視最重要的一點：鄧小平、華國鋒、葉劍英的上次政變，關鍵不是誰上台下台，那與百姓日常生活關係不大，而是他們藉胡耀邦之手搞了平反冤假錯案，把此前近 30 年中共欠下的血債一筆抹掉，當然，那 8000 萬冤魂的血債是中共還不清抹不掉的，但胡耀邦至少擺出道歉還債的姿態，從而暫緩了官民對立情緒。

在今天的中國，儘管周永康操縱的無法無天的勞教制度已經被廢除，很多勞教所改頭換面變成了戒毒所之類的場所，但中共對法輪功的迫害並沒有停止。據法輪功海外網站明慧網介紹，從 2014 年 7 月 1 日到 7 月 24 日，大陸共有 600 餘名法輪功學員被綁架。其中，遼寧、吉林、山東、四川、黑龍江、河南、天津、甘肅、江蘇、陝西、廣西、重慶、北京 13 個地區發生 30 餘起有預謀大規模綁架法輪功學員事件，涉及被綁架人數不少於 240 人。遼寧、山東、吉林、四川綁架法輪功學員的情況最為嚴重。多數法輪功學員被綁架到洗腦班非法關押迫害。

遼寧、山東、吉林、四川，是周永康控制最嚴的地區，違背法制的案件依然在這些地方出現，說明江派殘餘勢力還很嚴重。

也就是說，能否打死周老虎、江老虎，不是靠哪個當權者，而是靠咱老百姓的正念，靠天理的昭彰，靠民心的向背。

第六節

迫害法輪功元凶曾慶紅
罪狀公告

文｜清算江澤民迫害法輪大法國際組織

　　江澤民發動對法輪功群體的非法鎮壓之所以肆無忌憚、無法無天和持續 15 年之久，是因為江氏流氓犯罪集團盜用整個國家機器全面操控了這場迫害，而曾慶紅就是其中元凶之一。

　　曾慶紅自 2002 年以來，歷任中央組織部部長、中共中央政治局常委、中央書記處書記、中央黨校校長，中華人民共和國副主席，可謂權傾一時。曾慶紅是早期就支持江澤民迫害法輪功的首惡犯罪分子，是江澤民的心腹同謀、幫凶和幹將。

　　曾慶紅是江澤民迫害法輪功流氓犯罪集團的「軍師」；掌控中共國安特務機構迫害法輪功的「大特務頭子」；是對法輪功所有迫害形式的陰謀製造者之一。曾慶紅一直給江澤民鎮壓法輪功出謀劃策，台前幕後不遺餘力，是直接參與從早期密謀、策劃迫害，到以國家領導人的身分發號施令、組織、推動迫害，直到江澤民下台後仍憑藉國家領導人的要職、實權繼續執行迫害的血債

累累、罪大惡極的幾大元凶之一。曾慶紅對法輪功群體 15 年來所遭受的全部迫害，負有直接操縱者的全部法律責任！

迫害法輪功元凶曾慶紅罪行如下：

　　一、為迫害製造仇恨，陰謀構陷法輪功。曾慶紅早在 1999 年江澤民公開迫害法輪功之前便多次與其密謀加害法輪功。「4‧25 事件」就是江、曾、羅等一夥為發動迫害法輪功而一手策劃的陰謀構陷。整個事件的發生、發展均受到曾慶紅的暗中操控。以「法輪功圍攻中南海」的誣陷作為發動迫害法輪功的直接藉口、理由。2001 年 1 月 23 日，曾慶紅夥同江澤民、羅幹、李東生等共同策劃、導演了震驚世界的天安門「自焚偽案」嫁禍法輪功。「自焚偽案」發生後，曾慶紅從中央到地方、到海外，全面發動輿論攻勢，大肆誹謗、嫁禍、攻擊法輪功，矇蔽了無數世人對法輪功產生誤解甚至仇恨，為加劇迫害法輪功製造藉口，使迫害升級。

　　二、直接參與制定和實施江澤民對法輪功「群體滅絕」的打壓政策。曾慶紅作為江氏迫害法輪功流氓犯罪集團的「軍師」，參與策劃並積極推動、指使、縱容公安部門、「610」系統實施江澤民對法輪功「名譽上搞臭、經濟上截斷、肉體上消滅」；「打死白打死，打死算自殺，不查身分直接火化」；「不需逮捕證可任意逮捕法輪功學員」；「對法輪功鎮壓可以現場開槍擊斃」的滅絕性迫害指令。在這些瘋狂的迫害指令下，數以千萬人次的法輪功學員被綁架到各地「洗腦班」；數以千萬計的法輪功學員被非法抓捕、非法拘留、非法勞教、非法判刑和各種形式的非法關押，遭受各種精神迫害，各種酷刑迫害、藥物迫害、被活摘器官

殺害，曾慶紅對此均負有不可推卸的滔天罪責。

三、以國家領導人的身分直接布署推動全國範圍內的鎮壓運動。 曾慶紅長期以來，通過其擔任的國家黨政要職，瘋狂的推動從上至下對法輪功的全面迫害，特別是其利用主管控制的中央組織部——中國最要害的權力系統，多次發文操控、脅迫全國各省（地、市、縣、鄉），各級黨組織和各級官員，全面貫徹、實施迫害政策。從 1999 年 7 月鎮壓開始曾慶紅就在中共喉舌《人民日報》發表談話，動員全黨參與迫害法輪功運動；通過中組部，多次指令「要求各級黨委、各級組織人事部門，積極主動參與和法輪功的長期鬥爭」；要求嚴打法輪功和「洗腦轉化」法輪功學員；在歷次全國政法、公安系統、中央組織部高層會議上講話，親自布置鎮壓法輪功計畫和下令「嚴打」；不斷的在其他行業的全國性會議上對法輪功進行誣衊、攻擊和號召推動迫害；還積極通過表彰殘酷鎮壓法輪功的單位、個人，在全國範圍內推廣實施迫害經驗，挾持全體黨政幹部在思想理論、意識形態上樹敵仇恨法輪功，等等。曾慶紅在協助江澤民從全國黨、政組織系統上落實「群體滅絕」政策，使整個國家捲入瘋狂的迫害和殺戮中，曾慶紅起到了關鍵的實質性的推動迫害作用。

四、在全國各地蹲點，祕密布署鎮壓計畫和督查嚴打。 曾慶紅親自到全國各地「蹲點」坐鎮，祕密布署鎮壓計畫和督查嚴打。每到一地，當地對法輪功學員的關押、酷刑迫害包括致死案例都會驟增。2001 年 1 月，曾慶紅坐鎮長沙市抓捕法輪功學員；親自組織、策劃代號「三號風暴行動」，向全國各省、市派遣專業計算機網路人員，破壞「明慧網」和大肆抓捕法輪功學員；2001 年 4 月，安徽省合肥市各區計畫開辦洗腦轉化班，由於法輪功學員

抵制沒辦成，曾慶紅趕到合肥市，指揮安徽省各地瘋狂抓捕法輪功學員；對所謂法輪功重大事件和重點人員的迫害。長春「電視插播」事件、高蓉蓉案、王博案、馬三家瘋狂迫害法輪功學員案等，都有曾慶紅插手參與。

五、海外輸出暴力僱凶殺人。曾慶紅操縱特務機構，一直向海外大量派遣國安特務，行凶作惡，有系統的對法輪功學員進行騷擾、跟蹤、恐嚇甚至勾結海外黑社會使用暴力。組織殺手、收買黑社會欲行刺法輪功創始人；到南非僱凶槍擊法輪功學員；對海外（美國、加拿大、澳洲、香港特區、泰國、阿根廷等國家和地區）法輪功學員毆打、威脅謾罵、指使當地警察抓捕；打昏法輪功學員，搶奪「機密」資料；打砸搶法輪功學員講真相攤位、展板；派遣特務破壞「神韻藝術團」演出等等，罪行累累。

六、延續迫害不遺餘力。在首惡江澤民退出權力高層之後，曾慶紅仍死心塌地、不遺餘力地利用掌握的實權瘋狂延續執行迫害法輪功的政策，在全國以至海外加劇鎮壓法輪功，持續迫害至今，以其苟延中共，逃避清算。

大量罪證表明，曾慶紅作為迫害法輪功元凶之一，對數百萬計以上的法輪功學員被以非法抓捕、綁架手段強制「洗腦轉化」所實施的精神和肉體上的摧殘、酷刑均負有直接責任；對超過數千萬人次以上法輪功學員被非法抓捕、非法拘留、非法勞教、非法判刑、精神和肉體遭受摧殘和酷刑折磨均負有直接責任；對無數被強制關押在精神病院進行精神摧殘、酷刑折磨、藥物毒殺的法輪功學員均負有直接責任；對幾十萬法輪功學員被非法活摘器官、藥物試驗、屍體販賣負有直接責任。在這場慘絕人寰的迫害殺戮中被當場致瘋、致殘、致死和間接致瘋、致殘、致病、致死

的幾百萬法輪功學員負有直接責任。

綜上，曾慶紅罪大惡極，已觸犯了國際法。實屬江澤民「群體滅絕罪、酷刑罪、反人類罪」的同案罪犯。根據聯合國 1998 年頒布的《國際刑事法院羅馬規約》的第六條的「滅絕種族罪」和第七條的「危害人類罪」和聯合國《禁止酷刑公約》等相關條款，以國際法量刑，曾慶紅犯下了：群體滅絕罪、反人類罪、酷刑罪。

一、曾慶紅觸犯國際法中「群體滅絕罪」如下條款：

根據群體滅絕罪公約，「群體滅絕罪」指以下任何一種意圖全部或部分毀滅一個國家、民族、種族或宗教組織行為。如：（一）殺害某組織之成員。（二）對某組織成員造成嚴重人體或精神傷害。（三）蓄意對某組織生命之生存條件製造不適而導致其身體全部或部分毀壞。

二、曾慶紅觸犯國際法中「反人類罪」如下條款：

「反人類罪」包括在知情前提下實施之以下任何一種對平民廣泛或有系統的直接攻擊行為：（一）謀殺。（二）滅絕。（三）奴役。（四）牢獄。（五）酷刑。（六）強姦，或其他任何類似形式之嚴重性暴力。（七）對可識別組織基於宗教方面之迫害。（八）強迫人員失蹤。（九）其他類似故意造成極度痛苦或嚴重人體或精神傷害之非人道行為。

三、曾慶紅觸犯國際法中「酷刑罪」如下條款：

酷刑罪公約第一章──酷刑罪定義：以從本人或第三者索取信息或供詞為目的，或因本人或第三者之所為或被懷疑所為而懲罰他（她），或恐嚇或脅迫他或第三者，或以基於任何形式之歧視為前提下之任何故意造成身體或精神上劇烈疼痛或痛苦的行

為，且這種疼痛或痛苦是由公職人員或擁有公職人員同等權限的代理人所為，或在其默許或唆使下所為。這裡不包括由法律裁決本身自帶或附帶的痛苦。

曾慶紅 15 年來對法輪功群體犯下的累累罪惡符合上述所有的定罪條款。

天網恢恢，疏而不漏。江氏流氓犯罪集團和所有參與這場迫害的人命案犯劊子手、所有參與這場罪惡的迫害者，均難逃法網必須負全部法律責任！在此，我們依舊重申一個原則，警告那些緊跟中共做下大惡的生命，要想自救，除了退黨，必須站出來揭露迫害內幕，蒐集、提供證據，把握最後的自救生機。歷史將迅速掀過這一頁，一切機會不會再有。

2014 年 8 月 3 日

中國大變動系列 **025**

曾慶紅暗殺習近平
江澤民集團第二號人物曾慶紅被秘密拘捕內幕

作者：新紀元編輯部。**執行編輯**：王淨文 / 張淑華 / 黃采文。**美術編輯**：吳姿瑤。**封面設計** ： R-one。**出版** ： 新紀元周刊出版社有限公司。**電話** ： 886-2-2949-3258(台灣) 852-2730-2380(香港)。**傳真** ： 886-2-2949-3250(台灣)/852-2399-0060(香港)。**Email**:mag_service@epochtimes.com。**網址**: www.epochweekly.com。**香港發行**：田園書屋。**地址**：九龍旺角西洋菜街56號2樓。**電話**：852-2394-8863。**台灣發行**：高見文化行銷股份有限公司。**地址** ： 新北市樹林區佳園路二段70-1號。**電話**：886-2-2668-9005。**規格**：21cm×14.8cm。**國際書號**：ISBN978-988-13131-2-6。**定價**：HK$128 / NT$450。**出版日期**：2014年9月。

新紀元
NEW EPOCH WEEKLY

www.ingramcontent.com/pod-product-compliance
Lightning Source LLC
Chambersburg PA
CBHW060216030726
47499CB00004B/1076